EIN RETTER FÜR KHLOE

Das Bergungsteam vom Eagle Point, Buch 7

SUSAN STOKER

Titelbild entworfen von: Chris Mackey, AURA Design Group
ISBN Taschenbuch: 978-1-64499-409-2
Besuchen Sie Susan im Netz!
www.stokeraces.com
facebook.com/authorsusanstoker
twitter.com/Susan_Stoker
bookbub.com/authors/susan-stoker
instagram.com/authorsusanstoker
Email: Susan@StokerAces.com

EBENFALLS VON SUSAN STOKER

1

Schutz für Addison
Schutz für Kelli
Schutz für Bree

Die SEALs von Hawaii:
Die Suche nach Elodie
Die Suche nach Lexie
Die Suche nach Kenna
Die Suche nach Monica
Die Suche nach Carly
Die Suche nach Ashlyn
Die Suche nach Jodelle

Die Zuflucht in den Bergen
Zuflucht für Alaska
Zuflucht für Henley
Zuflucht für Reese
Zuflucht für Cora
Zuflucht für Lara
Zuflucht für Maisy (1 Okt)
Zuflucht für Ryleigh

SEALs of Protection: Legacy
Ein Beschützer für Caite
Ein Beschützer für Brenae
Ein Beschützer für Sidney
Ein Beschützer für Piper
Ein Beschützer für Zoey
Ein Beschützer für Avery
Ein Beschützer für Kalee
Ein Beschützer für Jane

Mountain Mercenaries:
Die Befreiung von Allye

Ein Held für Devyn
Ein Held für Ember
Ein Held für Sierra

SEALs of Protection:

Schutz für Caroline
Schutz für Alabama
Schutz für Fiona
Die Hochzeit von Caroline
Schutz für Summer
Schutz für Cheyenne
Schutz für Jessyka
Schutz für Julie
Schutz für Melody
Schutz für die Zukunft
Schutz für Kiera
Schutz für Alabamas Kinder
Schutz für Dakota

Eine Sammlung von Kurzgeschichten

Ein langer kurzer Augenblick

KAPITEL EINS

Raiden Walker starrte ungläubig auf die Frau, die sein Leben auf den Kopf gestellt hatte. Sie war nicht mehr dieselbe Frau, die er als Mitarbeiterin in der öffentlichen Bücherei von Fallport eingestellt hatte. Sie war ein völlig anderer Mensch. Wäre nicht sein Hund, sein geliebter Duke, in Lebensgefahr, hätte er Khloe Moore wahrscheinlich sofort zur Seite genommen und darauf bestanden, dass sie ihm sagt, wer sie wirklich war.

Aber da Dukes Leben in Gefahr war und Khloe gerade alles in ihrer Macht Stehende tat, um ihn zu retten, hielt Raid sich zurück und beobachtete.

Vor dreißig Minuten war sie in sein Büro in der Bibliothek gestürmt und hatte ihm gesagt, er solle Simon, den Polizeichef von Fallport, und Doc Snow anrufen. Dann war sie wie eine wild gewordene Furie zur einzigen Tierarztpraxis der Stadt gefahren. Dr. Ziegler, der Tierarzt, war nicht in der Stadt, aber das hatte Khloe nicht aufgehalten.

Sie wollte, dass der Polizeichef dabei war, damit sie keinen Ärger bekam, weil sie in die Tierarztpraxis eingebrochen war, und anscheinend war Doc Snow da, um ihr bei der Operation zu helfen.

Duke hatte Blähungen. Bei einer Magendrehung verdreht sich der Magen eines Hundes, in der Regel einer tiefbrüstigen Rasse wie einem Bluthund, entweder um hundertachtzig Grad, ganz herum oder irgendwo dazwischen. Sobald der Magen verdreht ist, füllt er sich mit Flüssigkeit und Gas und dehnt sich aus. Aufgrund der Verdrehung kann der Hund nicht erbrechen, da der Mageneingang blockiert ist, und auch über den Darm kann nichts den Magen verlassen. Blutgefäße können reißen und zu Blutungen führen. Der riesige Magen drückt auf das Zwerchfell und erschwert dem Hund das Atmen.

Raiden hörte auch, wie Khloe Doc Snow erklärte, dass der Magen auch Druck auf die Vena cava caudalis, eine große Vene, die das Blut zum Herzen transportiert, ausüben könnte, wodurch das Tier in einen Schockzustand geraten könnte.

Raiden wusste, dass der Schaden umso größer war, je länger der Magen verdreht war. Wenn er nicht operiert wurde, würde das Magengewebe absterben und platzen, was zum Tod führen würde. Der Gedanke, Duke zu verlieren, war unvorstellbar.

Ja, Raid wusste, dass die Zeit kommen würde, in der sein treuer Begleiter sterben würde, aber er hatte gedacht, dass dies noch Jahre in der Zukunft liegen würde. Er war nicht bereit, einen weiteren Hund vor seiner Zeit zu verlieren.

Raiden verdrängte die Erinnerungen an eine andere Zeit und einen anderen Hund und zwang sich, sich auf das Hier und Jetzt zu konzentrieren.

»Raiden! Ich brauche dich hier!«, rief Khloe.

Er hatte sich zurückgehalten, um Khloe Platz zum Arbeiten zu geben. Aber auf ihren Befehl hin eilte er zu ihr hinüber, wo sie an einem hohen Tisch stand. Duke lag auf der Seite, hechelte und sah völlig fertig aus.

»Du musst ihn ruhig halten, während ich eine Trokarisierung durchführe. Er wird sich besser entspannen, wenn du ihn streichelst und mit ihm sprichst.«

Raid hatte keine Ahnung, was eine Trokarisierung war, aber er widersprach nicht. Er ging sofort zu Dukes Kopf und hockte sich so hin, dass er Auge in Auge mit dem Bluthund war. »Hey, Kumpel. Du kommst wieder in Ordnung. Ich weiß, dass es wehtut, aber Khloe wird es wieder gutmachen. Halte durch.«

Er sprach weiter sanft zu Duke, während er Khloe bei der Arbeit zusah. Sie rasierte schnell eine Haarsträhne von Dukes Bein und legte dann einen Katheter. Zuvor hatte sie unter Simons Aufsicht den Medikamentenschrank von Dr. Ziegler geknackt und verabreichte nun Fentanyl und Flüssigkeit, um Dukes Schmerzen zu lindern und ihn vor einem Schock zu bewahren. Dann nahm sie eine großkalibrige Nadel und führte sie in Dukes Magen ein, um die Luft abzulassen.

Während Raiden zusah, schrumpfte Dukes Bauch sichtlich. Khloe atmete erleichtert auf, dann hob sie den Blick und sah ihn an.

»Er ist noch nicht über den Berg. Ich muss ihn operieren.«

Raid nickte, ohne zu zögern. Als er in Khloes haselnussbraune Augen blickte, sah er nichts als Vertrauen in ihre eigenen Fähigkeiten. Sie war gestresst und die Sorge um Duke war auch da, aber es war die Gewissheit, dass sie diese Krise im Griff hatte, die Raid ein wenig entspannen ließ. »Okay«, entgegnete er deshalb einfach.

Khloe starrte ihn einen Moment lang an, bevor sie fragte: »Du fragst mich nicht nach meiner Qualifikation?«

»Kannst du ihn retten?«, fragte Raid.

»Ja.«

»Dann werde ich dir keine unnötigen Fragen stellen, die dich davon abhalten würden, das zu tun, was du tun musst, um das Leben meines Hundes zu retten. Du weißt offensichtlich, was du tust. Aber das heißt nicht, dass wir uns später nicht unterhalten werden.«

Khloe zuckte zusammen, nickte aber.

Raids Bewunderung für die Frau stieg um ein paar weitere Stufen an. Er und Khloe hatten eine komplizierte Beziehung. Sie war die frustrierendste Frau, die er je kennengelernt hatte. Gerade wenn Raiden dachte, er würde sie besser verstehen, tat oder sagte sie etwas, das ihn alles infrage stellen ließ, was er zu wissen glaubte. Außerdem ertappte er sich regelmäßig dabei, dass er sie anschnauzte und doppelt so hart mit ihr umging wie mit jedem anderen.

Die Wahrheit war ... sie ging ihm mehr unter die Haut als jede andere Frau zuvor. Er wollte, dass sie mit ihm sprach. Dass sie ihm sagte, was sie bedrückte, denn es war offensichtlich, dass sie eine große Last auf ihren Schultern trug. Aber schon seit dem Moment an, in dem sie sich kennengelernt hatten, wehrte sie sich dagegen, dass er ihre Freundschaft vertiefte. Sie bestand darauf, ihn auf Abstand zu halten.

Dies war sein erster Blick auf das, was er instinktiv als die wahre Khloe erkannte ... und Raid musste zugeben, dass ihm das gefiel. Sie war stark und selbstbewusst hier in dieser Welt. Es war kein Wunder, dass sie sich bei der Arbeit in der Bibliothek nie ganz wohlgefühlt hatte. Sie war es gewohnt, mit Tieren umzugehen, nicht mit Menschen.

All die Male, die er sie mit Duke, den Kätzchen, die sie gerettet hatte, und allen anderen Tieren, denen sie begegnet war, gesehen hatte, machten jetzt viel mehr Sinn.

Ja, er und Khloe mussten sich zusammensetzen und sich aussprechen ... aber zuerst musste sie Dukes Leben retten.

Ein Tumult an der Tür ließ Raid erstarren, und er stand auf und ging einen Schritt zur Seite, um sich zwischen Khloe und denjenigen zu stellen, der versuchte, an Simon vorbei in den kleinen Operationssaal zu gelangen.

Es war ein Instinkt. Er wollte Khloe vor allem und jedem schützen, der ihr etwas antun wollte. Aber typisch für die Frau, die er in den letzten Monaten kennengelernt hatte, ließ sie das nicht zu. Sie schob sich an ihm vorbei und ging zur Tür.

»Tut mir leid, Khloe, sie hat darauf bestanden, mit dir zu sprechen«, entgegnete Simon entschuldigend, als er die Tür aufstieß.

»Mein Name ist Afton. Ich bin Tierarzthelferin hier«, erklärte die Frau. Sie war etwa ein Meter dreiundsiebzig groß, hatte ihre schwarzen Haare zu einem Dutt hochgesteckt und trug einen hellblauen Kittel. »Ich helfe Dr. Ziegler bei Operationen. Ich wohne auf der anderen Straßenseite, also ist es meine Aufgabe, nach den Tieren zu sehen, die nach den Operationen über Nacht bleiben. Ich wusste, dass er noch ein paar Tage weg sein sollte, und als ich die vielen Fahrzeuge hier bemerkte, musste ich einfach nachsehen, was los ist.« Sie hielt inne, als ihr Blick auf den Untersuchungstisch fiel. »Oh nein – ist das Duke? Was ist denn los? Kann ich dir helfen?«

Khloe sah die Frau einen Moment lang an. »Ja, er hat einen verdrehten Magen.«

»Verdammt! Wurde es früh genug erkannt?«, fragte sie.

»Ja, aber ich muss mit der Operation beginnen, wenn ich ihn noch retten will.«

Die Tierarzthelferin richtete sich auf. »Lass mich helfen.«

»Ja, lass sie helfen«, bemerkte auch Doc Snow. »Mein Spezialgebiet sind Menschen, nicht Hunde.«

Khloe sah ihn an. »Ich bin mir sicher, dass du es

schaffen würdest«, erklärte sie und wandte sich wieder Afton zu. »Ziegler wird stinksauer sein, dass ich eingebrochen bin. Wenn du bleibst und mir hilfst, würde es mich nicht wundern, wenn du ohne Job dastehst.«

Afton zuckte mit den Schultern. »Er ist ein Idiot«, erwiderte sie mit Nachdruck. »Ich habe schon versucht, etwas anderes zu finden. Er ist fachlich gut in dem, was er tut, aber er hat absolut kein Mitgefühl für die Tiere, die er behandelt. Er ist mehr daran interessiert, wie viel Geld er verdienen kann, als sich wirklich um die Tiere zu kümmern. Ein Beispiel: Er hat die Praxis für zwei Wochen geschlossen, um auf eine dieser Jagdveranstaltungen zu gehen. Du weißt schon, wo ein Bär oder Elch oder so etwas in einem Gebiet eingepfercht ist und von Touristen gejagt wird? Das ist ekelhaft, aber er war so aufgeregt, dass er hinfuhr. Er hat nicht einmal versucht, jemanden zu finden, der ihn in seiner Praxis vertritt. Als ich fragte, was die Anwohner tun sollten, wenn es während seiner Abwesenheit einen Notfall mit ihren Haustieren gäbe, zuckte er mit den Schultern und sagte, sie müssten zum Notfalltierarzt in Christiansburg fahren.«

Khloe runzelte die Stirn. »Ich wünschte, ich könnte sagen, dass ich überrascht bin, aber das bin ich nicht. Wenn du bleiben und helfen willst, würde ich das zu schätzen wissen. Aber ich verstehe auch, wenn du dich umdrehst und gehst, dann können wir beide so tun, als seist du nicht hier gewesen und wüsstest nichts.«

»Ich werde mich umziehen«, erwiderte Afton, drehte sich um und eilte den Gang entlang.

Khloe drehte sich wieder zu Duke um. Raid sah, dass die Augen des Bluthundes teilweise geschlossen waren. Die Schmerzmittel taten ihre Wirkung und zusammen mit dem Druckabfall in seinem Bauch hatte ihn das offensichtlich schläfrig gemacht.

»Du kannst jetzt rausgehen und bei Simon bleiben«, sagte Khloe zu ihm.

»Ich bleibe hier.«

»Nein, das wirst du nicht«, konterte Khloe. »Hör zu, ich weiß, dass du dir Sorgen machst, aber ich habe das im Griff. Es ist besser, wenn du diesen Teil nicht siehst. Ich rufe dich wieder rein, wenn ich fertig bin. Du kannst dabei sein, während er sich erholt.«

Raid wollte protestieren. Aber die stählerne Entschlossenheit in Khloes Augen machte ihm klar, dass er seinen Willen nicht bekommen würde. Außerdem ... vertraute er ihr.

Er wollte gerade zustimmen, aber sein Zögern ließ sie wohl annehmen, dass er protestieren würde.

»Ich weiß, dass das verwirrend für dich ist, und es tut mir leid. Ich habe meine Gründe, warum ich nichts davon gesagt habe, dass ich Tierärztin bin. Aber ich bin qualifiziert. Ich habe meine Lizenz auf dem neuesten Stand gehalten, mich über neue Verfahren informiert und mich weitergebildet. Ich habe noch nie einen Hund wegen Blähungen verloren und werde auch jetzt nicht damit anfangen.«

»Ich vertraue dir.« Raid fragte sich, warum Khloe in Fallport war und warum sie Büchereigehilfin und nicht Tierärztin war, aber er hatte vollstes Vertrauen, dass sie alles tun würde, um Duke zu helfen. Wenn sie nicht gewesen wäre, hätte Raiden wahrscheinlich erst nach mehreren Stunden gemerkt, dass etwas nicht stimmte. Und dann hätte er zum nächstgelegenen Notfalltierarzt fahren müssen, was noch mehr wertvolle Zeit gekostet hätte.

Seine Worte mussten Khloe überrascht haben, denn er sah ihre sichtbare Reaktion. Sie blinzelte schnell und atmete scharf ein. »Danke«, entgegnete sie.

»Ich werde dafür sorgen, dass dich niemand stört,

während du operierst«, sagte er zu ihr. »Wenn du irgendetwas brauchst, egal was, sag mir Bescheid und ich hole es dir.«

»Ich denke, ich komme schon klar. Jetzt, da Afton hier ist und mir hilft, Dinge zu finden, wenn ich sie brauche, sollten wir gut klarkommen. Aber ich muss dich warnen: Raymond wird es gar nicht gefallen, dass ich in seine Praxis eingebrochen bin.«

»Allerdings nicht«, bemerkte Raid. »Darüber können wir uns Gedanken machen, wenn Duke auf dem Weg der Besserung ist.«

Sie nickte. »Gut. Ich muss mich jetzt waschen.«

Raiden konnte nicht anders und ging auf Khloe zu. Sie blieb stehen und wich nicht zurück. Er streckte eine Hand aus und legte sie ihr in den Nacken. Er war über einen Kopf größer als die faszinierende Frau vor ihm, ihr Kopf reichte nur bis zu seiner Brust. Er starrte sie einen Moment lang an ... dann tat er, wovon er schon seit Monaten träumte.

Er beugte sich hinunter und küsste sie.

Es war ein kurzer Kuss. Er berührte nur ihre Lippen. Aber selbst diese kleine Berührung ließ Blitze durch seine Gliedmaßen schießen, die seine Zehen und Finger zum Kribbeln brachten.

Khloe starrte ihn mit großen Augen an. Ihr hellbraunes Haar war zu einem tiefen Dutt im Nacken zusammengebunden und er konnte die weichen Strähnen an seinen Fingern spüren. Mit der Hand griff sie nach oben, um seinen Unterarm zu fassen, während sie langsam blinzelte. Wahrscheinlich fragte sie sich, was zum Teufel er sich dabei dachte, sich solche Freiheiten herauszunehmen.

Sein ganzes Leben lang hatte Raiden sich wie ein Außenseiter gefühlt. Er war zu groß. Seine Ohren waren zu spitz. Er war zu streberhaft. Seine roten Haare und seine blasse Haut fielen auf. Selbst als er Mitglied des Hundeführerteams der Küstenwache war, passte er nicht zu den anderen Hundeführern, obwohl er genauso gut war wie alle anderen.

Es war extrem schwierig, sich überhaupt für die prestigeträchtige Position zu qualifizieren, und Raid hatte sich den Hintern abgerackert, um zu brillieren. Das Vertrauen, das ein Hund in seinen Hundeführer haben muss, ist nicht leicht zu erreichen, und Raid hasste jeden Moment, in dem er seinen Hund in Gefahr bringen musste, obwohl er von Geburt an darauf trainiert war.

Es gab nur einen Teamkameraden, der sich mit seinem Hund genauso verbunden fühlte wie Raid mit seinem ... und beide hatten einen hohen Preis dafür bezahlt, als diese Verbindung auf die schlimmste Art und Weise unterbrochen worden war.

Raiden schüttelte gedanklich den Kopf und ließ seine Hand von Khloes Nacken fallen, weil er jetzt nicht darüber nachdenken wollte. Es war unmöglich, dass eine Frau wie sie mit ihm zusammen sein wollte. Er war zu ... seltsam. Zu verschlossen. Und sie hatten sich nicht gerade gut verstanden, seit er sie eingestellt hatte. Sie hatte ihr eigenes Bedürfnis nach Abstand deutlich gemacht.

Raiden trat einen Schritt zurück und zwang sich, den Blick abzuwenden. Er wusste, dass er rot wurde. Mit seiner hellen Haut konnte er seine Verlegenheit nicht verbergen. Er hätte sie nicht küssen sollen. Der Kuss tat ihm nicht *leid*, und die wenigen Augenblicke, in denen seine Lippen auf ihren gelegen hatten, hatten sich bereits tief in sein Gehirn eingebrannt. Aber es tat ihm *sehr wohl* leid, dass er etwas getan hatte, das die Dinge zwischen ihnen ändern könnte.

Wem wollte er etwas vormachen? Khloe war eine erfahrene Tierärztin, die jetzt in einer Bibliothek arbeitete und fast immer für sich blieb. Für Raid lag es auf der Hand, dass sie sich aus einem unbekannten Grund in Fallport versteckt hatte. Jetzt, da ihr Geheimnis gelüftet war, würde sie wahrscheinlich gehen – was die Dinge zwischen ihnen *definitiv* ändern würde.

In Anbetracht dessen hoffte Raid, dass sie in dem Chaos der Ereignisse vielleicht seinen unpassenden Kuss vergessen würde.

Er lehnte sich über Duke und sagte: »Halte durch, Kumpel. Wir sehen uns, wenn du aufwachst.« Dann nickte er Khloe zu und machte sich auf den Weg zur Tür.

Khloe starrte auf Raidens Hintern, als er den kleinen Operationssaal verließ. Sie hatte noch etwas zu tun. Sie musste sich auf eine Operation vorbereiten. Im Moment konnte sie jedoch nichts anderes tun, als zu versuchen, ihren Herzschlag unter Kontrolle zu halten und den Mann anzustarren, den sie seit Monaten zu ignorieren versuchte.

Ihr Leben war kompliziert. Viel zu kompliziert, um auch nur daran zu denken, irgendeine Beziehung einzugehen. Fallport schien der perfekte Ort zu sein, um sich zu verstecken, während Alan Mathers Prozess anstand. Aber je länger sie dort war, desto mehr liebte sie die kleine Stadt und die Menschen dort.

Sie hatte versucht, Abstand zu halten. Sie hatte versucht, keine Freundschaften zu schließen. Aber das war bei Lilly, Elsie, Bristol, Caryn, Finley und jetzt Heather unmöglich. Die Frauen, die sie kennengelernt hatte, waren alle auf ihre eigene Weise erstaunlich. Ihre Persönlichkeiten waren so unterschiedlich, doch wenn das Leben ihnen Steine in den Weg gelegt hatte, stellten sie sich jeder Herausforderung und meisterten sie mit Bravour. Sie waren stark, viel stärker als Khloe.

Als ihr Leben aus den Fugen geraten war, war sie weggelaufen. Hatte sich versteckt.

Jetzt, da Alans Prozess abgeschlossen und er verurteilt worden war, konnte sie überall hingehen. Sie hatte einen Lagerraum voller Sachen, die sie auspacken konnte. Aber anstatt ihr Leben weiterzuleben, zögerte sie. Büchereigehilfin in einer Kleinstadtbibliothek zu sein war nicht gerade das, wofür sie all die Jahre studiert hatte, und doch hatte sie nicht den kleinsten Schritt gemacht, um ihr altes Leben zurückzubekommen.

Bis jetzt.

Die Katze war aus dem Sack, aber Khloe tat es nicht leid. Sie hätte Duke auf keinen Fall durch die Magendrehung sterben lassen können, obwohl sie wusste, dass sie ihn retten konnte. Aber ihr Handeln würde einen hohen Preis haben. Ihre Freunde wussten, dass sie sie die ganze Zeit belogen hatte. Es war möglich, dass Alan herausfand, wo sie war ... sie wusste, dass er auf den Moment wartete, in dem sie wieder als Tierärztin arbeiten würde. Ganz zu schweigen davon, dass Raymond Ziegler sauer sein würde, dass sie während seiner Abwesenheit in seine Praxis eingebrochen war.

Und dann war da noch Raiden. Sie hatte keine Ahnung, wie ihre Aktion ihre Beziehung verändern würde. Sie hatte erwartet, dass er wütend auf sie sein würde. Wütend darüber, dass sie so offensichtlich darüber gelogen hatte, wer sie war. Aber stattdessen schien er ... neugierig zu sein. Und er schien die Tatsache, dass sie Geheimnisse hatte, ziemlich einfach zu verkraften. Sie hatte das Gefühl, wenn Raid wirklich wütend auf sie gewesen wäre, hätte sie das gespürt.

Dieser Kuss hatte nicht gerade nach »Ich bin sauer auf dich« geschmeckt.

Aber nichts im Leben war einfach. Khloe hatte das auf die harte Tour gelernt.

Sie würde den Preis für ihre Lügen zahlen müssen, nachdem sie Duke das Leben gerettet hatte. Raid hatte gesagt, dass sie reden müssten, und sie fürchtete sich zutiefst vor dieser Aussicht. Aber müsste sie diese Entscheidung noch einmal treffen, hätte sie die gleiche Wahl getroffen. Duke hatte es nicht verdient zu sterben. Nicht, wenn sie ihn retten konnte. Außerdem brauchte Fallport den Jagdhund. Er hatte im Laufe der Jahre mehr als genügend Vermisste gefunden. Ja, Raiden konnte einen neuen Hund ausbilden, aber wie viele Menschen würden in der Zwischenzeit leiden, da es ohne Dukes Spürnase länger dauerte, sie zu finden?

Khloe starrte durch das kleine Fenster in der Tür, während Raiden mit Simon sprach. Sie war froh über die Anwesenheit des Polizeichefs. Das änderte aber nichts an der Tatsache, dass sie gegen das Gesetz verstoßen hatte. Raymond würde sie sicher wegen Einbruchs und allem, was ihm sonst noch einfiel, anzeigen, aber die Tatsache, dass Simon dabei war und sie seine Zustimmung zu dem, was sie getan hatte, erhalten hatte, gab ihr die Gewissheit, dass diese Anzeige wahrscheinlich keinen Bestand haben würde.

Dem finsteren Blick auf Raids Gesicht nach zu urteilen schien das Gespräch, das sie beobachtete, ernst zu sein. Er war kein klassisch gut aussehender Mann. Sein rotes Haar und sein Bart ließen ihn unter seinen Freunden hervorstechen, aber insgeheim gefiel ihr das. Er war größer als alle anderen Männer, mit denen sie je eine Verabredung in Erwägung gezogen hatte. Mit ihren eins dreiundsechzig war sie über einen Kopf kleiner als Raid. Er überragte sie buchstäblich. Sie hatte gehört, wie eine der anderen Frauen sagte, er sei fast zwei Meter groß. Er überragte jeden, den er traf, aber sie merkte, dass er nicht gern auffiel und nicht viel Selbstvertrauen hatte ... was ihr lächerlich vorkam.

Wen interessierte es schon, dass er groß war? Wen interessierte es, dass seine Ohren ein wenig abstanden? Er war auf jeden Fall in Form, dafür sorgte das Herumstreifen im Wald, wenn er mit Duke unterwegs war. Einmal hatte sie ihn sogar ohne Hemd gesehen, und der Anblick seines perfekten Waschbrettbauches und seiner V-Muskeln, die bis in den Schritt reichten, hatte sich für immer in ihr Gedächtnis eingebrannt.

Aber noch wichtiger als sein Aussehen war, dass Raid zu Kindern und Tieren gleichermaßen freundlich war und alles für seine Freunde tat ... und Khloe schmolz innerlich dahin, als sie ihn dabei erwischte, wie er in seinem Büro die Schuhe auszog und Duke mit seinen sockenbekleideten Füßen streichelte, wenn er dachte, er sei allein.

Je mehr Zeit Khloe mit Raid verbrachte, desto mehr mochte sie ihn ... und desto mehr versuchte sie, ihn auf Abstand zu halten.

Ja, sie wünschte sich verzweifelt, sie könnte sich jemandem anvertrauen. Aber sie wollte Raid nicht zur Last fallen und alle ihre Freunde hatten schon genügend durchgemacht. Alan Mather würde nicht ewig im Gefängnis sitzen und sie hatte keinen Zweifel daran, dass er nach ihr suchen würde, sobald er entlassen wurde. Er würde sie auf keinen Fall einfach in Ruhe weiterleben lassen.

Es war für alle besser – für sie, ihre Freunde und Raiden –, wenn sie Duke das Leben rettete und dann aus Fallport verschwand.

Aber dieser Kuss ... sie hatte keine Ahnung, warum er sie geküsst hatte oder was er bedeutete.

Jetzt war nicht der richtige Zeitpunkt, um darüber nachzudenken. Sie hatte ein Tier zu retten.

Khloe drehte der Tür den Rücken zu und ging zu dem

Bluthund hinüber. Sie überprüfte seine Vitalwerte und ging, nachdem sie sich vergewissert hatte, dass er stabil war, in den kleinen Waschraum neben dem Operationssaal. Doc Snow und Afton waren gerade fertig, als sie eintrat.

Während sie sich die Hände und Arme schrubbte, ging sie im Kopf durch, was der Eingriff mit sich bringen würde. Sie sorgte sich um alle Tiere, die sie operierte, aber Duke war anders. Es fühlte sich fast so an, als sei er ihr eigenes Haustier, was verrückt war, denn das war er ganz sicher nicht. Es würde wehtun, wenn sie ihn nicht retten konnte. Ganz zu schweigen davon, dass sie wusste, wie sehr es Raid treffen würde, wenn Duke starb.

Sie hoffte, dass der Magen nicht zu sehr geschädigt war, aber sie war ziemlich zuversichtlich, dass sie die Anzeichen der Blähungen früh genug erkannt hatte, um Duke zu retten. Sie musste die Milz überprüfen, seinen Herzschlag beobachten und, falls nötig, alle abgestorbenen Teile des Magens entfernen. Dann musste sie eine Gastropexie durchführen – den Magen an der Körperwand annähen, um zu verhindern, dass er sich in Zukunft drehte.

Duke müsste nach der Operation sorgfältig überwacht werden, um Herzrhythmusstörungen, Magenbewegungsstörungen, Schmerzen, Infektionen, Aspirationspneumonie und sogar Multiorganversagen zu vermeiden. Ohne Tierarzthelferinnen würde die Überwachung von Duke ihr obliegen, aber das machte Khloe nichts aus.

Sie atmete tief durch und streckte die Arme vor sich aus, während sie sich an ihre Assistentin wandte. »Bereit?«, fragte sie.

Afton trat vor und half ihr, ihre Hände mit einem sterilen Handtuch abzutrocknen, dann zog sie sich einen Kittel und Handschuhe an. Sie atmete tief durch und führte sie zurück in den Operationssaal. Es war an der Zeit, ein Leben zu retten.

KAPITEL ZWEI

Raiden war in der letzten Stunde auf und ab gegangen. Er konnte es nicht ändern. Jedes Mal wenn er sich hinsetzte und versuchte, sich zu entspannen, durchströmte die Angst seine Adern und machte es ihm unmöglich, still zu sitzen. Er war einerseits besorgt wegen Duke, andererseits ging er jedes Gespräch zwischen ihm und Khloe durch und versuchte herauszufinden, welche Anzeichen dafür er übersehen hatte, wer sie wirklich war.

Er sollte nicht überrascht sein, dass sie Tierärztin war. Er wusste schon die ganze Zeit, dass sie für den Job als Büchereiassistentin in einer Kleinstadtbibliothek überqualifiziert war. Er hatte es in seinen Knochen gespürt. Ganz zu schweigen davon, dass sie sich zurückhielt und Menschen so oft wie möglich aus dem Weg ging.

Raid schämte sich ein wenig zuzugeben, dass er, obwohl er vermutet hatte, dass Khloe Probleme hatte, sich nicht in diese Probleme einmischen wollte, egal ob er sich zu der Frau hingezogen fühlte oder nicht. Er hatte sich schließlich in einem bequemen Leben eingerichtet. Er hatte Freunde, seinen Job, seinen Hund ... und niemand versuchte, ihn zu töten, zu belügen oder sich einer Gefangennahme durch ihn zu entziehen.

Manchmal kam es ihm vor, als sei sein Leben bei der Küstenwache Jahrzehnte her, und manchmal, als sei es erst gestern gewesen, dass er Drogenhändler und andere ruchlose Kriminelle gejagt hatte. Wenn seine Gedanken zu dem Vorfall zurückkehren wollten, der ihn dazu gebracht hatte, seine Karriere, die er einst geliebt hatte, an den Nagel zu hängen, musste Raid an die Frau hinter der Tür ihm gegenüber denken, die dabei war, seinen Hund zu retten.

Khloe war abweisend. Das war sie schon, seit er sie kannte. Aber er hatte auch Einblicke in eine ganz andere Persönlichkeit bekommen. Eine mitfühlende Frau, die alles für ihre Freunde tun würde, auch wenn sie sich absichtlich von Lilly, Finley und den anderen fernhielt. Jetzt, da zumindest eines ihrer Geheimnisse gelüftet war, fragte Raid sich, was sie sonst noch vor allen verbarg. Warum sie das Gefühl hatte, ihren Beruf verstecken zu müssen, warum sie keine Freunde finden konnte.

Raid drehte den Kopf und blickte durch die gegenüberliegende Tür in den Eingangsbereich von Dr. Zieglers Praxis. Er hatte sich schnell mit Menschen gefüllt, die sich Sorgen um Duke machten ... und um ihn. Alle Mitglieder des *Eagle Point Such- und Bergungsteams* und ihre Frauen waren gekommen. Heather und Tal hatten ihre frisch adoptierte Tochter Marissa mitgebracht, und Elsies und Zekes Sohn Tony war gerade dabei, ihr ein Buch vorzulesen, um sie zu unterhalten.

Aber es waren nicht nur seine Freunde, die da waren. Edna, der alte Grogan, Whitney, Karen aus dem Restaurant, Art, Otto und Silas und sogar Davis Woolford, ein Obdachloser aus der Gegend, waren alle im Wartezimmer. Es gab auch Leute, die Raid nur vom Sehen her kannte ... er hatte keine Ahnung, wie sie hießen. Menschen aus Fallport, die er durch seinen Job in der Bibliothek kennengelernt hatte oder die das Rettungsteam – und Duke – gerettet hatte.

Simon war immer noch da. Ebenso wie Miguel, einer seiner Stellvertreter. Sie hatten versucht, die Leute zum Gehen zu bewegen, weil er und Khloe ja schließlich in die Praxis eingebrochen waren ... aber niemand rührte sich. Wenn Khloe gehofft hatte, ihren Einbruch in die Tierarztpraxis geheim halten zu können, wurde sie enttäuscht. Der Parkplatz war voll, was nur bedeutete, dass immer mehr Leute ankamen, um herauszufinden, was hier los war. So war das Leben in einer Kleinstadt eben.

Es gab keine Chance, das vor Raymond Ziegler geheim zu halten. Und Raid wusste, dass der Tierarzt nicht gerade erfreut darüber sein würde.

Aber die Gefühle des Mannes waren im Moment die geringste von Raids Sorgen. Dank Khloe würde Dukes Leben gerettet werden. Wenn sie nicht da gewesen wäre, wenn sie nicht die wäre, die sie war – nämlich die Assistentin eines Bibliothekars und heimliche Tierärztin –, wenn sie sich nicht entschieden hätte, in die Tierarztpraxis einzubrechen, wäre Dukes Schicksal fraglich gewesen.

»Wie geht's dir?«, fragte Ethan leise, als er den langen Korridor betrat.

Raid ging weiter vor dem Operationssaal auf und ab. »Mir geht es gut«, entgegnete er.

»Gut. Wie wäre es, wenn du mit dem Quatsch aufhörst und mir sagst, wie es dir *wirklich* geht«, bemerkte Ethan streng.

Raid hielt inne und holte tief Luft, bevor er seinen Freund ansah. »Ich habe eine Todesangst, dass ich noch einen Hund verliere, bevor seine Zeit gekommen ist. Ich frage mich, was Khloe sonst noch vor uns verheimlicht hat. Warum sie nach Fallport gezogen ist. Warum sie sich vor nicht allzu langer Zeit plötzlich zwei Wochen freigenommen hat, um nach Hause zu fahren, und niemandem sagen wollte, wo dieses Zuhause eigentlich ist. Und ich bin überwältigt von der Unterstützung aller.«

Ethan trat auf ihn zu und legte ihm eine Hand auf die Schulter. »Duke ist hart im Nehmen. Und soweit ich weiß hat Khloe keine Zeit verschwendet, ihn hierherzubringen.«

»Das hat sie wirklich nicht«, erklärte Raid seinem Freund. »Wenn sie nicht die Symptome der Blähungen erkannt hätte und eine erfahrene Tierärztin wäre, sähe seine Prognose jetzt noch viel schlechter aus.«

Ethan nickte und drückte Raids Schulter, bevor er seine Hand wieder losließ. »Ich denke, dass du dich im Moment einfach damit abfinden solltest, anstatt dich mit Dingen zu quälen, über die du keine Kontrolle hast. Sobald Khloe fertig ist, Duke auf dem Weg der Besserung ist und wir mit Ziegler Schadensbegrenzung betreiben, kannst du daran arbeiten, Antworten auf die anderen Fragen zu bekommen.«

Raid wusste, dass Ethan recht hatte, aber er konnte nicht aufhören, über diese neue Version von Khloe nachzudenken. Alle möglichen Worst-Case-Szenarien gingen ihm durch den Kopf. Was, wenn sie auf der Flucht vor einem gewalttätigen Ex war? Was, wenn sie verheiratet war? Was, wenn sie im Zeugenschutzprogramm war? Es fiel ihm schwer, sich gute Gründe auszudenken, warum sie einem Beruf, den sie offensichtlich liebte, den Rücken kehren sollte, um in Fallport als Bibliothekarin zu leben.

Raid atmete tief durch und versuchte, alle Fragen in den Hintergrund zu drängen. Das Wichtigste zuerst. Wie Ethan gesagt hatte, musste er dafür sorgen, dass Duke die Operation überlebte. Dann musste er sich um ihn kümmern, bis er wieder auf den Beinen war. Und sich um Ziegler und die Folgen des Einbruchs von Khloe in die Praxis kümmern.

»Wie geht's dir?«, fragte Raid seinen Freund, um das

Gespräch auf etwas anderes als sich selbst zu lenken. »Wie geht es Lilly?«

»Uns geht es gut. Ich will nicht lügen, der Verlust unseres Babys war ein Schlag. Für uns beide. Aber jetzt geht es uns besser.«

Raid nickte. »Gut. Wenn ihr etwas braucht, müsst ihr nur fragen.«

»Ich weiß, und ich weiß das zu schätzen. Uns hilft es am meisten, mit unserem Leben weiterzumachen. Nicht darüber nachzudenken. Weißt du, wir werden es nie vergessen, aber wir können uns auch nicht in unserem Kummer suhlen. Die Arbeit hilft. Das gilt für uns beide. Weißt du, was noch hilft?«

»Was?«

»Dass du dir von uns helfen lässt. Wir alle lieben Duke. Es wird schwer sein, ihn ruhig zu halten, damit er sich erholen kann. Ich bin mir sicher, dass du ihn nicht allein lassen willst, zumindest nicht für eine Weile. Also ruf uns an. Lilly und ich kommen gern und passen auf den Hund auf. Und alle anderen auch.«

Raid lächelte Ethan an. »Mach ich. Danke.« Er wusste, dass er Glück hatte. Er konnte Duke mit in die Bibliothek nehmen, wenn er arbeitete, und auch wenn der Hund seinem Herrchen sehr zugetan war, verwöhnten seine Freunde ihn und behandelten ihn wie Gold, wenn Raid nicht bei ihm sein konnte.

»Du solltest wissen, dass Rocky bereits einen seiner Kontakte angerufen hat, um Material zu besorgen, damit er den Türrahmen ersetzen kann. Ich weiß nicht, ob er es schafft, ihn zu reparieren, bevor Ziegler von seinem blöden Jagdausflug zurück ist, aber er wird alles in seiner Macht Stehende tun, damit das klappt.«

»Ich weiß das zu schätzen.«

Ethan tat Raidens Dankbarkeit ab. »Es war sehr klug von Khloe, Simon bei ihrem Einbruch mitzunehmen.«

Raiden nickte. Das stimmte. Die Anwesenheit des Polizeichefs bedeutete im Grunde, dass sie seine Zustimmung hatte. Wenn Ziegler also versuchte, Anzeige zu erstatten, würde er nicht viel Glück haben. »Sie besteht auch darauf, für alle Materialien, die sie benutzt, zu bezahlen.«

»Wie auch immer«, sagte Ethan achselzuckend. »Das wird kein Problem sein. Finley hat bereits eine Online-Spendenaktion gestartet, um die Kosten für Dukes Operation zu decken.«

Raid starrte ihn an. »Hat sie das?«

»Ja. Und es sind bereits über zweitausend Dollar an Spenden eingegangen.«

Raid verschluckte sich fast. »Es ist gerade mal zwei Stunden her, dass Duke Probleme bekommen hat.«

»Ja«, wiederholte Ethan mit einem Lächeln. »Ich glaube, wir müssen uns damit abfinden, dass Duke das beliebteste Mitglied des *Eagle Point Such- und Bergungsteams* ist.« Dann wurde er ernst. »Glaubst du, Ziegler wird ein Problem für Khloe sein? Sie kommen nicht wirklich miteinander aus.«

Nein, das taten sie nicht. Und ihre extreme Abneigung gegenüber Fallports einzigem Tierarzt hätte für Raiden ein weiteres Warnsignal sein müssen. Khloe hatte schon immer ein persönliches Interesse an den Geschäftspraktiken von Raymond Ziegler gehabt. Sie wusste mehr als jeder andere darüber, wie ein Tierarzt seine Praxis führen sollte.

Er zuckte mit den Schultern und sagte zu Ethan: »Ich würde gern Nein sagen ... aber ich glaube, wir wissen beide, dass er stinksauer sein wird.«

»Ja. Trotzdem solltest du ein Auge auf sie haben. Schließlich wollen wir auf keinen Fall, dass er sie konfrontiert und ihr in der Stadt eine Szene macht. Wir alle werden auch aufpassen, wenn du nicht da bist. Nur damit sie weiß, dass sie unsere Unterstützung hat.«

Raid atmete tief durch und schloss die Augen, während er versuchte, seine Gefühle unter Kontrolle zu bringen. Er hatte die besten Freunde, die man sich wünschen konnte. Als er im aktiven Dienst war, fühlte er sich manchmal wie eine Insel. Dass er und sein Hund auf sich allein gestellt waren. Aber in Fallport hatte er gefunden, was er sich immer gewünscht hatte: eine Familie. Eine Gruppe von Freunden, die alles stehen und liegen ließen, um ihm zu helfen, wo sie nur konnten. »Danke«, erklärte er verspätet, als er die Augen öffnete.

»Hör zu, ich habe die ganze Zeit, die ich dich kenne, nichts gesagt. Ich weiß nicht, was du in deiner Freizeit machst ... aber ich *weiß*, dass du meistens von der Bibliothek direkt nach Hause fährst und erst am nächsten Morgen wiederauftauchst. Du bist einer von uns, Raid. Wir stehen hinter dir, genauso wie du hinter uns stehst. Wir würden uns alle freuen, wenn du ein bisschen mehr da wärst.«

Raid schluckte schwer. Er war schon immer der Einzelgänger gewesen. Als Junge war er nicht zu Übernachtungen eingeladen worden, in der Highschool hatte er keine Freunde gehabt. Seine Freunde waren immer online. Er liebte die Kameradschaft mit seinen Teamkameraden im Job und nahm die eine oder andere Einladung zu einer Veranstaltung *durchaus* mal an. Aber er hatte sich so sehr daran gewöhnt, sein eigenes Ding zu machen, dass es ihm nie in den Sinn gekommen wäre, dass sie ihn öfter sehen wollten.

»Das fände ich schön«, erklärte er leise.

Ethan grinste. »Allerdings musst du dich an die Verrücktheit gewöhnen. Unsere Frauen machen die Dinge auf jeden Fall lebendiger, wenn wir jetzt zusammenkommen. Ganz zu schweigen von Tony, Marissa und den Kindern, die auf dem Weg sind.«

Sein Freund ahnte nicht, dass Raid nichts mehr genießen würde. Mitten in einer Gruppe von Leuten zu sein, die sich wirklich umeinander Gedanken machten? Ja. Nach einem Leben voller Einsamkeit hörte sich das großartig an.

»Raid?«

Als er Khloes Stimme hörte, drehte er sich so schnell um, dass es komisch ausgesehen hätte, wenn es sich um jemand anderen gehandelt hätte. »Wie geht es ihm? Geht es ihm gut?«

»Es geht ihm gut. Er hat die Operation ohne Komplikationen überstanden. Afton näht ihn gerade zu.«

»Ist das in Ordnung? Ich meine, wäre es nicht besser, wenn du das auch selbst übernimmst?«

Khloe lächelte, aber Raid merkte, dass sie müde war. »Sie ist gut. Richtig gut. Ich habe das Gefühl, dass sie hier viel mehr macht als die meisten Tierarzthelferinnen, weil Ziegler so faul ist. Jedenfalls gehe ich noch einmal rein, um sicherzugehen, dass alles in Ordnung ist, aber ich wollte dir so schnell wie möglich sagen, dass alles gut gelaufen ist. Er wird wieder gesund werden, Raiden.«

Raid fühlte sich, als sei ihm eine große Last von den Schultern genommen worden. Er hatte seinen letzten Hund nicht retten können, aber er hatte Duke nicht verloren. Er starrte Khloe an und gab sich Mühe, dass sie die Dankbarkeit und Erleichterung in seiner Stimme hören konnte, als er »Danke« sagte.

»Gern geschehen.«

»Wann kann ich ihn sehen?«

»Sobald er wieder genäht und in den Aufwachraum verlegt worden ist.«

»Muss er hierbleiben?«, fragte Raid.

Khloe rümpfte die Nase. »Das ist zwar nicht ideal, aber je länger wir hier sind, desto wahrscheinlicher ist es, dass Ziegler es herausfindet. Aber ich will ihn noch nicht verlegen. Doc Snow hat gesagt, wir können eines der Zimmer in seiner Praxis benutzen, sobald Dukes Zustand stabiler ist.«

»Ähm, Khloe«, warf Ethan ein, »ich glaube, dass kein Weg daran vorbeiführt, dass Ziegler es herausfindet. Der Parkplatz war noch nie so voll wie gerade.«

Sie machte große Augen. »Tatsächlich?«

»Ja. Alle sind hier. Und mit *alle* meine ich wirklich alle. Ganz zu schweigen davon, dass die sozialen Medien auch schon ihr Ding machen.«

»Verdammt«, murmelte sie.

»Ist schon gut«, beruhigte Raid sie.

»Er wird empört sein«, stellte sie fest.

»Ja. Kann es dir nicht egal sein?«, fragte er.

Khloe dachte einen langen Moment über seine Frage nach. Das war eines der Dinge, die er am meisten an ihr mochte. Sie hatte es nicht eilig, etwas zu sagen. Sie dachte sorgfältig darüber nach, was sie sagen wollte und wie sie Fragen beantworten sollte. Selbst wenn diese Fragen von einem Fünfjährigen kamen, nahm sie sie genauso wichtig, wie wenn jemand sie gebeten hätte, den Sinn des Lebens zu erklären.

»Ja, schon«, entgegnete sie. »Obwohl die Konfrontation mit ihm Duke in seiner Genesung stören könnte, und das will ich nicht. Ganz zu schweigen davon, dass er seine Wut an den Tieren auslassen könnte, die hierhergebracht werden. Er könnte sich auch wie ein Ekel gegenüber seinen Mitarbeitern benehmen ... besonders gegenüber Afton, weil sie mir geholfen hat.«

»Wir kümmern uns um ihn, wenn die Zeit gekommen ist«, versicherte Raid ihr. »Es hat keinen Sinn, sich jetzt den Kopf darüber zu zerbrechen.«

»Du hast recht. Und jedenfalls geht es Duke gut. Ich werde dich gleich holen.«

»Klingt gut. Khloe?«

Sie hielt inne. »Ja?«

»Nur damit du es weißt ... es ist mir egal, dass du niemandem gesagt hast, dass du Tierärztin bist. Es ist mir auch egal, warum du hier in Fallport bist. Im Moment ist mir alles egal, außer dass ich sichergehen will, dass es Duke gut geht und du in Sicherheit bist.«

Raid wusste, dass dies nicht der richtige Zeitpunkt für eine solch dramatische Aussage war, aber er musste es einfach aussprechen. Er und Khloe hatten eine Menge zu besprechen, aber er wollte nicht, dass seine Reaktion auf die Enthüllung, dass sie Tierärztin war, sie belastete.

Ihre haselnussbraunen Augen weiteten sich ein wenig. Ihr Gesicht war gerötet, wahrscheinlich von der Hitze der Lichter im Operationssaal. Ihr Haar war unter einer OP-Haube hochgesteckt, aber ein paar Strähnen waren herausgefallen. Sie sah müde und angespannt aus, aber Raiden hatte noch nie in seinem Leben eine schönere Frau gesehen.

Plötzlich wurde ihm klar, dass es ihn nicht störte, dass sie ein paar ziemlich große Geheimnisse vor ihm hatte. Sie hatte sicher ihre Gründe. Das wusste er ohne jeden Zweifel. Es hatte in der Vergangenheit Zeiten gegeben, in denen sie misstrauisch gewirkt hatte. Sogar verängstigt. Er wollte ihre Geschichte wissen, aber noch mehr wollte er, dass sie sich bei ihm wohlfühlte.

All die Zeiten, in denen er sie angeschnauzt hatte, kurz angebunden oder unhöflich gewesen war, in denen er sich mit ihr über dumme Dinge gestritten hatte, machten jetzt ein bisschen mehr Sinn. Er *mochte* sie. Er bewunderte sie. Und er hatte keine Ahnung, wie er ihr so unter die Haut gehen konnte, wie sie ihm offensichtlich unter die Haut gegangen war.

Das irritierte ihn natürlich. Er fühlte sich dadurch noch unsicherer in Bezug auf sich selbst. Deshalb tat er, was er konnte, um sie auf Abstand zu halten.

Aber jetzt nicht mehr. Damit war er fertig. Diese offensichtlich hochgebildete Frau hatte mehr Facetten, als ihm bewusst war. Er hatte sie nicht weniger zu schätzen gewusst, als er sie für eine einfache Büchereiassistentin gehalten hatte. Aber er wollte unbedingt wissen, wie Khloe, die Tierärztin tickte.

Khloe antwortete nicht auf seine Aussage, sondern nickte ihm nur zu und schloss die Tür hinter sich, als sie ging, um nach Duke zu sehen.

»Du musst vorsichtig sein«, warnte Ethan ihn leise.

Raid drehte sich zu ihm um, als er weitersprach.

»Ein Mensch kommt nicht in eine Stadt wie Fallport, bleibt für sich und tut alles, um keine Kontakte zu knüpfen, wenn er keinen Ballast hat.«

»Haben wir das nicht alle?«, entgegnete Raid.

»Ich will damit nur sagen ... sei vorsichtig. Ich glaube, wir haben alle unsere Lektion gelernt nach allem, was mit Lilly, Caryn, Elsie, Finley, Bristol und Heather passiert ist.«

»Was willst du damit genau sagen? Ich soll sie feuern? Mich von ihr abwenden, weil sie vielleicht in Gefahr ist oder vor etwas davonläuft?«, fragte Raiden und seine Stimme verriet seine Verärgerung über die Warnung seines Freundes.

»Nein«, entgegnete Ethan und klang aufrichtig schockiert. »Ich will damit sagen, dass du aufmerksam sein sollst«, wiederholte er. »Die Dinge können schnell außer Kontrolle geraten und unheimlich werden, zumindest für uns andere. Und ich will auf keinen Fall, dass etwas aus Khloes Vergangenheit außer Kontrolle gerät oder *ihr* Angst macht.«

Sie starrten sich einen Moment lang an, bevor Raid den

Blick abwandte. »Zur Kenntnis genommen«, sagte er zu seinem Freund. Aber er konnte der Frau auf keinen Fall den Rücken kehren. Er war Khloe etwas schuldig. Sehr viel sogar. Sie hatte seinen besten Freund gerettet. Alles, was sie brauchte, würde sie bekommen ... ob sie darum bat oder nicht.

Aber wenn er ehrlich zu sich selbst war, wollte er nicht nur aus Dankbarkeit herausfinden, was mit Khloe los war. Vom ersten Moment an hatte er sich zu der Frau hingezogen gefühlt. Er war nur zu feige gewesen, etwas zu unternehmen. Er hatte sich von ihrer Kratzbürstigkeit überzeugen lassen, dass das, was vor sich ging, nicht sein Problem war. Aber jetzt, da er mit Sicherheit wusste, dass sie etwas verheimlichte, und zwar etwas Großes, war er damit durch.

»Gut. Ich werde allen mitteilen, dass Duke die Operation überstanden hat, und schauen, ob ich ein paar Leute von hier wegbringen kann. Wenn du etwas brauchst, ruf an. Ich werde sauer sein, wenn du es nicht tust.«

»Das werde ich«, versicherte Raid ihm.

»Sag mir Bescheid, wie es Duke geht, dann gebe ich es an alle weiter, damit du dich um nichts anderes kümmern musst als darum, diesen Hund zu verwöhnen.«

»Das weiß ich zu schätzen.«

»Die Frauen sprachen gerade über eine Willkommensparty für Duke, als ich sie verließ ... du solltest dir also überlegen, wie du das anstellen willst. Bei dir zu Hause, in der Bibliothek oder auf dem Marktplatz, damit alle in der Stadt daran teilnehmen können. *Oder* wenn du nicht willst, dass sie überhaupt stattfindet. Lass es mich wissen.«

»Oh Mann«, entgegnete Raid, schüttelte den Kopf und verdrehte die Augen.

»Du und Duke werdet hier viel mehr geliebt, als du denkst«, bemerkte Ethan mit einem Lächeln. »Es ist an der Zeit, dass du das begreifst.«

Ethan klopfte ihm auf die Schulter und ging dann den Gang entlang zu der Tür, die in den Warteraum führte. Als sie sich öffnete, konnte Raid alle Stimmen hören, aber er hatte noch keine Lust, alle zu sehen. Er freute sich, dass sie da waren, aber es brauchte mehr als ein Gespräch mit Ethan, damit er sich damit anfreunden konnte, im Mittelpunkt der Aufmerksamkeit zu stehen.

Es viel ihm schwer, im Gang zu bleiben und nicht nachzusehen, ob Khloe Hilfe brauchte. Aber sie hatte sowohl Doc Snow als auch Afton. Sie würden Duke hinten unterbringen und sie würde ihn holen, sobald es ihr möglich war.

Er wusste nicht genau, auf wen er sich mehr freute: Khloe oder seinen Hund.

Khloe war ganz aufgeregt. Es war so lange her, dass sie im Operationssaal gewesen war, und es fühlte sich an, als würde sie nach Hause kommen. Natürlich fand sie den Grund schlimm, aus dem sie dort war. Sie mochte es generell nicht, wenn ein Tier Schmerzen hatte. Aber zu wissen, dass sie Duke helfen konnte zu überleben, fühlte sich verdammt gut an.

Sie hatte gedacht, dass sie nach allem, was passiert war, ihr Skalpell für immer an den Nagel hängen würde. Dass sie einen anderen Beruf finden und glücklich sein könnte. Aber sie hatte sich etwas vorgemacht. Sie liebte Fallport und genoss es, Zeit in der Bibliothek zu verbringen und Menschen zu helfen, Bücher zu finden, die sie interessierten. Aber sie war dazu geboren, Tierärztin zu sein. Sie liebte alles daran ... außer vielleicht missbräuchliche Besitzer, die Tiere zu ihr brachten, um sie »gesund zu machen«, obwohl sie es selbst waren, die sie verletzt hatten.

Es war klar, dass sie nicht bereit war, ihren Lebenstraum,

Tierärztin zu werden, aufzugeben, egal wie sehr sie versuchte, sich etwas anderes einzureden. Es gab einen Lagercontainer voller Ausrüstung aus ihrer alten Praxis, die ihre Pläne, etwas anderes mit ihrem Leben anzufangen, Lügen strafte. Sie hätte das alles verkaufen können. Ihr Sparkonto aufpolstern. Aber stattdessen hatte sie alles sorgfältig weggepackt ... nur für den Fall.

Und jetzt, nachdem sie Duke das Leben gerettet hatte, war Khloe sich sicherer denn je, dass sie ihre Karriere als Tierärztin nicht aufgeben konnte.

Sie hatte keine Ahnung, was als Nächstes passieren würde. Sie hatte eigentlich nicht vor, ihre neuen Freunde zu belügen, aber es hatte keinen guten Zeitpunkt gegeben, die Tatsache zu erwähnen, dass sie eigentlich eine renommierte Tierärztin war. Dass sie in Fallport lebte, weil einer ihrer früheren Kunden versucht hatte, sie umzubringen, als sie den Hund nicht retten konnte, den er halb tot in ihre Praxis gebracht hatte, nachdem er schrecklich verprügelt worden war.

Es war fast eine Erleichterung, dass ihre Geheimnisse bald ans Licht kommen würden. Es war anstrengend zu versuchen, jemand zu sein, der sie nicht war. Khloe hatte keine Ahnung, ob sie in Fallport oder sogar in Virginia bleiben würde, aber sie hatte es satt, sich zu verstecken. Vor ihren Freunden. Vor Alan Mather. Vor sich selbst.

»Willst du, dass ich bleibe?«, fragte Afton, nachdem sie Duke versorgt hatten.

Khloe fand es nicht richtig, ihn nach allem, was er durchgemacht hatte, in einen Zwinger zu stecken, also hatte sie aus alten Decken und Handtüchern eine Pritsche auf dem Boden gemacht. Dukes Infusion war an den Gitterstäben des Zwingers hinter ihm befestigt. Er war kurz aufgewacht, nachdem er ruhiggestellt worden war, und Khloe war sicher, dass er dank der Medikamente in seinen Venen keine Schmerzen hatte.

»Nein, aber danke«, sagte Khloe zu der Tierarzthelferin. Doc Snow hatte ein paar Minuten zuvor den Heimweg angetreten, nachdem er sich vergewissert hatte, dass sie alles hatte, was sie brauchte, und ihr versprochen hatte, dass er morgen früh wiederkommen würde, um nach ihr und Duke zu sehen.

»Bist du sicher? Ich bin daran gewöhnt. Normalerweise bleibe ich nach einer schweren Operation wie dieser hier. Da ich gleich in der Nähe wohne, ist das keine große Sache.«

»Ich habe keine Betten für Nachtschichten gesehen«, sagte Khloe, als sie sich neben Duke auf den Boden sinken ließ. Es war eine Frage, ohne als solche formuliert zu sein.

»Ein Bett? Es gibt Praxen, die Betten für Nachtschichten haben?«

Khloe war sauer auf Ziegler, weil Afton das kaum glauben konnte. »Ja. Zumindest die guten.«

Afton zuckte mit den Schultern. »Nein. Hier gibt es keine Betten.«

Sie hätte nicht überrascht sein sollen, aber sie war es trotzdem. »Ist schon okay. Ich werde bleiben. Ich will ihn genau beobachten.«

»Okay, aber ich lasse dir meine Nummer da, damit du mich erreichen kannst, wenn du mich brauchst. Ich komme gern zurück und helfe dir, wenn du willst.«

»Das weiß ich zu schätzen.«

»Dr. Ziegler sollte erst in drei Tagen zurück sein.«

»Richtig. Ich hoffe, Duke geht es so gut, dass er morgen Nachmittag in die Praxis von Doc Snow verlegt werden kann. Und, Afton?«

»Ja?«

»Du musst dir keine Sorgen machen, dass ich jemandem erzähle, dass du mir bei der Operation geholfen hast.«

Die jüngere Frau schenkte Khloe ein kleines Lächeln. »Das ist schon okay. Er wird es sowieso herausfinden. Ich habe versucht, den Mut aufzubringen, meine Kündigung einzureichen, in der Hoffnung, zuerst einen anderen Job zu finden ... das wird mir den nötigen Anstoß geben. Das ist vielleicht anmaßend, aber *falls* du dich jemals dazu entscheidest, deine eigene Praxis zu eröffnen, würde ich mich gern bei dir bewerben.«

Khloe blinzelte überrascht. »Oh, ähm ... ich habe noch nicht viel darüber nachgedacht. Die Sache mit Duke ist mir irgendwie in den Schoß gefallen.«

»Du bist eine verdammt gute Tierärztin, Khloe ... äh ... Dr. Moore. Fallport braucht jemanden wie dich. Jemanden, der sich wirklich für die Tiere *interessiert*, die er behandelt. Dr. Ziegler sieht nur das Geld. Ich weiß, dass ich nicht so über meinen Chef reden sollte, aber es ist ja kein Geheimnis. Die Leute kommen weiterhin zu ihm, weil er die einzige Möglichkeit ist, wenn sie nicht dreißig Minuten oder mehr fahren wollen.«

»Ich heiße Khloe. Nicht Dr. Moore«, sagte sie zu Afton, da sie nicht wusste, was sie sonst sagen sollte.

»Gut. Wenn es dir nichts ausmacht, wäre es in Ordnung, wenn ich vorbeikomme, um nach Duke zu sehen, sobald er in die Praxis von Doc Snow verlegt wurde?«

»Natürlich.«

»Danke. Nun ... wir sehen uns wohl.«

»Das werden wir. Und, Afton?«

»Ja?«

»Lass dich von Ziegler nicht verunsichern. Du bist eine verdammt gute Assistentin. Und wenn ich jemals wieder eine Tierarztpraxis aufmache, stehst du ganz oben auf meiner Liste der Leute, die ich einstellen möchte.«

Die jüngere Frau lächelte übers ganze Gesicht. »Großartig. Danke. Ich sage Raiden, dass du fertig bist, und schicke ihn rein. Bis dann.«

Sie ging, immer noch strahlend, hinaus. Khloe hatte kaum ein paar Augenblicke Zeit, über ihr Gespräch nachzudenken, da war Raid schon da. Er musste an der Tür gewartet haben, dass sie ihm grünes Licht gab, um hereinzukommen. Sie konnte es ihm nicht verübeln.

»Geht es dir gut?«, fragte er leise, als er auf sie zukam.

Khloe nickte und wich ein Stück zurück, als er sich neben Duke auf den Boden kniete. Er streckte seine große Hand aus und strich über den Kopf des Bluthundes. Er ließ den Blick über seinen Körper wandern, vom Kopf bis zum Schwanz, betrachtete die Verbände und die Stellen, an denen Khloe sein Fell rasieren musste, damit sie sehen konnte, was sie tat, und um die Infusionen zu legen.

Dann beugte Raid sich hinunter, küsste seinen Kopf und flüsterte dem Hund etwas ins Ohr.

Das war alles zu viel. Die Dinge in ihrem Leben hatten sich so sehr verändert, und als sie Raids Sorge um seinen Hund sah, kamen ihr die Tränen.

Bis zu diesem Moment war ihr gar nicht bewusst, wie gestresst sie gewesen war. Sie liebte Duke. Der Hund war ein echter Schatz, sabberte ununterbrochen und war ein verdammt guter Spurenleser. Er liebte Raiden so offensichtlich und war seinem Menschen völlig ergeben, und diese Hingabe wurde ebenso offensichtlich erwidert.

Khloe war müde, ihr Rücken schmerzte, ihr Bein pochte und es war lange her, dass sie im Operationssaal gewesen war. Sie hatte Muskeln beansprucht, die sie seit der Schließung ihrer Praxis nicht mehr benutzt hatte.

Natürlich schaute Raid in diesem Moment auf, und er erwischte sie beim Weinen.

Ihre Tränen schienen ihn nicht einmal zu stören. Er

drehte sich so, dass er mit dem Hintern auf dem Boden saß, mit dem Rücken an der Wand, und zog sie in seine Arme.

Khloe war einen Moment lang schockiert. Er hatte sie nicht um Erlaubnis gefragt, hatte ihr keine Wahl gelassen. Aber ganz ehrlich, das war genau das, was sie brauchte. Es war schon so lange her, dass sie berührt worden war. Seit sie umarmt worden war.

Sie lag an Raidens Brust, die Arme vor sich verschränkt, Raids Arme um sie gelegt, und beobachtete den schlafenden Duke. Seine Atemzüge waren gleichmäßig und normal, und ab und zu zuckte eine seiner Pfoten.

»Danke, dass du ihn gerettet hast«, sagte Raiden leise.

Sie wartete darauf, dass er mit den Fragen begann. Als er nichts weiter sagte, hob Khloe den Kopf und schaute in Raidens grüne Augen. Sein rotes Haar und sein Bart waren zerzaust und er hatte Ringe unter den Augen. Seine Kleidung war zerknittert und selbst als sie in seinen Armen lag, hörte sie seinen Magen knurren. Er war jede Minute da gewesen, genau wie sie. Er war zwar nicht im Operationssaal, aber er war trotzdem da und hatte sich geweigert zu gehen. Er war die Art von Besitzer, die sie sich für jedes Tier wünschte. Aber sie wusste leider auch, wie viele unfreundliche und grausame Besitzer es gab.

»Ist das alles, was du zu sagen hast?«, platzte sie heraus.

Raid nickte. »Vorläufig.«

Das verhieß nichts Gutes für Khloe, aber sie war trotzdem so erleichtert, dass sie einfach nickte und den Kopf senkte, sodass er wieder an seiner Brust ruhte.

»Kannst du mir etwas über die Operation erzählen? Und worauf müssen wir jetzt achten? Ich weiß, dass du vor dem Eingriff darüber gesprochen hast, aber ich weiß nicht mehr, was du gesagt hast. Tut mir leid.«

»Du hattest andere Dinge im Kopf«, entgegnete sie achselzuckend. Es fühlte sich gut an, so mit ihm zusammen zu sein. Es würde die Zeit kommen, in der sie Raids Fragen über ihr Leben beantworten müsste, aber im Moment wollte sie die Ruhe genießen.

»Er hatte Glück. Als ich ihn aufgeschnitten habe, um ihn zu untersuchen, war sein Magen nicht sehr beschädigt. Wenn zu viel Zeit vergeht zwischen dem Zeitpunkt, an dem sich der Magen verdreht, und dem Zeitpunkt, an dem das Tier in den OP kommt, kann ich wirklich nichts mehr tun. Der Magen kann nicht mehr repariert werden, wenn er abgestorben ist. Ich habe seine Milz untersucht und sie sah in Ordnung aus. Sie war zwar ein wenig beschädigt, aber ich musste sie nicht entfernen. Ich habe eine Gastropexie durchgeführt ... das heißt, ich habe den Magen an der Körperwand befestigt, damit er sich nicht drehen kann. Es besteht zwar immer noch eine zehnprozentige Chance, dass es wieder passiert, aber das ist viel besser, als wenn wir es nicht gemacht hätten.

Sein Herz ist stark. Während der Operation gab es keine abnormalen Herzrhythmusstörungen, aber ich werde ihn jetzt weiter überwachen, um sicherzustellen, dass sein Herz so schlägt, wie es soll. Er hat mehrere Schichten von Nähten, in der Faserschicht der Körperwand, im Unterhaut-gewebe und dann habe ich die dritte Schicht in der Unter-hautschicht vergraben, vor allem damit später keine Nähte oder Klammern entfernt werden müssen.«

»Ich weiß nicht, was das bedeutet, aber es klingt gut«, entgegnete Raid.

»Tut mir leid, ich bin aus der Übung, wenn ich darüber spreche, was ich während der Operation gemacht habe.«

»Ist schon gut. Was passiert jetzt mit ihm?«

»Wir müssen seine Wunde überwachen, damit sie sich nicht infiziert. Ich möchte, dass er noch mindestens zwei Tage lang an der Infusion und den Schmerzmitteln hängt. Das war eine schwere Operation und ich will nicht, dass er

Schmerzen hat. Er braucht Antibiotika, aber im Moment verabreiche ich sie ihm über die Infusion. Wie kommt er mit Tabletten klar?«

Raid lachte und das Geräusch hallte in ihr nach. »Wenn sie in Käse eingewickelt oder mit Erdnussbutter bestrichen sind, ist er ganz wild darauf.«

Khloe lächelte ihn an. »Ja, er ist auf jeden Fall ein Hund, den man durch Belohnungen motivieren kann. Wenn die Infusion raus ist, braucht er für eine Weile Antibiotika. In etwa drei Tagen kannst du ihn mit nach Hause nehmen und ihm langsam wieder weiche Nahrung in kleinen, häufigen Mahlzeiten geben. Solange er hier und in Doc Snows Praxis ist, bekommt er kein Futter und kein Wasser, und ich werde ihn in Bezug auf Herzrhythmusstörungen und Aspirationspneumonie beobachten und seine Schmerzen und Nähte überwachen.«

Raid nickte über ihr und Khloe spürte, wie sein Bart sich in ihren Haarsträhnen verfing.

»Wird er es überleben, wenn du eine Weile schläfst?«, fragte Raid.

»Ja. Er ist zäh, Raid, das verspreche ich dir. Aber ich bin nicht müde.« Kaum hatten die Worte ihren Mund verlassen, gähnte sie natürlich gewaltig.

Raiden lachte. »Genau, das sehe ich. Mach die Augen zu, Khloe. Ich werde über euch beide wachen. Wenn du aufwachst, schlafe ich ein bisschen, während du Wache hältst.«

Sie wollte am liebsten protestieren. Ihm sagen, dass es ihr nichts ausmachte, aufzubleiben und dafür zu sorgen, dass es Duke gut ging. Aber in seinen Armen zu liegen fühlte sich gut an. Wirklich gut. Und die Operation hatte ihr mehr abverlangt, als sie zugeben wollte. »Okay, aber nur für eine Stunde oder so. Dann muss ich nach Duke sehen.«

»In Ordnung.«

Als sie versuchte aufzustehen und er keine Anstalten machte, sie loszulassen, hob Khloe den Kopf und sah ihn an. »Wirst du mich loslassen, damit ich mich hinlegen kann?«

»Nein.«

Sie wartete darauf, dass er noch mehr sagen würde. Aber das war alles, was er von sich gab. Einfach nur nein.

Khloes Lippen zuckten amüsiert. »Alles klar.« Wäre sie nicht plötzlich so müde gewesen, hätte sie protestiert. Sie hätte darauf bestanden, dass er sie gehen ließ. Aber um ehrlich zu sein, war sie glücklich, wo sie jetzt war. Sie wusste nicht, wie Raid auf das Gespräch reagieren würde, von dem sie wusste, dass es kommen würde. Wenn dies ihre einzige Chance war, ihm so nahe zu sein, wollte sie sich diese nicht entgehen lassen.

Es war schwer zuzugeben, wie sehr Raid sie faszinierte. Das hatte er schon immer. Seit dem ersten Gespräch mit ihm in der Bibliothek hatte sie sich wie eine Fliege gefühlt, die in ein Spinnennetz gezogen wurde. Er war so gegensätzlich. Seriös und zurückhaltend im Umgang mit Menschen. Albern und unbekümmert in Bezug auf seine Zuneigung zu Duke. Er war einer der klügsten Männer, die sie kannte, aber er stellte seine Intelligenz nicht zur Schau. Er war muskulös und gut aussehend, aber er flirtete nicht. Khloe war sich nicht sicher, ob er überhaupt wusste, *wie* man flirtet. Er schien sich seiner eigenen Anziehungskraft immer sehr unsicher zu sein. Das war verrückt. Sicherlich wusste der Mann, wie gut er aussah. Vielleicht nicht im klassischen Sinne, aber Khloe war noch nie die Art von Frau gewesen, die sich zu dem Typ von nebenan hingezogen gefühlt hatte.

»Hör auf zu denken, Khloe. Schlaf«, sagte Raiden nachdrücklich, aber mit einem Hauch von Belustigung in der Stimme.

»Hat dir schon mal jemand gesagt, dass du wirklich herrisch bist?«, fragte sie, während sie die Augen schloss.

»Nein.«

»Nun, das bist du.«

»Nur bei dir, weil du nie tust, was ich dir sage.«

Daraufhin lächelte sie. Das stimmte auch wieder. Sie hatten schon viele Nachmittage in der Bibliothek miteinander verbracht, an denen er merkte, dass sie die Aufgaben, die er ihr für den Tag aufgetragen hatte, nicht erledigt hatte. Es war nicht so, dass sie absichtlich versuchte, ihm nicht zu gehorchen, aber meistens fand sie andere Dinge wichtiger ... oder interessanter als das, was er ihr aufgetragen hatte.

»Weck mich in einer Stunde auf«, erinnerte sie ihn.

»Mach ich.«

Normalerweise brauchte Khloe ewig, um einzuschlafen. Jedes Knarren in ihrer Wohnung, jedes vorbeifahrende Fahrzeug, jedes kleine Geräusch ließ sie sich fragen, ob Alan es irgendwie geschafft hatte, seine Drohung wahr zu machen, sie für den Rest ihres Lebens leiden zu lassen. Aber jetzt, in Raids Armen auf dem kalten, harten Fliesenboden von Raymond Zieglers Tierarztpraxis, fiel sie in einen traumlosen Schlaf, kaum dass sie die Augen geschlossen hatte.

KAPITEL DREI

Raid hielt Khloe fest im Arm, während sie schlief. Er behielt Duke im Auge und zählte seine Atemzüge, während sein Brustkorb sich auf und ab bewegte. Ihm ging alles durch den Kopf, was schiefgehen konnte. Es wäre mehr als grausam, wenn Duke die Operation überlebt hätte, um dann während der Genesung einen Herzinfarkt zu erleiden.

Aber Khloe schien nicht übermäßig besorgt zu sein, also zwang er sich, ruhig zu bleiben. Das hieß aber nicht, dass er nicht näher an Duke heranrückte. Es war ein Wunder, dass er Khloe nicht geweckt hatte, als er sich bewegte, aber nur wenige Augenblicke nachdem er ihr versichert hatte, dass er sie in einer Stunde aufwecken würde, lag sie wie eine tote Last in seinen Armen.

Jetzt, da er Duke berühren konnte, fühlte er sich besser und Raid entspannte sich ein wenig. Mit einem Arm um Khloe, die er an sich drückte, und der anderen Hand auf Duke schloss er die Augen und lehnte den Kopf an die Wand hinter sich.

Die nächsten paar Tage würden hektisch werden, daran hatte Raid keinen Zweifel. Er hoffte nur, dass sie es schaffen würden, die Praxis zu verlassen, bevor Ziegler zurückkam. Der Mann würde wegen allem, was passiert war, völlig ausrasten. Er war wirklich ein Idiot. Er müsste eigentlich froh sein, dass Khloe Duke hatte retten können, aber Raid war sich sicher, dass das nicht der Fall sein würde. Es würde zwar helfen, dass Rocky den zerbrochenen Türrahmen ersetzen würde, aber Raid vermutete, dass das den Ärger des Tierarztes über das, was er wahrscheinlich als Bedrohung für seine Rolle als einziger Tierarzt in Fallport ansehen würde, nicht lindern würde.

Seine Gedanken drehten sich um die Frau in seinen Armen. Während der letzten Jahre hatte er manchmal das Gefühl gehabt, sie trotz ihrer Bemühungen, möglichst unauffällig zu sein, recht gut zu kennen, aber der heutige Tag hatte bewiesen, dass er sie überhaupt nicht kannte. Andere Männer wären vielleicht verärgert darüber gewesen, dass sie offensichtlich Geheimnisse vor allen hatte, aber nicht er. Er war selbst nicht gerade ein offenes Buch gewesen.

Er war sein ganzes Leben lang ein introvertierter Mensch gewesen. Sich zu öffnen fiel Raid nicht leicht. Aber als er auf der anderen Seite stand und sich fragte, welche Geheimnisse Khloe außer der Tatsache, dass sie Tierärztin war, noch hatte, musste er an seine eigene Vergangenheit denken. Die Dinge, die er nie mit anderen geteilt hatte.

Er hatte nie über die Ereignisse gesprochen, die ihn dazu veranlasst hatten, bei der Küstenwache zu kündigen und Ethans Angebot anzunehmen, nach Fallport zu kommen. Aber jetzt konnte er nicht anders, als daran zu denken. Er konnte nicht anders, als an Finn »Tonka« Matlick zu denken. Tonka war sein engster Freund bei der Küstenwache gewesen. Sein einziger Freund, um genau zu sein. Ihre Hunde, Steel und Dagger, waren ebenfalls Kumpel gewesen. Sie alle hatten sehr gut zusammengearbeitet, und Tonka war es egal, dass Raid nicht viel redete. Es war ihm auch egal, dass er nicht der Typ war, der in seiner Freizeit gern mit den Jungs zusammen war.

Ihr letzter Einsatz hatte ganz normal begonnen. Sie hatten die Gewässer vor der Küste von Virginia auf der Suche nach etwas Verdächtigem kontrolliert. Als sie das kleine Schnellboot entdeckt hatten, beschlossen sie, an Bord zu gehen und nach illegalen Substanzen zu suchen.

Raid schauderte, wenn er daran dachte, was dann geschehen war.

Sie waren an Bord gegangen und von Pablo Garcia überfallen worden. Raid war am Kopf getroffen und angeschossen worden, und er hatte verdammtes Glück, dass er nicht auf dem Schiff verblutet war. Aber es waren Tonka und ihre Arbeitshunde, die an diesem Tag am meisten gelitten hatten. Raid hatte das Glück, dass er während der folgenden Ereignisse bewusstlos gewesen war. Tonka hatte nicht so viel Glück gehabt. Er war Zeuge von allem geworden, was Garcia getan hatte. Deshalb litt er jetzt unter einer schweren posttraumatischen Belastungsstörung.

Raid bedauerte das sehr. Er bedauerte viele Dinge an diesem letzten Einsatz. Er war nicht in der Lage gewesen, sich von Dagger zu verabschieden. Er war nicht in der Lage gewesen, ihn in seinen letzten Momenten zu trösten. Er hasste es, dass Tonka jahrelang das, was er gesehen hatte, immer wieder durchleben musste. Und er hasste Pablo Garcia definitiv. Sein einziger Trost war, dass der Mann im Knast verrottete.

Bei dem Gedanken an seine eigenen Geheimnisse sah er auf Khloe hinab. Sie war so klein im Vergleich zu ihm. Sein ganzes Leben lang war er als Riese bezeichnet worden. Fremde sprachen ihn auf der Straße an und fragten ihn, wie groß er sei. Er kannte all diese Witze und hasste jeden einzelnen davon.

Aber Khloe hatte kein einziges Mal einen Witz über seine Größe gemacht. Oder über seine Ohren. Oder über seine roten Haare. Das hieß aber nicht, dass sie sich nicht gegenseitig wegen anderer Dinge anschnauzten. Sie hatte nie Angst, ihm die Stirn zu bieten ... was Raiden sogar gefiel. Er fand Gefallen an ihrem Geplänkel.

Aber das hier gefiel ihm noch mehr.

Sie im Arm zu halten.

Sie zu beschützen, während sie verletzlich war.

Sie hatte Duke gerettet. Das wusste er so sicher, wie er seinen Namen kannte. Ohne sie hätte er einen weiteren besten Freund zu früh verloren.

Sein Arm verkrampfte sich unwillkürlich und Khloe regte sich. Raid zwang sich, sich zu entspannen, und zu seiner Erleichterung öffnete Khloe die Augen nicht.

Er seufzte schwer. Seine Gefühle für diese Frau waren komplex. Er war ihr Chef. Er war nicht davon überzeugt, dass sie ihn überhaupt mochte. Und jetzt, da ihr Geheimnis, dass sie Tierärztin war, gelüftet war, fragte er sich, ob sie Fallport verlassen würde.

Die Dinge zwischen ihnen waren im besten Fall kompliziert.

Raid wusste noch nicht einmal, was er Khloe sagen sollte, als sie eine Stunde später von selbst aufwachte. Sie drückte sich an ihn und setzte sich langsam auf, wobei sie verschlafen blinzelte.

Ihr Haar war von dem hektischen Tag zerzaust und sie hatte eine Falte auf der Wange, weil sie auf seinem Hemd gelegen hatte. Raid wurde klar, dass er sich noch nie so sehr zu Khloe hingezogen gefühlt hatte wie in diesem Moment. Zerknittert. Verschlafen. Nicht auf der Hut.

»Hey«, sagte er und merkte, dass es lahm klang, nachdem er das Wort ausgesprochen hatte.

Aber Khloe schien seine Unbeholfenheit nicht zu bemerken. »Hey«, erwiderte sie. »Wie lange war ich weg?«

»Nicht allzu lange. Vielleicht eineinhalb Stunden.«

Sie stöhnte und streckte sich, und Raid musste sich beherrschen, nicht auf ihre Brust zu starren, während sie das tat. Khloe hatte einen starken, geschmeidigen Körper ... mit Brüsten, die etwas größer waren, als es ihrer zierlichen Größe angemessen war. Er hatte ihre weiblichen Vorzüge definitiv bemerkt und schätzte sie, aber er hatte sich in der Vergangenheit nicht damit beschäftigt. Nachdem er sie in den letzten anderthalb Stunden an seine Brust gepresst hatte und sie sich jetzt vor seinen Augen streckte, konnte er nicht anders, als sie noch mehr zu schätzen.

»Ich würde für einen Kaffee aus dem *Grinders* töten«, murmelte sie und wandte sich dann zu Duke. »Wie geht's ihm?«

»Soweit ich das beurteilen kann, gut. Er ist noch nicht aufgewacht. Seine Atemzüge liegen bei etwa sechzehn pro Minute.«

»Gut, das ist normal.« Khloe schob sich näher an Duke heran, überprüfte seinen Herzschlag und schaute unter den Verband über seinem Bauch. Sie überprüfte seine Infusion und war anscheinend zufrieden, denn sie nickte und setzte sich auf ihren Hintern neben den Hund, während sie zu Raid aufsah. »Ich bin sicher, du willst reden.«

Raid zuckte mit den Schultern.

»Willst du nicht?«, fragte sie, während sie eine Augenbraue skeptisch hochzog.

»Es ist schon spät. Ich bin müde. Mein Hund ist auf dem Weg der Besserung. Und ganz ehrlich? Im Moment will ich nur hier sitzen und die Ruhe vor dem Sturm genießen.«

»Die Ruhe vor dem Sturm?«, fragte Khloe und legte den Kopf schief.

»Ja. Der Umzug von Duke. Alle unsere Freunde zu Besuch haben. Der Konflikt mit Ziegler. Jedes Mal wenn ich den Kopf aus dem Haus stecke, werde ich die Fragen der Bürger von Fallport beantworten müssen. Dukes Verlangen nach Futter gegen das, was das Beste für ihn ist, abwägen. Versuchen, ihn ruhig zu halten, während er sich erholt. Dann ist da noch die Arbeit. Und ich muss auch noch herausfinden, wie ich dir am besten bei dem, was dich beunruhigt, helfen kann ...

Jetzt hier zu sitzen, in der relativen Stille, wird wahrscheinlich die stressfreieste Zeit sein, die ich für eine ganze Weile haben werde.«

»Mich beunruhigt nichts«, entgegnete Khloe hartnäckig und konzentrierte sich auf diese Worte.

Raid konnte nicht anders, als seine Lippen amüsiert zu verziehen. Er schloss die Augen und lehnte den Kopf an die Wand hinter ihm. »Na klar«, entgegnete er.

»Mir geht's gut. Super. Großartig.«

Sein Lächeln wurde breiter. »Ja. Und deshalb lebst du hier in Fallport und arbeitest in der Bibliothek, obwohl es von Anfang an klar war, dass du schon seit Jahren keine Bibliothek mehr betreten hast. Deshalb hast du über deine Erfahrung und deinen Beruf gelogen. Heißt du in Wirklichkeit überhaupt Khloe?«

»Ja!«, entgegnete sie abwehrend.

Raid öffnete die Augen und sah sie an. Sie saß kerzengerade im Schneidersitz da und eine Hand ruhte auf der großen Pfote von Duke, die ihr am Nächsten war. Sie war süß, ganz zerzaust und defensiv. Ihm wurde wieder klar, warum er immer Dinge sagte, um sie zu ärgern. Weil sie ihm unter die Haut ging. Und weil er sie so mochte. Emotionen standen in ihren Augen, ihr Zorn war auf ihn gerichtet. Das war ihm lieber als die Sorge, die er oft in ihrem Blick sah. Unbewusst hatte er vielleicht sein Bestes getan, um ihr zu helfen, ihre Sorgen zu vergessen.

Je länger er sie anstarrte, desto mehr wand sie sich, bis sie schließlich seufzte und auf ihren Schoß blickte. »Also gut. Khloe ist wirklich mein Name. Aber mein Nachname ist nicht Moore.«

Selbst diese kleine Information reichte Raid, um sich gut zu fühlen. Sie erzählte ihm das freiwillig, ohne dass er das Thema forcieren musste. Immerhin etwas. Als er verbal nicht reagierte, schaute sie zu ihm auf.

»Willst du nicht fragen, wie mein Nachname lautet?«

»Nein«, entgegnete Raid träge. »Ich weiß, wie es ist, Geheimnisse zu haben. Dinge, von denen du nicht willst, dass andere sie wissen. Zu ihrem Besten *und* zu deinem eigenen. Ich möchte, dass du es mir sagst, wenn du das Gefühl hast, dass du mir vertrauen kannst. Und du *kannst* mir vertrauen, Khloe.«

Einige Augenblicke vergingen, bevor sie sagte: »Ich weiß.«

»Gut. Wie sieht es mit deinem Bein aus?«

Khloe blinzelte. »Gut.«

»Ich frage nur, weil du heute länger gestanden hast als sonst. Ich habe im Pausenraum am Ende des Ganges einen Kühlschrank gesehen. Ich kann dir Eis holen, wenn du es brauchst.«

»Mir geht's gut. Ich gebe zu, es tut ein bisschen weh, aber es ist nicht allzu schlimm. Die Luftdruckschwankungen verursachen mehr Schmerzen, als am Operationstisch zu stehen.«

»Okay, aber wenn du etwas gegen die Schmerzen brauchst, sag einfach Bescheid.«

Sie starrte ihn lange Zeit an.

»Was?«, fragte er.

»Ich ... du bist einfach ... seltsam.«

»Inwiefern seltsam?«

»Ich weiß es nicht. Ich bin es gewohnt, dass du mich

anschnauzt. Dass du mich auf alles hinweist, was ich falsch mache. Mich herumkommandierst. An diesen ... *netten* Raid kann ich mich nicht gewöhnen.«

»Komm schon, so schlimm bin ich nicht«, entgegnete er.

Khloe zog erneut die Augenbrauen hoch und Raid musste lachen.

»Zugegeben, ich bin vielleicht ein Perfektionist, wenn es um die Arbeit geht.«

»Das ist eine Untertreibung«, murmelte sie.

»Und du bist es nicht?«, konterte er. »Wenn die Rollen vertauscht wären und ich Tierarzthelferin in deiner Praxis wäre, würdest du dann nicht auch von mir erwarten, dass ich alles perfekt mache?«

Ein kleines Grinsen umspielte ihre Lippen. »Ich hatte in meinem früheren Leben vielleicht den Ruf, ziemlich hart zu sein.«

Raid erwiderte das Grinsen. »Das kann ich mir gut vorstellen. Aber ich wette, deine Mitarbeiter haben dich geliebt.«

Das Lächeln verblasste langsam und sie zuckte mit den Schultern.

Raid ärgerte sich über sich selbst, weil er offensichtlich bittersüße Erinnerungen bei ihr wachgerufen hatte. Er wechselte das Thema. »Wann denkst du, können wir Duke zu Doc Snow bringen, ohne ihn zu gefährden?«

Das war die richtige Frage, denn sie erklärte ihm ausführlich, worauf sie bei der Genesung des Hundes achten würde, wie sie ihn transportieren würden und was zu erwarten wäre, wenn der Bluthund wieder aufwachen würde.

Nach einer Weile stand Raid auf und kramte noch ein paar Decken und Handtücher hervor, die sie als Kissen benutzen konnten, und für den Rest der Nacht hielten sie abwechselnd ein Nickerchen, während sie über ihren Patienten wachten. Als draußen die Sonne aufging, stellte Raid fest, dass er zwar nicht sonderlich gut geschlafen hatte, aber er fühlte sich erstaunlich gut.

Duke war ein paarmal aufgewacht und schien sich zu freuen, seine beiden Lieblingsmenschen zu sehen, auch wenn er noch schwach war.

»Ich würde für eine Dusche, einen Kaffee und frische Klamotten töten«, bemerkte Khloe.

»Sag mir, was du brauchst, und ich bitte Caryn und Drew, es für dich zu holen«, sagte Raid zu ihr.

»Hm?«

»Gib mir deine Kaffeebestellung und sag mir, was du aus deiner Wohnung brauchst, dann lasse ich es von Caryn und Drew vorbeibringen.«

»Ich habe dich gehört, aber ich verstehe nicht, warum du sie bitten solltest, mir etwas zu bringen.«

»Weil sie hier sind. Sie waren fast die ganze Nacht draußen.«

»*Was?* Warum?«

»Weil wir hier *drinnen* sind und sie sich Sorgen um uns und Duke gemacht haben. Außerdem habe ich Drew gefragt, ob es ihm etwas ausmacht, hierzubleiben und nach Ziegler Ausschau zu halten, nur für den Fall.«

»Der sollte erst in ein paar Tagen zurück sein.«

»Stimmt, aber ich bin mir sicher, dass er schon gehört hat, dass wir in seine Praxis eingebrochen sind, und er wird alles andere als glücklich darüber sein. An seiner Stelle würde ich hierher zurückkehren, um herauszufinden, was hier los ist. Ich vermute, es ist zu viel verlangt, dass er einfach nur erleichtert ist, dass ein Tier gerettet wurde. Er wird stinksauer sein, dass wir eingebrochen sind.«

»*Wir* sind nicht eingebrochen. Das war *ich* ganz allein«, erklärte Khloe entschieden.

»Das ist Wortklauberei«, entgegnete Raid achselzuckend.

»Die Leute waren wirklich die ganze Nacht da draußen?«, fragte sie und runzelte die Stirn.

»Ja. Und Rocky und Bristol werden sie gleich ablösen. Ich bin mir sicher, dass auch die anderen früher oder später zurückkommen werden. Sie werden uns eine Pause gönnen, um zu duschen, wenn wir wollen, und sie wollen Duke mit eigenen Augen sehen.«

»Ich ... das ist ... Raid, das ist verrückt.«

»Warum?«

Sie starrte ihn an, als sei sie von seiner Frage verwirrt. »Darum!«

»Hast du noch nie Besitzer gesehen, die sich verzweifelt vergewissern wollten, dass es ihren Tieren gut geht? Die sofort auftauchten, sobald du geöffnet hattest, um ihre Fellnasen zu besuchen? Die darum bettelten, neben den Zwingern ihrer verletzten Haustiere schlafen zu dürfen?«

»Natürlich habe ich das. Aber ...« Ihre Stimme wurde leiser.

»Aber du hattest nicht die Art von Freunden, die das für dich getan hätten«, schloss Raid.

»Ich war nicht gerade superfreundlich zu ihnen«, gab sie mit leiser Stimme zu. »Ich habe versucht, sie auf Abstand zu halten. Ich wollte nicht, dass sie in meine Probleme verwickelt werden.«

Raids Magen zog sich bei diesen Worten zusammen. Er wusste nicht, was ihre »Probleme« waren, aber mit diesem einfachen Satz wusste er, dass es so ernst war, wie er befürchtet hatte. Und seine Entschlossenheit, alles zu tun, um ihr zu helfen, wuchs. »Sie erkennen gute Menschen, wenn sie ihnen begegnen. Und du, Khloe, wie auch immer dein Nachname in Wirklichkeit lautet, bist ein guter Mensch.«

Sie atmete tief ein und langsam wieder aus und weigerte sich, seinem Blick zu begegnen.

»Kaffee?«, fragte er sanft.

»Einen großen vierfachen fettfreien Mokka ohne Sahne mit Zucker. Bitte.«

Raids Augen weiteten sich. »Vierfach? Das sind vier Espressos.«

»Ich weiß. Ich glaube, ich brauche heute das zusätzliche Koffein nach der letzten Nacht und damit ich mit Ziegler fertigwerde, ohne einen Mord zu begehen, wenn er auftaucht.«

Raid lachte. »Stimmt. Wahrscheinlich eine gute Idee.« Er holte sein Handy heraus und ließ die Finger über das Display fliegen, als er Drew eine Nachricht schrieb. »Und von dir zu Hause?«

»Jeans und ein T-Shirt sind in Ordnung.«

Er grinste. »Und Unterwäsche?« Die Röte, die sich auf ihren Wangen bildete, gefiel ihm.

»Selbstverständlich«, bemerkte sie und verdrehte die Augen.

Er lächelte immer noch, als er Drew eine weitere Nachricht schickte.

»Ich nehme an, sie brauchen meinen Schlüssel, um in meine Wohnung zu kommen«, sagte Khloe.

»Sie werden schon einen Weg finden«, sagte Raid, als er auf Senden drückte.

»Was denn für einen Weg? Raid, sie brauchen meinen Schlüssel, um in meine Wohnung zu kommen. Ich denke, ein Einbruch in der Woche reicht.«

»Khloe, wir sind hier in Fallport, nicht in der großen Stadt. Sie werden mit der Hausverwalterin reden und sie dazu bringen, sie reinzulassen. Mach dir nicht so viele Sorgen.«

Aber sie ließ es nicht auf sich beruhen. »Diedre wird sie also reinlassen, nur weil sie nett fragen?«

»Ja«, entgegnete Raid. »Aber glaub nicht, dass sie ein Schwächling ist oder dass sie jeden reinlässt. Ich bin sicher, dass sie und die meisten Leute in dieser Stadt wissen, was gestern passiert ist. Sie werden von deiner Entschlossenheit gehört haben, Duke zu helfen, und dass du bereit warst, Ziegler zu verärgern, um das zu erreichen. Sie sind froh, dass das Rettungsteam vom Eagle Point hier ist, und sie wissen, dass Duke gebraucht wird. Die Tatsache, dass du nicht nur fähig, sondern auch *bereit* bist zu helfen, wenn es nötig ist, und die Tatsache, dass du du bist, wird sie dazu bringen, Drew und Caryn die Wohnung zu öffnen, damit sie dir Kleidung zum Umziehen holen können. Aber mach dir keine Sorgen. Ich bin mir sicher, dass sie dabeistehen wird, während Caryn deine Sachen holt, um sicherzugehen, dass nichts Unerwünschtes passiert, wenn sie in deinem Raum sind. In ein paar Minuten sind sie wieder weg und Diedre wird dafür sorgen, dass deine Tür verschlossen ist, wenn sie rausgehen.«

»Das hört sich fast so an, als würdest du sie gut kennen.«

Raid konnte nicht umhin, sich über den Hauch von Eifersucht in ihrer Stimme zu freuen. Aber er konnte sie schnell beruhigen, denn auf keinen Fall wollte er, dass Khloe dachte, er sei ein Aufreißer oder, Gott bewahre, dass er etwas für ihre Hausverwalterin übrighatte.

»Sie ist eine nette Frau, deren Vater sich vor ein paar Jahren bei einem Besuch bei ihr verlaufen hat. Er war zu Thanksgiving hier und wollte vor dem Essen noch eine kleine Wanderung machen. Vier Stunden später fand Duke ihn einige Kilometer abseits des Weges, völlig durchgefroren und verwirrt. Zu sagen, dass sie ein Fan von uns ist, ist eine Untertreibung. Und ich sage es noch einmal: Dies ist

Fallport. Es ist kaum möglich, die Leute nicht gut zu kennen, wenn man schon lange genug hier ist.«

»Oh«, entgegnete Khloe.

»Ja, oh. Also, was soll ich tun, um dir heute Morgen mit Duke zu helfen?«

Und damit wurde es zwischen ihnen wieder professioneller. Aber Raid machte sich keine Sorgen, dass sie wieder in alte Gewohnheiten verfallen würden. Seine Beziehung zu Khloe hatte sich während der letzten vierzehn Stunden unwiderruflich verändert. Er war kein Fan von der peinlichen Kennenlernphase einer Beziehung, egal ob es sich um eine Freundschaft oder etwas anderes handelte. Aber bei Khloe fand er, dass sie sogar aufregend war.

Er hatte keine Ahnung, was die Zukunft für sie beide bereithielt, aber im Moment genoss er es, diese Frau besser kennenzulernen ... und wenn er Glück hatte, wollte sie im Gegenzug vielleicht auch den echten Raiden kennenlernen.

KAPITEL VIER

Khloe fühlte sich unwohl. Der Tag war einfach unglaublich gewesen. Sie schien plötzlich nicht mehr im Hintergrund zu leben, sondern im Rampenlicht zu stehen. Und nicht nur das, sie war anscheinend nie so sehr »im Hintergrund« gewesen, wie sie gedacht hatte.

Sie hatte heute mit mehr Leuten gesprochen als während ihrer gesamten Zeit in Fallport. Nicht nur mit den Mitgliedern von Raids Team und ihren Frauen, sondern auch mit anderen Stadtbewohnern. Die Glocke über der Eingangstür von Zieglers Praxis hatte den ganzen Tag über geklingelt. Leute, die sie nur einmal in der Bibliothek getroffen hatte, kamen immer wieder vorbei, um sich nicht nur nach Duke, sondern auch nach ihr und Raid zu erkundigen. Sie drückten ihre Besorgnis aus, wünschten Duke alles Gute ... und stellten nicht ganz so subtile Fragen, ob sie darüber nachdachte, in Zukunft eine Tierarztpraxis in Fallport zu eröffnen.

Ehrlich gesagt hatte Khloe nicht viel darüber nachgedacht. Aber jede Geschichte darüber, wie kalt oder geradezu unprofessionell Dr. Ziegler bei der Behandlung eines Tieres in Not gewesen war – und wie oft er geschlossen hatte und in Notfällen nicht zur Verfügung stand –, sorgte dafür, dass sie begann, über ihre Zukunft nachzudenken.

Doch bevor sie ernsthaft in Betracht ziehen konnte, für immer in Fallport zu bleiben, musste sie sich mit ihrer Vergangenheit auseinandersetzen. Sie musste dafür sorgen, dass sie keine Gefahr für die Stadt darstellte.

Das war ihre größte Angst ... dass Alan Mather versuchen würde, denen, die ihr am Herzen lagen, etwas anzutun. Das war der Grund, warum sie überhaupt erst geflohen war. Aber jetzt, da er hinter Gittern war, konnte sie vielleicht, aber nur vielleicht, ihr Leben zurückerobern.

Der Kaffee, den Caryn mitgebracht hatte, hatte sie richtig wach gemacht, und es machte ihr nicht einmal etwas aus, dass sie von allen wegen des hohen Koffeingehalts des süßen Getränks ausgelacht wurde. Witze darüber, dass eine Infusion mit reinem Koffein genauso effektiv wäre, brachten sie zum Lachen. Die Kleidung, die Caryn mitgebracht hatte, war sogar noch besser als der Kaffee. Mit sauberer Kleidung fühlte Khloe sich stets besser.

Duke ging es erstaunlich gut, was wahrscheinlich auch daran lag, dass er so fit war, bevor er Magenprobleme bekommen hatte. Sie hatte keine wissenschaftlichen Beweise dafür, aber ihrer Erfahrung nach erholten sich Tiere, die nicht übergewichtig waren und sich regelmäßig bewegten, nach einer größeren Operation schneller.

Der Warteraum war immer noch voller Menschen, die Raid und Duke unterstützen wollten, als das von ihr befürchtete Szenario tatsächlich eintrat.

Dr. Ziegler kam früher aus seinem Urlaub zurück, um herauszufinden, was in seiner Praxis vor sich ging.

Sie hörte ihn aus dem Hinterzimmer schreien, wo sie Duke für den Transport vorbereitete, und ihr rutschte das Herz in die Hose. Sie hatte wirklich gehofft, schon weg zu sein, wenn er zurückkam. Duke ging es so gut, dass sie beschlossen hatte, ihn einen ganzen Tag früher in Doc Snows Praxis zu bringen. Aber anscheinend war das nicht früh genug.

»Tief durchatmen, Khloe«, sagte Raid neben ihr.

Dass er bei ihr war, half ihr sehr, ruhig zu bleiben. Es war nicht so, dass sie Angst vor dem Mann hatte, aber nach dem, was mit Alan passiert war, war sie viel vorsichtiger, wenn Männer wütend waren.

»Er kann nichts tun, wenn so viele Zeugen da sind«, fuhr er fort.

»Ich weiß. Aber ich mache mir Sorgen um später, wenn nicht alle da sind«, entgegnete sie, ohne nachzudenken.

Erst als sie Raids Hand auf ihrem Rücken und seine Wärme an ihrer Seite spürte, wurde ihr klar, was sie gesagt hatte. Raid war nicht dumm. Er war sogar einer der klügsten Menschen, die sie je kennengelernt hatte. Er würde zwischen den Zeilen lesen können und wissen, dass sie sich auf ein Ereignis aus ihrer Vergangenheit bezog.

»Er wird dir kein Haar krümmen, und auch niemand anderes«, erklärte er in einem Ton, den Khloe noch nie von ihm gehört hatte. Er war leise und bedrohlich ... und überraschenderweise machte ihr die unterschwellige Wut in seinem Ton keine Angst. Da sein Zorn eindeutig von der Vorstellung hervorgerufen wurde, dass jemand sie verletzen könnte, war er sogar ... beruhigend.

Sie war immer unabhängig gewesen. Bevor er gestorben war, hatte ihr Daddy ihr beigebracht, sich von niemandem etwas gefallen zu lassen und sich selbst zu schützen. Aber trotz all dieses Trainings hatte Alan sie trotzdem erwischt.

Ja, Raid an ihrer Seite zu haben war ein echter Segen.

»Ich weiß«, entgegnete sie und versuchte, zuversichtlicher zu klingen, als sie war.

»Ich meine es ernst«, erklärte Raid mit Nachdruck.

»Ziegler kann so wütend sein, wie er will. Er kann schreien und toben, aber sobald er auch nur den kleinsten Schritt auf dich zu macht, ist er erledigt. Nicht nur ich, sondern jeder Einzelne in meinem Team wird ihm klarmachen, dass du tabu bist. *Punkt.*«

Khloe nickte, aber sie wusste, dass Raid und seine Freunde sie auf keinen Fall jede Minute des Tages beschützen konnten. Wenn Ziegler wütend genug war, wenn er ihr wirklich wehtun wollte, würde er es früher oder später tun. Genau wie Alan es getan hatte.

»Du glaubst mir nicht«, bemerkte Raid.

Es hätte Khloe eigentlich beunruhigen müssen, dass er ihre Gedanken so gut lesen konnte, aber im Moment tat es das nicht. »Du kannst nicht die ganze Zeit bei mir sein.«

»Du hast recht. Das kann ich nicht. Aber das heißt nicht, dass wir ihm nicht klarmachen können, dass es die schlechteste Entscheidung seines Lebens wäre, sich mit dir anzulegen.«

»Genau. Können wir bitte gehen und es hinter uns bringen?«, fragte Khloe, weil sie nicht daran denken wollte, dass es wieder jemanden gab, der ihr wehtun wollte.

Raid antwortete nicht verbal, sondern beugte sich vor, tätschelte Duke und sagte ihm, dass sie gleich wieder da seien und er sich keine Sorgen machen solle, bevor er zur Tür ging. Anstatt sie zu öffnen und darauf zu warten, dass sie ihm voranging, ging er hindurch und ließ sie zurück.

Khloe war verwirrt, denn Raid war nicht gerade unhöflich. Sie konnte sich nicht einmal daran erinnern, dass er ihr oder einer anderen Frau aus ihrem Freundeskreis jemals nicht die Tür aufgehalten hatte. Ihre Verwirrung klärte sich jedoch auf, als er sich auf dem Weg zum Wartebereich im Gang umdrehte und sagte: »Bleib hinter mir.«

Normalerweise hätte sie sich über seine Aufforderung geärgert. Er kam ihr zu anmaßend und selbstherrlich vor.

Aber ehrlich gesagt war sie im Moment einfach nur erleichtert. Es würde ihr nichts ausmachen, Raids imposante Gestalt zwischen ihr und Ziegler zu haben.

Als sie endlich den Wartebereich betraten, schaute Khloe sich die vielen Gesichter an. Sie wusste, dass die Leute den ganzen Morgen über gekommen und gegangen waren, aber es mussten mindestens fünfzehn Leute sein. Die Hälfte von ihnen kannte sie nicht einmal.

»Du!«, schrie Raymond Ziegler und erschrak Khloe damit so sehr, dass sie zusammenzuckte.

Sie spürte eine Bewegung hinter sich und drehte sich um, und stellte fest, dass Lilly und Heather sich hinter sie gestellt hatten. Die Tatsache, dass Heather da war, war überraschend. Es war noch gar nicht so lange her, dass die Frau in den Wäldern gelebt und sich vor den Männern versteckt hatte, die sie entführt und jahrelang missbraucht hatten. Ihre Unterstützung und Stärke im Angesicht eines offensichtlich sehr wütenden Mannes bedeutete Khloe alles.

Ethan und Tal flankierten Raid, als sie sich einem wütenden Ziegler entgegenstellten.

»Was zum Teufel hast du mit meiner Praxis gemacht?«, wütete er.

»Ich habe nichts getan«, sagte Khloe und drängte sich zwischen Ethan und Raid, sodass sie neben ihnen stand statt hinter ihnen.

»Blödsinn! Du hast meine Tür aufgebrochen! Du hast meine Medikamente gestohlen. Meine Vorräte. Ohne meine Erlaubnis. Das ist gegen das verdammte Gesetz!«

»Ich werde für jeden Wattebausch und jeden Tropfen der Medikamente bezahlen, die ich benutzt habe«, teilte Khloe ihm mit.

»Das solltest du auch!«, bellte Ziegler. »Sobald ich eine vollständige Inventur gemacht habe, schicke ich dir eine Rechnung.«

»Nein, das wirst du nicht«, sagte Khloe ruhig. »Du wirst mir zu viel berechnen, so wie du es mit allen deinen Kunden machst. Ich bezahle dir, was ich gebraucht habe, um Dukes Leben zu retten, aber keinen Cent mehr.«

Zieglers Gesicht wurde noch röter, wenn das überhaupt möglich war. Er trug Tarnkleidung und es war offensichtlich, dass er direkt von der Jagd zurückgekommen war, um sie zu konfrontieren. Er hatte dünne Stoppeln, weil er sich seit ein paar Tagen nicht rasiert hatte, und sein Gesicht und seine Hände waren schmutzig. Er war in den Fünfzigern und übergewichtig, aber mit einer Größe von etwa einem Meter achtzig war er durchaus ein wenig Furcht einflößend.

Als sie ihn beobachtete, ballte er die Hände zu Fäusten, und Khloe konnte nur mit Mühe verhindern, dass sie bei diesem sichtbaren Zeichen seiner Wut einen Schritt zurücktrat.

»Ich werde dich verklagen!«, schimpfte Ziegler.

»Weswegen?«, fragte Ethan und schaltete sich in das Gespräch ein.

»Wegen Einbruchs und Diebstahls. Weil du meine Geräte unerlaubt benutzt hast. Für die Gefährdung meines Lebensunterhaltes.«

»Erstens war der Polizeichef hier, und *er* war derjenige, der eingebrochen ist und die Sicherheitsfirma informiert hat, die für die Alarmanlage zuständig ist«, erklärte Tal. »Zweitens hat Khloe nur das verwendet, was sie brauchte, um Dukes Leben zu retten. Und drittens, wie zum Teufel kannst du glauben, dass das, was sie getan hat, in irgendeiner Weise auf dich zurückfällt? Deinen Lebensunterhalt in irgendeiner Weise bedroht?«

»Darum!«

Khloe hätte am liebsten laut gelacht. Sie hatte nicht das Geringste getan, um seinem Geschäft zu schaden. Zumindest nicht mehr als der Mann selbst. Er war einfach nur gekränkt und hasste es, dass es jemand anderes gewesen war, der eingesprungen war, um die Situation zu retten. Er genoss es, der einzige Tierarzt in der Stadt zu sein, und nutzte diese Tatsache auf grausame Weise aus. Er weigerte sich, nach Feierabend zu kommen, wenn jemand einen Notfall mit einem Haustier hatte. Er schloss genau um siebzehn Uhr, arbeitete nicht an Wochenenden und hatte keinen Notdienst. Die Kunden mussten warten, bis er morgens oder am Montag öffnete, oder zum nächsten Notfalltierarzt fahren.

Die Tatsache, dass sie bereit gewesen war, alles zu tun, um Dukes Leben zu retten, war in Fallport nicht unbemerkt geblieben, vor allem in Anbetracht der Tatsache, wie viele Leute sie anflehten, ihre eigene Praxis zu eröffnen.

Bei diesem Gedanken beschloss Khloe, dass Ziegler vielleicht doch recht hatte. Die Tatsache, dass sie alles in ihrer Macht Stehende für den Bluthund getan hatte, *hatte* ihm wahrscheinlich geschadet.

»Ich habe das Bild gesehen, das du gestern in den sozialen Medien gepostet hast«, erklärte ein Mann im Wartebereich Ziegler.

Khloe glaubte, sein Name war Jim. Sie kannte ihn nicht, hatte keine Ahnung, was er tat, was seine Verbindung zum Eagle Point Rettungsteam war oder ob er überhaupt Tiere hatte. Aber am Tonfall seiner Stimme konnte sie erkennen, dass sein Kommentar nicht gerade schmeichelhaft war.

»Ja? Und?«, fragte Ziegler.

»Dieses Geweih muss ... wie breit sein? Etwa zwei Meter breit oder so? Dann wäre der Elchbulle etwa zehn Jahre alt, oder?«

»Ich denke schon.«

»Hier gibt es nicht allzu viele Elche. Wo hast du gejagt? Es muss ziemlich nahe sein, da du gestern auf der Jagd warst und jetzt hier stehst.«

Raymond antwortete nicht, sondern starrte Jim nur an.

Dann meldete sich jemand anderes zu Wort. Diesmal eine Frau. »Ich habe das Bild auch gesehen. Und ich habe mir die Firma angesehen, die auf dem Logo des Lastwagens im Hintergrund zu sehen ist. Sie bringen Tiere auf ihre Farm, damit die Leute sie jagen können ... und ich verwende diesen Begriff sehr weitläufig. Jäger wie du *kaufen* ein Tier und lassen es auf ihrem eingezäunten Grundstück frei, damit sie es ganz einfach erschießen können, denn die Tiere können nirgendwo hin. Das ist unsportlich und *ekelhaft*«, beendete sie ihren Satz, und ihre Worte hörten sich giftig an.

»Molly hat recht. Sie bringen Grizzlys, Elche, Hirsche, Wildschweine ... manchmal sogar Kängurus. Es ist furchtbar«, bemerkte eine andere Frau. Claire oder so ähnlich. Khloe kannte sie aus der Bibliothek.

»So ist es nicht«, protestierte Raymond und wurde noch wütender.

»Wirklich? Wie viel hast du für den Elch bezahlt?«, fragte Jim und verschränkte die Arme vor der Brust. »Und was ist mit dem Tier passiert, nachdem du es geschossen und deine blöden Fotos gemacht hattest?«

»Ich bin mir sicher, dass das Fleisch für einen guten Zweck verwendet wurde«, murmelte Raymond, dessen Gesicht nun knallrot war.

Die meisten Leute im Raum verdrehten die Augen.

»Außerdem geht es niemanden etwas an, was ich in meiner Freizeit mache«, wetterte Raymond. »Es sollte lediglich zählen, dass ich mich um Rover und Frisky und all die anderen Tiere kümmere, die mir anvertraut werden.«

»Das stimmt bis zu einem gewissen Punkt«, bemerkte ein anderer Mann. »Aber wenn das Geld, das wir dir für die Pflege unserer Fellnasen zahlen, in die illegale und unmoralische Jagd auf ein Tier fließt, das für eine unfaire

Jagd hergebracht wurde, *dann* geht uns das sehr wohl etwas an.«

»Ganz genau!«, sagte Molly. »Und Miss Khloe hier ist, ohne zu zögern, eingesprungen, um Duke zu helfen. Es war ihr egal, dass es nach Feierabend war, und sie bestand auch nicht darauf, dass die Operation bezahlt wurde, *bevor* sie überhaupt angefangen hatte. Sie hat getan, was getan werden musste. Und soweit ich weiß hat sie noch nicht einmal erwähnt, dass sie ein Honorar verlangt. Ihr einziges Anliegen war es, das Leben des Hundes zu retten. Wann hast du das letzte Mal eine Operation durchgeführt, ohne die Leute im Voraus dafür bezahlen zu lassen?«

Raymonds Gesicht war so rot, dass Khloe ehrlich gesagt befürchtete, er würde auf der Stelle einen Herzinfarkt bekommen.

Während des ganzen unangenehmen Gesprächs hatte Raid kein einziges Wort gesagt. Er war nicht von ihrer Seite gewichen. Er hatte einfach nur dagestanden, die Arme verschränkt und die Stirn gerunzelt. Selbst für Khloe wirkte er Furcht einflößend, und dabei war er auf ihrer Seite.

Aber als Raymond einen Schritt in ihre Richtung machte, änderte sich das. Schnell.

Er schob Khloe mit einem Arm hinter sich und schlug mit dem Handballen seiner anderen Hand gegen Zieglers Brustbein, als er ihr zu nahe kam. »Zurück«, knurrte er.

»Du hast mich tätlich angegriffen!«, rief Raymond aus. »Jeder hier ist mein Zeuge! Dieser Mann hat mich geschlagen. Dich verklage ich auch!«

»Er hat dich nicht geschlagen«, erklärte der zweite Mann, der gesprochen hatte, und verdrehte die Augen.

»Doch, hat er! Er hat seine verdammte Hand an mich gelegt!«, beharrte Raymond.

»Weil du Khloe bedroht hast«, bemerkte Jim.

»Das habe ich nicht!«, brüllte Raymond.

»Wenn du mit geballten Fäusten auf sie zugehst, ist das ein sicheres Zeichen für eine Bedrohung, da wo ich herkomme«, informierte Ethan ihn.

Khloe erschauderte angesichts des hasserfüllten Blicks, den der Tierarzt ihr zuwarf. »Das wirst du mir büßen. Dafür werde ich sorgen.«

»*Das* war jetzt aber eindeutig eine Drohung«, bemerkte Jim. Dann grinste er. »Jeder hier ist ein Zeuge.«

»Und ich denke, wenn ihr etwas zustößt, wird es ein Leichtes sein herauszufinden, wer dafür verantwortlich ist«, erklärte Molly. »Es ist definitiv an der Zeit, dass ich mir einen neuen Tierarzt suche«, fügte sie hinzu, und ihr Tonfall klang verächtlich.

»Viel Glück. Hier in der Gegend gibt es keine anderen Tierärzte«, entgegnete Raymond. »Und Muffy ist sowieso total verwöhnt.«

»Sie heißt *Fluffy*, und wen kümmert es, ob sie verwöhnt ist? Lieber fahre ich eine Stunde zu einem anderen Tierarzt, als dass du sie jemals wieder in die Finger bekommst«, sagte Molly zu ihm.

»Als bräuchte ich dein Geld«, murmelte Raymond unbedacht.

»Du hast recht. Das brauchst du nicht. Und meins wirst du auch nicht brauchen«, mischte Claire sich ein.

Einer nach dem anderen stimmten die Leute im Wartezimmer zu.

»Das ist nicht klug«, bemerkte Tal mit einem Grinsen und schüttelte den Kopf.

»Ich will, dass ihr alle von hier verschwindet! *Sofort*«, presste Raymond zwischen zusammengebissenen Zähnen hervor.

Khloe war noch nie zuvor so froh gewesen, dass es ihrem Patienten so gut ging, wie es jetzt der Fall war. »Wir waren schon auf dem Weg nach draußen, als du hier eingetroffen bist«, informierte sie ihn.

»Und glaub ja nicht, dass du meine Sachen mitnimmst«, bemerkte Raymond verächtlich.

»Das würde mir im Traum nicht einfallen«, versicherte sie ihm.

»Komm, lass uns Duke fertig machen«, erklärte Lilly und legte ihre Hand auf Khloes Arm.

Khloe wünschte sich nichts sehnlicher, als aus Raymonds Nähe zu verschwinden, aber irgendwie tat der Mann ihr leid. Auch wenn er ein Idiot war, musste es doch ziemlich mies sein, im Urlaub zu sein und zu hören, dass in die eigene Praxis eingebrochen wurde. Selbst wenn es ein anderer Tierarzt war, der das getan hatte.

»Es tut mir wirklich leid«, erklärte Khloe und versuchte, die Wogen zu glätten. »Ich werde dir das Material, das ich benutzt habe, bezahlen.«

»Du solltest es nicht wagen, mir zu wenig zu zahlen«, sagte Raymond.

Ihre Entschlossenheit, fair zu sein, geriet ins Wanken, aber Khloe nickte. »Das werde ich nicht. Ich weiß ganz genau, was das alles gekostet hat.«

»Die Tür wird bis heute Abend repariert sein«, sagte Ethan zu Ziegler. »Rocky kommt gleich vorbei, um den Rahmen zu reparieren.«

»Gut«, entgegnete Raymond, der nicht bereit war, sich zu bedanken.

»Was für ein Mistkerl«, bemerkte Claire nicht gerade leise.

»Ich habe es euch doch schon gesagt – verschwindet von hier! Die Praxis ist geschlossen. Dies ist kein Ort für geselliges Beisammensein«, bellte Raymond.

Einer nach dem anderen gingen die Leute, die die ganze unangenehme Begegnung miterlebt hatten, nach draußen und ließen nur Ethan, Lilly, Tal, Heather, Raid und Khloe zurück. Und Raymond natürlich.

»Ihr haltet euch für unantastbar«, rief er hasserfüllt, »aber das seid ihr nicht. Ihr habt vielleicht jeden in dieser verdammten Stadt um den kleinen Finger gewickelt und denkt, ihr könnt nichts falsch machen, aber sie werden eure Gutmenschen-Fassade durchschauen. Denkt an meine Worte.«

Khloe konnte nur den Kopf schütteln. Der Mann hatte Wahnvorstellungen. Die drei Männer, die dort standen, gehörten zu den besten Menschen, die sie in ihrem Leben kennengelernt hatte. Sie waren durch und durch gut. Es gab nichts, was Raymond sagen oder tun konnte, um das zu ändern. Ethan und der Rest des Rettungsteams vom Eagle Point hatten zu vielen Menschen geholfen – Touristen und Einheimischen gleichermaßen –, als dass Ziegler jemanden würde umstimmen können. Sie hatte das Gefühl, je mehr er versuchte, ihren Ruf zu verunglimpfen, desto mehr würde es negativ auf ihn zurückfallen.

»Ihr habt zehn Minuten, um zu verschwinden«, drohte er.

Khloe wollte fragen: »Sonst passiert was?«, aber sie unterließ es. Er könnte die Polizei rufen, aber da Simon und auch alle seine anderen Polizisten fest auf ihrer Seite waren, glaubte sie nicht, dass sie tatsächlich etwas unternehmen würden. Aber da sie sich in Raymonds Gegenwart mehr als unwohl fühlte, drehte sie sich um und ging ohne ein weiteres Wort zur Tür zu den Hinterzimmern.

Heather und Lilly blieben bei ihr und als sie in dem Raum waren, in dem Duke immer noch gemütlich ruhte, atmeten sie alle tief durch.

»Dieser Mann ist furchtbar«, stellte Heather fest. Sie hatte nichts gesagt, während sie im Wartezimmer waren, aber diese vier Worte fassten all ihre Gefühle vollständig zusammen.

»Auf jeden Fall«, stimmte Lilly zu. »Aber hast du gesehen, wie Raid sofort reagiert hat, als Ziegler auf dich zugegangen ist?«, fragte sie Khloe.

Sie nickte.

»Er beschützt dich«, erklärte Heather leise. »Er mag dich.«

»Ja«, fügte Lilly mit einem Lächeln hinzu. »Das wurde aber auch Zeit.«

»Moment mal. Es ist nicht so, wie ihr denkt«, protestierte Khloe.

»Ja sicher«, sagte Lilly und das Lächeln auf ihrem Gesicht wurde noch breiter.

»Im Ernst. Er beschützt *alle* Frauen. Ich habe es in der Bibliothek gesehen. Und wenn er mit Duke auf Spurensuche ist.«

»Das ist etwas anderes«, sagte Heather zu ihr. »Es ist der Ausdruck in seinen Augen.«

Khloe warf einen Blick auf die schüchterne Frau neben sich.

Sie zuckte mit den Schultern. »Ich weiß, dass ich nicht der weltgewandteste Mensch bin und dass ich die Letzte bin, die die Beziehung eines anderen kommentieren sollte. Aber ich erkenne es, weil es derselbe Ausdruck ist, den ich in Tals Augen erkenne, wenn er *mich* ansieht. Seit dem Tag, an dem ich in der Höhle aufgewacht bin und er draußen saß und mich angestarrt hat, sehe ich dieselbe Emotion in seinen Augen, die auch in Raids Augen zu lesen war.«

Khloe hätte gern weiter protestiert. Aber vor allem wollte sie Heather nicht sagen, dass sie falschlag. Die Frau war immer noch dabei, sich nach ihrem schrecklichen Erlebnis einzugewöhnen und alles zu verarbeiten.

Außerdem ... hatte sie den Ausdruck in Raids Augen

gesehen. Sie hatte es verdrängt, aber sie konnte die Erleichterung nicht leugnen, die sie empfunden hatte, als er sich vor sie gestellt hatte, um Raymond davon abzuhalten, ihr zu nahe zu kommen.

»Gut. Wie dem auch sei. Das ist jetzt egal. Ich habe noch genau acht Minuten Zeit, um Duke vorzubereiten und von hier zu verschwinden«, bemerkte Khloe sachlich.

Sie wollte sich gerade neben Duke hinknien, als Lilly sie mit einer Hand auf ihrem Arm aufhielt. »Du kannst mit uns reden«, erklärte sie leise. »Wir werden dich nicht verurteilen. Du hast hier Freunde, Khloe. Heather und mich, Elsie, Bristol, Caryn und Finley. Wenn du reden willst ... wir sind für dich da.«

Khloe schluckte schwer, um die Emotionen, die in ihr aufstiegen, unter Kontrolle zu halten. »Ich weiß«, stieß sie nach einem Moment hervor.

»Gut. Dann erzähl uns mal, wieso du Tierärztin bist und wie du hier in Fallport gelandet bist«, hakte Lilly mit einem mitfühlenden Lächeln nach.

»Das ist nicht sehr interessant«, wehrte Khloe ab.

Lilly schnaubte. Es war ein richtiges Schnauben. »Na klar.«

»Genauso wie die Geschichte, wie ich im Wald gelebt habe, nicht interessant ist«, scherzte Heather.

Es kostete Khloe ihre ganze Selbstbeherrschung, um nicht laut aufzulachen. Von allen in ihrer Gruppe war Heathers Geschichte wahrscheinlich die traumatischste und herzzerreißendste. »Okay, es ist irgendwie interessant, aber ich muss Duke wirklich hier rausbringen, bevor Ziegler kommt und ihn rausschleift.«

»Nur über meine Leiche«, murmelte Lilly.

»Was können wir tun, um zu helfen?«, fragte Heather.

Khloe war froh, dass das Verhör vorbei zu sein schien ... vorerst. Sie wusste, dass die Zeit kommen würde, in der sie mit ihren Freundinnen reden musste. Aber überraschenderweise schien es jetzt, da die Katze aus dem Sack war, nicht mehr *ganz* so beängstigend zu sein, allen zu erzählen, was sie durchgemacht hatte.

Khloe konzentrierte sich auf die anstehende Aufgabe und beschloss, sich keine Gedanken über die Zukunft zu machen. Was passieren würde, würde passieren. Das hatte sie auf die harte Tour gelernt. Aber es fiel ihr auch etwas leichter, ihre Sorgen beiseitezuschieben, weil sie so gute Freunde um sich hatte.

Es dauerte länger als die zehn Minuten, die Ziegler ihnen gegeben hatte, um Duke für den Abtransport fertig zu machen. Brock brachte seinen Ford Ranger vorbei, damit sie Duke auf die Ladefläche des Pritschenwagens legen konnten. Er hatte sogar eine aufblasbare Matratze hinten hineingelegt, auf der der Hund liegen konnte. Khloe und Raiden fuhren mit dem Hund hinten mit, während Simon mit eingeschaltetem Warnlicht den Weg zum Platz wies. Sie fuhren nur mit Schrittgeschwindigkeit, sodass die Kälte weder Duke noch den Menschen, die mit ihm im Freien saßen, etwas anhaben konnte.

Auf dem Weg zu Doc Snows Praxis gab es einen ziemlichen Aufmarsch. Es fühlte sich fast wie eine Miniparade an, als sie um den Marktplatz zum hinteren Teil der Praxis fuhren. Mit all den Menschen, die ihnen helfen wollten, dauerte es nur wenige Minuten, bis Duke sicher in einem Behandlungsraum des kleinen medizinischen Zentrums untergebracht war.

Khloe war überrascht, als Afton ankam und sagte, sie sei da, um auf Duke aufzupassen, damit alle eine Pause machen konnten. Wäre es jemand anderes als die Tierarzthelferin gewesen, die ihr gesagt hätte, sie solle nach Hause fahren, duschen und etwas essen, hätte Khloe sich wahrscheinlich geweigert. Aber sie hatte das Talent der Frau aus erster Hand gesehen und vertraute ihr voll und ganz. Sie hatte nicht gelogen, als sie der jungen Frau gesagt hatte, dass sie sie sofort einstellen würde.

Nachdem sie Afton eine letzte Anweisung in Bezug auf Duke gegeben hatte, schmiegte Khloe sich an Raid, als er sie aus dem Behandlungsraum führte. Er hatte auch keine Einwände, Duke für eine Weile allein zu lassen, denn wenn Khloe Afton Dukes Wohlergehen anvertraute, tat er das auch.

Sie standen in Doc Snows kleinem Wartezimmer, als Finley anfing zu lachen.

»Was ist so lustig?«, fragte Elsie.

»Erinnerst du dich an den Kerl, der in der Ecke des Raumes stand, als Ziegler durchgedreht ist?«, fragte Finley.

Khloe schüttelte den Kopf. Abgesehen von den Leuten, die Ziegler die Meinung gegeigt hatten, hatte sie nicht darauf geachtet, wer sonst noch da war und wer nicht.

»War das nicht Rory? Der Schneepflugfahrer, der geholfen hat, alle zur Hochzeit von Lilly und Ethan zu bringen?«, fragte Elsie.

»Genau der. Er hat gerade ein Video auf Fallports Seite in den sozialen Medien gepostet«, entgegnete Finley. Sie drehte ihr Handy um, sodass alle im Raum es sehen konnten. Raymond Ziegler versuchte, die Jagd zu verteidigen, auf der er gewesen war, und das Video ging von da an weiter. Er sagte unter anderem, dass er kein Geld von irgendjemandem brauche, und endete, nachdem er das Rettungsteam bedroht hatte.

»Er ist erledigt«, bemerkte Elsie mit einem kleinen Lächeln.

»Niemand wird seine Dienste in Anspruch nehmen wollen, nachdem er das gesehen hat«, stimmte Zeke zu und legte einen Arm um seine Frau.

Der Wunsch, hier in Fallport eine eigene Praxis zu eröffnen, flammte erneut in Khloes Bauch auf. Elsie hatte recht. Wenn die Leute erst einmal sahen, dass er die Einwohner von Fallport missachtete und sich abfällig über das Such- und Bergungsteam vom Eagle Point geäußert hatte – Männer, die ehrenamtlich bei jedem Wetter und zu jeder Tageszeit in den Wald gingen, nur um anderen zu helfen –, würde er mit Sicherheit Kunden verlieren.

Das ermöglichte einer neuen Tierärztin vielleicht, problemlos neue Kunden zu gewinnen.

»So lustig das auch ist und so sehr ich glaube, dass er es verdient hat, dass seine Worte und Taten bekannt werden … er wird über dieses Video alles andere als erfreut sein«, bemerkte Tal.

Khloe runzelte die Stirn. Tal hatte nicht unrecht. Sie hatte das Video nicht gepostet. Sie hatte nichts damit zu tun. Aber genau in diesem Moment schlich sich die Sorge wieder ein.

»Genau das, was mir noch gefehlt hat«, murmelte sie. »Noch jemand, der es auf mich abgesehen hat.«

Im Raum wurde es still und als sie aufblickte, bemerkte Khloe, dass alle sie anstarrten. Verdammt! Sie hatte es schon wieder getan. Sie hatte den Mund aufgemacht und das Falsche zur falschen Zeit gesagt.

»Khloe …«, begann Brock und runzelte die Stirn.

»Nein«, entgegnete Raid entschlossen und schüttelte den Kopf.

»Nein?«, wiederholte Brock.

»Wir sprechen jetzt nicht darüber. Khloe ist erschöpft. Sie braucht eine Dusche und dann etwas zu essen, um das ganze Koffein in ihren Adern aufzusaugen, das sie heute Morgen getrunken hat.«

»Aber wenn wir nach jemand anderem als Ziegler Ausschau halten sollen, müssen wir die Details wissen«, sagte Zeke in einem sachgemäßen Ton.

»Keiner wird Khloe verhören. Wenn sie bereit ist zu reden, wird sie reden. Wenn sie nie dazu bereit ist, dann ist das eben so. In der Zwischenzeit werden wir ein Auge auf Ziegler haben und aufpassen, dass er keine Dummheiten macht.«

Khloe wusste nicht, womit sie eine solche Loyalität von Raiden verdient hatte. Seit sie sich kennengelernt hatten, war sie ein ziemliches Miststück gewesen. Eigentlich wollte sie das nicht sein, aber sie hatte versucht, sich davor zu schützen, sich zu sehr mit ihm oder seinen Freunden einzulassen. Das hatte offensichtlich nicht geklappt. Sie konnte sich nicht vorstellen, ihn oder die anderen nicht mehr in ihrem Leben zu haben. Besonders in einer Krise, wie sie in den letzten vierundzwanzig Stunden mit Duke aufgetreten war. Alle hatten sich bereit erklärt zu helfen. Sie hatten sich als die Freunde erwiesen, die sie sich immer gewünscht und nie gehabt hatte. Und sie hatte sie gefunden, als sie gar nicht danach gesucht oder es darauf angelegt hatte.

»Genau. Das können wir machen«, bemerkte Zeke.

»Ich werde mit den anderen reden«, fügte Brock hinzu.

»Operation *Khloe beschützen* beginnt jetzt«, stimmte Tal zu. »Sie geht nirgendwo hin, ohne dass jemand sie im Auge behält.«

»Moment mal«, begann Khloe, aber Raid überging sie.

»Ich melde mich«, sagte er zu seinen Freunden.

»Ich muss noch einen Kuchen backen«, bemerkte Finley, »aber ich kann nachher rüberkommen und dir Gesellschaft leisten, wenn du bei Duke sitzt.«

»Ich kann auch Tony mitbringen. Er wird sich selbst davon überzeugen wollen, dass es Duke gut geht«, erklärte Elsie.

»Ich bezweifle, dass ich eine große Hilfe bin, wenn ihr Afton und die anderen dabeihabt, aber ich bin gern bereit, euch mit Duke zu helfen, wenn ihr es braucht«, bot Heather an.

»Ich danke euch allen sehr. Aber ich denke, wir haben alles im Griff. Duke muss jetzt erst einmal zur Ruhe kommen. Wenn er nach Hause zurückkehrt, könnt ihr vielleicht mit Raid zusammenarbeiten und abwechselnd mit ihm in der Bibliothek oder bei ihm zu Hause sitzen.«

Alle waren sofort einverstanden.

»Und ich glaube, wir brauchen bald einen Mädelsabend«, bemerkte Elsie entschieden.

Khloe war sich da nicht so sicher, aber sie merkte, dass Elsie und die anderen sich nicht umstimmen lassen würden. Und da sie eine kleine Galgenfrist hatte, bevor sie sich überlegen musste, wie sie ihren Freundinnen ihre Vergangenheit so erklären konnte, dass sie ihr nicht böse waren oder sich ärgerten, dass sie ihnen nicht schon längst erzählt hatte, was passiert war, nickte sie.

Alle umarmten sie fest, bevor sie den Raum verließen. Nachdem sie noch ein paar Worte mit Afton gewechselt und sich vergewissert hatte, dass es ihr gut ging, und nachdem sie Doc Snow noch einmal dafür gedankt hatte, dass Duke ein paar Tage in seiner Praxis bleiben durfte, ließ Khloe sich von Raid noch einmal nach draußen führen.

Doch anstatt in Richtung ihrer Wohnung zu fahren, fuhr er aus der Stadt hinaus zu dem kleinen Haus, von dem sie wusste, dass es ihm gehörte.

»Raiden? Ich will in meine Wohnung.«

»Nein.«

Khloe runzelte die Stirn. Hatte er das gerade wirklich gesagt? »Du kannst mich nicht einfach entführen. Ich will nach Hause.«

Er war so frech, über ihren Widerspruch zu lachen. Irgendwie hatte sie während der letzten Stunden vergessen, wie nervig er sein konnte. »Das ist nicht lustig«, bemerkte sie streng.

»Nein, du hast recht, das ist es nicht«, entgegnete er nüchtern. »Du bist erschöpft, weil du dich die ganze Nacht um meinen Hund gekümmert hast, den du notoperiert hast, wodurch du ihm das Leben gerettet hast. Du hast auf dem harten Boden geschlafen. Du hast kaum etwas gegessen. Du musstest damit fertigwerden, dass Ziegler sauer auf dich war, was dir mehr an die Nieren gegangen ist, als du zugeben willst. Du musst dich auch damit auseinandersetzen, dass du für unsere Freunde sehr wichtig bist, was du seit dem Tag, an dem du den Job in der Bibliothek angenommen hast, vermeiden wolltest. Außerdem hat Caryn mir erzählt, dass du nicht viele Lebensmittel in deinem Kühlschrank hast – und ja, ich habe ihr gesagt, sie soll schnüffeln und mir Bericht erstatten.

Also nehme ich dich mit zu mir, wo ich dafür sorgen kann, dass du etwas Gesundes isst und etwas ungestörten Schlaf bekommst. Ich bin mir sicher, dass wohlmeinende, aber neugierige Leute bei deiner Wohnung vorbeikommen werden, um zu tratschen. Bei mir zu Hause kannst du dich ausruhen.

Und nach deiner letzten Bemerkung in der Praxis ... wenn du glaubst, dass ich dich aus den Augen lasse, bis ich sicher bin, dass die Bedrohung durch Ziegler entschärft ist, und ich weiß, welche *anderen* Bedrohungen auf dich lauern könnten, bist du falsch gewickelt.«

Khloe seufzte. Das meiste, was er sagte, gefiel ihr. Aber der letzte Teil ... sie hatte gewusst, dass er sie beschützen wollte, aber ihr war nicht klar gewesen, wie sehr. »Ich kann auf mich selbst aufpassen.«

»Ich weiß«, entgegnete er, ohne zu zögern. »Schließlich machst du das schon verdammt lange. Aber du musst nicht mehr alles allein machen.«

»Und was, wenn es genau das ist, was ich will?«

Er drehte sich um und schaute sie mit seinen grünen Augen an. »Ist das denn der Fall?«

Fast hätte sie Ja gesagt. Gesagt, dass sie nicht wollte, dass er sich einmischt. Aber sie brachte es nicht fertig. Sie war müde. Müde bis auf die Knochen. Es war anstrengend, sich zu fragen, wann und ob hinter jeder Ecke jemand darauf wartete, sie zu belästigen, und vielleicht zu Ende zu bringen, was Alan in der Vergangenheit bereits versucht hatte.

Raid gab ihr keine Antwort. Er wandte den Blick wieder auf die Straße.

Dankbarkeit erfüllte sie. Er hatte nicht vor, ihr das Nachgeben noch schwerer zu machen, als es ohnehin schon war. Khloe seufzte erleichtert und schloss die Augen. Sie hatte immer noch das Gefühl, das Gewicht der Welt auf den Schultern zu tragen, aber jetzt war die Last ein kleines bisschen leichter.

Sie öffnete die Augen, als sie spürte, dass das Fahrzeug langsamer wurde. Raid fuhr auf die Kiesauffahrt, die zu seinem Haus führte. Sie war schon öfter an seinem Haus vorbeigefahren und hatte es sofort ins Herz geschlossen. Das Haus war dunkelblau gestrichen und hatte eine Veranda an der Vorderseite und an einer Seite. Eine frei stehende Garage befand sich direkt daneben, aber Khloe konnte den Blick nicht von der Schaukel auf der Veranda abwenden. So eine hatte sie sich schon immer gewünscht. Sie konnte sich vorstellen, nach einem langen Tag dort zu sitzen und zu entspannen.

»Ich muss noch etwas daran arbeiten«, erklärte er ihr, »aber das Wichtigste ist erledigt.«

»Und was ist das Wichtigste?«, konnte sie nicht umhin zu fragen.

»Ich habe hinten etwa einen Hektar Land eingezäunt, damit Duke herumlaufen kann, ohne dass ich mir Sorgen machen muss, dass er sich verirrt. Bluthunde neigen dazu, ihrer Nase kilometerweit zu folgen, um dann aufzuschauen und sich zu fragen, wo zum Teufel sie sind.«

Er hatte nicht unrecht. »Der riesige Zaun kann nicht billig gewesen sein«, bemerkte Khloe.

»War er auch nicht. Aber es war wichtig, also habe ich einen Weg gefunden, es zu verwirklichen.«

Ein weiterer Beweis dafür, dass Raiden ein guter Kerl war. »Was noch?«

»Eine schöne Küche. Eine Dusche, in der ich nicht in die Knie gehen muss, um unter dem Wasserstrahl zu stehen, und ein Schlafzimmer, das groß genug für ein großes Doppelbett ist, damit ich mich nicht eingezwängt fühle.«

Für Khloe klang das wie das Paradies. Und natürlich würde ein großer Mann wie Raid sich in seinem eigenen Haus wohlfühlen wollen.

»Ich habe zwei Gästezimmer und zwei weitere Badezimmer, die du dir zum Duschen aussuchen kannst. Eines der Badezimmer ist an eines der Gästezimmer angeschlossen. Lass dir Zeit, es dauert noch eine Weile, bis du wieder nach Duke sehen musst.«

»Als wolltest du nicht selbst nach ihm sehen«, bemerkte Khloe.

Raid lächelte. »Das stimmt. Ohne Duke werde ich mir ganz fremd in meinem Haus vorkommen. Komm mit. Während du duschst, koche ich uns etwas zu essen.«

»Willst du dich nicht auch frisch machen?«

»Doch, aber mein Bauch sagt mir, dass Nahrung im Moment wichtiger ist.«

»Das ist typisch Mann«, beschwerte sie sich halblaut.

»Ja«, stimmte er, ohne zu zögern, zu, während er den Motor abstellte.

Sie stiegen aus und trafen sich vor seinem Wagen. Er

hatte direkt vor dem Haus geparkt und nicht in der Garage, und sie folgte ihm die Treppe zur Veranda hinauf.

»Sag mir, dass die Schaukel so bequem ist, wie sie aussieht«, sagte sie, als er die Haustür aufschloss.

»Ich weiß es nicht. Ich habe noch nie darin gesessen.«

»Was?«, fragte Khloe ungläubig. »Das ist ja furchtbar!«

»Nicht mein Ding. Aber du kannst sie ja mal ausprobieren und mir sagen, wie es ist«, entgegnete er, als er die Tür aufstieß und ihr zu verstehen gab, dass sie vor ihm eintreten solle.

Das erinnerte Khloe daran, wie er vor ihr in das Wartezimmer von Zieglers Praxis gegangen war. Er stellte sich zwischen sie und die Gefahr, in die sie möglicherweise geraten würden. Raiden hatte eine verborgene Seite und Khloe war plötzlich neugierig, was sie noch alles über ihn erfahren konnte.

Sein Haus war erstaunlich aufgeräumt. Aus irgendeinem Grund hatte sie schmutziges Geschirr, Gerümpel auf dem Sofatisch und allgemeines Chaos erwartet. In seinem Büro in der Bibliothek herrschte das *totale* Chaos. Es war nicht schmutzig, aber überall lagen Stapel von Papieren und Büchern herum und dann stand da auch noch seine kostbare, allgegenwärtige Kaffeetasse, von der Khloe glaubte, dass sie seit Jahren nicht mehr richtig gespült worden war. Aber der kurze Blick, den sie erhaschte, als er sie durch den Hauptwohnbereich, vorbei an der Küche und zu einem Gästezimmer mit angeschlossenem Bad führte, zeigte, dass das Haus in einem tadellosen Zustand war.

Raid kam nicht ins Schlafzimmer, sondern blieb in der Tür stehen, offensichtlich um sie nicht zu stören. »Lass dir Zeit unter der Dusche. Ist Hähnchen Marinara in Ordnung?«

Khloe blinzelte. »Ernsthaft?«

»Ja, warum? Bist du allergisch gegen Hühnchen?«

»Was? Nein. Gibt es das überhaupt?«

Raid zuckte mit den Schultern. »Klar. Heutzutage kann man gegen so ziemlich alles allergisch sein.«

»Ich nicht. Aber ich habe so etwas wie ein Sandwich oder Rührei oder so erwartet.«

Raid grinste. »Warum? Weil ich ein Mann bin?«

Khloe rümpfte die Nase. Wenn er es so ausdrückte, war das sexistisch von ihr gewesen. »Ja?«

Er grinste. »Ich habe kein unendliches Repertoire an Gerichten, die ich gut kochen kann, aber mein Multikocher hat alles viel einfacher gemacht. Ich fange mit dem Kochen an. Wie gesagt, ich habe einen tollen Heißwasserboiler, also lass dir so viel Zeit, wie du willst. Nachdem wir gegessen haben, können wir beide ein wenig Schlaf nachholen.«

Mit diesen Worten nickte Raid ihr zu und schloss die Tür, damit sie in Ruhe duschen konnte.

Wie lange Khloe dort stand und auf die Tür starrte, nachdem er gegangen war, wusste sie nicht. Sie hatte sich an den Raiden gewöhnt, den sie bei der Arbeit sah. Unwirsch, unnachgiebig, konzentriert auf die anstehenden Aufgaben … und ein Mann, der an jeder Kleinigkeit, die sie tat, etwas auszusetzen zu haben schien.

Es war schwer, sich an diesen großzügigen, fürsorglichen, fast flirtwilligen Mann zu gewöhnen.

Schließlich zwang sie sich aus ihrer Verblüffung und wandte sich dem Badezimmer zu. Sie fand saubere Handtücher in dem kleinen Wäscheschrank, zusätzliche Zahnbürsten und Zahnpasta in einer Schublade, Seife, Shampoo, Pflegespülung und sogar einen Handtuchwärmer. Sie hatte den Eindruck, dass Raiden eine Art Einzelgänger war und nicht viele Freunde außerhalb des Rettungsteams hatte. Aber vielleicht irrte sie sich, nach den offensichtlichen Vorbereitungen für die Gäste zu urteilen.

Eine halbe Stunde später tauchte Khloe aus dem Gästezimmer auf. Sie hatte sich unter der Dusche Zeit gelassen und fühlte sich hundertmal besser. Obwohl das Koffein, das sie vorhin getrunken hatte, definitiv nachgelassen hatte. Der gestrige Tag und die letzte Nacht holten sie ein. Sie war hungrig, ja, aber der Gedanke, sich in ein bequemes Bett zu legen und ein Nickerchen zu machen, war noch verlockender.

Als sie das Wohnzimmer betrat, blieb sie einen Moment lang stehen und beobachtete Raid, ohne dass er sie bemerkte. Der Mann schien in seiner Küche zu Hause zu sein. Er hatte sein T-Shirt gewechselt und trug jetzt eine graue Jogginghose.

Khloe hatte nie verstanden, warum Frauen so verrückt nach einem Mann in einer Jogginghose waren ... bis jetzt. Der Stoff schmiegte sich an Raids Beine, als sei er eine zweite Haut. Seine Oberschenkel waren muskulös und seine nackten Füße, die aus der Hose ragten, ließen die Szene noch intimer erscheinen. Aber es war die Art, wie die Hose seinen Schritt hervorhob, die Khloe erröten ließ.

Das war albern. Er war vollständig und anständig bekleidet. Aber sie konnte den Blick nicht von der Beule in seiner Hose abwenden. Es war mehr als offensichtlich, dass sein Schwanz durchaus proportional zu seiner Körpergröße war. Dann drehte er sich um, und Khloe grub ihre Fingernägel in ihre Handfläche. Guter Gott, sein Hintern war genauso beeindruckend.

Warum hatte sie bis vor Kurzem nie bemerkt, dass Raiden Walker so perfekt gebaut war?

Wahrscheinlich weil sie, als sie in Fallport ankam, ziemlich traumatisiert war und ihr Bestes getan hatte, um sich bedeckt zu halten. Außerdem war Raid ihr Chef und sie brauchte ihren Job. Sie brauchte einen Ort, um sich zu erholen und sich zu verstecken.

Aber als die Monate vergingen und ihre Angst in Wut

darüber umschlug, dass ihr Leben durch ein Ereignis, das nicht ihre Schuld war, aus den Fugen geraten war, hatte Khloe widerwillig – und insgeheim – zugegeben, dass sie sich zu Raid hingezogen fühlte. Seitdem versuchte sie, diese Zuneigung zu unterdrücken.

Jetzt, da sie in seinem Haus war, nackt in seiner Dusche gestanden hatte – na ja, nicht in *seiner* Dusche, aber immerhin – und er lässig gekleidet war, während er ihr etwas zu essen machte, kamen all die Gefühle, die Khloe zu unterdrücken versucht hatte, an die Oberfläche. Das machte sie nervös. Und hibbelig. Und verlegen.

Khloe räusperte sich, während sie auf die große, gemütliche Küche zuging, und versuchte, so zu tun, als hätte sich in den letzten vierundzwanzig Stunden nichts zwischen ihnen verändert.

Aber sie wusste, dass sie sich etwas vormachte. Alles hatte sich verändert. Und sie hatte das Gefühl, dass es zwischen ihr und Raid nie wieder so sein würde, wie es einmal gewesen war.

KAPITEL FÜNF

Raid wusste es sofort, als Khloe den Raum betrat. Er hatte ein angeborenes Gespür dafür, wo sie war, wenn er sich in ihrer Nähe aufhielt. In der Bibliothek wusste er, wann sie ihr Büro verlassen hatte, um Kunden bei der Suche nach einem Buch zu helfen. Er wusste, wann sie zum Mittagessen ging und wann sie zurückkam. Er wusste, wann sie Feierabend machte ... und das alles, ohne sie zu sehen. Er hatte keine Ahnung, warum er so sehr auf diese Frau fixiert war, aber er war nicht gerade verärgert darüber.

Es kostete ihn alles, so zu tun, als wüsste er nicht, dass sie da war. Sein Rückgrat kribbelte, als er ihren Blick spürte, während er ihr Abendessen vorbereitete. Raid hatte keine Ahnung, was sie gerade dachte. Ob ihr gefiel, was sie sah, wenn sie ihn ansah, oder ob sie sich fragte, warum er so nett war.

Es war ja nicht so, dass er in ihrer Gegenwart *absichtlich* aggressiv war. Sie hatte einfach etwas an sich, das ihn aus dem Konzept brachte. Da er schon vor langer Zeit erkannt hatte, dass sie Geheimnisse hatte, fragte er sich, ob er sie vielleicht unbewusst unter Druck gesetzt hatte, in der Hoffnung, sie würde ausrasten und ihn angreifen, weil sie vielleicht etwas verraten würde.

Aber er hätte nie erwartet, eines dieser Geheimnisse so zu erfahren, wie es jetzt der Fall gewesen war. Raid war immer noch erstaunt über die Tatsache, dass Khloe Tierärztin war. Und er war noch nie so erleichtert und dankbar gewesen wie in diesem Moment. Duke war nur ihretwegen am Leben.

Sich um sie zu kümmern war die einzige Art und Weise, wie er ihr danken konnte. Um sich dafür zu entschuldigen, dass er sich wie ein Idiot verhalten hatte. Für all die Male, die er sie angeschnauzt hatte. Aber es war mehr als das, und Raid wusste das. Er wollte sie besser kennenlernen. Sie hatte immer noch Geheimnisse, die weit über ihren Beruf hinausgingen, wie ihr Ausrutscher von vorhin gezeigt hatte. Es würde Zeit brauchen, um hinter ihren Schutzwall zu gelangen, aber Raid wollte das auf jeden Fall schaffen.

Aber zuerst musste er ihr eine Mahlzeit zubereiten. Dafür sorgen, dass sie etwas Schlaf bekam. Dann würde er sehen, was er tun konnte, um an ihrer harten Schale zu kratzen. Er wusste, wenn er sie dazu bringen wollte, sich zu öffnen, musste er das Gleiche tun. Und zum ersten Mal seit Jahren bereitete ihm der Gedanke daran keine furchtbaren Ängste.

Als sie sich räusperte, drehte Raid sich um und schenkte ihr ein kleines Lächeln. »Gutes Timing«, erklärte er ihr. »Das Hühnchen ist gleich fertig.«

»Kann ich dir helfen?«

»Wenn du willst, kannst du ein paar Teller aus dem Schrank holen«, sagte Raid und deutete auf eine Tür zu seiner Rechten.

Ohne ein Wort zu sagen, ging sie dorthin und holte zwei Teller. Innerhalb von fünf Minuten saßen sie an seinem kleinen Tisch und hatten Teller mit dampfendem Hühnchen Marinara mit Polenta vor sich stehen.

Sie aßen ein paar Minuten schweigend, bevor Khloe feststellte: »Das ist unglaublich lecker.«

»Danke.«

»Im Ernst, es ist *wirklich* toll. Vielen Dank.«

»Du hättest mal meine ersten Gerichte sehen sollen, die ich mit dem Multikocher ausprobiert habe. Sie waren eine Katastrophe.«

»Das sollte man nicht meinen, wenn man das hier probiert hat«, entgegnete sie.

Ihr Lob fühlte sich gut an. Es fühlte sich auch gut an, mit ihr an seinem Tisch zu sitzen. »Ich glaube, das ist das erste Mal, dass ich hier zum Essen Platz nehme«, platzte er heraus.

Khloe starrte ihn an. »Was? Warum?«

Raid bereute die impulsive Bemerkung bereits. »Das ist doch keine große Sache. Vergiss, dass ich etwas gesagt habe.«

»Im Ernst, Raid. Warum?«

Er zuckte so nebenbei mit den Schultern, wie er konnte. »Normalerweise habe ich niemanden zu Besuch. Es ist einfacher, im Stehen in der Küche zu essen oder auf dem Sofa zu sitzen, während ich fernsehe.« Oder unten im Keller, wo er die meiste Zeit seiner Freizeit verbrachte, aber das wollte er nicht erwähnen. Was er in seiner Freizeit tat, würde eine Frau wie Khloe bestimmt nicht beeindrucken.

»Was meinst du damit, dass du keine Leute zu Besuch hast?«, fragte sie. »Du hast ein Badezimmer mit Toilettenartikeln für Gäste. Und zwei Schlafzimmer außer dem großen Schlafzimmer.«

»Das habe ich wohl von meiner Mutter gelernt. Sie nahm immer die kleinen Fläschchen aus den Hotelzimmern mit nach Hause und stellte sie in Körbe in den Badezimmern unseres Hauses, nur für den Fall, dass jemand, der zu Besuch kam, etwas brauchte.«

»Ich bin mir sicher, es gefällt ihr, dass du ihre Tradition fortsetzt«, bemerkte Khloe lächelnd.

Raid zuckte mit den Schultern. »Sie war noch nie hier.«

»Oh. Ist sie verstorben?«

»Nein. Sie und mein Vater leben in Iowa. Sie sind im Ruhestand und verreisen nicht mehr gern. Ich habe sie seit mindestens acht Jahren nicht mehr gesehen.«

Khloe machte große Augen. »Wirklich?«

Raid fühlte sich in die Defensive gedrängt und sagte etwas schärfer, als er wollte: »Das ist keine große Sache. Ich rufe immer noch ab und zu an, aber sie haben ihr Leben und ich habe meins. Sie waren nicht glücklich, als ich bei der Küstenwache aufgehört habe, besonders mein Vater. Ich war als Kind so introvertiert, dass er dachte, der Dienst würde bedeuten, dass ich endlich ein ›richtiger Mann‹ werden würde. Sie waren beide enttäuscht von mir.«

Zu seiner Überraschung legte Khloe ihre Hand auf seinen Unterarm.

Raid war so überrascht, dass er mit seiner Gabel in der Luft erstarrte. Das Gefühl ihrer Hand auf seiner Haut jagte ihm ein wohliges Kribbeln über den Rücken.

»Es tut mir leid. Ich wollte dich nicht verurteilen. Und sie verpassen etwas, Raiden. Du bist ein guter Mann. Und dass du nicht beim Militär bist, macht dich nicht mehr oder weniger männlich. Du bist einer der männlichsten Männer, die ich in meinem Leben getroffen habe.«

Raid hatte keine Ahnung, was das bedeuten sollte, aber bei ihren Worten wurde ihm trotzdem warm ums Herz. »Danke«, entgegnete er leise.

Khloe zog ihre Hand zurück, und Raid konnte nicht anders, als sie zu ergreifen und sie wieder auf seinen Arm zu legen. Er hatte so wenig Körperkontakt in seinem Leben, dass er gar nicht gemerkt hatte, wie sehr er ihm fehlte.

»Meine Mutter starb, als ich noch in der Grundschule war. Es war hart, aber mein Vater war da und er hat alles getan, um sie zu ersetzen«, erzählte Khloe. Sie lächelte leicht. »Als ich ein Teenager war, brachte er mich zu einer Frau, die in einem Salon arbeitete, damit sie mir mit meinem Make-up half und mir beibrachte, wie ich meine Haare machen sollte. Er war der typische Vater, wenn es darum ging, die Jungs, mit denen ich mich verabredet hatte, kennenzulernen, und er hat mich immer bei allem unterstützt, was ich tun wollte.«

»Er klingt nach einem tollen Vater.«

»Ist er auch gewesen.«

Ist *gewesen*. Verdammt.

»Er ist vor etwa fünf Jahren gestorben. Er hatte einen Herzinfarkt. Wir wussten nicht einmal, dass er ein Herzproblem hatte. Soweit ich wusste, war er so gesund wie ein Pferd. Das war wirklich schlimm.«

»Das kann ich mir denken«, entgegnete Raid sanft.

»Wie auch immer«, sagte Khloe in einem fröhlicheren Ton. »Ich bin immer noch überrascht, dass du noch nicht oft an diesem Tisch gegessen hast. Was ist mit Ethan und dem Rest der Jungs? Waren sie noch nicht hier?«

Raid zuckte mit den Schultern. »Wir bleiben normalerweise bei einem von den Jungs.«

»Das ist also ein Nein. Raid, das ist verrückt. Dieses Haus ist großartig! Du hast einen eingezäunten Garten und ich wette, du hast auch eine tolle Terrasse, nicht wahr?«

Sie hatte nicht unrecht. Raid zuckte mit den Schultern.

Khloe grinste. »Natürlich hast du das. Warum waren sie noch nicht hier?«

Er wünschte sich, sie würde es auf sich beruhen lassen. Er war jetzt verlegen. »Sie waren einfach nicht da. Es ist nicht so, dass ich sie nicht hier haben will, aber ich bin einfach nicht der Typ, der Partys oder Treffen organisiert.«

Khloe starrte ihn eine geschlagene Minute lang an. Dann nickte sie. »Ja, ich glaube, das kann ich verstehen.«

Raid wollte fragen, was das bedeutet, aber er war zu feige.

»Ich habe mich in Norfolk auch nicht allzu oft mit anderen getroffen. Nach der Arbeit war ich einfach zu müde und es war einfacher, nach Hause zu kommen, mir eine Schüssel Cornflakes oder etwas anderes zum Abendessen zu machen und einzuschlafen, als zu versuchen, irgendwelche Freundschaften mit meinen Bekannten zu schließen.«

»Norfolk«, wiederholte Raid nachdenklich. Seitdem er die Frau neben ihm kannte, hatte er nie erfahren, woher sie kam, bevor sie in Fallport gelandet war. Er hatte sie einmal gefragt, und sie hatte sehr ausweichend geantwortet und gefragt, ob sie es ihm sagen müsse, um ihren Job zu behalten.

»Ja«, sagte sie leise und sah ihm nicht in die Augen. »Ich weiß, dass es eine Menge Dinge gibt, die ich dir nicht über meine Vergangenheit erzählt habe, und ...«

»Schon gut«, unterbrach Raid sie, da er nicht wollte, dass sie sich verpflichtet fühlte, mit ihm zu reden.

Sie aßen noch etwa eine Minute schweigend, bevor sie sagte: »Ich wollte nur sagen, dass ich es verstehe. Ich bin auch ein introvertierter Mensch. Ich verbringe gern Zeit allein. Mit Lesen. Fernsehen. Einfach in einem ruhigen Raum sitzen und die Stille genießen. Deine Freunde hier mögen dich so, wie du bist, Raiden, nicht weil du sie zu Partys einlädst oder so.«

»Und das ist auch gut so«, murmelte Raid.

Khloe lachte leise, und Raid sah sie überrascht an. Hatte er sie jemals zuvor so unbekümmert erlebt? Eher nicht.

»Verdammt. Jetzt werde ich aber albern«, bemerkte sie mit einem kleinen Lächeln. »Wenn ich wegen nichts anfange zu grinsen, ist das ein Zeichen dafür, dass ich Schlaf brauche.«

Raid merkte sich diese Tatsache. Er war begierig darauf, jede noch so kleine Nuance über Khloe zu erfahren. Als er auf ihren Teller schaute, freute er sich, dass sie so ziemlich alles gegessen hatte, was er ihr vorgesetzt hatte. Für ihn war sie ein winziges Ding und er hätte nichts dagegen, wenn sie ein bisschen mehr auf den Rippen hätte, aber er dachte sich, dass sie wahrscheinlich widersprechen und behaupten würde, sie sei zu dick. Das war sie nicht. Sie war an allen richtigen Stellen kurvig.

»Willst du einen Nachschlag?«, fragte er.

Sie lachte wieder. »Nein, ich bin satt.«

»Gut, warum gehst du dann nicht ins Gästezimmer und legst dich hin? Ich kümmere mich um den Abwasch.«

»Ich sollte dir helfen«, bemerkte sie.

»Warum?«

»Darum. Du hast gekocht, ich sollte abräumen und spülen. Das ist nur fair.«

Raid schüttelte den Kopf. »Nein. Ich mache das schon.«

»Okay. Danke. Macht es dir etwas aus, wenn ich mich stattdessen hier auf das Sofa lege?«

»Natürlich nicht. Darf ich fragen warum?«

Khloe zuckte mit den Schultern und sah ihm nicht in die Augen. »Ich finde nur, dass das Sofa sehr bequem aussieht.«

Raid ahnte, dass die Tatsache, dass sie nicht ins Gästezimmer gehen wollte, noch andere Gründe hatte, aber er fragte nicht weiter nach. »Ist es auch. Ich bin schon öfter dort eingeschlafen, als ich zählen kann.«

Sie schenkte ihm ein dankbares Lächeln und stand dann auf. Er beobachtete, wie sie zum Sofa hinüberging und sich setzte. Dann verschwand ihr Kopf, als sie sich auf den Kissen ausstreckte. Er konnte sie nicht mehr sehen, aber er grinste trotzdem, weil er wusste, dass sie da war.

Als er mit dem Einräumen des Geschirrs in die Spülmaschine und dem Saubermachen des Multikochers fertig war, konnte Raid sich nicht zurückhalten, ins andere Zimmer zu gehen. Er hätte in sein Schlafzimmer gehen können, um ein Nickerchen zu machen, aber er wollte sich auf keinen Fall die Gelegenheit entgehen lassen, neben Khloe zu schlafen. Selbst wenn »neben« bedeutete, dass er in dem Sessel neben dem Sofa schlafen musste.

Sein erster Blick auf Khloe war ein Schock. Natürlich nicht, dass sie da war, sondern dass sie im Schlaf wie eine völlig andere Frau aussah. All ihre Schutzschilde waren unten und sie sah verdammt verletzlich aus.

Sie lag auf der Seite und ihr Haar war zerzaust. Mit geschlossenen Augen und ohne Schutzschild wurde Raids Beschützerinstinkt noch stärker. So viele Monate lang hatte er sie gepiesackt und ihr keinen Grund gegeben zu glauben, dass er sie schätzte oder gar mochte. Damit war jetzt Schluss. Sie hatte Duke das Leben gerettet, und das bedeutete ihm alles. Zumindest konnte er sich ihr gegenüber nicht wie ein Idiot verhalten.

Raid setzte sich in seinen Sessel und legte die Füße hoch, aber sein Blick wich nicht von Khloe, die auf dem Sofa schlief.

Er wusste, was er war und was er nicht war, und er war nicht die Art von Mann, zu der sich Frauen hingezogen fühlten. Damit hatte er schon vor langer Zeit seinen Frieden gemacht. Die Namen, die ihm in der Grundschule gegeben worden waren, hallten immer noch in seinem Kopf nach.

Elf.

Rotschopf.

Birk Borkasohn.

Freak.

Er hatte sie alle schon gehört. Und es stimmte tatsächlich, dass seine Ohren spitz waren. Er war seltsam. Er hatte knallrote Haare und war immer ein Streber gewesen. Die Kinder von damals hatten nichts gesagt, was nicht stimmte. Erst in der Highschool wurde ihm klar, dass die Mädchen kein Interesse an ihm hatten, weil er so war, wie er war. Sie wollten die Sportler. Die blonden oder dunkelhaarigen Idioten, die gut aussahen, aber in Geschichte oder Mathe das Klassenziel nicht erreichen konnten, ohne zu schummeln.

Deshalb hatte Raid sich immer zurückgezogen. Er fand, dass es einfacher war, sich mit Hunden zu beschäftigen als mit Menschen, was sich bis ins Erwachsenenalter fortsetzte. Im Laufe der Jahre hatte er zwar ab und zu eine Affäre, aber keine langfristige, ernsthafte Beziehung.

Zum ersten Mal in seinem Leben fragte Raid sich, wie es wohl wäre, zu jemandem wie Khloe nach Hause zu kommen. Eine Frau, die ihn so anlächelte wie sie und ihn nach seinem Tag fragte. Er kochte lieber für jemand anderen als für sich selbst. Er mochte es, dafür zu sorgen, dass es Khloe gut ging und ihre Bedürfnisse befriedigt wurden. Allerdings hatte er wahrscheinlich schon jede Chance verspielt, die er bei ihr gehabt hatte, weil er sie ständig dazu gezwungen hatte, mit ihm zu streiten, und sie in seiner Nähe auf der Hut sein musste.

Er würde tun, was er konnte, um ihre Beziehung zu verbessern. Vielleicht könnten sie wenigstens Freunde sein.

Raid schloss die Augen und seufzte. Die einzige Frau, für die er sich seit Langem interessierte, war nicht nur seine Angestellte, sondern auch die Frau, die er monatelang nach Kräften gereizt und verärgert hatte.

Kurz bevor der Schlaf ihn einholte, kam Raid der Gedanke, dass er trotzdem ein sehr glücklicher Mann war.

Wenn er Khloe vor all den Monaten nicht eingestellt hätte, hätte er wahrscheinlich seinen besten Freund verloren. Er hatte ein Dach über dem Kopf, lebte in einer Stadt, deren Einwohner ihn so akzeptierten, wie er war, obwohl sie ihn nicht wirklich gut kannten. Er hatte Freunde, die ihm gern halfen, und er hatte sich während seiner Zeit bei der Küstenwache aus einigen gefährlichen Situationen befreit.

Das Leben war nie garantiert. Es war ein Glücksspiel, was für ein Blatt du bei deiner Geburt bekommen hast. Du konntest dir deine Eltern oder das Land, in dem du geboren wurdest, nicht aussuchen, aber du konntest dir aussuchen, wie du mit all den Dingen umgehst, die das Leben dir vorsetzt. Und er hatte sein Bestes getan, um all das, was das Leben ihm gab, zu nehmen und damit zurechtzukommen. Es gelang ihm immer wieder, eine scheinbar missliche Lage in etwas Positives zu verwandeln.

Bevor er einschlief, hörte er als Letztes, wie Khloe leise schnarchte. Zu wissen, dass sie da war, dass er nicht allein war, fühlte sich verdammt gut an.

Alan Mather saß mit seinen beiden Brüdern im Besuchsbereich des Staatsgefängnisses in der Nähe von Norfolk. Ihm gefiel das Bezirksgefängnis, in dem er auf seinen Prozess gewartet hatte, viel besser. Dort gab es weniger Leute, das Essen war besser und er hatte ein bisschen mehr Freiheit. Ganz zu schweigen davon, dass die anderen Männer, mit denen er hier inhaftiert war, viel gemeiner waren als im Bezirksgefängnis.

Hier zu sein war ätzend.

Und das war alles die Schuld dieser Schlampe.

Sie hatte seinen Hund umgebracht und *ihm* dann die Schuld für seinen Zustand gegeben.

Khloe Watts musste sterben.

Es war eine Schande, dass er es vermasselt hatte, als er sie überfahren hatte. Er wollte ihr den Schädel zertrümmern, aber stattdessen hatte er nur ihr Bein verletzt.

Er saß zwar im Gefängnis, aber er war nicht von der Welt abgeschnitten. Er hatte nach ihr gesucht, seit sie aus dem Pflegeheim entlassen worden war, in dem sie sich nach dem »Unfall« erholt hatte. Die Schlampe war geflohen. Sie hatte sich vor ihm versteckt. Als Alan sie im Zeugenstand gesehen und gehört hatte, wie sie über ihn lästerte, war er noch entschlossener, sie dafür bezahlen zu lassen, dass sie sein Leben ruiniert hatte.

Seine Brüder waren der Schlüssel, um das zu erreichen.

Scott und Jason waren jünger als er und würden alles tun, was er wollte. Seit seiner Verhaftung hatten sie das Internet nach Hinweisen auf die verdammte Tierärztin und ihren möglichen Aufenthaltsort durchsucht.

Und heute zeigten sie ihm ein virales Video, das sie ganz zufällig in den sozialen Medien entdeckt hatten. Offenbar hatte sie jemand anderen verärgert ... das war keine Überraschung. Ein Dr. Ziegler schimpfte in dem Video darüber, dass Khloe in seine Praxis eingebrochen war und ohne seine Erlaubnis einen Hund operiert hatte.

Alan scherte sich einen Dreck um den Arzt oder darum, was die Schlampe mit ihm gemacht hatte. Ihn interessierte nur ihr Aufenthaltsort.

Scott hatte die Praxis des Tierarztes im Internet gefunden und herausgefunden, dass sie sich in einem Kaff namens Fallport versteckt hatte. Es lag auf der anderen Seite des Staates in den Ausläufern der Appalachen.

»Was ist der Plan?«, fragte Jason leise, damit die anderen Gefangenen oder die Wachen, die in der Nähe lauerten, ihn nicht hören konnten.

»Was haltet ihr von einem Ausflug?«, fragte Alan.

»Wohin?«, fragte Scott.

Er widerstand dem Drang, die Augen zu verdrehen. Sein jüngster Bruder war nicht der Schlauste. Er war sechsundzwanzig, ein Schulabbrecher und verließ sich darauf, dass Jason ihn unterstützte und ihm ein Dach über dem Kopf gab.

Jason war dreißig und nicht viel schlauer als sein Bruder. Aber wenigstens hatte er einen Highschool-Abschluss. Er hatte seine Freundin geschwängert, als sie zwanzig waren, und jetzt hatten sie vier Kinder. Er arbeitete in verschiedenen Jobs, bei allen verdiente er sein Geld schwarz, damit er keine Steuern zahlen musste. Seine Frau brachte den Großteil des Einkommens nach Hause, und wenn das nicht so wäre, hätte er sie schon lange verlassen. Aber Jason war klug genug, um zu wissen, dass er viel härter arbeiten müsste, wenn er mit ihr Schluss machen würde.

Jason und Scott verbrachten ihre Tage damit, Dope zu rauchen und im Haus herumzuhängen, wenn sie nicht arbeiteten. Sie hatten die Flexibilität, nach Fallport zu fahren und das zu tun, was Alan nicht konnte ... zumindest, bis er auf Bewährung entlassen wurde. Leider hatte sein verdammter Anwalt nicht erreichen können, dass die Anklage wegen versuchten Mordes fallen gelassen wurde, und er würde für mehrere Jahre dort bleiben. Und die verdammte Tierärztin war schuld daran, weil sie in ihrem Job versagt hatte.

»Wohin? Blödmann«, seufzte Alan. »Fallport.«

»Oh!«, rief Scott lachend aus. »Stimmt.«

»Also, noch mal: Wie lautet der Plan?«, fragte Jason und wiederholte seine Frage.

»Ich will, dass ihr ihr das Leben zur Hölle macht. Taucht überall auf, wo sie hingeht. Verbreitet Gerüchte. Legt ihr Geschenke vor die Tür. So etwas in der Art.«

»Welche Art von Geschenken?«, fragte Jason.

Alan musste seine ganze Selbstbeherrschung aufbringen, um sich nicht zu ärgern. Er hasste es, dass er jede Kleinigkeit erklären musste. »Tote Tiere, Kackehäufchen ... ich weiß es nicht. Was auch immer sie zum Ausflippen bringt und ihr richtig Angst macht. Die Schlampe darf ihr Leben nicht neu beginnen, als hätte sie *meines* nicht ruiniert. Sie muss sich jeden Moment des Tages bewusst sein, dass sie beobachtet wird. Dass sie nach dem, was sie getan hat, nicht ungeschoren davongekommen ist.«

»Genau, verstanden. Das können wir machen«, sagte Jason mit einem Nicken.

»Ja, das wird ein Spaß.«

»Aber tut nichts, wofür ihr verhaftet werden könntet«, warnte Alan. »Ich bin mir sicher, dass die Polizisten in dieser hinterwäldlerischen Stadt verdammt dumm sind, aber trotzdem. Ich will, dass sie weiß, dass sie gefunden wurde. Dass sie sich *nirgendwo* verstecken kann. Wir werden sie eine Weile belästigen und uns dann zurückziehen. Sie soll denken, wir hätten aufgegeben. Dann werden wir wieder auftauchen, wenn sie es am wenigsten erwartet. Die Schlampe wird nie vergessen, was sie getan hat.«

»Was dann?«, fragte Scott. »Ich meine, irgendwann werden wir doch mehr tun können, als sie zu schikanieren, oder?«

»Wenn ich hier rauskomme, ist sie tot«, erklärte Alan in einem kalten, flachen Ton. »Ich werde beenden, was ich angefangen habe. *Ich* werde es zu Ende bringen. Wenn ihr mir das wegnehmt, werde ich euch stattdessen töten.«

»Wir werden sie nicht töten. Aber alles andere dürfen wir doch machen, oder?«, fragte Jason mit einem verschmitzten Lächeln.

Alan legte den Kopf schief, während er seinen Bruder betrachtete. Er hatte schon viele Geschichten über seine sexuellen Vorlieben gehört. Dass er es mochte, Frauen zu würgen, während er mit ihnen schlief. Dass er absolute Gehorsamkeit erwartete. Er lächelte. »Klar. Aber lass dich nicht wieder erwischen. Wir können es auf keinen Fall gebrauchen, dass ihr beide mit mir hier reingeworfen werdet. Wer würde sich dann für mich rächen?«

»Wir werden nicht erwischt«, erklärte Jason. »Die Leute, die in solchen Städten leben, sind dumm. Wir werden uns unauffällig einfügen und niemand wird Verdacht schöpfen. Außerdem hat der Clip, den wir gesehen haben, den Anschein erweckt, dass die Leute die Schlampe sowieso hassen. Sie werden froh sein, wenn sie weg ist.«

»Behaltet sie im Auge. Wenn sie wegläuft, müssen wir wissen, wohin sie geht.«

»Die Zeit ist um!«, verkündete einer der Vollzugsbeamten.

Alan runzelte die Stirn. Er *hasste* diesen verdammten Ort. Er hasste es, gesagt zu bekommen, wann er pinkeln durfte. Wann er essen sollte. Wann er schlafen sollte. Er hätte die Schlampe rückwärts überfahren sollen, nachdem er sie angefahren hatte. Ihr Hirn auf dem Parkplatz verteilen. Stattdessen hatte er sie am Leben gelassen, damit sie als Zeugin gegen ihn aussagen konnte. Wenn er rauskam, würde er diesen Fehler nicht noch einmal begehen.

Dr. Khloe Watts war eine lebende Tote. Sie wusste es nur noch nicht.

KAPITEL SECHS

Khloe saß vier Tage später in ihrem Büro in der Bibliothek und schüttelte den Kopf, während sie Duke auf einem Kissen in der Ecke schlafen sah. Dem Hund ging es gut. *Richtig* gut. Er wurde nicht nur von Raiden verwöhnt, sondern auch von allen Bürgern von Fallport. Er hatte Dutzende von Besuchern, die sich vergewissern wollten, dass es ihm gut ging. Er hatte mehr Leckerlis und Spielzeug, als ein Hund je brauchen würde.

Ihre Freunde wollten eine große Party schmeißen, sobald Duke sich erholt hatte, aber Raid konnte ihnen das ausreden. Das hieß aber nicht, dass nicht trotzdem alle Raid, Duke und Khloe wissen lassen wollten, wie erleichtert sie waren, dass es dem Bluthund gut ging.

Duke war definitiv eine lokale Berühmtheit und Khloe hatte festgestellt, dass sie fast so beliebt war wie der Hund. Sie war es gewohnt, im Hintergrund zu bleiben. Früher waren die Leute freundlich zu ihr gewesen, aber nicht so wie jetzt. Jeder schien ihren Namen zu kennen und zu wissen, was sie getan hatte. Und mehr Leute, als sie zählen konnte, baten sie, hier in Fallport eine eigene Tierarztpraxis zu eröffnen.

Aber ihr neu erlangter Ruhm war nicht das Seltsamste, was ihr in den letzten drei Tagen passiert war. Sie war nur einmal in ihrer Wohnung gewesen, um einen Koffer zu packen. Sie hatte in Raids Haus übernachtet. Hätte jemand sie vor einem Jahr, einem Monat, ja sogar vor einer Woche gefragt, ob sie jemals gedacht hätte, dass sie auch nur eine Nacht unter seinem Dach verbringen würde, hätte sie gesagt, dass das unmöglich sei. Aber jetzt war sie hier.

Sie hatten Duke einen Tag nach seiner Ankunft aus der Praxis von Doc Snow nach Hause bringen können. Khloe hatte die Infusion entfernt und der Hund war immer noch benommen gewesen und hatte ein paar Schmerzen gehabt, aber sie hatte Raid gesagt, dass man das mit Tabletten in den Griff bekommen könnte. Raid hatte sie gebeten, bei ihm zu übernachten, um auf Duke aufzupassen und darauf zu achten, dass nichts Schlimmes passierte.

Aus einer Nacht wurden zwei und daraus wurden drei.

Die Wahrheit war, dass Raid nicht allzu sehr betteln musste. Khloe war gern in seiner Nähe, jetzt, da er nicht mehr ständig versuchte, sie zu provozieren. Die Notlage von Duke hatte sie definitiv näher zusammengebracht.

Es war seltsam, einen Menschen zu kennen, aber nicht das Gefühl zu haben, ihn *wirklich* zu kennen. Khloe arbeitete seit fast einem Jahr mit Raid zusammen, aber während der letzten drei Tage hatte sie gelernt, dass er ohne eine Tasse Kaffee am Morgen (und er trank ihn schwarz ... igitt) fast nicht zurechnungsfähig war.

Wenn sie ihn mit Duke beobachtete, schmolz ihr das Herz. Wenn er den Hund morgens rausließ, ging Raid immer an seiner Seite, egal wie lange der Bluthund draußen bleiben wollte. Eines Morgens war er fünfundvierzig Minuten lang weg und ging geduldig neben Duke her, während dieser so ziemlich jeden Grashalm auf dem gesamten eingezäunten Gelände beschnüffelte. Er saß auch auf dem Boden neben Duke, während er dem Hund sein breiiges, nasses Frühstück mit dem Löffel fütterte.

Raid verlor nie die Geduld. Es schien ihm nie darum zu gehen, Dukes Bedürfnisse über seine eigenen zu stellen. Das war eine erfrischende Abwechslung zu den vielen Tierhaltern, die Khloe im Laufe der Jahre kennengelernt hatte. Natürlich kannte sie viele Besitzer, die alles für ihre Tiere tun würden. Aber sie hatte auch schon viel zu viele gesehen, die, nachdem sie gehört hatten, wie viel eine Operation kosten würde, beschlossen, ihr Tier einschläfern zu lassen. Oder sie setzten es einfach aus. Oder sie nahmen es mit nach Hause und ließen es leiden, anstatt Khloe die Operation durchführen zu lassen, die sein Leben retten würde.

Jedes Mal wenn Khloe davon sprach, wieder in ihre Wohnung zurückzukehren, geriet Raid fast in Panik. Sie sah es in seinen Augen. Er hatte Todesangst, dass Duke einen Rückfall erleiden könnte oder er etwas tat, was seinem treuen Begleiter schadete. Khloe hatte es nicht übers Herz gebracht zu gehen.

Also war sie geblieben. Sie und Raid aßen zusammen, fuhren zusammen zur Arbeit und redeten jeden Abend bis weit nach der üblichen Schlafenszeit miteinander.

Aber heute war der Tag, an dem sie sich durchsetzen wollte. Duke ging es gut. Nun, nicht gut, aber er war definitiv auf dem Weg der Besserung. Weder er noch Raiden brauchte sie noch in ihrer Nähe.

Heute wollte sie nach der Arbeit in ihre Wohnung zurückkehren. Sie brauchte Freiraum. Sie musste darüber nachdenken, was ihre nächsten Schritte sein würden. Alan war hinter Gittern, und sie sollte nach Norfolk zurückkehren können. Oder sie konnte in Fallport bleiben. Sie könnte wieder Khloe Watts, Tierärztin sein. Sie könnte ihre Tierarztpraxis eröffnen und das tun, was sie liebte.

Aber ein Teil von ihr war noch immer unentschlossen. Der Hass in Alans Stimme, als er ihr gesagt hatte, sie würde dafür bezahlen, dass sie sein Leben ruiniert hatte, hallte noch in ihrem Kopf nach. Nur weil er hinter Gittern saß, hieß das nicht, dass er ihr nicht immer noch das Leben zur Hölle machen konnte. Deshalb hatte sie einen falschen Nachnamen benutzt und war nach Fallport geflohen, das so weit von Norfolk entfernt war, wie es möglich war, ohne Virginia zu verlassen.

Der Gedanke daran, die Stadt zu verlassen, tat Khloe im Herzen weh. Sie mochte diese Stadt. Sie liebte ihre neuen Freunde ... auch wenn sie sich nicht bemüht hatte, es ihnen mitzuteilen. Sie wollte dabei sein, wenn Finley und Elsie ihre Babys bekamen. Sie wollte mit den anderen feiern, wenn Lilly wieder schwanger wurde, und Khloe hatte keinen Zweifel daran, dass sie wieder schwanger werden würde. Sie und Ethan würden die Familie bekommen, nach der sie sich sehnten, da war sie sich sicher.

Sie wollte sehen, wie Heather nach einem Leben in der Hölle weiter aufblühte. Und sie genoss es, Caryn dabei zuzusehen, wie sie mit den Highschool-Kindern arbeitete und sich durchsetzte.

Alles in allem liebte Khloe es, ein Leben zu haben, das aus mehr bestand, als jeden Tag zur Arbeit zu gehen. Sie liebte es zwar, Tierärztin zu sein, aber ihr Job hatte ihr Leben in Norfolk komplett bestimmt. Sie hatte sich nicht genügend Zeit für sich selbst genommen.

Konnte sie hier in Fallport Freunde und ein Leben haben *und* gleichzeitig Tierärztin sein? Sie war sich nicht sicher. Aber sie hatte das Gefühl, wenn sie es irgendwo schaffen konnte, war es hier.

Aber was würde passieren, wenn Alan entlassen wurde?

Das war unvermeidbar. Würde er sie in Ruhe lassen? Würde seine Zeit im Gefängnis ihn zur Vernunft bringen? Würde er irgendwann begreifen, dass sie alles in ihrer Macht Stehende getan hatte, um seinen Hund zu retten?

Irgendwie bezweifelte Khloe das. Er würde nicht wollen, dass sie glücklich ist. Er würde alles tun, um ihr das Leben zur Hölle zu machen – und dazu gehörte auch, dass er es auf die Menschen abgesehen hatte, die ihr am nächsten standen.

War das nicht der Grund, warum sie Norfolk überhaupt erst verlassen hatte? Wegen der Gerüchte, die er über sie und die wenigen Freunde, die sie hatte, in Umlauf gebracht hatte? Sie wollte nicht der Grund sein, warum diese Art von Boshaftigkeit nach Fallport kam. Sie konnte sich nicht vorstellen, wie Heather mit den bösen Dingen umgehen würde, die Alan über sie verbreiten würde. Oder die Dinge, die er den anderen Frauen, die sich mit Khloe angefreundet hatten, sagen oder antun würde.

Und sie konnte den Gedanken nicht ertragen, dass er versuchen würde, Raid und seine Freunde zu verleumden. Sie hatte keinen Zweifel daran, dass es ihnen egal sein würde, dass sie ignorieren würden, was über sie gesagt wurde, aber sie hasste den Gedanken, diejenige zu sein, die ein solches Chaos in ihr Leben brachte.

Und deshalb zögerte sie immer noch, allen gegenüber völlig offen zu sein. Ihnen alles über sich selbst zu erzählen. Khloe hatte keine Zweifel, dass sie sie unterstützen würden. Sie würden ihr sagen, dass es ihnen egal war, was Alan tat oder sagte. Aber *Khloe* war es nicht egal. Worte taten weh, egal wie alt man war. Und ihre Freundinnen hatten schon genug durchgemacht. Sie mussten sich nicht auch noch mit dem Blödsinn herumschlagen, den Alan mit sich brachte, zusätzlich zu all dem, was sie schon überlebt hatten.

»Khloe?«

Sie zuckte zusammen und drehte sich zur Tür.

»Tut mir leid«, erklärte Raid sanft. »Ich wollte dich nicht erschrecken.«

»Ist schon gut. Ich habe nur geträumt. Was ist los?«

Raid starrte sie einen Moment lang an, und Khloe hatte das Gefühl, er wusste, dass sie log. Dass sie nicht geträumt hatte, sondern sich wegen irgendetwas Sorgen machte.

»Anstatt auf deinem Hintern zu sitzen und nichts zu tun, solltest du lieber die zurückgegebenen Bücher wieder einordnen.«

Khloe war es gewohnt, dass Raid so etwas zu ihr sagte ... aber diesmal fehlte die Schärfe. Er hatte ein leichtes Lächeln im Gesicht und seine Worte klangen eher neckisch. Anstatt sich zu wehren, wie sie es noch vor einer Woche getan hätte, nickte sie einfach und stand auf.

Sie wollte an Raid vorbeigehen, aber er hielt sie auf, indem er ihr eine Hand auf den Arm legte. »Khloe?«

»Ja?«

»Danke.«

Sie runzelte die Stirn. »Wofür? Dafür, dass ich hier sitze, anstatt meine Arbeit zu machen?«, scherzte sie.

Aber Raid lächelte nicht einmal. »Nein, dafür, dass du bei uns geblieben bist. Es hat mir wirklich geholfen, dass du da warst, falls bei Dukes Genesung etwas schiefgelaufen wäre. Außerdem habe ich es genossen, dich um mich zu haben ... und ich weiß, dass Duke es auch genossen hat.«

Khloe starrte ihn einen Moment lang an, bevor sie ihm ein kleines Lächeln schenkte. »Gern geschehen.« Es gab so viel mehr, was sie hätte sagen können. Dass es ihr auch Spaß gemacht hatte. Dass es einfach war, mit ihm zusammen zu sein. Dass sie verwirrt war über ihre Gefühle für ihn.

Sie spürte seinen Blick auf sich, als er seine Hand sinken ließ und sie den Gang entlang in Richtung des Fachs für zurückgegebene Bücher ging. Sie wusste aus den letzten Tagen, dass er mit Duke in ihrem Büro blieb, während sie in der Bibliothek unterwegs war. Sie wechselten sich ab, wobei immer einer von ihnen im selben Raum mit dem immer noch nicht ganz gesunden Bluthund blieb.

Khloes Entschluss, nach der Arbeit in ihre Wohnung zurückzukehren, ließ immer mehr nach. Wenn er sie noch einmal bitten würde, bei ihm zu übernachten, würde sie wohl, ohne zu zögern, nachgeben. Nachdem er so freundlich war, ihr zu danken und sogar zuzugeben, dass er ihre Gesellschaft genoss ... wie sollte sie da Nein sagen?

Aber es bestand immer noch die Möglichkeit, dass er bereit war, in sein normales Leben zurückzukehren. Duke war definitiv auf dem Weg der Besserung. Ab morgen würde er wieder seine normale Nahrung zu sich nehmen, wenn auch nur die Hälfte davon. Das weiche Futter hatte er problemlos vertragen und Khloe hatte keinen Grund anzunehmen, dass er nicht auch mit dem normalen Futter zurechtkommen würde.

Das Entscheidende war, dass sie *gern* bei Raid war. Er war ein guter Mann. Sicher, er war ruhig und introvertiert, aber bei ihm fühlte sie sich auch wohl. In seiner Nähe konnte sie sich entspannen. Und er war jemand, auf den man sich verlassen konnte. Egal ob es um das Such- und Bergungsteam oder um seinen Job als Bibliothekar ging.

Während ihr die Gedanken durch den Kopf gingen, gab Khloe ihr Bestes, um sich auf die anstehende Aufgabe zu konzentrieren ... nämlich die Bücher wieder an den richtigen Stellen in die Regale einzuordnen. Raid hatte bereits alle Bücher zurückgemeldet, sie musste nur noch durch die Gänge gehen und sie zurückbringen, damit jemand anderes sie ausleihen konnte.

Im Moment waren nicht viele Leute in der Bibliothek, denn es war mitten am Tag. Die Kinder waren noch in der

Schule und viele Leute waren auf der Arbeit. Aber es gab einige Stammgäste, denen Khloe unbedingt Hallo sagen wollte. Die Begrüßungen führten zu Fragen, wie es Duke ging, und zu weiteren Danksagungen, weil sie ihn gerettet hatte.

Sie war in der Geschichtsabteilung, als Khloe spürte, dass jemand dicht hinter ihr war. Seit dem Vorfall mit Alan achtete sie viel mehr auf ihre Umgebung. Als die Haare in ihrem Nacken sich aufstellten und sie spürte, dass jemand in der Nähe war, drehte Khloe sich um.

Sie erstarrte, als sie sah, wer dort stand.

Sie erinnerte sich nicht an den Namen des Mannes, nur daran, dass er und ein anderer, ähnlich aussehender Mann während Alans Prozess jeden Tag im Gerichtssaal gewesen waren. Die Blicke und das Grinsen, die sie ihr ständig zuwarfen, reichten Khloe aus, um zu erkennen, dass ihre Gedanken denen ihres Bruders entsprachen.

»Sieh an, sieh an, wer da ist«, sagte der Mann leise.

Khloes Herz begann, schneller zu schlagen, und sie spürte, wie das Adrenalin durch ihre Adern floss. Hier, mitten am Tag in einem öffentlichen Gebäude würde er ihr doch nichts antun, oder? Sie war sich nicht sicher.

»Erinnerst du dich an mich? Ich bin Jason. Einer von Alans Brüdern.«

Sie trat einen Schritt zurück, reckte ihr Kinn in die Höhe und fragte: »Was machst du denn hier?«

»Ich? Ich suche ein Buch«, entgegnete der Mann.

»Du bist kein Mitglied der Bibliothek, du kannst nichts ausleihen«, erklärte sie ihm.

»Oh ... wie schade.«

Sie starrten einander etwa zehn Sekunden lang an, bevor er sagte: »Sieht aus, als ginge es dir ganz gut. Im Gegensatz zu meinem Bruder, der deinetwegen in einer Zelle verrottet.«

»Er hat versucht, mich umzubringen«, entgegnete Khloe. Sie wich noch einen Schritt zurück, aber Jason kam auf sie zu und ließ nicht zu, dass sie einen Abstand zwischen sie brachte. Sie wollte weglaufen.

Wollte zu Raid.

Es hätte sie eigentlich verwundern müssen, dass sie Raiden als Schutz betrachtete. Aber sie hatte keine Zeit, darüber nachzudenken.

»Du hast seinen Hund ermordet«, erwiderte Jason spöttisch.

»Ich habe alles getan, was ich konnte. Sie war zu verletzt«, protestierte Khloe zum gefühlt millionsten Mal. Jason war bei der Verhandlung dabei gewesen. Er hatte alles gehört, was sie über den Zustand des Hundes gesagt hatte. Wie verzweifelt sie versucht hatte, die inneren Blutungen zu stoppen, aber ohne Erfolg.

»Ich habe ein Video gesehen, in dem du bei einem Tierarzt eingebrochen bist und einen Hund gerettet hast«, erklärte Jason in einem leisen, drohenden Ton. »Glaubst du, wenn du die Heldin spielst, wirst du dich bei den Leuten hier beliebt machen? Vielleicht ... kurzfristig. Aber warte, bis sie hören, wer du wirklich bist, Dr. *Watts*. Sie werden ihre Meinung schnell genug ändern.«

Ihre Atmung beschleunigte sich. Dies war buchstäblich ihr schlimmster Albtraum, der wahr wurde. Sie hatte keine Ahnung, was Jason hier vorhatte. Was sein Ziel war. Aber er hatte sie offensichtlich aufgrund des Videos von Dr. Ziegler gefunden, in dem er über ihren Einbruch in seine Praxis wetterte.

Sie machte sich darauf gefasst, dass Jason etwas tun würde. Sie angreifen würde. Eine Waffe ziehen. Sie schlagen würde.

Stattdessen lächelte er nur und sagte: »Man sieht sich.« Dann drehte er sich um und ließ sie dort stehen.

Es dauerte eine ganze Minute, bis Khloe sich wieder gefangen hatte. Genau wie an jenem schrecklichen Tag war sie wie erstarrt, statt in den Fluchtmodus zu gehen, als sie in Gefahr geriet. Sie war im letzten Moment aus dem Weg gesprungen, aber nicht schnell genug, um nicht überfahren zu werden.

Khloe stand immer noch da und war völlig durch den Wind, als überraschend Duke am Ende des Ganges auftauchte und auf sie zukam. Dicht hinter ihm folgte Raid.

Als ihr ehemaliger Erzfeind sie sah, runzelte er die Stirn. Duke stupste mit der Nase ihre Hand an und die Berührung sorgte dafür, dass Khloe aus ihrer Erstarrung erwachte. Sie fiel auf die Knie und schlang ihre Arme sanft um den Hals des Bluthundes. Sie vergrub ihr Gesicht in seinem Fell und tat ihr Bestes, um ihre Gefühle und ihren zitternden Körper unter Kontrolle zu bringen.

»Khloe? Was zum Teufel ist los?«

Sie konnte nicht sprechen. Sie wollte nicht zugeben, dass ihre Vergangenheit sie eingeholt hatte. Sie war sich ziemlich sicher, dass auch Alans anderer Bruder in der Nähe war, wenn Jason hier war. Sie waren bei der Verhandlung immer zusammen gewesen.

Khloe spürte Raids Hand an ihrem Ellbogen. »Komm schon, steh auf, Khloe. Ich kümmere mich um dich. So ist es gut … halt dich an mir fest.«

Irgendwie verbarg Khloe ihr Gesicht an Raids Brust, als er sie von den Regalen wegführte. Sie hörte, wie er den Leuten im Vorbeigehen sagte, dass es ihr gut ginge, dass ihr nur ein bisschen schwindelig sei, und sie fand es toll, dass er sein Bestes tat, um sie während ihres Zusammenbruchs nicht in Verlegenheit zu bringen. Er wusste nicht, was los war und was passiert war, aber er tat trotzdem alles, um sie zu versorgen.

Es war überwältigend. Diese Art von Unterstützung hatte sie seit dem Tod ihres Vaters nicht mehr erfahren.

»Setz dich«, befahl Raid, nachdem er sie in sein Büro geführt hatte.

Sie setzte sich, hielt aber die Augen geschlossen, da die Gefühle sie zu überwältigen drohten. Panik. Verlegenheit. Besorgnis. Sogar ihr verdammtes Bein pochte. Es war, als brachte der Anblick von jemandem, der mit Alan in Verbindung stand, ihre Nerven zum Kochen und erinnerte sie an die monatelange Reha, die sie hatte durchmachen müssen, um wieder laufen zu können.

Raid sagte nichts. Er verlangte nicht, dass sie mit ihm redete. Er befahl ihr nicht, die Augen zu öffnen. Er war einfach da. Eine stetige Präsenz. Er hatte eine seiner großen Hände auf ihr Knie gelegt und hockte vor ihr. Erst als sie Duke wimmern hörte, gelang es Khloe, die Augen zu öffnen.

»Es ist okay, Kumpel. Es geht ihr gut. Sie muss sich nur sammeln«, erklärte Raid seinem Hund.

Duke saß neben seiner Besitzerin und als er sah, dass sie die Augen geöffnet hatte, beugte er sich zu ihr hinunter und stupste sie eindringlich mit der Nase an der Hand.

Gehorsam strich Khloe mit ihrer Hand über seinen Kopf und kraulte ihn.

»Er hat mich zu dir geführt«, bemerkte Raid leise. »Wir saßen in deinem Büro, und plötzlich hob er den Kopf und stand auf. Er ging schnurstracks zu den Regalen, was ungewöhnlich ist, denn wenn er pinkeln muss, geht er immer zur Hintertür.«

Khloe beugte sich hinunter und küsste dem Bluthund den Kopf. »Mir geht es gut«, flüsterte sie. »Danke, dass du zu mir gekommen bist.«

Als hätte er sie verstanden, leckte Duke ihr über die Wange und drehte sich um, um zu seinem Hundebett in der Ecke des Zimmers zurückzukehren.

Khloe wischte sich mit der Schulter den Sabber aus dem Gesicht und holte tief Luft, bevor sie Raid ansah. »Das tut mir leid«, sagte sie.

Aber Raid schüttelte den Kopf und erklärte: »Nein.«

Khloe runzelte die Stirn. »Nein?«

»Tu das nicht. Wenn du nicht darüber reden willst, was passiert ist, gut. Sag mir das. Aber tu nicht so, als sei nichts passiert. Irgendetwas ist da draußen passiert. Dein Herzschlag ist immer noch nicht wieder normal und du atmest viel zu schnell. Du bist auch noch ganz bleich. Ich weiß nicht, was du gesehen hast oder wer etwas zu dir gesagt hat, aber es hat dich auf jeden Fall erschreckt.«

Khloe hatte schon immer gewusst, dass Raid aufmerksam war, aber bis zu diesem Moment war ihr nicht bewusst, *wie* aufmerksam er war.

»Das ... das ist eine lange Geschichte«, erklärte sie schließlich. Und das war es auch. Und als sie mit Raid vor sich auf dem Boden saß und er sie unterstützte, wusste sie, dass er es verdient hatte, die ganze schmutzige Geschichte zu erfahren. Er hatte ihr einen Job gegeben, obwohl sie nicht wirklich qualifiziert war. Er hatte sie zwei Wochen freigestellt, obwohl sie den Urlaub nicht angespart hatte, und er hatte keine Fragen gestellt, warum sie den Urlaub benötigte oder wohin sie wollte. Selbst als er offensichtlich frustriert und genervt von ihr war, hatte er sie weder gefeuert noch jemals seine Stimme erhoben.

Die letzten Tage hatten ihr gezeigt, dass er viel mehr Tiefgang hatte, als sie ihm zugetraut hatte. Khloe merkte, dass sie ihm alles sagen wollte. Sie musste es sich von der Seele reden. Und da Alans Bruder in der Stadt war, konnte sie es nicht länger aufschieben.

»Gut«, bemerkte er und schaute auf die Uhr. »Kannst du noch eine Stunde durchhalten? Ich rufe Cherise an und frage, ob sie bis zum Ladenschluss einspringen kann.«

Cherise war eine Teilzeitangestellte in der Bibliothek, die einsprang, wenn Raid auf Such- und Bergungseinsätzen war und wenn sie zusätzliche Hilfe brauchten. Khloe nickte.

»Okay. Bleib hier bei Duke. Ich werde dir eine Sprite holen. Du brauchst nicht noch mehr Koffein in deinem Körper, das würde dich nur noch schreckhafter machen, aber etwas Zucker wird dir guttun. Ich bringe hier alles in Ordnung und dann treten wir den Heimweg an. Ich koche einen Grünen-Chili-Eintopf und dann können wir reden, okay?«

Khloe wollte protestieren. Ihm sagen, dass sie in ihre eigene Wohnung zurückkehren musste. Hatte sie nicht gerade erst beschlossen, das zu tun? Aber die Ankunft von Alans Bruder änderte alles. Was, wenn er draußen wartete, um ihr nach Hause zu folgen? Was, wenn er versuchte, sie zu überfahren, während sie auf den Parkplatz ging?

Khloe fühlte sich unwohl und nickte Raid nur zu.

Er starrte sie einen Moment lang an, bevor er erklärte: »Was auch immer los ist ... es wird dir nichts passieren. Dafür werde ich sorgen.« Er stand auf, ohne ihr eine Chance zu geben zu antworten.

Dann beugte er sich zu ihr und küsste sie auf den Kopf, bevor er sich umdrehte und zur Tür ging.

Erst als sie sich hinter ihm schloss, ließ Khloe den Atemzug heraus, den sie angehalten hatte.

Sie hatte den Kuss, den er ihr in der Tierarztpraxis gegeben hatte, nicht vergessen, aber sie hatte es irgendwie mit den Emotionen des Augenblicks in Verbindung gebracht. Sie dachte, er hätte impulsiv gehandelt. Aber hier war er und küsste sie erneut. Auch wenn es nur auf den Kopf war, war es doch eine sehr intime Geste und etwas, das er vorher noch nie getan hatte.

Ihre Welt hatte sich so schnell verändert. Noch letzte Woche hatte sie ein ziemlich langweiliges, aber sicheres

Leben geführt. Jetzt war sie nicht mehr die Büchereiassistentin, die niemand besonders gut kannte.

Sie konnte auf keinen Fall mehr arbeiten, und sie glaubte nicht, dass Raid das von ihr erwartete. Also stand sie auf, ging zu dem schlafenden Duke und setzte sich neben seinen Kopf. Wenn sie in der Nähe von Tieren war, fühlte sie sich immer besser, und als sie sein kleines Stöhnen hörte, während sie seinen Kopf streichelte, entspannte sie sich ein wenig. Tiere waren einfach. Ihre Gefühle waren leicht zu erkennen und solange sie Zuneigung bekamen, waren sie absolut loyal.

Sie wusste nicht, wie Raid auf ihre Geschichte reagieren würde, aber es war an der Zeit, sie zu erzählen. Khloe war es leid, sich zu verstecken. Sie war es leid, nicht die zu sein, die sie war. Außerdem hatte sie große Angst. Alan hatte darauf bestanden, dass sie dafür bezahlen würde, dass sie sein Leben ruiniert hatte, obwohl sie in Wirklichkeit gar nichts getan hatte. Es waren seine eigenen Taten, die ihn hinter Gitter gebracht hatten, aber er war zu eingebildet, narzisstisch und zu sehr ein Tyrann, um das zuzugeben.

Dass Jason in Fallport war, verhieß nichts Gutes. Sie wusste es bis ins Mark. Sie brauchte Raids Hilfe. Sie gab es nicht gern zu, aber es war nun mal so. Sie hatte gesehen, wie seine Kameraden und ihre Frauen sich zusammengerauft hatten, wenn es nötig war. Vielleicht, aber nur vielleicht, würden sie auch bereit sein, ihr zu helfen. Auch wenn sie sie belogen hatte. Auch wenn sie nicht für *sie* da gewesen war, als sie es hätte sein sollen.

Fallport hätte ein Neuanfang sein sollen. Sie wollte wieder sie selbst sein. Und der einzige Weg, das zu erreichen, bestand darin, die Wahrheit zu sagen. Über alles. Sie musste nur hoffen, dass Raiden ihr all die Dinge verzeihen würde, über die sie gelogen hatte.

KAPITEL SIEBEN

Raid war besorgt.

Khloe verhielt sich nicht wie sie selbst. Normalerweise war sie selbstbewusst und hatte keine Angst, ihm die Stirn zu bieten und ihn zurechtzuweisen, wenn er sie aufstachelte. Aber als er sie im Gang in der Bibliothek gesehen hatte, hatte sie Angst gehabt. Ganz im Gegensatz zu der Khloe, die er kannte.

Duke hatte gespürt, dass etwas nicht stimmte, und ihn direkt zu ihr geführt. Er war erleichtert, dass sein Hund wieder ganz der Alte zu sein schien, wenn auch etwas langsamer als sonst, weil sein Bauch noch nicht ganz verheilt war. Es war ihm sogar egal, dass sein geliebter Begleiter genauso in Khloe verliebt war wie in ihn – wenn nicht sogar noch mehr.

Er hasste die Tatsache, dass sie wegen irgendetwas so verängstigt war, dass sie fast nicht mehr ansprechbar war. Aber er war erleichtert, dass sie bereit zu sein schien, mit ihm zu reden. Endlich.

Raid war kein Idiot. Schon kurz nachdem er sie eingestellt hatte, wusste er, dass seine neue Assistentin ihm etwas verheimlichte. Er hätte nicht gedacht, dass es so lange dauern würde, bis sie mit ihm redete, aber seine Geduld wurde endlich belohnt.

Als er sie abholen wollte, um sie nach Hause zu bringen, saß sie neben Duke auf dem Boden und streichelte ihn gedankenverloren. Sie war wortlos mit ihm gegangen, aber ihm war nicht entgangen, wie sie sich ängstlich umgesehen hatte, als er sie zu seinem Wagen begleitete.

Raid fand das schrecklich. *Verabscheute* es. Khloe war nicht die Art von Frau, die Angst zeigte. Zumindest nicht, wie er sie kannte. Er war sich fast sicher, dass das, was heute passiert war, mit jemand anderem zu tun hatte. Vielleicht hatte sie einen unerfreulichen Anruf oder eine Nachricht bekommen, aber das glaubte er nicht. Schon auf der Fahrt zu seinem Haus war sie sehr nervös und in Alarmbereitschaft.

Er brachte sie schnell ins Haus und schloss die Tür hinter ihnen ab, nachdem sie eingetreten waren. Fallport war die sicherste Stadt, in der er je gelebt hatte, aber er wusste auch, dass er sein Haus *nicht* ungesichert lassen durfte. Er hatte zu viele Krimis gesehen, in denen die Leute, die interviewt wurden, als aller Erstes sagten: »Die Stadt war immer sicher, niemand hat seine Türen verschlossen«, und dann über den Vierfachmord sprachen, der passiert war.

Nicht nur das, Raid hatte das Böse in der Vergangenheit hautnah miterlebt. Nein, seine Türen zu verschließen war für ihn selbstverständlich. Und er hatte das Gefühl, dass Khloe ihm gleich einen weiteren Grund liefern würde, warum es so wichtig war, auf die Sicherheit zu achten.

»Ich bringe Duke raus, bevor ich mit der Zubereitung des Abendessens anfange«, erklärte er, als sie drinnen waren. Er hatte eigentlich vorgehabt, ihr vorzuschlagen, sie solle mit dem Hund rausgehen, aber das hielt er nicht mehr für eine gute Idee, da sie so nervös war.

»Na gut. Ich glaube, ich werde duschen gehen. Ist das in Ordnung?«

Raid runzelte die Stirn. Seit wann fragte Khloe um Erlaubnis, wenn sie etwas tun wollte? »Natürlich.«

Sie nickte und ging in das Zimmer, in dem sie schlief.

Raid biss die Zähne zusammen. Er wollte zu ihr gehen. Ihr sagen, dass er alles in Ordnung bringen würde, was auch immer los war. Aber dieses Recht hatte er sich noch nicht verdient.

Irgendwie war Raid in den letzten Tagen klar geworden, wie viel ihm diese Frau bedeutete. Seit ihrem ersten Arbeitstag hatte er fast jeden Tag mit ihr verbracht, aber jetzt, da sie unter seinem Dach wohnte, wurden seine konfusen Gefühle ihr gegenüber deutlich.

Er mochte ihre Bissigkeit. Er mochte ihren Sinn für Humor. Sie hatte keine Angst, ihre Meinung zu sagen. Sie konnte ihn aufziehen, so wie er sie aufzog. Und nicht nur das. Sie war klug und offensichtlich eine verdammt gute Tierärztin. Sie hatte Mitgefühl für Tiere und schien, genau wie er, mit Haustieren besser zurechtzukommen als mit Menschen.

Man konnte durchaus sagen, dass Raid das Gefühl hatte, endlich eine Frau gefunden zu haben, die ihn so nehmen konnte, wie er war. Mit all seiner Verschrobenheit und so. Aber sie waren noch nicht so weit in ihrer Beziehung, dass er ihr sagen konnte, dass er mehr als nur Freundschaft für sie empfand. Und jetzt musste sie sich das, was sie ihm sagen wollte, von der Seele reden. Er würde zuhören, seine Unterstützung anbieten und dann würden sie von dort aus weitermachen.

Zum Glück verbrachte Duke nicht seine übliche Stunde damit, draußen auf dem Grundstück herumzuspazieren. Es war, als hätte der Hund verstanden, dass Khloe sie brauchte, und er erledigte sein Geschäft schnell, bevor er sich auf den Weg zurück zum Haus machte.

Er ließ sich in seinem bequemen, teuren Hundebett in der Ecke nieder und beobachtete den Flur, in dem Khloe nach dem Duschen auftauchen würde. Raid machte sich an die Arbeit und kochte den Grünen-Chili-Eintopf. Er schmeckte besser, wenn man ihn ein paar Stunden köcheln ließ, aber er würde auch dann gut schmecken, wenn sie ihn sofort aßen.

Khloe kam gerade zurück, als der Eintopf fertig war.

»Kann ich helfen?«, fragte sie leise. Mit ihren nassen Haaren sah sie irgendwie verletzlicher aus. Sie trug eine Jogginghose und das langärmelige T-Shirt, das für ihren winzigen Körper zu groß war, und ihre Füße steckten in Socken.

»Ich bin gleich fertig. Setz dich schon mal hin. Möchtest du etwas trinken?«

»Wasser ist gut.«

Raid mochte diese niedergeschlagene Khloe nicht.

Eilig servierte er das Essen und ging zu seinem kleinen Tisch. Er setzte sich Khloe gegenüber und stellte fest, dass sie ihm nicht in die Augen sehen wollte, sondern sich auf die Schüssel mit dem Essen konzentrierte.

»Das sieht gut aus.«

»Wenn es zu scharf ist, kann ich etwas Wasser hinzufügen«, entgegnete Raid.

»Ich bin sicher, dass es lecker schmeckt.«

»Khloe.«

»Ja?« Aber sie schaute immer noch nicht auf. Ihr Blick blieb auf die Schüssel vor ihr geheftet, als könnte sie dadurch den Sinn des Lebens ergründen.

»Würdest du mich bitte ansehen?«

Er beobachtete, wie sie tief einatmete und dann endlich ihren Blick zu ihm hob.

»Was auch immer heute passiert ist ... es ändert sich dadurch nichts.«

»Es verändert sich dadurch *alles*«, widersprach Khloe.

»Okay. Dann wird es nichts daran ändern, was ich für dich empfinde. Es wird auch nichts daran ändern, was deine Freunde empfinden.«

Sie antwortete nicht, sondern seufzte nur.

»Gut. Essen wir, dann machen wir es uns gemütlich und dann reden wir. Kannst du mir eine Sache sagen? Bist du in Gefahr?«, fragte Raid.

Khloe starrte ihn nur an und die Traurigkeit in ihren Augen wurde ihm beinahe zum Verhängnis. Raid konnte sich nicht davon abhalten, ihr die Hand entgegenzustrecken. Er nahm ihre Hand in seine und drückte sie. »Wir kriegen das schon hin, okay?«

Khloe presste die Lippen zusammen, aber sie nickte.

Raid wusste nicht, ob er etwas gegen den Kloß in seinem Hals tun konnte. Der Gedanke, dass diese Frau in Gefahr sein könnte, gefiel ihm nicht. Das machte ihn wütender, als er es für möglich gehalten hätte. Er war nicht darüber wütend, was sie ihm erzählen könnte, sondern darüber, dass sie sich in einer Lage befand, in der sie in Bezug auf ihren Beruf lügen musste, und dass sie offensichtlich Angst vor jemandem hatte.

Es war ein merkwürdiges Gefühl. Nicht die Tatsache, dass er wütend war, sondern diese Art von Gefühlsreaktion wegen einer Frau zu haben. Er war ein ausgeglichener Mann. Er war in der Lage, seine Gefühle in fast jeder Situation unter Kontrolle zu halten. Das war einer der Gründe, warum er in seinem Job bei der Küstenwache so gut gewesen war.

Aber der Gedanke, dass Khloe in Gefahr war, brachte ihn dazu, die Verantwortlichen finden und vernichten zu wollen.

Sie aßen den Eintopf schweigend. Es war nicht der beste Eintopf, den er je gemacht hatte, aber morgen, wenn er über Nacht im Kühlschrank gestanden hatte, würde er besser schmecken. Khloe beschwerte sich nicht. Sie aß einfach nur wortlos.

Als sie fertig waren, half sie ihm, das Geschirr in die Küche zu tragen.

»Würdest du Duke für mich füttern?«

Sie nickte und Raid sah den ersten Schimmer einer anderen Emotion als Angst und Schrecken auf ihrem Gesicht. Er füllte den Geschirrspüler, während er Khloe dabei zusah, wie sie seinen Hund fütterte. Die Bindung zwischen den beiden war offensichtlich. Unter anderen Umständen wäre Raid eifersüchtig gewesen. Duke hatte an niemandem wirkliches Interesse gezeigt, seit er ihn nach Hause gebracht hatte, nachdem er ihn vor vielen Jahren vom Straßenrand gerettet hatte.

Er ging in den Wohnbereich, setzte sich auf das Sofa und beobachtete Khloe einen Moment lang mit Duke, bevor er leise sagte: »Komm her, Khloe.«

Zuerst dachte er, sie hätte ihn nicht gehört. Oder dass sie ihn ignorierte. Aber schließlich seufzte sie und stand von ihrem Platz auf dem Boden neben seinem Hund auf. Sie schaute ihn an, dann auf den Sessel neben dem Sofa und dann wieder zu ihm.

»Setz dich hierhin«, erklärte er und klopfte auf den Platz neben sich.

Zu seiner Erleichterung protestierte sie nicht. Wenn sie etwas Abstand gebraucht hätte, während sie ihm erzählte, was in der Bibliothek passiert war, hätte er ihn ihr gegeben. Aber es tat ihm gut, dass sie sich stattdessen neben ihn setzte.

Sie setzte sich und zog dann sofort ihre Beine hoch und schlang ihre Arme um die Knie. Das war eine extrem defensive Position, und Raid gefiel das überhaupt nicht. Er hätte sie am liebsten in seine Arme gezogen, aber er hielt sich zurück.

»Hat dich heute jemand erschreckt?«, fragte er leise. »Hat jemand etwas Beleidigendes zu dir gesagt?«

»Ich habe dich ja schon vorgewarnt, dass es eine lange Geschichte ist, und um das heute zu erklären, muss ich ein paar Jahre zurückgehen«, erklärte Khloe und starrte ins Leere.

»Okay«, stimmte Raid sofort zu.

»Wie du jetzt weißt, bin ich Tierärztin. Das wollte ich schon immer werden, seit ich ein kleines Mädchen war. Ich habe Tiere immer geliebt, alle Tiere. Ich habe meinen Vater verrückt gemacht, indem ich ständig verletzte Tiere nach Hause brachte. Als Kind hasste ich Zoos, aber ich liebte Auffangstationen. Meine Vorstellung von einem perfekten Wochenende war es, in der nächstgelegenen Auffangstation zu helfen, Vögel, Eichhörnchen, Opossums und andere wilde Tiere zu versorgen. Die Mitarbeiter gewöhnten sich schnell an meine Anwesenheit. Nach der Highschool ging ich aufs College mit dem Ziel, Tierärztin zu werden.«

»Und du hast es geschafft«, bemerkte Raid, als sie eine Pause machte.

»Ja, das habe ich. Dad war so stolz und ich liebte meine Arbeit. Ich war Partnerin in einer Praxis mit mehreren Tierärzten, und obwohl ich es nicht mochte, keine eigenen Entscheidungen treffen zu können, genoss ich die Kameradschaft mit den anderen, mit denen ich zusammenarbeitete. Um die Geschichte fortzusetzen, eines Tages kam ein Mann mit seiner Hündin zu uns. Er behauptete, die Hündin hätte sich mit einem anderen seiner Hunde angelegt, aber es war offensichtlich, dass das nicht der Fall war.

Sie hatte riesige Milchdrüsen, was darauf hinwies, dass sie schon viele Würfe gehabt hatte. Sie produzierte sogar noch Milch, wodurch ich wusste, dass sie vor nicht allzu langer Zeit Welpen bekommen hatte. Die Hündin sah aus wie viele der Hunde aus den Zuchtbetrieben, die ich gesehen hatte. Norfolk ist zwar nicht gerade das Zentrum der illegalen Hundezucht, aber ich hatte keinen Zweifel daran, dass der Mann die Hündin benutzte, um so viele Welpen wie möglich zu gebären, und die Hunde wahrscheinlich für viel Geld an Waschbärjäger im ganzen Bundesstaat und in der Region verkaufte.

Jedenfalls war dies nicht der erste misshandelte Hund, den ich zu sehen bekam, und ich wusste, dass es nicht der letzte sein würde. Ich konnte nur mein Bestes tun, um ihr zu helfen. Aber als ich sie genauer untersuchte, stellte ich fest, dass es ihr viel schlechter ging, als es zunächst den Anschein hatte. Sie hatte innere Blutungen. Ich sagte nicht viel zu ihrem Besitzer, bevor ich sie nach hinten brachte und sie für die Operation vorbereitete.

Soweit ich das beurteilen kann, war sie wiederholt getreten worden. Sie hatte gebrochene Rippenknochen und blutete auch am Kopf. Aber der Riss in ihrer Milz war zu diesem Zeitpunkt meine größte Sorge. Nachdem ich sie aufgeschnitten hatte, wusste ich, dass es zu spät war. Sie hatte zu viel Blut verloren. Außerdem hatte sie vier Brustdrüsentumore und ihre Gebärmutter war ein einziges Krebsgeschwür. Die Hündin war als Zuchtmaschine benutzt und dabei gleichzeitig vernachlässigt worden. Ich tat das einzig Richtige und beendete ihr Leiden.«

Raid fand es schrecklich, die Traurigkeit in Khloes Stimme zu hören. Er streckte die Hand aus und zog sie sanft an seine Seite. Sie ließ ihre Knie los und drehte sich zu ihm um.

»Der Tod ist ein Teil des Tierarztdaseins. Natürlich wollen wir jedes Tier retten, das wir sehen, aber das ist einfach nicht möglich. Aber diesen Hund einzuschläfern, ohne dass er jemals eine sanfte Hand gespürt hatte – weil ich wusste, dass er jeden Moment seines Lebens gelitten hatte –, tat mehr weh als sonst. Sobald ich meine Gefühle unter Kontrolle hatte, ging ich hinaus, um mit dem Besitzer zu sprechen, der sich geweigert hatte, während der Operation zu gehen. Er saß im Wartezimmer, und als ich ihm sagte, dass ich seinen Hund nicht hatte retten können, rastete er aus.

Er fing an, mich anzuschreien und mir zu sagen, dass ich seine Lieblingshündin getötet hätte und dass er mich wegen ärztlicher Kunstfehler verklagen würde. Ich wusste, dass ich alles für den armen Hund getan hatte, was ich konnte, und versuchte, ihn zu beruhigen. Allerdings hat das nicht funktioniert. Er ging wütend weg und schwor, dass ich dafür bezahlen würde.

Ich dachte nicht allzu viel darüber nach, denn wir hatten immer Kunden, die sich aufregten, wenn ihr Haustier starb. Aber er beruhigte sich nicht. Er rief jeden Tag an und hinterließ hasserfüllte Nachrichten auf dem Anrufbeantworter der Praxis. Er schickte Briefe. Er postete in den sozialen Medien. Kurzum, er tat alles, was in seiner Macht stand, um eine üble Hetzkampagne gegen mich zu starten.

Ich wollte kündigen, weil ich wusste, dass die Praxis unter dem, was der Mann tat, litt. Aber meine Partner waren sehr tolerant und weigerten sich, mich gehen zu lassen. Sie sagten, die Dinge würden sich beruhigen und jeder wüsste, dass ich alles für den Hund getan hätte.«

Sie hörte wieder auf zu sprechen, und Raid fürchtete sich davor zu hören, was als Nächstes passiert war.

Khloe holte tief Luft. »Es dauerte ungefähr einen Monat, bis er anfing, mich zu belästigen. Er hatte mit seiner Hetzkampagne nicht nachgelassen, nicht einmal ein bisschen, und es fing an, mir auf die Nerven zu gehen. Ich schlief schlecht und bekam fast Panikattacken, wenn ich morgens in die Praxis kam. Eines Abends war ich eine der Letzten, die die Praxis verließen, weil ich eine Operation gehabt hatte, die aufgrund von Komplikationen lange gedauert hatte. Die Katze hatte überlebt, aber ihr Leben hatte eine Weile auf der Kippe gestanden. Wie auch immer ... ich war mitten auf dem Parkplatz und als Nächstes weiß ich nur noch, dass ein riesiger Lieferwagen auf mich zuraste.

Ich warf mich auf die Seite, aber ich war nicht schnell genug. Ich wurde angefahren. Der Wagen fuhr über mein Bein. Mein Oberschenkelknochen wurde an vier Stellen gebrochen. Es hat lange gedauert und eine Menge Stifte gebraucht, um mein Bein wieder zusammenzusetzen. Ich war eine Zeit lang im Streckverband und verbrachte ein paar Monate in einer Rehaeinrichtung, um wieder laufen zu lernen.«

»Und daher kommt auch dein Hinken«, bemerkte Raid so neutral wie möglich. Er war wütend darüber, was ihr passiert war.

»Ja. Meistens kann ich es vergessen, aber wenn ich längere Zeit stehe, tut es weh. Außerdem merke ich jetzt, wenn große Gewitter bevorstehen«, erklärte sie achsel-zuckend.

Khloe versuchte, ihre Verletzung herunterzuspielen, aber Raid wusste, dass sie stärker darunter litt, als sie es zugeben wollte. »Er war es, nicht wahr?«, fragte er.

»Ja. Er hat auf mich gewartet. Er hat ganz offensichtlich versucht, mich zu töten, ist frontal auf mich zugerast und hätte mich wahrscheinlich wieder überfahren, wenn nicht eine der Tierarzthelferinnen herausgekommen wäre und geschrien hätte, als er mich gerade überfuhr. Er gab Gas und raste davon, aber wir hatten beide gesehen, wer im Wagen saß.«

»Und wie heißt er?«, presste Raid zwischen zusammen-gebissenen Zähnen hervor.

»Alan Mather.«

Raid prägte sich den Namen ein. Er war kein rachsüchtiger Mann ... obwohl er durchaus Grund genug dazu gehabt hätte. Aber selbst bei dem Vorfall, der der Auslöser für seinen Ausstieg aus der Küstenwache war, hatte er nicht in gleichem Maße das Bedürfnis verspürt, jemanden aufzuspüren und zu verletzen, wie er es jetzt tat.

»Was ist mit ihm passiert?«

»Weißt du noch, als ich vor ein paar Monaten um eine Auszeit gebeten habe?«

»Ja. Kurz bevor Bristol und Rocky geheiratet haben, richtig?«

Sie nickte. »Ich musste zu seiner Gerichtsverhandlung gehen.«

»Sag mir, dass er für schuldig befunden wurde.«

»Das wurde er.«

Raid seufzte erleichtert auf, aber die Erleichterung war nur von kurzer Dauer, als sie weitersprach.

»Er sitzt im Gefängnis, aber er hat keine lange Strafe bekommen. Und er hat geschworen, mir genauso das Leben zu versauen, wie ich ihm das Leben versaut habe. Er hat zwei Brüder ...«

»Mist«, bemerkte Raid.

»Mein Nachname ist nicht Moore, sondern Watts. Ich habe ihn geändert, als er vor Gericht stand, weil ich Angst davor hatte, wozu er fähig wäre, da ich offensichtlich die Hauptzeugin gegen ihn war. Ich dachte, jetzt, da er im Gefängnis ist, wäre ich vielleicht frei. Ich hatte sogar schon darüber nachgedacht, wieder eine eigene Tierarztpraxis zu eröffnen. Nach dem, was mit Duke passiert war, dachte ich, dass eine Notfallpraxis in Fallport eine willkommene Sache sein könnte. Auf diese Weise würde ich Raymonds Praxis nicht stören, sondern könnte eine Nische füllen. Aber nach dem heutigen Tag denke ich, dass das keine gute Idee ist.«

»Was ist heute passiert?«, wollte Raid wissen. Er war überglücklich, dass Khloe darüber nachdachte zu bleiben, auch wenn er hasste, was dieser Mistkerl Alan ihr angetan hatte.

»Macht es dir nichts aus, dass ich dich wegen meines Namens angelogen habe?«, fragte sie und hob den Kopf, um ihn anzusehen.

»Nein. Du wolltest dich nur schützen. Außerdem bedeutet ein Name gar nichts. Es kommt darauf an, wer ein Mensch im Inneren ist. Und du, Khloe, bist ein guter Mensch, bis hin zu deinen kleinen Zehen.«

»Ich denke ständig darüber nach, was ich hätte anders machen können, um diesen wunderbaren Hund zu retten«, sagte sie.

»Nein. Das darfst du dir nicht antun. Lass nicht zu, dass die Worte dieses Mistkerls dich an deinen Fähigkeiten zweifeln lassen. Sie war schon zu schwach. Und du hast das Beste für sie getan, was du tun konntest ... du hast sie von ihrem Elend erlöst. Du sagtest, sie hatte innere Blutungen und Verletzungen an ihrer Milz. Der Mistkerl hat sie offensichtlich getreten. Ich denke, selbst wenn sie überlebt hätte, hättest du sie ihm nicht zurückgeben können. Das hätte ihn genauso wütend gemacht, wenn nicht sogar noch wütender.«

»Ja«, stimmte Khloe ihm zu.

»Also ... was ist heute passiert?«, erkundigte sich Raid.

Sie seufzte. »Heute hat sich gezeigt, dass Alan nicht aufgeben wird. Sein Bruder Jason kam in die Bibliothek. Sie haben mich gefunden. Wegen des Videos, das Raymond in den sozialen Medien veröffentlicht hat und in dem er sich darüber auslässt, dass ich in seine Praxis eingebrochen bin.«

»Was hat er gesagt?«

»Nicht viel. Er hat angedeutet, dass die Leute hier sich

gegen mich wenden werden, wenn sie herausfinden, wer ich wirklich bin und was passiert ist.«

Raid konnte es nicht verhindern. Er lachte laut auf.

Khloe warf ihm einen verletzten Blick zu. Sie wollte aufstehen, aber Raid hielt sie am Arm fest und zog sie näher zu sich.

»Tut mir leid«, erklärte er schnell, »aber wenn dieser Mistkerl denkt, er kann nach Fallport kommen, ein paar Gerüchte verbreiten und alle gegen dich aufbringen, dann irrt er sich.«

»Raid, du verstehst das nicht«, entgegnete sie.

»Doch, das tue ich«, erwiderte er ernst. Und das tat er. Der Mistkerl, der versucht hatte, sie zu töten, war sauer, dass er wegen seiner eigenen Taten hinter Gittern gelandet war, und versuchte, Khloe die Schuld dafür in die Schuhe zu schieben. Er dachte, er könnte seinen Bruder nach Fallport schicken und ihr Leben ruinieren. Er hatte sich da allerdings gewaltig geirrt. »Hör zu, ich bin selbst noch nicht so lange hier in Fallport, nur etwa fünf Jahre, aber ich kenne die Einwohner. Du hast Duke gerettet. Du bist eine Heldin in dieser Stadt, Khloe. Niemand wird dulden, dass ein Fremder kommt und über dich herzieht.«

»Es ist nicht nur er. Ich bin sicher, sein anderer Bruder ist auch hier. Die beiden werden mir das Leben zur Hölle machen.«

»Sollen sie es doch versuchen«, erklärte Raid trotzig.

»Raid! Alle werden wissen, was passiert ist! Dass ich bei meinem Namen gelogen habe. Sie werden sich fragen, worüber ich noch gelogen habe. Zum Beispiel, ob ich Alans Hund *wirklich* getötet habe. Ich muss verschwinden. Dieses Mal werde ich den Bundesstaat verlassen. Vielleicht gehe ich nach Seattle. Oder L. A. Dort kann ich mich verstecken. Ich werde ...«

Raid bewegte sich, ohne nachzudenken. Er stürzte sich

auf Khloe, bis sie flach auf dem Rücken auf den Kissen lag, und benutzte seine Arme, um sich über ihr abzustützen. Er war so viel größer und kräftiger als sie, dass sie keine Chance hatte, ihn abzuwehren. Erschrocken starrte sie zu ihm auf.

»Du gehst nirgendwo hin«, knurrte er praktisch.

»Aber ...«

»Nein. Deine Tierarztzulassung ist in Virginia gültig, richtig?«

Sie nickte.

»Du wirst nicht weggehen. Es ist eine tolle Idee, hier in Fallport eine tierärztliche Notfallpraxis zu eröffnen. Ich bewundere dich dafür, dass du Zieglers Praxis nicht stören willst, aber er ist ein Vollidiot. Es würde ihm guttun, etwas Konkurrenz zu bekommen. Eine Praxis nach Feierabend zu eröffnen ist zumindest ein guter Anfang. Fallport wird nicht einem oder zwei Fremden glauben, die in die Stadt kommen und schlechte Dinge über dich sagen. Sie *kennen* dich, Khloe. Wir sind hier nicht in Norfolk. Es ist keine Großstadt. Du wirst schon sehen.«

Sie starrte ihn mit so viel vorsichtiger Hoffnung und Angst in den Augen an, dass Raid nichts lieber getan hätte, als den Mistkerl zu jagen, der sie heute an einem Ort bedroht hatte, der eigentlich ihr sicherer Ort für sie sein sollte ... an ihrem Arbeitsplatz. In seiner Bibliothek.

»Jetzt pass mal auf. Ich will ganz offen sein: Ich habe ein Interesse daran, dass du bleibst«, erklärte er.

»Wegen Duke«, erwiderte Khloe ganz sachlich.

»Nein. Weil ich dich mag.« Raid kam sich dumm vor, als er das sagte wie ein verknallter Jugendlicher, aber er konnte es sich nicht länger leisten, sich seine Gefühle nicht einzugestehen. Nicht, wenn sie davon sprach wegzugehen. Vielleicht erwiderte sie sein Interesse nicht, aber er wurde auch nicht jünger. Alle seine Freunde hatten die Frauen gefunden, die für sie bestimmt waren, und er wollte, was sie hatten – mit Khloe.

Sie runzelte die Stirn.

»Ich habe dir nicht gut genug gezeigt, wie sehr ich dich bewundere und schätze, aber das tue ich. Ich freue mich jeden Tag darauf, zur Arbeit zu kommen, nur weil ich weiß, dass *du* da bist.«

»Aber ... wir verstehen uns doch gar nicht. Wir streiten uns die ganze Zeit.«

Raid zuckte zusammen. »Ja, weil ich ein Idiot bin. Es hat mir gefallen zu sehen, wie du dich aufregst. Das hat mich zum Lachen gebracht.«

Khloes Lippen zuckten amüsiert. »Du willst damit also sagen, du hast dich wie ein Fünftklässler benommen? Du hast an meinen Haaren gezogen und einen Frosch in mein Hemd gesteckt, weil du mich *magst*?«

So ausgedrückt klang das völlig lächerlich, also zuckte Raid nur mit den Schultern.

Khloes Lächeln wurde schwächer. »Raid, ich kann weder dich noch Duke noch sonst jemanden in Gefahr bringen. Alan hat versucht, mich zu *überfahren*. Was ist, wenn seine Brüder es auf unsere Freunde abgesehen haben, um sich an mir zu rächen? Ich will nicht, dass Lilly verletzt wird. Wenn sie hinter Heather her sind, wäre das verheerend nach dem, was sie durchgemacht hat. Oder Bristol? Sie ist so winzig, sie hätte keine Chance gegen sie. Und da Finley und Elsie beide schwanger sind, wären sie besonders verwundbar. Ich kenne Alan; er wird seine Brüder dazu bringen, Dreck über dich und die anderen Jungs auszugraben. Ich könnte es nicht ertragen, dafür verantwortlich zu sein, dass alle anderen meinetwegen zu Schaden kommen.«

»Ich glaube, du unterschätzt unsere Freunde. Glaubst du, Ethan, Zeke oder einer der anderen wird zulassen, dass ihren Frauen etwas passiert? Nie im Leben. Und nach allem, was sie durchgemacht haben, lassen sich die Frauen von niemandem etwas gefallen. Und Heather ist wirklich auf dem Weg zur Selbstständigkeit. Tal hat ihr die Kraft gegeben, für sich selbst einzustehen. Sie hat bereits bewiesen, dass sie alles tun wird, um Marissa zu beschützen.«

»Ich kann das Risiko nicht eingehen«, flüsterte Khloe.

Raid sah sie einen Moment lang an, bevor er sagte: »Sie können besser auf sich selbst aufpassen, wenn sie wissen, worauf sie achten müssen. Vor *wem* sie sich in Acht nehmen müssen.«

Khloe schloss die Augen und ihre Lippen zitterten. Raid hasste es, sie zu beunruhigen, aber er wusste, dass sie stark genug war, damit umzugehen. Sie hatte bereits einen Mordversuch überlebt, wieder laufen gelernt, war allein und ohne Unterstützung quer durch den Staat gezogen, hatte ihre Tierarztlizenz auf dem neuesten Stand gehalten und Duke gerettet. Sie konnte alles schaffen, was sie sich in den Kopf setzte.

»Ich weiß«, flüsterte sie schließlich. »Ich muss mit ihnen reden, bevor sie Gerüchte hören, die Jason und sein Bruder über mich verbreiten.«

Raid nickte.

»Sie werden sauer sein, dass ich es ihnen nicht früher gesagt habe«, bemerkte sie.

»Nein, werden sie nicht«, erwiderte Raid im Brustton der Überzeugung. »Sie werden sich Sorgen machen. Und sauer sein wegen dem, was dir angetan wurde ... was etwas ganz anderes ist, als sauer auf dich zu sein.«

»Raid?«

»Ja?«

»Ich mag dich auch«, flüsterte sie.

Ein Gefühl der Erleichterung durchströmte seine Adern.

»Ich bin so lange in Fallport geblieben, weil ich dich *auch* gern jeden Tag gesehen habe. Zuerst hast du mich genervt, aber je mehr ich dich kennengelernt und mit dir gearbeitet habe, desto mehr habe ich gemerkt, dass du dich mit niemandem außer mir gestritten hast. Du hast dich zurückgehalten und warst die meiste Zeit ruhig. Außer bei mir. Es gefiel mir irgendwie, dass ich dich nicht kaltgelassen habe.«

Raid musste sich beherrschen, damit bei dieser letzten Aussage seine Fantasie nicht mit ihm durchging. »Du bleibst also hier?«

»Vorerst. Aber ich kann nichts versprechen. Wenn Jason und sein Bruder – ich kann mir seinen Namen beim besten Willen nicht merken – dir oder den anderen das Leben schwer machen, werde ich wahrscheinlich verschwinden.«

»Sie können es ja mal versuchen, aber wir sind stärker, als du denkst. Ich werde mit den Jungs reden müssen«, warnte er.

Khloe zuckte zusammen, nickte ihm aber kurz zu.

»Und du musst einen Mädelsabend arrangieren und es den anderen sagen«, fuhr er fort und forderte sein Glück ein wenig heraus. »Du kannst den Mädelsabend hier machen, wenn du willst.«

Sie starrte zu ihm auf. »Hier?«

»Ja.«

»Aber du hast nie Besuch.«

Raid zuckte mit den Schultern. Sie hatte recht. Er mochte keine Menschen in seinem Reich. Er war ein introvertierter Mensch und mochte seine Privatsphäre. »Ich möchte, dass du dich so wohl wie möglich fühlst. Und mein Haus ist größer als deine Wohnung, und Duke ist hier. Ganz zu schweigen davon, dass es wahrscheinlich das Beste für dich ist, nicht in deiner Wohnung zu sein, wenn diese Dreckskerle in der Nähe sind.«

Sie starrte ihn einen Moment an, bevor sie ihm kurz zunickte. »Okay.«

»Okay«, erwiderte er zufrieden. »Fühlst du dich jetzt besser, nachdem du dir das von der Seele geredet hast?«, fragte er.

Khloe seufzte. »Ja. Aber es macht das Geschehene nicht ungeschehen.«

»Nein, das tut es nicht«, stimmte Raid zu. »Was passiert ist, ist passiert. Du kannst es nicht ändern. Du kannst nichts weiter tun, als nach vorn zu schauen.«

»Du klingst, als wüsstest du, wovon du sprichst«, bemerkte sie.

»Das ist auch der Fall. Und nein, heute Abend ist nicht der richtige Zeitpunkt, um darüber zu reden. Du hattest einen langen, stressigen Tag. Und ich weiß, dass du immer noch viel um die Ohren hast. Es gibt einen bestimmten Vorfall in meiner Vergangenheit, über den ich noch nie mit jemandem gesprochen habe, außer mit dem Menschen, mit dem ich ihn durchgemacht habe ... aber wenn du bleibst, erzähle ich es dir.«

Seine Worte waren in keiner Weise als Bestechung gedacht. Er hoffte, dass sie sie nicht so auffasste. Aber er hätte sich keine Sorgen machen müssen. Khloe nickte.

»Raid?«

»Ja?«

»Willst du mich die ganze Nacht hier festhalten?«

Einen Moment lang dachte er darüber nach, genau das zu tun, bevor er seufzte und den Kopf schüttelte. Er lehnte sich zurück und bewegte sich, damit sie ihre Beine über den Rand des Sofas schwingen konnte.

Dann schockte Khloe ihn zu Tode, indem sie seine Wange streichelte und sich an ihn schmiegte.

Er hielt den Atem an, weil er Angst hatte, sich zu bewegen oder irgendetwas zu tun, was sie dazu bringen könnte, sich von ihm zu lösen. Das Gefühl ihrer warmen Handfläche auf seiner Haut fühlte sich so fremd an. Es war

Jahre her, dass er auf eine intime Weise berührt worden war.

»Danke«, flüsterte sie. »Du weißt gar nicht, wie viel deine Unterstützung mir bedeutet. Ich hoffe, du wirst es nicht bereuen.«

»Niemals«, schwor er. Dann legte er seine eigene Hand über ihre und drehte den Kopf, um ihre Handfläche zu küssen. Er drückte ihre Hand und sagte mit leicht bebender Stimme, während er versuchte, seine Fassung zu bewahren: »Willst du dir diesen Backwettbewerb im Fernsehen ansehen?«

Sie schenkte ihm ein kleines Lächeln. »Klar.«

Jeden Abend, den sie hier war, schauten sie sich die Sendung gemeinsam an. Raid liebte Khloes Kommentare zu den Zutaten, die sie enthielten, zu dem, was die Teilnehmerinnen und Teilnehmer zubereiten wollten, und zu den bissigen Kommentaren der Jury.

Während sie sich die Sendung ansahen, prägte Raid sich das Gefühl ein, wie es war, wenn Khloe neben ihm saß. Sie saß nicht an seiner Seite, wie er es gern gehabt hätte, aber sie hatte sich auch nicht an das andere Ende des Sofas oder in den Sessel verzogen. Auch ihr schüchternes Eingeständnis, dass sie ihn auch mochte, würde er nie vergessen. Vielleicht würde er es nicht vermasseln und sie hätten die Chance auf etwas Gemeinsames. Die Chance, ein Paar zu werden.

Egal was passierte, er würde dafür sorgen, dass sie von Alan Mather und seinen Brüdern loskam. Er schmiedete bereits Pläne, um die Gerichtsprotokolle des Prozesses zu besorgen und so viele Informationen wie möglich darüber zu bekommen, was passiert war, als sie fast getötet worden wäre.

Er hatte auch vor, so viel Schmutz wie möglich über die

Familie Mather auszugraben – und einen Weg zu finden, Alan klarzumachen, dass Khloe tabu war. Punkt.

Aber für heute Abend war er erleichtert, dass Khloe an seiner Seite war und sich ihm geöffnet hatte. Er hasste es, dass sie so viel allein durchgemacht hatte – die Physiotherapie, den Prozess, den Stress, ihr Leben in Norfolk verlassen zu müssen. Aber sie war nicht mehr allein. Sie hatte ihn. Und ihre Freunde. Raid hatte keinen Zweifel daran, dass die anderen, wenn sie herausfänden, was Khloe durchmachen musste, sozusagen eine Wagenburg um sie bauen würden, um sie zu schützen. So wie die ganze Stadt Fallport.

In letzter Zeit hatte es zu viele Tragödien gegeben. Niemand wollte sehen, wie noch jemand verletzt wird. Vor allem nicht von Fremden. Ja, die Bewohner von Fallport würden sich für eine der ihren einsetzen, daran hatte er keinen Zweifel.

KAPITEL ACHT

Es war kaum zu glauben, wie schnell die Dinge sich veränderten. Vor einer Woche hätte Khloe noch relativ unbemerkt durch Fallport gehen können. Die Leute waren zwar freundlich, aber sie machten sich nicht die Mühe, mit ihr zu reden. Jetzt konnte sie kein Lokal betreten oder den Bürgersteig entlanggehen, ohne dass jemand stehen blieb und mit ihr reden wollte. Ihr danken, dass sie Duke gerettet hatte. Sie wurde gefragt, ob sie ihre eigene Tierarztpraxis eröffnen wolle. Es war verrückt.

Und sie konnte nicht glauben, dass sie Raiden endlich alles über ihr früheres Leben erzählt hatte. Über das, was mit ihr geschehen war. Das Einzige, was sie nicht ausstehen konnte, war Mitleid. In der Reha hatte sie diese Blicke ständig gesehen. Jeder in der Einrichtung schien zu wissen, was mit ihr passiert war, dass sie überfahren worden war.

Aber Raid schien sie nicht zu bemitleiden. Er war *wütend*. Nicht auf sie, sondern auf Alan. Diese Reaktion war … angenehm. Das machte sie vielleicht nicht zu einem anständigen Menschen, aber das war ihr egal. Es fühlte sich gut an, dass jemand bei allem, was passiert war, genauso empfand wie sie. Es war verrückt, dass Alan ihr die Schuld am Tod seiner Hündin gegeben hatte. Er hatte sie monatelang misshandelt, jahrelang, und als sie dann an den Folgen seiner Misshandlungen starb, versuchte er alles, um die Schuld auf Khloe zu schieben. Er hatte sogar versucht, sie zu *töten*. Das war Wahnsinn.

Khloe hätte sich besser gefühlt, nachdem sie ihre Geschichte endlich losgeworden war und nichts mehr verheimlichen musste ... aber sie wusste, dass Jason und sein Bruder da draußen waren und sie beobachteten. Sie hatte keine Ahnung, was sie geplant hatten, nur dass es nichts Gutes sein würde. Es war, als wartete sie ständig darauf, dass noch etwas geschah. Es war anstrengend, und sie hasste es.

Heute war der Tag, an dem sie sich mit ihren Freundinnen treffen und ihnen ihre Geschichte erzählen sollte. Sie hatte keine Lust dazu. Sie freute sich nicht darauf. Aber sie mussten es erfahren. Wenn die Mathers es auf sie abgesehen hatten, um an sie heranzukommen, hatten sie ein Recht darauf zu verstehen warum.

Egal was Raid sagte, Khloe war sich nicht sicher, ob es etwas an ihren Gefühlen für sie ändern würde, wenn sie ihnen sagte, dass sie damit rechnen müssten, auf der Straße belästigt zu werden, dass Jason Kunden davon überzeugen könnte, ihre Geschäfte nicht mehr zu besuchen, und dass sie sehr wohl in Lebensgefahr geraten könnten.

Natürlich hatten sich die Dinge zwischen ihr und Raid nicht geändert, und sie hatte ihn gewarnt, dass er in die Pläne der Mathers hineingezogen werden könnte, die sie mit ihr hatten. Er hatte nur mit den Schultern gezuckt und gesagt, er *hoffe*, dass sie ihn ins Visier nehmen würden.

Aber in anderer Hinsicht *hatten* sich die Dinge verändert. Ihre Beziehung war ... intensiver. Es hatte begonnen, als sie Duke gerettet hatte. Es war nicht so, dass Khloe dachte, sie hätte ihn zu sehr beeindruckt, es war eher so, dass sich eine Tür zwischen ihnen geöffnet hatte. Es war schwer zu glauben, dass er sich nicht im Geringsten darüber aufregte, dass sie gelogen hatte. Er schien fast froh zu sein, dass sie nicht einfach nur eine Büchereigehilfin war.

Er hatte versucht, seine Gefühle zu erklären, indem er sagte, dass er schon immer vermutet hatte, dass sie etwas verheimlichte, und dass es eine Erleichterung war herauszufinden, was es war, dass sie nicht auf der Flucht vor der Polizei war und keinen Ehemann oder vierzehn Kinder irgendwo versteckt hatte.

Khloe war sich nicht sicher, ob sie ihm seine Argumentation ganz abnahm, aber sie konnte zugeben, dass es ihr gefiel, wie sie und Raid jetzt waren. Sehr sogar. Trotzdem war ein Teil von ihr in seiner Nähe weiterhin zurückhaltend. Ja, sie mochte ihn. Aber er war immer noch ein Rätsel für sie. Sie hatte ihm zwar schon alles über sich erzählt, aber er hatte sich noch nicht geöffnet.

Khloe wusste nur das Nötigste: dass er als Hundeführer bei der Küstenwache gewesen war, dass er nach dem Tod seines Hundes aufgehört hatte und dass er kein enges Verhältnis zu seinen Eltern hatte, aber das war auch schon alles.

Nein, das war nicht wahr. Sie wusste, dass er ein introvertierter Mensch war, der nicht viel mit seinen Freunden unternahm, aber er war so loyal wie jeder andere, den sie je kennengelernt hatte, und ebenso fürsorglich.

Sie wusste, dass Raids Haus voller Bücher war ... Science Fiction.

Er blieb abends nicht lange auf, er hatte nicht viele Fotos herumstehen, er wachte über Duke – ein Teil seiner Fürsorglichkeit –, und wenn einer seiner Freunde Hilfe benötigte, ließ er alles stehen und liegen, um zu helfen.

Okay, vielleicht wusste sie mehr über Raid, als sie zuerst

angenommen hatte. Aber seine Vergangenheit war nach wie vor ein großes Rätsel. Genauso wie ihre eigene bis vor einer Woche, also ließ sie ihm etwas Spielraum. Aber er hatte genügend Andeutungen darüber gemacht, was in seiner Zeit bei der Küstenwache passiert war, damit Khloe wusste, dass es nichts Gutes war. Dass es ihn mehr mitgenommen hatte, als er zugeben wollte. Dass sein Partner mit dem, was passiert war, schlechter davongekommen war als Raid.

So sehr Khloe auch wissen wollte, was passiert war, sie fragte nicht danach. Es war erst eine Woche her, dass ihre Beziehung sich in das verwandelt hatte, was sie jetzt war, und sie wollte auf keinen Fall, dass er sich an schmerzhafte Dinge aus seiner Vergangenheit erinnerte. Außerdem hatte Raiden ihr gegenüber alle Geduld der Welt bewiesen; das konnte sie jetzt erwidern.

»Bist du bereit?«, fragte Raiden.

Khloe zuckte überrascht zusammen. Verdammt! Sie war in Gedanken versunken gewesen, und jetzt dachte Raid wahrscheinlich, dass sie Zweifel an dem Abend hatte, weil sie ins Leere starrte. Das tat sie aber nicht. Den anderen Frauen nicht zu sagen, in welcher Gefahr sie sich befinden könnten, wenn sie in ihrer Nähe blieben, war unverantwortlich und könnte sie teuer zu stehen kommen. So sehr sie es auch hasste zu erzählen, was passiert war, sie würde es nicht länger für sich behalten. Sie konnte es nicht.

»Ja«, sagte sie zu Raid.

Sie standen in der Küche und sahen sich die Berge von Lebensmitteln auf dem Tresen an.

»Gut. Es gibt jede Menge Getränke. Und Snacks. Wenn ihr etwas braucht, müsst ihr nur nach mir rufen. Ich bin mit den Jungs, Tony und Marissa bei Rocky und Bristol.«

»Ich weiß.« Und das stimmte auch. Sie war bei Raid gewesen, als es im Supermarkt übertrieben hatte. Er hatte mehr Lebensmittel gekauft, als sie und die anderen Frauen in einem Monat verdrücken konnten. Außerdem gab es genügend Alkohol, um dafür zu sorgen, dass alle richtig betrunken waren.

»Bist du dir sicher, dass Duke hierbleiben kann?«, fragte Raid.

»Er wird schon klarkommen«, entgegnete Khloe. Die Wahrheit war, dass sie den noch nicht ganz gesunden Bluthund als Ablenkung im Haus haben wollte. Wenn sie eine Pause brauchte, konnte sie immer behaupten, sie müsse mit ihm nach draußen gehen, sich seinen Bauch ansehen oder eine andere Ausrede erfinden, um einen Moment für sich zu haben.

Als wüsste Raid genau, was sie dachte, zuckten seine Lippen amüsiert.

»Was?«, fragte sie etwas schärfer, als sie beabsichtigt hatte.

»Willst du, dass ich dich zu einer bestimmten Zeit anrufe, damit du die Party auflösen kannst?«, scherzte er.

Khloe verengte die Augen zu Schlitzen. »Du hältst dich wohl für besonders witzig, was?«, fragte sie und das vertraute Hin und Her zwischen ihnen fühlte sich überraschend gut an.

Sein Grinsen wurde breiter. »Ich bin witzig«, erwiderte er achselzuckend.

»Wie dem auch sei.« Es war eine lahme Antwort, aber Khloe war zu froh, wieder mit Raid so weitermachen zu können wie zuvor, als dass es sie störte.

Dann trat er auf sie zu und stupste sie mit der Schulter an.

Khloe tat so, als würde sein kleiner Stoß sie herumschleudern. Sie taumelte zur Seite und fing sich mit einer Hand an der Theke ab.

Als sie aufblickte, erwartete sie, dass Raid sie auslachte,

aber stattdessen griff er mit einem besorgten Gesichtsaus-druck nach ihr.

»Verdammt, Khloe! Ich wollte dich nicht so hart anrem-peln. Ist alles in Ordnung mit dir? Wie geht's deinem Bein? Bist du mit der Hüfte gegen den Tresen gestoßen?«

Einen Moment lang war Khloe von seiner Besorgnis überwältigt. Sie hatte erwartet, dass er lachen und ihr sagen würde, sie sei ein Leichtgewicht. Dass er sich über ihre Größe lustig machen würde, wie er es in der Vergangenheit getan hatte. Sie konnte nicht leugnen, dass seine Besorgnis sich gut anfühlte. Aber um ihre Gefühle zu verbergen, zwang sie sich dazu zu lachen. »Mensch, Raid, glaubst du wirklich, dass du so stark bist? Also wirklich.«

Es dauerte einen Moment, aber sein Stirnrunzeln verwandelte sich langsam in einen berechnenden Blick.

Khloe hatte keine Zeit zu reagieren, bevor er auf ihr saß und seine Finger in ihre Seiten grub. »Ah, du bist heute Abend aber besonders witzig, was?«, fragte er, während er gnadenlos alle ihre kitzeligen Stellen fand.

»Oh mein Gott! Raid, hör auf!«, kreischte Khloe, während sie versuchte, sich aus seinem Griff zu befreien, aber es gelang ihr nicht. »Ich bin zu kitzelig!«

Sie konnte nicht aufhören zu lachen, als er sie weiter ärgerte.

Doch als er endlich aufhörte, sie zu kitzeln, ließ er sie trotzdem nicht los. Khloe blickte auf und sah, dass er sie in eine Ecke der Küche gedrängt hatte. Raid überragte sie und starrte sie mit einem Blick an, der fast wie Ehrfurcht aussah. Und voller Zärtlichkeit war.

Ihr Herz schlug schnell und mit den Fingern umklam-merte sie die kurzen Ärmel des T-Shirts, das er trug. Sie musste den Kopf in den Nacken legen, um ihn zu betrach-ten. Khloe hatte noch nie jemanden zum Freund gehabt, der so groß war wie Raid. Als sie ihn kennengelernt hatte, hatte sie ihn für einen Freak gehalten, aber jetzt, in seiner Nähe, mit seinen großen Handflächen an ihren Seiten, fühlte sie sich ... weiblich. So weiblich wie seit Langem nicht mehr.

»Raid?«, flüsterte sie, als er sich nicht von ihr wegbewegte.

Sie dachte, er würde sich zu ihr hinunterbeugen und sie küssen, doch dann schien er sich zu besinnen, ließ ganz langsam die Hände sinken und trat einen Schritt zurück.

»Tut mir leid«, murmelte er.

Khloe öffnete den Mund, um ihn zu fragen, was ihm leidtat, und um ihm zu sagen, dass sie zwar kein großer Fan von Kitzeln war, aber es liebte, seine Hände auf sich zu spüren, als es an der Tür klingelte.

Erleichterung machte sich in Raidens Gesicht breit, als er sich umdrehte und aus der Küche ging.

Da verstand Khloe. Raiden war klug, bissig, beschützend, loyal ... und schüchtern. Das wusste sie natürlich. Zumindest hatte sie gewusst, dass er extrem introvertiert war. Aber während der letzten Woche war er so offen gewesen, dass sie es ganz vergessen hatte.

Während der ganzen Zeit, in der sie ihn kannte, hatte sie noch nie erlebt, dass er sich für eine Frau interessiert hätte. Er berührte nie die Frauen seiner Freunde ohne deren Erlaubnis. Als sie früher am Tag einkaufen waren, hatte er den Leuten nicht oft in die Augen gesehen.

Doch bei ihr schien er sich nicht zurückzuhalten, wenn er etwas zu sagen hatte. Er kommandierte sie bei der Arbeit herum, hatte kein Problem damit, ihr zu sagen, wenn er fand, dass sie etwas Dummes getan hatte, und er war regelrecht gesprächig, seit sie so oft bei ihm zu Hause war.

Aber er berührte sie nur selten. Nun ... selten vor der letzten Woche. Nach Dukes Operation hatte er sie, ohne zu zögern, im Arm gehalten. Er hatte sie auf dem Sofa so nahe an sich herangelassen, dass sie ihn berühren konnte, während sie ihre Geschichte erzählte. Ein- oder zweimal hatte er über den Tisch gegriffen und ihre Hand berührt. Aber als der Moment drohte zu intim zu werden, wich er mit unsicherem Blick zurück.

Khloe wusste, wenn er sich zu ihr hinuntergebeugt und sie geküsst hätte, hätte sie den Kuss, ohne zu zögern, erwidert. Je länger sie sich in der Nähe des Mannes aufhielt, desto mehr fühlte sie sich zu ihm hingezogen. Die Anziehungskraft hatte monatelang unter der Oberfläche geköchelt ... versteckt hinter Sticheleien und verbalen Auseinandersetzungen und ihren Versuchen, sich von allen fernzuhalten.

Aber langsam dämmerte ihr, dass sie den ersten Schritt machen musste, wenn sie wollte, dass zwischen ihr und Raid etwas passierte. Dass ein so großer und gut aussehender Mann wie Raiden schüchtern sein könnte, war ihr nie in den Sinn gekommen. Aber Frauen waren nicht die Einzigen, die mit ihrem Selbstwertgefühl zu kämpfen hatten. Mit dem Gefühl, nicht gut genug oder hübsch genug zu sein, um attraktiv genug zu sein für einen Partner.

Ihre Entschlossenheit wurde stärker. Sie hatte keine Ahnung, was in ihrer Zukunft lag, aber sie war entschlossener denn je, Raid zu zeigen, was für ein toller Mann er war. Wie froh sie war, dass er sie während der letzten Woche unterstützt hatte.

Als sie Stimmen hörte, holte Khloe tief Luft. Die Sache mit Raid würde warten müssen. Zuerst musste sie den Abend mit ihren Freundinnen überstehen.

Sie hatte gerade das Wohnzimmer betreten, als Lilly und Elsie auftauchten.

Beide umarmten sie lange und fest, bevor sie sie losließen und sich Raid zuwandten.

»Okay, raus mit dir. Dies ist jetzt offiziell eine reine Frauenzone«, erklärte Lilly ihm.

Raid lächelte. »Stimmt. Wenn ich nach Hause komme und meine Wände rosa gestrichen oder mit Blumentapete tapeziert sind, werde ich nicht glücklich sein.«

Khloe lachte zusammen mit den beiden anderen Frauen.

»Das wird nicht passieren. Aber ich kann nicht versprechen, dass unser Gerede über Babys, Männer und alles Weibliche nicht in die Wände sickert und etwas dringend benötigtes Östrogen ins Haus bringt«, erwiderte Lilly.

»Wenn ihr etwas braucht, zögert nicht, uns anzurufen«, erklärte Raid.

Elsie verdrehte die Augen. »Als hätte ich das nicht schon eine Million Mal von Zeke gehört«, bemerkte sie.

»Aber echt, oder?«, entgegnete Lilly und grinste.

»Okay, dann gehe ich jetzt wohl besser«, erwiderte Raid. Aber anstatt zur Haustür zu gehen, ging er ins Wohnzimmer und hockte sich neben Dukes Hundebett. Der Bluthund hatte sich nicht die Mühe gemacht aufzustehen, als Elsie und Lilly den Raum betreten hatten. Khloe wusste, dass der Hund die beiden Frauen mochte, aber anscheinend war sein bequemes Bett im Moment wichtiger, als die Neuankömmlinge zu begrüßen.

Raid sagte etwas zu Duke, kraulte ihm kurz das Ohr und stand dann auf.

Wieder einmal fiel Khloe auf, wie groß der Mann war. Wahrscheinlich würde sie immer Ehrfurcht vor seiner unglaublichen Größe haben. Er überragte sie alle drei, und wenn Bristol in der Nähe war, war es sogar noch skurriler. Aber je länger sie in seiner Nähe war, desto wohler fühlte sie sich mit seiner Größe ... und desto mehr ärgerte sie sich, wenn andere Leute sich darüber äußerten.

»Ich bin dann mal weg«, erklärte er erneut. »Khloe, kann ich dich mal kurz unter vier Augen sprechen?«

Die beiden anderen Frauen begriffen den Wink und

gingen in die Küche. Khloe konnte hören, wie sie sich über die Snacks und die Getränke freuten, die auf der Küchentheke standen.

»Was ist los?«, fragte Khloe.

»Nichts. Ich wollte dir nur sagen, dass ich es ernst gemeint habe, als ich dir vorhin angeboten habe, dich anzurufen und dir einen Grund zu geben, das Ganze zu beenden, falls du es brauchst. Die Frauen sind großartig und ich würde alles für sie tun, aber sie können auch ziemlich anstrengend sein. Du wirst eine ziemlich persönliche und emotionale Geschichte erzählen. Ich weiß, wie es ist, wenn man etwas Freiraum braucht. Wenn du einen Grund brauchst, um von hier zu verschwinden ... sag mir Bescheid.«

Mein Gott, dieser Mann. Er war unglaublich.

»Danke. Ich bin mir allerdings nicht sicher, wie du das anstellen willst, wenn sie alle in deinem Haus sind.«

»Mir fällt schon was ein«, erklärte Raid achselzuckend.

»Ich sage dir Bescheid«, versicherte Khloe ihm.

»In Ordnung«, seufzte er. »Ich weiß, ich sollte besser gehen. Ich bin mir sicher, dass Ethan da draußen ungeduldig wird. Wahrscheinlich hat er etwas besonders Männliches geplant. Zum Beispiel einen Hindernisparcours im Garten oder eine Hausattrappe voller Ganoven, die wir stürmen müssen. Du kannst den Mann aus den SEALs herausholen, aber du kannst nicht den SEAL aus dem Mann herausholen.«

Khloe lachte darüber, wie lächerlich dieser Gedanke war. »Viel Spaß«, sagte sie zu ihm.

»Das ist nicht meine Vorstellung von Spaß«, entgegnete Raid achselzuckend.

Er war definitiv nicht scharf darauf, mit seinen Freunden abzuhängen, und plötzlich fühlte sie sich schlecht, weil sie ihn aus seinem eigenen Haus geworfen hatte. Es war nicht so, dass er die anderen Männer nicht mochte; das tat er eindeutig. Er war nur anders gestrickt. Aber er wollte trotzdem gehen ... um ihr die Zeit und den Raum zu geben, das zu tun, was sie tun musste.

»Du wirst doch heute Abend mit den Jungs reden, oder? Über meine Situation?«

»Ja.«

»Werden sie darüber verärgert sein, dass ich möglicherweise ihre Frauen in Gefahr bringe? Oder in Drews Fall ihre Freundin?«

»Verärgert? Nein. Besorgt? Ja. Verdammt sauer, dass jemand es wagen würde, dir wehzutun, in *unsere* Stadt kommt und versucht, deinen guten Namen zu beschmutzen? Aber hallo. Du hast nichts zu befürchten, Khloe, das verspreche ich dir.«

»Okay«, flüsterte sie und fühlte sich überwältigt.

Sie starrten sich einen Moment lang an und gerade als Khloe einen Schritt nach vorn machen wollte, um ihn zu umarmen – eine Umarmung, die sie dringend brauchte –, klopfte es erneut an der Tür.

»Das werden die anderen Mädels sein«, bemerkte Raid zögerlich. »Schick mir bei Bedarf einfach eine Nachricht«, befahl er, bevor er sich zur Tür drehte.

Bristol, Caryn, Finley und Heather standen vor der Tür, wie er es vermutet hatte. Sie kamen alle wie ein Wirbelwind herein und begrüßten sie und Raid im Vorbeigehen.

»Es wird alles gut, Khloe. Du schaffst das«, erklärte Raid, bevor er ihr zunickte und zur Tür hinausging. Er wollte mit Ethan zu Rockys Haus fahren, da er Lilly abgesetzt hatte und sie später wieder abholen würde. Die meisten Männer hatten ihre Frauen bereits abgesetzt und Khloe beobachtete, wie die Karawane der Fahrzeuge vom Haus wegfuhr und die Einfahrt hinunterfuhr. Nur Rocky sah sie nicht, also hatte

Bristol offensichtlich eine Mitfahrgelegenheit von einer der anderen bekommen.

Sie schloss langsam die Tür und atmete tief durch, bevor sie zurück in die Küche ging. Ebenso wie Raid freute sie sich nicht gerade auf den Abend, aber es würde auch guttun, sich endlich bei den Menschen, die sie am meisten bewunderte, alles von der Seele zu reden.

KAPITEL NEUN

Drei Stunden später saßen Khloe und die anderen Frauen in Raids Wohnzimmer. Lilly, Elsie und Heather lagen auf dem Sofa ausgestreckt. Finley saß im Sessel, Khloe saß auf dem Boden neben Duke, und Bristol und Caryn saßen auf dem Boden vor dem Sofa auf Kissen, die sie aus einem der Gästezimmer gestohlen hatten.

Überraschenderweise trank niemand etwas von dem Alkohol, den Raid besorgt hatte. Elsie und Finley waren schwanger, Heather war keine große Trinkerin, weil sie den Geschmack nicht mochte, Khloe war zu nervös und wusste, dass es keine gute Idee war, sich zu betrinken, bevor sie ihre Geschichte erzählt hatte, und Caryn musste am nächsten Morgen früh aufstehen, um mit den Highschool-Schülern des Feuerwehrprogramms zu trainieren, das sie ins Leben gerufen hatte. Lilly behauptete, sie sei nicht in der Stimmung, und Bristol sagte, sie wolle am nächsten Tag ein Glasmalereiprojekt fertigstellen und dabei nicht verkatert sein.

Aber sie hatten eine Menge Snacks gegessen – Raid hatte gar nicht *so viel* zu viel eingekauft, wie sie gedacht hatte –, sich mit Duke beschäftigt, den großen Garten erkundet, eine Tour durch Raids Haus gemacht, weil alle sehr neugierig waren, weil sie noch nie dort gewesen waren, noch *mehr* Snacks gegessen, eine Folge einer Backwettbewerbsshow gesehen und alle hatten sich abwechselnd darüber unterhalten, was in ihrem Leben los war.

Und jetzt war Khloe an der Reihe.

Die anderen sechs Frauen sahen sie alle erwartungsvoll an. Khloe starrte auf Duke hinunter, der im Hundebett neben ihr schnarchte. Sie hatte sich vorgenommen, ihnen alles zu erzählen, aber jetzt, da es so weit war, wusste sie nicht, wo sie anfangen sollte.

»Also ... du bist Tierärztin. Wie lange schon?«, fragte Lilly und brach das Eis mit dieser einfachen Frage.

Khloe holte tief Luft und nahm all ihren Mut zusammen, ihren Freundinnen alles zu erzählen. »Nun, ich bin dreiundvierzig und habe das Studium zur Tierärztin mit sechsundzwanzig Jahren abgeschlossen. Also bin ich seit ungefähr fünfzehn Jahren Tierärztin. Die letzten anderthalb Jahre hier natürlich nicht mitgerechnet.«

»Richtig. Als du nach Fallport gekommen und Raids Assistentin in der Bibliothek wurdest«, bemerkte Bristol.

Khloe nickte.

»Warum?«, fragte Caryn.

Und da war es. Das war das Stichwort, das Khloe brauchte, um ihre Geschichte zu erzählen. Aber aus irgendeinem Grund blieben ihr die Worte im Halse stecken.

Als die Pause länger wurde, fing Finley an, sich zu winden und zu zappeln, und versuchte, aus dem Sessel zu kommen. Mit ihrem wachsenden Babybauch und der Tatsache, dass der Sessel nach hinten geneigt war, hatte sie mehr als nur ein wenig Mühe. »Oh Gott, ich stecke im Sessel fest! Kann mir jemand helfen?«

Alle lachten, und Caryn ging auf den Knien zu ihr

hinüber. »Warum stehst du überhaupt auf? Jetzt wird es doch erst richtig spannend!«, rief sie, während sie versuchte, den Hebel zu finden, mit dem man die Beinstütze herunterlassen konnte.

»Ich möchte Khloe umarmen. Sie ist ganz da drüben und sieht total verstört aus bei diesem Gespräch.«

Sechs Augenpaare schwenkten wieder herum und konzentrierten sich auf Khloe.

Einerseits fühlte sie sich unwohl dabei. Sie mochte es nie, im Rampenlicht zu stehen. Sie war viel lieber hinter verschlossenen Türen mit Tieren, die sie nicht verurteilten. Aber das hier waren ihre Freundinnen. Frauen, die sich sehr, sehr bemüht hatten, sie in ihr Leben einzubeziehen. Und die Tatsache, dass Finley sie körperlich unterstützen wollte, ließ Khloes Zurückhaltung schwinden.

»Bleib ruhig sitzen, Fin. Mir geht's gut«, erklärte Khloe ihr. »Im Ernst, wenn du aufstehst, schiebe ich dich einfach zurück in den Sessel«, sagte sie, als ihre Freundin weiterhin versuchte, sich zu erheben.

Finley stieß einen frustrierten Atemzug aus. »Gut. Aber nur, weil ich glaube, dass dieser Sessel vorhat, mich komplett zu verschlucken. Ich verstehe nicht, wie Raid hier sitzen kann.«

»Weil er über einen Kopf größer ist als du und der Sessel offensichtlich für jemanden seiner Größe gemacht ist«, erwiderte Elsie trocken.

»Stimmt«, entgegnete Finley.

»Ich bin nach Fallport gekommen, weil es so weit von Norfolk entfernt ist, wie es nur geht, ohne Virginia zu verlassen«, platzte Khloe heraus. »Mein Nachname ist nicht Moore, sondern Watts. Ich habe meine Tierarztpraxis und alles, was ich kannte, verlassen, weil einer meiner Kunden versucht hat, mich umzubringen, als ich den Hund nicht retten konnte, den er nach jahrelanger Misshandlung zu mir gebracht hatte.«

Einen Augenblick lang herrschte Stille, bevor alle auf einmal zu reden begannen.

»Oh mein Gott, geht es dir gut?«

»Was für ein Mistkerl!«

»Ich hoffe, er ist im Gefängnis!«

»Er hat dir einen Hund gebracht, den *er* misshandelt hat, und erwartet, dass du ihn rettest?«

»Wen interessiert schon dein Nachname? Bist du okay?«

»Deshalb humpelst du, oder?«

Khloe hielt eine Hand hoch, um den Ansturm zu stoppen. Sie tat ihr Bestes, um die Fragen ihrer Freundinnen zu beantworten. »Mir geht es gut ... jetzt. Und ja, er ist im Gefängnis, und ja, ich glaube, er hat gehofft, dass ich nicht herausfinde, dass er seine Hündin so heftig getreten hat, dass ihre Rippen gebrochen und ihre Milz zerrissen sind. Und *noch mal* ja – sein Versuch, mich mit seinem Wagen zu überfahren, ist der Grund, warum ich hinke.«

Sechs Paar Augen weiteten sich bei ihren Antworten.

»Also, okay, du musst von vorn anfangen«, beharrte Caryn.

Khloe holte tief Luft und tat genau das. Je mehr sie redete, desto leichter wurde es. Es half, dass ihre Freundinnen sie nicht mit Verachtung oder Wut über ihre Lüge anstarrten.

»Der Prozess hat länger gedauert, als alle dachten, deshalb war ich so lange weg, als du dich um die Kätzchen gekümmert hast, Finley. Es tut mir so leid, dass ich dich in die Lage gebracht habe, in die Drogengeschäfte dieser Schlampe verwickelt zu werden.«

Finley zuckte mit den Schultern. »Es ist nicht deine Schuld. Ich wünschte nur, du hättest etwas gesagt. Du weißt, dass wir bei dir gewesen wären. An deiner Seite, um dich zu unterstützen.«

»Ja, ich kann nicht glauben, dass du bei dem Prozess ausgesagt hast, ohne dass jemand bei dir war«, bemerkte Elsie.

Ihre Freundinnen und Freunde unterstützten sie weiterhin. Sie sagten ihr, wie stark sie war. Wie beeindruckt sie davon waren, wie sie alles gemeistert hatte.

»Ich glaube, es war ein Wunder, dass du zur richtigen Zeit am richtigen Ort warst, als Duke dich brauchte«, erklärte Heather leise. »Ich habe mich immer gefragt, warum ich. Warum ich diejenige war, die entführt worden war. Warum *ich* all das durchmachen musste. Aber wenn ich das nicht getan hätte, wenn ich als normales Kind in einem normalen Leben aufgewachsen wäre, hätte ich Marissa nicht retten können. Ich hätte Tal nicht kennengelernt. Ich hätte nicht das Leben, das ich jetzt habe. Es tut mir also leid, dass du das alles durchmachen musstest, aber du bist jetzt hier. So haben wir dich kennengelernt. Und du hast Duke gerettet. Und wer weiß, wie viele andere Leben du dadurch gerettet hast, dass Duke nicht gestorben ist. Er wird sich erholen und noch viele weitere Suchaktionen durchführen können, weil du genau zur richtigen Zeit da warst, als er krank wurde.«

Nach Heathers Kommentar wurde es still im Raum.

»Sie hat recht«, bemerkte Finley mit einem Nicken.

»Das hat sie«, stimmte Lilly zu. »Und warum jetzt?«

»Warum jetzt was?«, fragte Khloe.

»Warum sagst du es uns jetzt? Ich meine, versteh mich nicht falsch, ich bin froh und dankbar, dass du dich uns endlich öffnest. Wir haben alle gemerkt, dass du etwas Schwerwiegendes verheimlicht hast, aber was hat sich geändert?«

Das war's. Der Moment, in dem Khloe diese wunderbaren Frauen für immer verlieren könnte. Sie könnten aus ihrem Leben verschwinden und sie würde es ihnen nicht verübeln. Jede von ihnen hatte ihre eigene Version der Hölle durchgemacht und es war nicht fair, dass Khloes Vergangenheit sie noch einmal in Gefahr brachte. Aber sie hatten ein Recht, es zu wissen. Sie hatte die Pflicht, es ihnen zu sagen.

»Der Typ, der versucht hat, mich zu töten, heißt Alan Mather. Er ist im Gefängnis, hoffentlich für eine lange Zeit. Aber er ist, gelinde gesagt, nicht glücklich. Er hat geschworen, mir das Leben zur Hölle zu machen. Und es scheint, als würde er sein Wort halten. Seine Brüder sind hier. Ich nehme an, sie sind beide da, aber ich habe nur einen gesehen. Jason kam neulich in die Bibliothek und erzählte mir mit großer Freude, dass er hier sei, um die Schikanen fortzusetzen, die sein Bruder in Norfolk begonnen hatte.

Wenn er euch mit mir zusammen sieht, wird er alles tun, um auch euch das Leben schwer zu machen. Er wird Gerüchte über euch verbreiten, über eure Geschäfte. Alan und seine Brüder sind Meister in Verleumdungskampagnen. Sie haben meine Praxis in Norfolk fast ruiniert. Sie werden Lügen erzählen, dort auftauchen, wo man sie am wenigsten erwartet, gemeine Dinge sagen, und ihr könnt nichts dagegen tun. Glaubt mir, ich habe zu Hause alles getan, damit sie aufhören ... aber es hat nichts gebracht. Sie haben nie etwas Illegales getan, also konnte die Polizei nichts unternehmen.«

»Nichts Illegales?« Caryn wurde wütend. »Ich denke, einen Zeugen einzuschüchtern ist illegal!«

»Ja, oder?«, fügte Bristol hinzu und klang genauso wütend. »Das ist doch Blödsinn!«

»Ich würde gern sehen, wie sie versuchen, Gerüchte über meine Bäckerei zu verbreiten«, fügte Finley hinzu. »Keiner wird ihnen ihren Blödsinn glauben.«

»Genau«, erwiderte Lilly mit einem Nicken. »Als würden

die Leute in Fallport einem Fremden glauben, wenn er Mist über uns erzählt.«

»Und vergessen wir nicht, was unsere Jungs tun werden, wenn sie auch nur einen Hauch von Lügen über uns oder unsere Geschäfte hören«, fügte Finley hinzu.

»Oh Mann, dieser Jason wird ein böses Erwachen erleben, wenn er es wagt, etwas Falsches über mich zu sagen«, sagte Caryn mit einem leisen Lachen.

»Mädels«, versuchte Khloe verzweifelt einzulenken, »ihr versteht das nicht. Ihr könntet in Gefahr sein. Alan hat versucht, mich wegen eines Hundes umzubringen! Er hasst mich mehr als alles andere auf der Welt. Und ich bin sicher, dass er diese Wut an seine Brüder weitergegeben hat. Wenn sie hier sind, werden schlimme Dinge passieren. Man muss ständig auf der Hut sein. Deshalb wollte ich nicht, dass jemand weiß, wer ich bin. Deshalb habe ich einen falschen Nachnamen benutzt, damit sie mich nicht finden können. Aber dank des Videos von Ziegler wissen sie es, und ich will nicht, dass jemand von euch meinetwegen verletzt wird!«

Khloe war fast außer Atem, als sie zu Ende gesprochen hatte. Duke wimmerte und rutschte näher an sie heran, um seinen schweren Kopf in ihren Schoß zu legen.

Eine nach der anderen standen die sechs Frauen von ihren Plätzen auf und kamen zu Khloe hinüber, die an der Wand saß. Sie drängten sich näher an sie heran, standen und knieten um sie herum. Caryn hatte ihr die Hand auf die Schulter gelegt, Lilly eine auf ihr Knie und Bristol eine auf das andere.

Es war Heather, die zuerst sprach. »Mein ganzes Leben lang habe ich mir Freunde gewünscht. Ich wollte jemanden, dem ich mich anvertrauen kann. Jemanden, dem ich vertrauen konnte. Am Anfang war das Tal. Ich war mir nicht sicher, ob ich jemand anderem vertrauen konnte. Aber nach einer Weile merkte ich, dass ihr nicht so seid wie die

Frauen, die ich aus der *Gemeinschaft* kannte. Ihr hattet keine Hintergedanken. Ihr wolltet das Beste für mich, ohne Bedingungen zu stellen. Das hatte ich noch nie erlebt und es war anfangs beängstigend, aber jetzt kann ich mir nicht mehr vorstellen, woanders zu sein. Ich kann nicht lügen und sagen, dass es mir Spaß macht, wenn dieser Jason oder sein Bruder gemeine Dinge über mich sagen … aber ich vertraue Tal und euch allen und euren Männern, dass ihr mich beschützen werdet. Ich denke, du solltest auch allen vertrauen, Khloe.«

In mancher Hinsicht war Heather wie ein Kind. Sie hatte so viel verpasst, während sie jahrelang in einer Art Sekte festgehalten wurde, und es gab so viele Dinge in der heutigen Welt, die für sie neu waren. Aber manchmal war sie auch wie die weiseste alte Seele, die Khloe je getroffen hatte. Sie hatte eine einzigartige Sichtweise auf die Welt.

»Diese Mistkerle werden mit ihren Plänen keinen Erfolg haben«, sagte Lilly entschieden. »Wir sind hier nicht in Norfolk. Die Leute hier lieben dich, Khloe.«

»Ja, sie mochten dich schon vor der Sache mit Duke, aber jetzt? Jetzt bist du durch und durch als Fallportianerin anerkannt«, erklärte Elsie.

»Als Fallportianerin?«, fragte Caryn lachend. »Das hört sich an, als seien wir Außerirdische oder so.«

Elsie zuckte mit den Schultern. »Wie dem auch sei. Ich will damit nur sagen, dass sie in dem Moment, in dem sie anfangen, Lügen zu verbreiten, merken werden, dass ihre Worte hier keine Macht haben.«

»Das weißt du doch gar nicht«, bemerkte Khloe leise. »Ich sollte wohl besser wieder von hier verschwinden.«

»Nein!«, riefen alle wie aus einem Munde, woraufhin Duke den Kopf hob und ein halbherziges Knurren von sich gab.

»Siehst du? Selbst Duke will das nicht«, entgegnete

Finley. »Schau, wir haben es verstanden. Zu wissen, dass jemand da draußen ist, der dir etwas Böses will, ist nicht besonders angenehm. Das haben wir alle schon erlebt. Aber wir geben dir Rückendeckung und sie werden keinen Erfolg haben.«

Plötzlich füllten sich Khloes Augen mit Tränen. Damit hatte sie nicht gerechnet. Sie hatte diese Frauen belogen, sie monatelang auf Distanz gehalten, und jetzt boten sie ihr ihre bedingungslose Unterstützung an. Es war überwältigend.

»Okay, Leute, lasst ihr etwas Platz«, befahl Lilly. Alle wichen zurück und gingen zu ihren Stühlen, außer Lilly. Sie setzte sich auf den Boden, mit dem Rücken zur Wand, sodass ihre Schulter die von Khloe berührte.

»Also gut ... wir brauchen einen Plan«, erklärte sie.

»Einen Plan?«, fragte Khloe und wischte sich mit der Schulter über die Wange, während sie sich bemühte, ihre Gefühle unter Kontrolle zu bringen.

»Ja. Wie sieht denn dieser Jason aus?«

Khloe schluckte. »Er ist um die dreißig und sein Bruder ist Mitte zwanzig. Sie haben braunes Haar und braune Augen. Jasons Haare sind kurz geschnitten und die seines Bruders sind länger und irgendwie struppig. Ich habe sie noch nie in etwas anderem als Jeans und langärmeligen Flanellhemden ohne Jacken gesehen. Sogar im Gericht, als sie jeden Tag zur Verhandlung kamen, um mich anzustarren. Jason ist groß, wahrscheinlich knapp über eins achtzig, während sein Bruder ein paar Zentimeter kleiner ist. Sie sehen ... normal aus. Sie fallen in einer Menschenmenge nicht wirklich auf. Deshalb waren sie wohl auch so gut darin, zu Hause Gerüchte zu verbreiten.«

»Ich kann keinen der beiden in den sozialen Medien finden«, bemerkte Lilly mit dem Telefon in der Hand.

»Wirklich? Aber sie haben das Ziegler-Video gesehen.

Und jeder hat doch *irgendein* Konto«, beharrte Finley.

»Sie anscheinend nicht. Oder sie haben sie aus irgendeinem Grund gelöscht«, erwiderte Lilly achselzuckend.

»Was fahren sie denn für einen Wagen?«, fragte Caryn.

Khloe schüttelte den Kopf. »Ich weiß es nicht.«

»Schon gut, das lässt sich leicht herausfinden«, beruhigte Lilly sie.

»Leute, wir sollten sie nicht unterschätzen. Ihr Bruder hat immerhin versucht, mich *umzubringen*.«

»Dreckskerl«, murmelte Finley.

»Wir müssen nur verbreiten, dass sie hier sind und nichts Gutes im Schilde führen, bevor sie mit ihrem Mist anfangen können«, bemerkte Elsie. »Und ich kann im *On the Rocks* anfangen.«

»Und ich werde mit meinem Großvater reden«, sagte Caryn. »Er wird es Silas und Otto erzählen und dann wird es innerhalb weniger Stunden in ganz Fallport bekannt sein.«

»Nein!«, rief Khloe, die panische Angst davor hatte, dass alle über sie reden würden.

Lilly legte eine Hand auf ihr Knie. »Ist schon gut, Khloe.«

»Nein, ist es *nicht*. Ich habe gelogen! Vor allen Leuten! Es ist schon schlimm genug, dass sie wissen, dass ich Tierärztin war, aber wenn sie die ganze Geschichte kennen ...« Sie verstummte und rang nach Worten, um zu erklären, warum sie so besorgt war.

»Atme tief durch, Khloe«, sagte Lilly sanft zu ihr. »Du darfst deinen Beruf wechseln. Und du hast niemanden angelogen. Du hast ihnen nur nicht gesagt, was du früher gemacht hast. Das ist auch gut so, denn es geht niemanden etwas an außer dich selbst. Glaubst du, alle hier haben noch nie in einer anderen Branche gearbeitet? Das ist schon in Ordnung. *Du* bist in Ordnung.«

Khloe holte tief Luft und schluckte schwer. Ihre Freundin hatte recht, aber sie hatte trotzdem das Gefühl, dass sie die ganze Stadt irgendwie verraten hatte.

»Hast du mit Simon gesprochen?«, fragte Heather.

Khloe schüttelte den Kopf.

»Was ist mit unseren Jungs?«, fragte Bristol.

»Raid redet heute Abend mit ihnen.«

Alle nickten, als sei das logisch.

»Ich weiß, dir ist es unangenehm, dass jeder weiß, was du treibst, aber das hier ist Fallport. Es ist sowieso nur eine Frage der Zeit. Glaubst du, die Leute haben nicht schon im Internet recherchiert, um mehr über dich herauszufinden? Glaubst du, sie haben nicht schon angefangen, ihre eigenen Schlüsse zu ziehen, warum du hier bist? Information ist Macht. Und wir müssen dafür sorgen, dass sie erfahren, wie toll und stark du bist. Wie du überlebt hast, dass jemand versucht hat, *dich zu überfahren*. Wie du allein warst und trotzdem beharrlich deine Genesung durchgestanden hast. Wie du dir ein neues Leben in Fallport aufgebaut hast und wie sehr du es hier liebst«, bemerkte Lilly.

»Und ich bin mir sicher, dass es nicht schadet, wenn wir andeuten, dass sie darüber nachdenkt, zu bleiben und vielleicht sogar ihre eigene Tierarztpraxis zu eröffnen ... aber wenn diese Brüder ihr das Leben zu schwer machen, könnte sie ihre Meinung ändern«, erklärte Caryn grinsend.

»Warte, ich weiß nicht ...«

»Oh ja, ich habe schon viele Leute über Dr. Ziegler meckern hören«, stimmte Finley zu. »Mit dem Video hat er sich keinen Gefallen getan. Wenn sie glauben, dass die Chance auf einen neuen Tierarzt schwindet, wenn diese Mistkerle ihre bösartigen Verleumdungen verbreiten, werden sie bestimmt aktiv werden.«

»Im Ernst, Leute, ich habe noch nichts entschieden und ...«

»Keine sozialen Medien«, betonte Lilly. »Das muss alles über Mundpropaganda laufen.«

»Finde ich auch«, bemerkte Elsie. »Auf diese Weise wird niemand wissen, woher das Gerede kommt, und es wird keine Spuren zu Khloe oder uns geben.«

»Die Brüder werden annehmen, dass Khloe etwas gesagt hat«, warnte Finley.

»Und? Sie können nichts beweisen«, versicherte Lilly.

»Du musst auch mit Simon reden«, bemerkte Caryn. »Und Nissi sollte sich vielleicht sogar mit dem Staatsanwalt in Norfolk in Verbindung setzen. Die können dir den Rücken freihalten, falls die Brüder irgendetwas tun, was zu weit geht.«

Khloe konnte nicht sprechen. Sie war zu überwältigt.

»Simon ist nett«, bemerkte Heather, denn anscheinend hielt sie ihr Schweigen für Angst. »Ich hatte auch Angst vor ihm, aber er hat sich alles angehört, was ich zu sagen hatte, und mich nicht verurteilt. Zumindest glaube ich, dass er das nicht getan hat.«

»Das hat er nicht«, beruhigte Elsie sie. »Er ist ein großartiger Polizeichef. Er interessiert sich wirklich für die Menschen in dieser Stadt.«

»Und er wird nicht erfreut sein, wenn jemand bösartige Gerüchte über eine seiner Einwohnerinnen verbreitet«, bemerkte Caryn.

Khloe atmete tief durch und sagte einfach: »Okay.«

Die Frauen starrten sie einen Moment lang schweigend an.

»Okay?«, hakte Lilly schließlich nach.

Khloe nickte.

Alle johlten vor Begeisterung ... bis auf Heather, die nur lächelte.

»Okay, die Operation *Vollidioten vernichten* beginnt morgen«, erklärte Caryn.

»Das wird ein Spaß«, grinste Elsie.

Khloe konnte nur verwundert den Kopf schütteln. Wie sie von dem Gedanken, dass diese Frauen ihr den Rücken kehren würden, zu der Erkenntnis gekommen war, dass sie sie verteidigten und die potenzielle Gefahr der Mather-Brüder mit Verachtung straften, war ihr ein Rätsel.

»Ihr müsst vorsichtig sein«, warnte sie. »Wenn Jason oder sein Bruder ... Mist, mir fällt sein Name *immer noch nicht* ein ... wenn sie Wind davon bekommen, was hier passiert, werden sie noch wütender sein, als sie es wahrscheinlich jetzt schon sind.«

»Mit denen werden wir schon fertig. Oder besser gesagt unsere Jungs«, erwiderte Bristol achselzuckend.

»Es wird wahrscheinlich ein Riesenspaß für *sie* sein«, stimmte Elsie zu.

»Und denk nicht einmal daran, dich zu verkriechen und keine Zeit mit uns in der Öffentlichkeit zu verbringen«, befahl Finley.

»Ja, jetzt gibt es kein Entrinnen mehr«, fügte Caryn grinsend hinzu.

»Als würdet ihr mich jetzt für mich allein lassen«, murrte Khloe.

»Ganz genau. Du sitzt mit uns fest«, stimmte Elsie zu.

»Können wir jetzt das Thema wechseln?«, fragte Lilly. »Ich möchte nämlich über Raiden und Khloe reden.«

Alle stimmten enthusiastisch zu.

Khloe schaute auf die Uhr. »Oh, seht mal, wie spät es ist. Es ist schon spät.«

»Ha, es ist nie zu spät, um über die Menschen zu reden, die wir am meisten lieben. Was ist mit euch beiden los? Normalerweise benehmt ihr euch so, als würdet ihr euch hassen«, stellte Lilly mit einem freundlichen Lächeln fest. »Ihr habt immer aufeinander herumgehackt und manchmal dachten wir, einer von euch würde vor Wut in die Luft gehen. Aber heute Abend sah er besorgt aus und ich dachte für einen Moment, er würde nicht gehen. Was ist los, Mädchen?«

Khloe wurde ganz rot und sie zuckte mit den Schultern.

»Komm schon, raus mit der Sprache«, bettelte Bristol und setzte sich nach vorn auf ihr Kissen vor dem Sofa.

Aber Khloe war nicht bereit, über das zu reden, was zwischen ihr und Raiden vorgefallen war. Zum Teil, weil sie sich selbst nicht sicher war und alles viel zu neu war, um es in Worte zu fassen. Aber auch, weil Raiden so introvertiert war. Sie wusste, ohne darüber nachdenken zu müssen, dass er sich nicht wohlfühlen würde, wenn über ihn getratscht wurde. Und obwohl diese Frauen nie etwas böswillig tun oder sagen würden, um ihn zu verletzen, wäre es trotzdem unangenehm, wenn er wüsste, dass er das Ziel ihrer Neugierde war.

»Er ist sehr dankbar, dass ich da war, um Duke zu helfen«, erklärte Khloe diplomatisch.

Die anderen verdrehten die Augen.

»Und?«, drängte Finley.

»Und er war während der letzten Woche ein guter Freund«, fügte Khloe hinzu und hoffte, dass damit die Diskussion zu Ende wäre. Aber sie unterschätzte das Bedürfnis ihrer Freundinnen zu wissen, was los war. Ihr Bedürfnis, dass die Menschen, die sie liebten, so glücklich waren wie sie selbst.

»Raid ist ein guter Mann«, bemerkte Bristol.

»Ein sehr guter«, stimmte Caryn mit einem Nicken zu.

»Er ist immer bereit, bei einer Suche zu helfen, egal wie spät es ist oder wie das Wetter ist«, fügte Elsie hinzu.

»Und er kauft in der Bäckerei mehr ein, als er jemals essen könnte, nur um mich zu unterstützen«, warf Finley ein.

»Er ist wirklich groß«, warf Heather mit einem kleinen

Lächeln ein.

Khloe konnte sich ein Lachen nicht verkneifen. »Das ist er«, stimmte sie zu.

»Er ist wirklich wundervoll«, entgegnete Lilly leise. »Das habe ich auch immer gedacht. Er ist ruhig und seine roten Haare und sein Bart erinnern mich an einen Holzfäller.«

»Und du weißt ja, was man sagt ... große Füße, großer ... ähm ... du weißt schon«, sagte Caryn schmunzelnd.

Und damit war das Gespräch für Khloe erledigt. Es war eine Sache, wenn sie Raids gute Eigenschaften lobten, aber sie wollte nicht, dass jemand an Raids Genitalien dachte oder darüber sprach, wie gut er aussah. Sie war sich bewusst, dass sie eifersüchtig war, aber sie konnte nichts dagegen tun.

Glücklicherweise nutzte Duke diesen Moment, um mit einem Stöhnen aufzustehen und zur Hintertür zu gehen.

»Ich muss ihn rauslassen«, murmelte Khloe, während sie aufstand.

Die anderen Frauen fingen an, sich zu unterhalten, als Khloe die Tür öffnete. Alle außer Lilly, die ihr gefolgt war. Sie stand mit Khloe auf der hinteren Veranda und beobachtete, wie Duke versuchte, den perfekten Platz für sein Geschäft zu finden.

»Alles in Ordnung?«, fragte Lilly leise.

Überraschenderweise stellte Khloe fest, dass es ihr gut ging. Der Abend hätte auch ganz anders verlaufen können. Zwar war sie immer noch nicht begeistert davon, dass die ganze Stadt alles über sie wusste, aber die Alternative war, dass sie von hier verschwinden und sich wieder verstecken musste. Sie mochte Fallport. Mochte ihre Freundinnen und Freunde. Sie mochte Raid. Sie wollte nicht weggehen. »Ja, ich glaube, es ist wirklich alles in Ordnung.«

»Gut. Denn du weißt, wenn du uns sagen würdest, dass du wirklich nicht willst, dass wir jemandem erzählen, was mit dir passiert ist, würden wir das nicht tun. Wir würden einen anderen Weg finden, mit diesen Idioten umzugehen.«

»Ich weiß das zu schätzen.«

»Es ist doch selbstverständlich. Das tun Freunde nun mal.«

»Wie geht es *dir*?«, fragte Khloe und wandte sich zu Lilly um. Sie war mehr als bereit, eine Weile über etwas anderes als sich selbst zu reden.

»Mir geht's gut.«

»Nein, Lilly, wie geht es dir *wirklich*?«

Sie seufzte. »Ich schlage mich so durch. Es gibt Tage, da fällt es mir schwer, aus dem Bett zu kommen, und ich wünsche mir nichts sehnlicher, als den ganzen Tag zu verschlafen.«

»Ich glaube, das ist normal nach einer Fehlgeburt«, bemerkte Khloe.

»Ich weiß. Aber es ist furchtbar.«

»Ja.«

Lilly richtete sich auf. »Aber Ethan und ich werden nicht aufgeben. Wir werden noch mal versuchen, ein Baby zu bekommen.«

»Natürlich werdet ihr das«, entgegnete Khloe. »Und wenn du schwanger bist, wird Ethan überfürsorglich sein und du wirst sauer auf ihn sein, weil er dich keinen Schritt aus dem Haus lässt, ohne dich zu überwachen. Du wirst es satthaben, dass er dir gesunde Mahlzeiten zubereitet und dich behandelt, als seist du aus Glas. Du wirst dich bei uns darüber beschweren, und wir werden dich daran erinnern, wie sehr er dich liebt und sich um dich sorgt. Dann bekommst du dein Kind und er wird dich erneut schwängern. Und dann wieder und wieder, bis du vierzehn Kinder hast und dich nicht mehr an die Zeit erinnern kannst, als ihr nur zu zweit wart. Ihr werdet uns alle zum Babysitten verdonnern und wir werden über Kleinkinder und Teenager meckern und jammern und ihr werdet glücklich bis an euer Lebensende sein.«

Lilly starrte sie einen Moment lang ungläubig an, bevor sie in Gelächter ausbrach. »Oh mein Gott, vierzehn Kinder? Kommt überhaupt nicht infrage!«

Khloe lächelte sie an und legte ihr eine Hand auf die Schulter. »Aber das Baby, das du verloren hast, wirst du nie vergessen. Sie oder er war etwas Besonderes und verdient es, Jahr für Jahr gefeiert und in Erinnerung behalten zu werden.«

»Ja. Danke«, bemerkte Lilly. Dann drehte sie sich um und umarmte Khloe fest. »Ich bin froh, dass du hier bist, Khloe Watts.«

Als Khloe ihren richtigen Namen aus dem Mund ihrer Freundin hörte, wurde ihr ganz warm ums Herz. »Danke. Ich bin auch froh, dass ich hier bin.«

Duke schlenderte zurück auf die Terrasse, nachdem er offenbar sein Geschäft erledigt hatte, und sie gingen alle zusammen hinein.

Die anderen Frauen hatten sich schon wieder in die Snacks vertieft und jemand hatte den Fernseher eingeschaltet, auf dem eine weitere Folge des Backwettbewerbs lief. Khloe ließ sich wieder auf dem Boden nieder, dieses Mal auf einem Kissen vor dem Sofa neben den anderen.

Glück und Zufriedenheit erfüllten sie und sie merkte, dass sie sich zum ersten Mal seit Langem keine Sorgen um die Zukunft machte. Sie machte sich keine Sorgen über einen Prozess, ihr Bein oder darüber, was andere über sie dachten. Sie fühlte sich wie in einem Kokon, sicher und geschützt in Raids Haus. Sie hatte keine Ahnung, was die Zukunft bringen würde, aber sie musste einfach hoffen, dass sie wieder in ihrer eigenen Praxis arbeiten würde ... und vielleicht würde ihre Zukunft auch Raiden in irgendeiner Weise mit einschließen.

KAPITEL ZEHN

Eine Woche war vergangen, seit Khloe ihren Mädelsabend gehabt und Raiden seinen Freunden alles erzählt hatte, was mit ihr los war. Sie waren alles andere als glücklich, und das war eine Untertreibung. Und sie hatten sich geschworen, alles zu tun, um Khloe zu beschützen.

Es hätte Raid nicht überraschen dürfen, dass seine Freunde sofort eine Million Fragen zu Khloes Sicherheit stellten, anstatt sich auf die mögliche Gefahr für ihre eigenen Frauen zu konzentrieren. Das war zwar später angesprochen worden, aber zuerst wollten sie besprechen, wie sie Khloe helfen konnten.

Es war kein Wunder, dass Raid gern in Fallport war und mit diesen Männern arbeitete. Sie erinnerten ihn an Finn Matlick, einen Mann, mit dem er bei der Küstenwache gearbeitet hatte. Raid und Tonka, wie er genannt wurde, hatten sich öfter zusammengetan. Ihre Hunde waren genauso vertraut miteinander. Sie funktionierten wie eine gut geölte Maschine ... bis zu diesem schrecklichen Tag.

Raid zwang sich, an etwas anderes zu denken als an seinen alten Freund, und beobachtete Khloe hinter der

Ausleihtheke in der Bibliothek. Sie half einer Frau, geeignete Bücher für ihre Teenager-Tochter zu finden.

Er konnte sehen, dass sie seit dem Tag von Jason Mathers Besuch nervös und besorgt war. Das Warten war fast noch schlimmer als das, was die Mather-Brüder geplant haben könnten. Und nach seinen eigenen Nachforschungen hatte Raid keinen Zweifel daran, dass sie Khloe nicht ohne eine gewisse Ermutigung in Ruhe lassen würden. Hier kam er ins Spiel.

Raid hatte bereits ein paar Leute kontaktiert, die er aus seiner Zeit beim Militär kannte und die vielleicht helfen konnten. Und nicht nur das, Ethan meinte, er kenne einen Mann namens Tex, ebenfalls ein ehemaliger SEAL, der ein Experte in Sachen Elektronik sei. Er konnte die Brüder offenbar mit ein paar Mausklicks zerstören. Außerdem gab es einen Mann in Colorado, der ebenfalls gern helfen wollte. Sein Spezialgebiet war der Sexhandel, aber er kannte eine Menge Leute so gut wie überall auf der Welt.

Raid wollte dafür sorgen, dass Alan Mather die Nachricht erhielt, dass er Khloe vergessen, seine Zeit absitzen und sein Leben weiterleben sollte. Wenn er das nicht tat? Nun, dann wäre das der größte Fehler, den er machen konnte.

Aber die größere Sorge galt Jason und Scott ... so hieß der jüngste Bruder. Er war definitiv auch hier in Fallport. Drew hatte berichtet, dass er den Mann gesehen hatte. Er hatte sich auf dem Platz umgesehen und das Kommen und Gehen beobachtet.

Die Frauen waren von ihrem Mädelsabend mit Khloe voller Tatendrang und bereit, alles zu tun, damit die Menschen in Fallport wussten, was vor sich ging. Und bis jetzt hatte ihr Plan, Informationen über Khloe und ihre Situation in der Stadt zu verbreiten, wunderbar funktioniert. Fast jeder, der in die Bibliothek kam, machte sich auf den Weg zu Khloe und sprach mit ihr über das, was sie durchgemacht hatte. Sie hatten mehr als deutlich gemacht, dass jeder, der einer der ihren Ärger machte, den Tag bereuen würde.

Es wäre lustig gewesen, wenn es in der Situation nicht um Khloe gegangen wäre. Raid konnte sehen, welchen Tribut die Sache für sie forderte. Sie hasste es, wenn man über sie sprach. Sie hasste es, im Zentrum der Aufmerksamkeit zu stehen. Sie mochte es nicht, wenn die Leute sie wegen ihres Beins bemitleideten und wissen wollten, was genau passiert war.

Raid hatte kein Mitleid mit Khloe. Wie sollte er auch? Sie war eine der stärksten Frauen, die er je kennengelernt hatte. Er hatte die Gerichtsdokumente Wort für Wort gelesen. Er konnte sich vorstellen, wie hart sie gekämpft hatte, um wieder laufen zu lernen, und wie schwer die ganze Tortur für sie gewesen sein musste. Er hatte keine Tonaufzeichnung der Verhandlung, aber aus den Abschriften wusste er, dass der Richter besorgt gewesen war, als Khloe davon sprach, wie sie ihre Tierarztpraxis und alles, wofür sie so hart gearbeitet hatte, verlassen hatte.

Je mehr Raid über Khloe erfuhr, desto mehr mochte er sie. Aber er hatte keine Ahnung, wie er ihre Beziehung vorantreiben sollte. Er war schon so lange ihr Chef und benahm sich eher wie ein nerviger großer Bruder als ein Mann, der es vielleicht auf mehr abgesehen hatte, dass er nicht wusste, wie er sie dazu bringen konnte, ihn in einem anderen Licht zu sehen.

Sie bestand darauf, in ihre Wohnung zurückzukehren, was Raid nicht gerade begeisterte. Er machte sich Sorgen, dass Jason oder Scott ihr dort auflauern könnten. Darüber, was sie tun könnten, wenn sie allein war. Deshalb bestand er darauf, sie morgens abzuholen und sie nach Feierabend nach Hause zu bringen.

Es beruhigte ihn auch ein wenig, dass ihre Freunde abwechselnd die Abende mit ihr verbrachten.

Eines Abends hatten Lilly und Ethan Pizza mitgebracht und blieben bis nach dreiundzwanzig Uhr. An einem anderen Abend waren Finley und Brock mit den Zutaten für Plätzchen gekommen. Heather und Tal kamen am nächsten Abend zu Besuch. Und so ging es weiter.

Raid nahm es seinen Freunden nicht übel, dass sie Zeit mit Khloe verbrachten ... aber er war neidisch. Ja, er hatte den ganzen Tag Zeit mit ihr, aber es war nicht dasselbe wie vorher, als sie allein in seinem Haus waren.

Und das war eine andere Sache. Jetzt fühlte sich sein Haus, das früher sein Zufluchtsort gewesen war, zu leer an. Raiden hatte das Gefühl, dass es Duke auch so ging. Der Bluthund war unruhig und zog es meistens vor, im Gästezimmer auf dem Bett zu schlafen, das Khloe benutzt hatte.

Raiden vermisste sie. Und als jemand, der seine eigene Gesellschaft genoss und kein Problem damit hatte, sich selbst zu unterhalten, hieß das schon etwas.

Heute war Freitag, und Raid wusste, dass Caryn und Drew zu Khloe fahren und einen Film mitbringen würden. Er hätte sie gern gefragt, ob sie mit ihm und Duke Zeit verbringen wollte, aber er hatte bereits Pläne für den Abend. Jeden Freitagabend machte er das Gleiche ... solange er nicht auf einer Suchaktion war.

Aber am Samstag wollte er als Erstes den Mut aufbringen und Khloe fragen, ob sie mit ihm etwas unternehmen würde. Vielleicht würde sie mit ihm und Duke einen Spaziergang durch den Wald machen wollen. Duke war inzwischen so weit geheilt, dass er einige kurze Spaziergänge durchhalten konnte. Er musste sein Fährtenlesetraining wieder aufnehmen.

»Raid?«

Ihre Stimme erschreckte Raid so sehr, dass er zusammenzuckte. Er hatte sich in seinen Gedanken verloren und offensichtlich war Khloe fertig damit, der jungen Frau zu helfen.

»Geht es dir gut?«

Er hätte am liebsten geschnaubt. Er sollte derjenige sein, der sie das fragte.

»Natürlich. Und wie geht es dir?«

»Alles in Ordnung. Ich hasse nur das Warten. Ich habe Jason heute Morgen draußen im *Circle* gesehen. Er saß einfach im Pavillon. Er wollte mich wissen lassen, dass er da ist. Ich wünschte, sie würden einfach endlich tun, was sie tun wollen.«

»Ja. Aber die Tatsache, dass sie abwarten und beobachten, ist ein Vorteil für uns. Inzwischen wissen die meisten Bewohner der Stadt über sie *und* ihre Absichten Bescheid. Wenn sie sich entschließen zuzuschlagen, wird es ein böses Erwachen für sie geben.«

Khloe nickte, aber Raid merkte, dass sie sich da nicht so sicher war. Sie würde es sehen. Raid hatte keinen Zweifel daran, dass Fallport ihr in typischer Kleinstadtmanier beistehen würde.

»Ich wollte dich etwas fragen«, erklärte Khloe unvermittelt. Sie lehnte am Schreibtisch, und er fand, dass sie besonders gut aussah. Ihr seidiges hellbraunes Haar war nicht nach hinten gekämmt, sondern hing ihr locker um die Schultern. Sie trug eine blaue Bluse, die vorn zugeknöpft war, und eine hellbraune Hose. Die Bluse umspielte ihre Brust so gut, dass Raid das Wasser im Mund zusammenlief, und die Hose umschmeichelte ihren wunderschönen Hintern. Er hätte schwören können, dass sie jedes Mal, wenn er sie sah, noch hübscher wurde.

Als sie fragend eine Augenbraue hochzog, schlug Raid sich im Geiste auf den Kopf. »Ach ja? Raus damit«, sagte er verspätet.

Dann überraschte sie ihn mit den Worten: »Ich habe mich gefragt, ob du mit hochkommen willst, wenn du mich heute nach Hause bringst. Ich weiß, dass Caryn und Drew mit einem Film vorbeikommen wollten, aber ich bin mir nicht sicher, ob ich heute Abend Lust habe, jemanden zu Besuch zu haben. Also dachte ich, dass wir zwei – na ja, drei, einschließlich Duke – vielleicht noch ein paar von den Backsendungen anschauen könnten, die wir angefangen haben, als ich bei dir war.«

Raid starrte sie einen Moment lang an. Verdammt, war das etwa eine Verabredung? Er wollte unbedingt Ja sagen. So verdammt sehr. Aber er konnte nicht schon die zweite Woche in Folge seine Freitagabend-Sache verpassen.

Außerdem war er schockiert und begeistert, dass sie den Mut hatte, ihn nach einer Verabredung zu fragen. Sie war viel mutiger als er. Verdammt, *jeder* war mutiger als er, wenn es um Beziehungskram ging.

Offensichtlich hatte er zu lange geschwiegen, denn sie senkte den Blick und schaute auf den Boden, während sie sagte: »Tut mir leid, das war eine dumme Idee. Ich bin sicher, du bist beschäftigt. Keine große Sache.«

Aber es war eine große Sache, und Raid wollte auf keinen Fall, dass Khloe verlegen wurde oder sich dumm vorkam, weil sie ihn um eine Verabredung gebeten hatte. Er stand so schnell auf, dass sein Stuhl fast auf den Boden hinter ihm krachte. Er schritt um den Schreibtisch herum und stellte sich vor sie. Er wusste nicht, was er mit seinen Händen machen sollte. Ob er sie berühren sollte oder was. Ihm war auch bewusst, dass sie bei der Arbeit waren und sich viele Leute in der Bibliothek tummelten.

Er entschied sich dafür, nach ihrer Hand zu greifen. Er hielt sie fest und zwang sie, zu ihm aufzuschauen. »Es ist nicht so, dass ich den Abend nicht mit dir verbringen möchte«, erklärte er ihr. »Das *will* ich. Verdammt, ich habe dich

vermisst, als du nicht in meinem Haus warst. Es ist nur …
ich muss heute Abend etwas erledigen.«

»Das ist okay. Ich verstehe das.«

»Das bezweifle ich. Aber können wir das auf ein
andermal verschieben? Ich wollte dich fragen, ob du
morgen mit mir und Duke auf dem *Fallport Creek Trail*
wandern möchtest. Ich weiß, dass die Strecke total einfach
ist und es nicht einmal zwei Kilometer sind, aber du hast
gesagt, dass es okay ist, Duke wieder zu trainieren, und da es
draußen schön und nicht zu kalt sein soll, dachte ich, es sei
gut rauszugehen. Danach können wir vielleicht im Restaurant etwas essen gehen und Finley besuchen und wenn du
willst, kannst du mit zu mir kommen und wir können uns
ein paar von diesen Shows ansehen.«

Er plapperte, aber Raid konnte nichts dagegen tun. Er
war noch nie gut darin gewesen, Frauen um eine Verabredung zu bitten.

»Das klingt gut. Die Genesung von Duke schreitet wirklich gut voran und es wird ihm guttun, mal rauszukommen.
Er ist in letzter Zeit ein bisschen unruhig.«

Raid stieß den Atem aus, den er angehalten hatte.

»Hast du heute Abend eine heiße Verabredung?«, fragte
sie und die Anspannung, die gerade von Raid abgefallen
war, kehrte zurück.

»Was? Nein!«, entgegnete er ein wenig zu laut. Er wollte
auf keinen Fall, dass sie dachte, er würde sich mit einer
anderen Frau als ihr treffen.

Sie lachte. »Das war ein Scherz«, erklärte sie ihm mit
einem kleinen Lächeln. »Aber jetzt bin ich neugierig.«

Verdammt, er war noch nicht bereit, Khloe zu sagen, was
er freitagabends machte. Nicht so früh in ihrer Beziehung.
Irgendwann schon, aber jetzt noch nicht. Er überlegte, was
er sagen könnte, um ihre Neugier zu stillen, wollte sie aber
auch nicht anlügen.

Sie ließ ihn vom Haken, indem sie sagte: »Ich werde mal sehen, ob ich die Bücher, die heute Morgen zurückgebracht wurden, noch in die Regale zurückstellen kann, bevor es Zeit ist, Feierabend zu machen. Kann ich sonst noch etwas für dich tun?«

»Nein, ich glaube nicht.«

»Okay. Raid?«

»Ja?«

»Du musst meine Hand loslassen, damit ich das machen kann.«

Raid hatte gar nicht gemerkt, dass er sie immer noch festhielt. Es fühlte sich so gut und natürlich an, ihre Hand in seiner zu haben. Schnell löste er seine Finger, und sie drückte seine Hand noch einmal, bevor sie sie losließ und sich zum Gehen wandte.

Er starrte ihr einen Moment lang hinterher.

Er war ein Idiot. Es war kein Wunder, dass er immer noch Single war. Er war so unbeholfen bei Frauen, die er mochte. Das war er schon immer gewesen. Er war wie der Junge aus der fünften Klasse, für den Khloe ihn gehalten hatte, der das Mädchen ärgerte, weil er keinen anderen Weg wusste, um ihr zu zeigen, dass er sie mochte.

Kopfschüttelnd über sich selbst ging Raid zurück hinter den Ausleihtisch und setzte sich. Er konnte Khloe nicht sehen. Sie hatte sich dafür entschieden, den Rückgabewagen zu einem der Computerplätze in der Bibliothek hinter ihm zu ziehen. Aber er konnte sie trotzdem spüren.

Als er aus dem Augenwinkel eine Bewegung wahrnahm, schaute Raid auf und sah keinen anderen als Jason Mather durch die Bibliothek schlendern. Er versuchte nicht, seine oder Khloes Aufmerksamkeit zu erregen, aber es war offensichtlich, dass er stolz auf sich war, einfach nur dort zu sein. Mit einem Grinsen im Gesicht schritt er durch die Gänge.

Raid sah ihn winken und wusste, dass Khloe ihn gesehen hatte.

Raid stand auf, aber Jason blieb nicht stehen, er ging weiter und steuerte auf die Tür zu, die zum Marktplatz führte.

»Eingebildeter Dreckskerl«, murmelte Raid. Er hatte das Gefühl, dass die beiden Brüder mit dem Herumschleichen fertig waren und ihren Plan in die Tat umsetzen würden ... was auch immer dieser Plan war. Er glaubte nicht, dass sie hier waren, um Khloe körperlich zu verletzen. Aber andererseits hätte er auch nicht gedacht, dass irgendjemand so verrückt wäre, Khloe auf einem Parkplatz zu überfahren, und genau das hatte Alan getan.

Er wartete einen Moment, und als Khloe nicht völlig aufgelöst zum Ausleihschalter zurückkam, atmete er tief durch. Seine Khloe war stärker, als Jason dachte.

Raid selbst flippte nicht aus, weil er Khloe als *seine* ansah. Er hatte lange genug gewartet. Ab morgen würde er alles tun, um Khloe zu zeigen, dass er in ihr mehr als nur eine Freundin sah. Mehr als nur eine Angestellte.

Khloe winkte Raiden von ihrer Wohnungstür aus zu und sah zu, wie er ihr im Gegenzug zum Abschied zunickte und vom Parkplatz vor ihrem Wohnhaus wegfuhr. Langsam schloss und verriegelte sie ihre Tür und ließ sich dann mit einem Seufzer auf das Sofa fallen. Sie dachte an ihn jetzt nicht mehr als an ihren nervigen Chef, sondern als den Mann, den sie mehr wollte als die Luft zum Atmen, und sie hatte keine Ahnung, wie es möglich war, dass sich das so schnell verändert hatte.

Sie vermutete, dass es an der Art lag, wie er sie bedingungslos unterstützte. Wie er jeden anfunkelte, der sie auch nur einen Moment zu lange anstarrte. Die Tatsache, dass er den Blick nicht von ihr losreißen konnte.

Wenn ein Mann in der Vergangenheit die letzten beiden Dinge getan hätte, wäre sie mehr als nur verärgert gewesen. Sie hätte ihm vorgeworfen, überfürsorglich zu sein, und ihm gesagt, er solle damit aufhören. Sie war mehr als fähig, auf sich selbst aufzupassen. Und sie hätte es nie zu schätzen gewusst, wenn ein Mann sich nur auf ihren Hintern und ihre Brüste konzentriert hätte.

Aber Raid schaute sie mit Sehnsucht statt mit Lust an. Als würde er etwas aus der Ferne bewundern, von dem er wusste, dass er es nie haben würde. Seine Blicke waren anerkennend und seltsam respektvoll ... wenn man jemanden, der einem auf die Brust starrt, als respektvoll bezeichnen kann.

Sie hatte heute beschlossen, den Stier bei den Hörnern zu packen und ihn um eine Verabredung zu bitten, da es offensichtlich war, dass er nicht den ersten Schritt machen würde. Es war beschämend, als er sie abgewiesen hatte. Einen Moment lang hatte sie wirklich gedacht, sie hätte alles falsch verstanden. Dass er nicht in sie verknallt war und ihr in Wirklichkeit nur als Freund helfen wollte.

Aber dann hatte er praktisch seinen Stuhl umgeworfen, um zu ihr zu kommen, hatte ihre Hand genommen und wirres Zeug geredet. Das war niedlich gewesen. Zu wissen, dass sie einen Mann wie Raiden dazu gebracht hatte, alles, was er dachte, ohne Punkt und Komma auszusprechen, war berauschend. Sie freute sich, dass sie morgen etwas zusammen unternehmen würden. Natürlich wären die meisten Frauen nicht begeistert von einer Verabredung zum Spazierengehen im Wald, aber sie war nicht wie die meisten Frauen. Sie konnte sich nichts Schöneres vorstellen, als mit Raid und Duke zusammen zu sein, während sie sich wieder mit dem Wald vertraut machten. Vielleicht würde sie sogar vorschlagen, dass sie sich versteckt, damit Duke sie finden kann.

Nun ... eigentlich könnte sie sich eine Sache vorstellen, die ihr noch mehr gefallen würde. Auf Raids Sofa zu sitzen und sich an ihn zu kuscheln. Vielleicht würde sie auch weiterhin den ersten Schritt machen und auf seinem Schoß Platz nehmen. Sie musste bei dem Gedanken lachen, wie groß seine Augen werden würden und wie er darauf wohl reagieren würde.

Khloe hatte sich schon mit vielen Männern verabredet. Und es schien immer so, dass die ruhigeren die besseren Liebhaber waren. Sie stellte sich vor, wie Raid wohl im Bett sein würde. Ihr Größenunterschied würde die Dinge ... interessant machen. Sie wand sich ein wenig, als sie daran dachte, wie intensiv Raid sich darauf konzentrieren würde, ihr Lust zu bereiten.

Egal ob Raid ein Experte in Sachen Sex war oder ob sie ihm Tipps geben musste, was sie mochte und wo er sie berühren sollte, Khloe hatte keinen Zweifel daran, dass er alles tun würde, damit es für sie gut war. So war er nun mal. Er hatte ständig ein Auge auf andere. Seine Freunde, ihre Frauen, die Büchereibesucher ...

Nachdem sie noch ein paar Minuten über Raid fantasiert hatte, ging Khloe in ihre kleine Küche und seufzte, als sie erst den Kühlschrank und dann die Schränke inspizierte. Sie musste sich etwas zu essen machen, bevor Caryn und Drew vorbeikamen, aber sie hatte überhaupt keine Lust zu kochen. Stattdessen ging sie in ihr Schlafzimmer und zog sich eine Jeans und ein T-Shirt an. Am liebsten hätte sie sich eine Jogginghose übergeworfen, aber da ihre Freunde zu Besuch kamen, hielt sie es für angemessener, sich wenigstens Mühe zu geben, nicht komplett wie eine Stubenhockerin auszusehen.

Sie nahm sich ein Beispiel an Raid und aß in der Küche

eine Schüssel Müsli, bevor sie sich in ihr winziges Wohnzimmer begab und sich wieder einmal auf ihr gebrauchtes
Sofa fallen ließ. Es war schon eine Stunde her, seit Raid sie
abgesetzt hatte, und es war bereits dunkel, und sie konnte
nicht anders, als sich zu fragen, was er an einem Freitagabend vorhatte. Wenn er nicht mit einer Frau zusammen
war, was machte er dann wohl? Soweit sie wusste hatte
keiner der anderen in ihrer Clique Pläne, mit ihm auszugehen. Und Raid war sowieso nicht der Typ Mann, der gern
»ausging«.

Er war ein introvertierter Mensch. Er ging nicht aus. Er
ging kaum irgendwo hin, außer in den Wald. Was um alles
in der Welt könnte er also für heute Abend geplant haben,
das wichtiger war als eine Verabredung mit ihr?

Okay, das klang total versnobt, aber Khloe konnte sehen,
dass er aufgebracht war, weil er ihr Angebot, zu ihr zu
kommen, abgelehnt hatte. Wenn das der Fall war und er es
wirklich bedauerte, warum konnte er dann nicht absagen
oder seine Pläne verschieben?

Sobald sie angefangen hatte, sich mit dieser Frage zu
beschäftigen, hörte sie nicht mehr auf, darüber nachzugrü-
beln. Sie konnte nicht verhindern, dass sie sich alle möglichen Szenarien ausmalte.

Er wollte Jason und Scott aufspüren und sie zur Rede
stellen.

Er arbeitete als Spion und musste einige ruchlose Aktivitäten vor Ort recherchieren.

Er war heimlich Stripper und fuhr freitagabends nach
Roanoke, um in irgendeinem Klub zu strippen.

Khloe musste kichern. Na klar. So was war es sicher
nicht.

Raid schien keine Konfrontationen zu mögen, und als
Geheimagent hatte man es schwer, wenn man so groß wie

ein Baum war. Es war wahrscheinlicher, dass er sich ein neues Buch besorgt hatte, das er unbedingt lesen wollte.

Vielleicht stand er aber auch gar nicht so sehr auf sie und hatte in der Bibliothek nur eine gute Show abgezogen, um ihre Gefühle nicht zu verletzen ...

Khloe biss sich auf die Lippe und runzelte die Stirn. Je mehr sie versuchte, sich vorzustellen, was er wohl vorhatte, desto mehr ärgerte sie sich.

Als weitere zwanzig Minuten vergingen und sie nicht aufhören konnte, sich zu fragen, warum Raid sich nicht auf eine Verabredung mit ihr eingelassen hatte, traf sie eine Entscheidung.

Sie stand auf und nahm ihr Handy vom Küchentisch, wo sie es liegen gelassen hatte, als sie nach Hause gekommen war. Sie schrieb Caryn eine kurze Nachricht, in der sie sich entschuldigte und ihr mitteilte, dass sie heute Abend keine Lust auf Gesellschaft hatte, und fragte, ob sie an einem anderen Abend den Film ansehen könnten. Sie fühlte sich schrecklich, weil sie Caryn abgewiesen hatte, aber sie wusste, dass sie nicht zur Ruhe kommen würde, wenn sie nicht ihre Neugierde befriedigte und herausfand, was Raid heute Abend vorhatte.

Es war irrational. Es war verrückt. Es war verzweifelt und sie benahm sich ein bisschen wie ein Stalker. Aber Khloe ließ sich von all dem nicht abhalten. Zu diesem Zeitpunkt waren schon fast zwei Stunden vergangen, seit Raid sie abgesetzt hatte. Sie würde einfach bei ihm vorbeifahren und ihm sagen ...

Verdammt, sie hatte keine Ahnung, was für eine Ausrede sie benutzen wollte, um bei ihm vorbeizuschauen.

Mit einem Achselzucken dachte Khloe, dass ihr schon etwas einfallen würde, wenn sie erst mal dort war.

Trotz ihrer verrückten Gedanken war Khloe ein wenig

aufgeregt wegen des Abenteuers, in das sie sich stürzen würde, und ging schnell zurück in ihr Schlafzimmer, um sich ein Paar Turnschuhe zu holen. Ein Gefühl der Vorfreude durchströmte ihre Adern. Es war schon lange her, dass sie etwas so Impulsives getan hatte. Sie glaubte nicht, dass Raid verärgert sein würde, sie zu sehen, aber es bestand immer die Möglichkeit. Wenn er sauer war, wollte sie es lieber jetzt wissen, bevor sie sich zu sehr in den Mann verliebte.

Ihre Aufregung hielt an, bis sie ihre Wohnung verließ und zu ihrem kleinen VW Käfer ging. Sie liebte ihren Wagen. Er war zwar nicht praktisch, aber das war ihr egal. Sie wollte gerade einsteigen, als sie zufällig nach links schaute.

Khloe erstarrte, als sie Jasons Blick begegnete. Sie hatte keine Ahnung, wie lange er schon ihre Wohnung beobachtete, aber plötzlich war sie sehr dankbar dafür, dass all ihre Freunde jeden Abend zu ihr gekommen waren. Sie wusste auch nicht, was er wollte oder warum er da war, aber sie hatte nicht vor, hierzubleiben und zu fragen. Sie knallte ihre Tür zu und schloss sofort ab. Ihre Hände zitterten, aber sie schaffte es, den Schlüssel ins Zündschloss zu stecken und den Wagen in Gang zu setzen.

Ihr Käfer war Jasons Lieferwagen nicht gewachsen, aber sie hatte nicht vor, ihn in ihre Nähe zu lassen. Sie fuhr viel zu schnell durch die Seitenstraßen von Fallport. Sie nahm an, dass er wusste, wo Raid wohnte, aber wenn es auch nur eine kleine Chance gab, dass er es nicht wusste, wollte sie ihn nicht dorthin führen.

Es dauerte viel zu lange, bis sie Raids Haus erreichte, aber Khloe war zufrieden, dass Jason es nicht geschafft hatte, ihr zu folgen. Sie war innerlich und äußerlich nervös und zitterte immer noch, als sie um die Garage herumfuhr. Sie hätte draußen geparkt, aber sie wollte nicht riskieren, dass Jason oder Scott vorbeifuhren und ihren Wagen sehen konnten. In Fallport gab es nämlich nicht viele Käfer.

Allein die Tatsache, dass sie in Raids Haus war, gab ihr ein Gefühl der Sicherheit. Es war irgendwie verrückt, wenn man bedachte, dass es zwei Mather-Brüder gab und Raid nur einer war, aber so war es eben.

Khloe ging zur Haustür und klopfte. Sie runzelte die Stirn, als mehrere Minuten verstrichen, ohne dass jemand aufmachte. Sie klopfte erneut, aber Raid kam wieder nicht. Sie hatte seinen Wagen durch die Fenster in der Garage gesehen, als sie vorbeigegangen war, also sollte er zu Hause sein. Stirnrunzelnd und ein wenig besorgt ging Khloe um das Haus herum zur Hintertür.

Sie schaute durch das Fenster hinein und im Haus war es dunkel. Duke schlief nicht in seinem Bett und von Raid gab es keine Spur.

Khloe ließ die Schultern hängen. Er war nicht zu Hause. Was auch immer heute Abend so wichtig war, fand offensichtlich woanders statt. Jemand hatte ihn abgeholt und er konnte buchstäblich überall sein.

Sie drehte sich um und wollte zu ihrem Wagen zurückgehen, doch dann fiel ihr Jason ein. Wahrscheinlich suchte er zusammen mit seinem Bruder die Straßen nach ihr ab. Wer wusste schon, was sie vorhatten, wenn sie sie fanden? Fröstelnd seufzte Khloe.

Sie hatte keine Ahnung, warum sie das tat, aber sie griff nach dem Knauf der Hintertür.

Zu ihrer Überraschung und Erleichterung ging sie tatsächlich auf. Es war schockierend und lächerlich, dass Raid die Tür nicht verschlossen hatte. Sie vermutete, dass er vielleicht in Eile gewesen war, als er Duke in den Garten gelassen hatte, und die Tür nicht abgeschlossen hatte, als er ihn wieder hereingelassen hatte. Das war leichtsinnig und gefährlich, vor allem wenn man bedachte, was ihren

Freunden zugestoßen war und dass die Mather-Brüder in der Stadt waren und bereit waren, Chaos zu stiften.

Aber Khloe war in ihrem ganzen Leben noch nie so erleichtert und froh gewesen, dass Raid heute Abend ein wenig unkonzentriert gewesen war. Sie würde einfach drinnen warten, bis er zurückkam. Hier fühlte sie sich viel sicherer als in ihrer kleinen Wohnung. Ja, sie konnte zu ihren Freunden gehen und sie würden auf sie aufpassen, aber Khloe dachte nur daran, sich auf Raids Sofa zu kuscheln.

Khloe vergewisserte sich, dass der Riegel der Hintertür vorgeschoben war, und lächelte, als sie zum Sofa ging. Im Haus war es warm und es roch nach dem, was Raid zum Abendessen gekocht hatte, gemischt mit seinem eigenen Kiefernduft. Die Seife, die er benutzte, roch nach dem Wald, in dem er und Duke so oft spazieren gingen.

Gerade als sie sich setzen wollte, hörte Khloe etwas.

Sie erstarrte und legte den Kopf schief, um herauszufinden, woher das Geräusch kam. Es war ... Raidens Stimme! Aber wo war er?

Khloe schlich auf Zehenspitzen durch das Wohnzimmer in Richtung des Flurs, von dem die Schlafzimmer abgingen. Sie hielt inne, als sie eine angelehnte Tür sah. Sie hatte immer angenommen, dass es sich um einen Wäscheschrank handelte, aber offensichtlich war es eine Tür zum Keller. Sie hatte keine Ahnung, dass Raids Haus *überhaupt* einen Keller hatte. Er hatte ihr nie angeboten, ihn ihr zu zeigen, und sie hatte einfach angenommen, dass das Haus ebenerdig war.

Sie versuchte, so leise wie möglich zu sein, und öffnete die Tür. Unten brannte Licht, und jetzt konnte sie Raids leise Stimme hören. Einige Möglichkeiten, was er im Keller machen könnte, schwirrten ihr durch den Kopf. Vielleicht war er wirklich ein Spion und der Keller war der Ort, an dem er all seine Computer und Modems aufbewahrte, mit denen er sich in riesige Konzerne und fremde Länder einhacken konnte.

Khloe kam sich albern vor und ging leise die Treppe hinunter. Sie war etwa auf halber Strecke angekommen, bevor sie erneut stehen blieb. Sie konnte Raid jetzt deutlich hören, aber was er sagte, ergab keinen Sinn. Sie brauchte einige Minuten, um es zu begreifen.

Am Ende der Treppe befand sich eine Wand aus Schlackensteinen. Der Rest des Kellers lag rechts von der Treppe. Vorsichtig ging Khloe in die Hocke und beugte sich vor, bis sie einen Blick in den Raum werfen konnte.

Sie sah Duke auf dem Rücken liegen, mit den Füßen in der Luft, auf einem extrem bequem aussehenden Hundebett. Raid saß an einem Tisch, vor dem ein Computer stand. Der Schein des Bildschirms ließ sein rotes Haar noch heller erscheinen als sonst. Neben ihm leuchtete eine kleine Schreibtischlampe, aber sonst brannte kein Licht im Raum.

Neben ihm stand eine Kiste, auf der etwas stand, das wie ein Schlossturm aussah.

Als sie zusah, hob er eine Hand und ließ etwas in die Spitze des Turms fallen, und Khloe nahm an, dass es Würfel waren, als sie in der Kiste klapperten. Er las die Zahlen ab und sie erkannte, dass er mit jemandem oder mehreren Leuten einen Videochat führte. Vor ihm lag ein Block Papier, den er umblätterte und von dem er ablas, während jemand durch die Lautsprecher sprach.

Khloe ließ sich langsam und leise auf der Treppe nieder, wo sie hören konnte, was über die Computerlautsprecher gesprochen wurde. Sie wusste, sie sollte ihn wissen lassen, dass sie da war, aber sie konnte dem Drang nicht widerstehen, erst einmal eine Weile zuzuhören.

KAPITEL ELF

Raid konzentrierte sich auf das Szenario, das sein Freund und Dungeon Master gerade vortrug. Er hatte seinem Dungeons-and-Dragons-Spiel heute Abend nicht so viel Aufmerksamkeit geschenkt, wie er eigentlich sollte. Er und seine Freunde spielten jeden Freitag. Nicht jeder konnte jede Woche dabei sein, aber sie gaben ihr Bestes.

Raiden wusste, dass ihn das durch und durch zum Nerd machte, aber es war ihm egal. Er liebte das Fantasy-Spiel und hatte eine ganze Biografie für seinen Charakter, Bjorn Silverhammer, einen Zwergen-Kleriker. Obwohl Bjorn für einen Zwerg sehr groß war, unterschied er sich mit seinen ein Meter fünfzig so sehr von seiner enormen Größe im wirklichen Leben, dass Raid immer darüber lachen musste.

Er liebte es auch, neue Charaktere zu erschaffen, wenn er sich langweilte. Seine neueste Kreation war eine Druidin, die sich in jede Art von Tier verwandeln konnte, um an Bjorns Seite zu kämpfen. Er hatte sie Anise genannt, und sie war sehr mächtig. Es war eine Ironie des Schicksals, dass die neue Figur so gut mit Tieren umgehen konnte wie sie … und dass sie Khloe verdammt ähnlich sah.

Er hätte schwören können, dass er das nicht geplant hatte, als er sich die Druidin ausgedacht hatte, und dass es Zufall war, dass sie eine solche Affinität zu Tieren hatte und die echte Khloe sich als Tierärztin herausstellte.

Normalerweise konnte Raid sich in der Welt der Magie und Fantasy verlieren. Es war eine Möglichkeit, um zu vergessen, was ihm in der Vergangenheit widerfahren war, und um für eine Weile ein eigenständiges, mächtiges Wesen zu sein. Jede Woche spielte er mit etwa sieben Leuten. Manchmal konnten nur vier von ihnen mitmachen, aber sie schafften es immer irgendwie. Raid zog es vor, nicht der Spielleiter zu sein, aber er hatte schon viele Szenarien geschrieben, für den Fall, dass er an der Reihe war.

Im Moment hatten er und seine Freunde gerade eine lange und aufwendige Kampagne beendet, und anstatt gleich in die nächste einzusteigen, spielten sie eine Reihe von Einzelszenen, um dem Spielleiter Zeit zu geben, eine neue Aufgabe vorzubereiten. Einer seiner Freunde erklärte gerade eine Situation und er musste aufpassen, dass er nicht getötet wurde. Es wäre doch blöd, wenn er so viel Zeit und Energie in den Aufbau seines Bjorn-Charakters gesteckt hätte, nur um dann getötet zu werden, weil er sich immer wieder wünschte, in Khloes kleiner Wohnung zu sitzen und eine Kochsendung zu sehen.

»Ihr wandert durch Grasland, das sich kilometerweit in alle Richtungen erstreckt, und überall, wo ihr hinseht, steht kniehohes Gras ... außer bei dir, Bjorn, da geht dir das Gras bis zur Brust, weil du so klein bist. Das Land ist teilweise besiedelt, mit kleinen Bauernhöfen hier und da. Die Gnolle greifen jedoch die Höfe an, und die Zivilisten sind besorgt. Eure Gruppe stößt auf eine Schlacht. Tote Menschen und Gnolle liegen in der Gegend herum. Raben kreisen kreischend über euren Köpfen und Hyänen laben sich an den Kadavern. Ihr stoßt auf eine gerade stattgefundene Schlacht und die Geräusche anderer Aasfresser sind über dem Stöhnen der Sterbenden zu hören, sowohl von Tieren als auch von Humanoiden. Würfelt alle.«

Raid würfelte und alle lasen ihre Zahlen ab. Was als Nächstes geschah, hing davon ab, was jeder gewürfelt hatte.

»Da ist ein sterbender Mensch, der euch matt zuwinkt«, erklärte der Spielleiter. »Was tut ihr?«

Für Raiden war das einfach. Sein Charakter Bjorn war ein Lebenskleriker, das heißt, er konnte den verletzten Soldaten leicht mit einem Zauber heilen. Das tat er, und der Mann erklärte ihm, dass er für die Armee verantwortlich sei, die derzeit völlig zerstört um sie herum liege. Der Mann erzählte weiter, dass die Gnolle ohne Provokation angegriffen hätten und dass sich alle Hyänen in Gnolle verwandelten, nachdem sie sich an den Toten gütlich getan hatten. Er bat um Hilfe in der ganzen Situation.

Raid lächelte. Eines der Dinge, die er an D&D liebte, war der Zusammenhang zwischen Ursache und Wirkung von allem. Es erforderte kritisches Denken. Es ging nicht nur darum, zu Punkt A zu gelangen und von dort aus weiterzumachen. Ein guter Spielleiter hatte tausend verschiedene Szenarien parat und konnte sich sogar spontan eine Handlung ausdenken, um das Spiel interessant zu halten und weiterzuführen.

Seine Gruppe könnte zum Beispiel dem Mann am Boden helfen, aber das würde die Hyänen aufregen, wenn sie es mitbekämen. Die Gnolle hatten offensichtlich einen Plan, also war es äußerst wichtig herauszufinden, was sie vorhatten. Raid war sich mehr als sicher, dass es in der Nähe ein großes Lager der Gnolle gab, das sie infiltrieren mussten. Wahrscheinlich wurde es auch von den Hyänen bewacht. Dieses einmalige Szenario würde eine Herausforderung sein, und das war genau das, was er jetzt brauchte ... wenn er sich nur konzentrieren könnte.

Raid hörte zu, wie seine Online-Freunde – Männer, die er nie persönlich kennengelernt hatte, mit denen er sich aber auf der Suche nach einer neuen D&D-Gruppe angefreundet hatte – mit dem Spielleiter hin und her diskutierten, während sie ihr Bestes taten, um den Menschen davon zu überzeugen, ihnen zu vertrauen und ihnen seine Geheimnisse zu verraten.

Doch dann erregte ein Geräusch seine Aufmerksamkeit, und Raid drehte sich um ...

... und blickte direkt in Khloes Augen.

Einen Moment lang war er verwirrt. Sie sollte doch gar nicht hier sein. Sie sollte in ihrer Wohnung sein und mit Caryn und Drew Filme ansehen. Verdammt, sie sollte nicht einmal von seinem Keller wissen.

Aber da saß sie auf der Treppe und beobachtete ihn mit einem kleinen Lächeln auf dem Gesicht.

Raid sprang von seinem Platz am Schreibtisch auf und ging auf sie zu, während Panik in ihm aufstieg. »Ist alles in Ordnung mit dir? Was ist denn los?«

»Mir geht's gut. Nichts ist los«, erwiderte sie ruhig.

Es war diese Ruhe, die sich in seinem Kopf bemerkbar machte, und Raid blieb ein paar Meter von ihr entfernt stehen und runzelte die Stirn. »Was machst du hier?«

Khloe zuckte mit den Schultern. »Ich habe versucht, mir eine Ausrede auszudenken, aber mir ist nichts Glaubhaftes eingefallen. Ehrlich gesagt war ich einfach neugierig, was du heute Abend vorhast. Ich hatte alle möglichen verrückten Ideen im Kopf, aber ich wäre nie auf die Idee gekommen, dass du D&D spielst.«

»Wie bist du reingekommen?«, fragte Raid und versuchte, in diesem Moment nicht vor Verlegenheit im Erdboden zu versinken. Es war nicht so, dass D&D etwas war, wofür man sich schämen musste. Schließlich war es ja nicht so, als würde er trinken und rumstänkern. Aber in der

Highschool, auf dem College und sogar während seiner Zeit bei der Küstenwache war er oft genug verspottet worden, sodass er es sich nicht zur Gewohnheit machte, darüber zu reden, was er in seiner Freizeit machte.

»Die Hintertür war nicht verschlossen. Das ist gefährlich, Raid. Da solltest du vorsichtiger sein.«

»Verdammt. Du hast ja recht. Ich war spät dran und Duke wollte noch einmal rausgehen, bevor wir runtergingen. Ich habe wohl vergessen abzuschließen.«

Khloe schenkte ihm wieder ein kleines Lächeln. »Du bist also ein Experte für D&D, was?«, fragte sie und deutete auf seinen Computer.

Raid nickte. Seine Muskeln waren angespannt, als er auf einen bissigen Kommentar wartete.

»Bringst du mir bei, wie man spielt?«

Er starrte sie einen Moment lang verwirrt an. »Was?«

»Ich meine, wenn du nicht willst, ist das okay. Ich bin mir sicher, dass es lästig ist, jemandem alles beizubringen, wenn er keine Ahnung hat, was er da tut.«

»Nein!«, rief er und begann langsam, sich etwas zu entspannen. »Ich mache das gern ... wenn du dir sicher bist.«

»Raid, es ist offensichtlich, dass du das Spiel genießt. Und manchmal habe ich das Gefühl, dass ich dich gar nicht richtig kenne. Wenn ich etwas über das Spiel lerne, kann ich *dich* vielleicht ein bisschen besser verstehen.«

Er lachte. »Da bin ich mir nicht so sicher.«

»Soll ich dich Bjorn nennen, wie der Typ auf dem Computer?«, neckte sie und erhob sich von der Treppe.

»Nur wenn ich dich Anise nennen darf.«

Sie erwiderte sein Lächeln. »Anise? Das gefällt mir. Ist das noch eine Figur aus dem Spiel?«

Raid nickte, als sie auf ihn zukam. »Sie hilft meinem Charakter. Ich habe sie erschaffen.«

»Ist sie cool?«

Völlig ernsthaft sagte Raid: »Supercool.«

»Fantastisch.«

Er fühlte sich wie in der Twilight Zone – noch nie hatte eine Frau, zu der er sich hingezogen fühlte, auch nur das geringste Interesse an dem Fantasy-Spiel gezeigt. Er schnappte sich einen weiteren Stuhl und zog ihn an den Schreibtisch vor dem Computerbildschirm.

Er stellte Khloe seinen Freunden aus der Ferne vor und während sie weiterspielten, schaltete er sein Mikrofon stumm und tat sein Bestes, um ihr die Grundlagen des Spiels zu erklären. Er zeigte ihr den Würfelkasten und erklärte ihr, wofür die Würfel da waren und wie sie funktionierten.

Als er wieder an der Reihe war, spürte er Khloes Blick auf sich gerichtet, als er die Würfel warf, die die Entscheidungen für seinen und ihren Charakter trafen, was als Nächstes zu tun war. Der Spielleiter teilte ihm mit, dass in der Ferne acht wilde Pferde zu sein schienen, als sie auf die Festung zusteuerten, von der der sterbende Mensch ihnen erzählt hatte.

Raid beschloss, Anises Kräfte zu nutzen, um sich mit den Pferden anzufreunden. Es gelang ihm nur teilweise, aber eines der Pferde erlaubte Anise aufzusitzen.

Als der Nächste an der Reihe war, schaltete Raid sein Mikrofon wieder stumm und wandte sich an Khloe.

»Das gefällt mir«, erklärte sie mit einem Grinsen. »Hat der Spielleiter jede kleine Entscheidung schon vorgeplant?«

»Im Großen und Ganzen. Er hat die Hauptideen, aber die Würfel und die Art, wie die Charaktere handeln, entscheiden darüber, wie sie an bestimmte Orte gelangen oder ob sie den vom Spielleiter festgelegten Handlungspunkten folgen. Alles, was vom Drehbuch abweicht, denkt er sich spontan aus.«

»Es ist, als würde man ein Problem lösen und gleichzeitig eines dieser interaktiven Bücher lesen, bei denen man selbst entscheiden muss, wie es weitergeht.«

Raid grinste. »Genau.«

»Okay, cool ... und jetzt sei still, damit wir hören können, was passiert.«

Die nächsten drei Stunden vergingen erstaunlich schnell. Mit der Zeit wurde Khloe immer besser in dem Spiel. Ihre Ideen und Vorschläge waren genau richtig und die meisten davon hätte Raid auch gemacht, wenn sie nicht dabei gewesen wäre. Sie schien begeistert davon zu sein, ihren eigenen Charakter zu haben, und fand es toll, dass sie mit den Tieren im Spiel reden und sie steuern konnte.

Gegen zwei Uhr morgens war das Spiel zu Ende und die Jungs beschlossen, für heute Schluss zu machen. Sie hatten Khloe sehr freundlich empfangen und alle sagten, dass sie hofften, sie in Zukunft bei einem Spiel zu sehen.

Als die Kamera aus war, wandte Khloe sich an Raid. »Du machst das also jeden Freitagabend?«

Er zuckte mit den Schultern. »Wir versuchen es. Manchmal klappt es nicht, denn das Schwierigste beim Spielen ist, alle gleichzeitig online zu bekommen.«

»Ich finde das cool. Und es macht Spaß«, bemerkte sie und Raiden verliebte sich noch mehr in sie.

Er hätte sie nie für einen D&D-Fan gehalten. Zugegeben, er hatte sein Bestes getan, um sie im letzten Jahr nicht wirklich kennenzulernen ... und jetzt ärgerte er sich darüber. Er hatte so viel Zeit vergeudet. Natürlich wäre sie vor ein paar Monaten vielleicht noch gar nicht in der Lage gewesen, seine Freundin zu sein.

Gerade als er den Mund öffnete, um zu sagen, dass es spät geworden sei, und sie zu fragen, ob sie im Gästezimmer übernachten wolle, gähnte sie herzhaft.

»Ich bin erschöpft«, bemerkte sie ... aber sie sah ihm nicht in die Augen. »Kann ich vielleicht hier schlafen?«

Das war genau das, was Raid wollte, aber die Art und Weise, wie sie fragte, war ein bisschen seltsam. Normalerweise zögerte sie nicht, ihre Meinung zu sagen. Sie begegnete seinem Blick immer direkt, so als würde sie ihn herausfordern, ihr zu widersprechen. Aber in diesem Moment spielte sie mit einem der Würfel aus der Schachtel und schaute überall hin, nur nicht zu ihm.

»Natürlich kannst du bleiben«, erklärte er ihr.

Sie war erleichtert und die Anspannung schien von ihr abzufallen. Raid konnte nicht glauben, dass sie erwartet hatte, er würde Nein sagen oder sie nach Hause schicken. Offensichtlich hatte sie etwas auf dem Herzen und er wollte – nein, er musste – wissen, was es war.

»Was ist los?«, fragte er.

»Nichts ist los«, erwiderte sie ein bisschen zu fröhlich.

»Sieh mich an, Khloe«, bat Raid mit Nachdruck.

Sie seufzte, dann drehte sie sich in seine Richtung.

»Rede mit mir«, forderte er sie auf. »Die Khloe, die ich in letzter Zeit kennengelernt habe, würde nicht darum bitten zu bleiben. Sie würde mir *sagen*, dass sie bleiben muss, weil ich sie zu lange wach gehalten habe. Sie würde nicht ängstlich fragen.«

»Ich ... ich ... Jason hat auf mich gewartet, als ich meine Wohnung verlassen habe«, sagte sie so schnell, dass alle Worte ineinander übergingen.

»Was?«

Sie seufzte. »Ja. Als ich meine Wohnung verlassen habe, war er auf dem Parkplatz. Ich bin herumgefahren und habe ihn schließlich abgehängt, bevor ich hierherkam, aber ich habe Angst, jetzt mitten in der Nacht zurückzukehren. Aber morgen früh kann ich dich ja wieder in Ruhe lassen.«

Raid dachte nicht nach, er handelte einfach. Er legte ihr

eine Hand in den Nacken und hielt sie mit der anderen an ihrem Oberschenkel fest. »Erstens bin ich sauer, dass du mir das nicht gleich gesagt hast, als du hierhergekommen bist. Zweitens würde ich dich auf gar keinen Fall gehen lassen, nachdem du mir das gesagt hast. Und drittens, dieser Mistkerl wird dir nicht wehtun, Khloe. Ich werde es nicht zulassen.«

Anstatt sauer zu sein, dass er sie so begrapscht hatte, schien sie mit ihm zu verschmelzen. Sie legte eine Hand über seine auf ihren Oberschenkel. »Zulassen?«, neckte sie ihn. »Wie willst du ihn denn aufhalten?«

»Tagsüber wirst du immer jemanden an deiner Seite haben. Wenn nicht mich, dann einen der anderen Jungs. Notfalls geht auch eine der anderen Frauen. Und du wirst nicht mehr allein in deiner Wohnung schlafen. Wenn du nicht hierbleiben willst, dann komme ich zu dir nach Hause. Irgendwann werden sie schon kapieren, dass du tabu bist. Wenn sie das nicht tun, muss ich sie vom Gegenteil überzeugen.«

»Raid, wenn du meinetwegen verletzt wirst, werde ich ...«

»Ich werde nicht verletzt werden. Und nichts von dem, was hier los ist, ist deine Schuld. *Nichts.* Verstanden?«

Er war anmaßend, und Raid wusste das. Aber dies war wichtig.

Sie starrte ihn einen Moment lang an, bevor sie ihr Kinn senkte.

»Wo steht dein Wagen?«

»Ich habe hinter deiner Garage geparkt. Ich wollte nicht, dass sie es von der Straße aus sehen können.«

»Gut.« Raid stand auf und ließ seine Hände nur widerwillig von ihr. »Komm, wir bringen dich ins Bett. Duke, wach auf, du Faulpelz ... wir gehen nach oben.«

Der Bluthund hob den Kopf, grunzte, als wollte er sich

darüber beschweren, dass er geweckt worden war, dann stand er widerwillig auf und trottete ihnen hinterher.

Raid legte seine Hand auf Khloes Rücken, als sie die Kellertreppe hinaufgingen. Er schloss die Tür hinter ihnen und sagte: »Ich lasse Duke raus, und du kannst dich schon mal fertig machen. Du weißt ja, wo alles ist. Ich kann dir ein T-Shirt zum Schlafen bringen, wenn du willst.«

»Ja bitte«, entgegnete sie leise.

Raid drehte sich um und ging zur Hintertür, bevor er etwas Verrücktes tat, wie Khloe einzuladen, in seinem Bett zu schlafen. Er war nicht gut, was diesen Teil von Beziehungen betraf. Er hatte keine Ahnung, wie er Khloe wissen lassen sollte, was er wollte. Er war sich nicht einmal sicher, ob sie an ihm genauso interessiert war wie er an ihr. Es war frustrierend.

Als Duke den perfekten Ort zum Pinkeln gefunden hatte, waren schon fast zehn Minuten vergangen. Raid achtete darauf, dass die Tür diesmal verschlossen war, und ging in den Flur. Er schnappte sich ein T-Shirt aus seiner Schublade und ging zum Gästezimmer. Er klopfte an die Tür und hörte Khloes Stimme von drinnen.

Sie saß auf der Bettkante und wartete offensichtlich auf ihn.

»Tut mir leid, dass es so lange gedauert hat, Duke musste an hundert Stellen schnüffeln, bevor er die perfekte Stelle zum Pinkeln gefunden hatte. Ich habe dir ein T-Shirt mitgebracht.«

Er streckte es ihr entgegen. »Danke.«

Raid legte den Kopf schief und starrte sie an. »Alles in Ordnung?«

»Ja. Ich bin nur müde«, erwiderte sie achselzuckend.

Raid glaubte ihr nicht. Er wollte ihr sagen, dass sie ihm vertrauen und mit ihm reden kann. Aber sie wirkte … abwesend. In Gedanken versunken. Also lächelte er und ging zurück zur Tür. »Du bist hier sicher, Khloe«, erklärte er.

»Ich weiß. Danke.«

Das war so endgültig, wie es nur sein konnte. Raid verließ den Raum und schloss die Tür hinter sich. Vor lauter Frust hätte er am liebsten den Kopf gegen die Wand geschlagen. Es lief so gut, als sie D&D zusammen gespielt hatten ... zumindest hatte er das gedacht. Vielleicht hatte er die Situation falsch eingeschätzt, wie er es normalerweise tat, wenn er mit einer Frau zusammen war.

Seufzend stapfte er in sein Zimmer, ließ die Tür ein paar Zentimeter offen, damit er Khloe hören konnte, falls sie im Laufe der Nacht noch etwas brauchte, und machte sich bettfertig.

Khloe bemühte sich, ihre Emotionen unter Kontrolle zu bringen ... vergeblich. Sie war frustriert, dass Raid nicht einmal *versucht* hatte, sich an sie heranzumachen. Sie hatte das Gefühl seiner Hände an ihrem Körper genossen. Er war so befehlshaberisch und herrisch gewesen ... und all ihre mädchenhaften Anteile waren aufgewacht und hatten reagiert. Aber dann hatte er sich zurückgezogen und nichts Anzügliches getan, ihr nicht einmal einen Gutenachtkuss gegeben.

Jetzt, allein im Gästezimmer, konnte sie nicht schlafen.

Außerdem verkrampfte sie sich jedes Mal, wenn sie ein vorbeifahrendes Fahrzeug auf der Straße am Ende der Einfahrt hörte. Raid wohnte nicht gerade an der Hauptstraße, also dachte sie jedes Mal, dass es vielleicht Jason oder Scott war, der Ärger machen wollte.

Nach einer Stunde hatte sie genug. Wenn sie hier allein lag, würde sie nie einschlafen können. Wirklich sicher fühlte sie sich nur, wenn sie mit Raid zusammen war. Feministinnen auf der ganzen Welt, ob tot oder lebendig, würden sich im Grab umdrehen oder den Kopf über sie schütteln, aber Khloe war das egal. Sie war eine unabhängige Frau, die durchaus in der Lage war, den Rasen zu mähen, ihre Rechnungen zu bezahlen und sich selbst zu ernähren und zu kleiden. Aber sie war den Mathers nicht gewachsen – oder ihrer Fantasie, wie es schien.

Khloe schlug die Bettdecke zurück und machte sich auf den Weg zur Tür. Sie dachte nicht darüber nach, was sie tun wollte, sie tat es einfach.

Auf Zehenspitzen schlich sie durch den Flur zu Raids Zimmer und stieß die Tür auf. Die Scharniere knarrten obszön laut in der Stille der Nacht und sie zuckte zusammen.

»Khloe? Bist du das?«, fragte Raid.

»Ich wollte dich nicht aufwecken«, entschuldigte sie sich.

»Hast du auch nicht. Ich bin wach. Was ist los?«

Khloe erschauderte wieder über den gebieterischen Ton in seiner Stimme. Mann, sie war ganz vernarrt in Raiden, wenn er ihr gegenüber den Alpha markierte. Ohne etwas zu erwidern, schloss sie die Tür hinter sich und ging zu seinem großen Doppelbett. Sie hob die Decke an und schlüpfte darunter.

Dann hielt sie den Atem an und betete, dass er sie nicht rausschmeißen würde.

»Khloe?«, fragte er erneut, diesmal in einem sanfteren, leicht verwirrten Ton.

»Ich kann nicht schlafen. Ich sehe den Kühlergrill von Alans Wagen direkt auf mich zukommen und mein Bein pocht. Und jedes Mal, wenn ich ein Fahrzeug vorbeifahren höre, frage ich mich, ob es sein Bruder ist. Kann ich hier drin schlafen?«

Raids Antwort war alles, was Khloe sich wünschte, und noch mehr. Er griff nach ihr und zog sie quer über das Bett. Er drehte sie auf die Seite und kuschelte sich dann hinter sie. Khloe war vollständig von Raids großem harten und warmen Körper umgeben.

Sie rutschte sofort nach hinten, um sich bei ihm einzukuscheln. »Ich nehme an, das bedeutet, dass ich bleiben kann«, bemerkte sie trocken.

»Du kannst bleiben«, sagte Raid mit einer tiefen, rauen Stimme.

Er legte einen seiner Arme um ihre Taille und den anderen schob er unter ihren Kopf, sodass sie seinen Bizeps als Kopfkissen hatte. Sein männlicher Duft umhüllte sie, und sie konnte die Haare seiner Beine auf ihrer nackten Haut spüren. Er trug ein T-Shirt, genau wie sie, und trotzdem fühlte es sich sehr intim an, hier mit ihm zu liegen.

»Ich habe es dir schon einmal gesagt und ich sage es dir noch mal: Solange ich in der Nähe bin, wird dir niemand etwas anhaben können. Und bis diese Idioten weg sind, werde ich definitiv auf dich aufpassen«, schwor er.

»Okay«, flüsterte sie.

Sie spürte mehr als sie hörte, wie sein Lachen durch seine Brust dröhnte. »Du wirst dich nicht mit mir anlegen? Mir sagen, dass du sehr wohl in der Lage bist, auf dich selbst aufzupassen?«

Aber Khloe lachte nicht. »Das ist offensichtlich nicht der Fall, wenn man bedenkt, was mit mir passiert ist.«

»Das ist passiert, weil er ein verdammter Feigling ist«, erwiderte Raid. »Niemand, der auch nur einen Funken Anstand hat, würde das tun, was dieser Mistkerl getan hat. Wenn du geahnt hättest, dass er ein Psychopath ist, hättest du ganz anders gehandelt. Mach dir keine Vorwürfe, weil du dich hast überrumpeln lassen. In Zukunft wirst du dich nicht mehr so leicht überlisten lassen.«

Damit hatte er nicht unrecht.

»Raid?«

»Ja?«

»Danke, dass du nicht sauer bist, dass ich deinen D&D-Abend gestört habe. Und danke, dass du etwas mit mir teilst, was du offensichtlich gern tust.«

Er schwieg so lange, dass Khloe schon befürchtete, er würde gar nicht mehr antworten. Als er es dann doch tat, war sie sprachlos.

»Du bist der erste Mensch, der mich nicht wie einen Freak behandelt, weil ich Spaß an dem habe, was ich tue. Ich habe mich so sehr daran gewöhnt, diesen Teil von mir geheim zu halten, dass ich gar nicht auf die Idee gekommen bin, dir einfach zu sagen, was meine Pläne sind.«

»Das ist okay. Und du bist kein Freak«, entgegnete Khloe mit Nachdruck. »Ich hatte Spaß und wenn sich in Zukunft jemand über dich lustig macht, weil du D&D magst, sag mir Bescheid und ich knöpfe mir denjenigen mal vor.«

»Alles klar ... das werde ich tun«, erwiderte er mit einem weiteren Lachen.

»Raid?«

»Ich dachte, du bist zum Schlafen hier«, stichelte er. »Wenn du die ganze Nacht redest, sind wir morgen zu müde zum Wandern.«

»Ja, aber ich bin ein Nachtmensch ... und wenn ich diese Notfallpraxis eröffnen will, muss ich mich sowieso daran gewöhnen, die ganze Nacht aufzubleiben. Aber ich will nur eines sagen. Ich weiß nicht, mit was für Frauen du in der Vergangenheit zusammen warst, aber ich mag dich so, wie du bist. Die meiste Zeit ruhig und in dich gekehrt, gelegentlich nerdig, aber dominant und Alpha, wenn du es sein musst.«

Er schlang den Arm fester um sie, und sie fuhr fort, bevor sie kneifen konnte.

»Ich weiß, dass die Dinge sich in letzter Zeit sehr schnell geändert haben, aber ... ich wäre nicht hier, in deinem Bett, in deinen Armen, wenn ich nicht wollte, dass wir mehr als nur Freunde sind.«

Ihr Herz schlug ihr bis zum Hals, und Khloe hatte keine Ahnung, was Raid dachte. Ob er ausflippte, weil sie die Situation falsch eingeschätzt hatte? Überlegte er, wie er ihr sagen sollte, dass er nichts anderes wollte, als sie zu beschützen? Dass Freundschaft alles war, was er ihr bieten konnte?

»Ich würde nicht in diesem Bett liegen, so nahe bei dir schlafen und dich berühren, wenn *ich* nicht wollte, dass wir mehr als Freunde sind«, erklärte er, nachdem eine lange, quälende Minute vergangen war.

Mehr brauchte Khloe nicht zu hören.

Sie seufzte und führte die Hand, die auf ihrer Taille ruhte, zu ihren Lippen, küsste die Handfläche und schloss schließlich die Augen.

KAPITEL ZWÖLF

Raid spürte den Moment, in dem Khloes Körper nachgab und sie in einen tiefen Schlaf fiel. Er war nicht müde, nicht mehr. Wie könnte er das auch sein nach Khloes Worten?

Er fühlte sich, als sei sie ein Wunder. Sein Wunder. Er war durch die Hölle gegangen und doch war sie hier. Es machte ihr nichts aus, dass er ein Nerd war, und sie wollte mehr als nur Freunde sein. Er konnte die Frauen, mit denen er intim gewesen war, an einer Hand abzählen, und keine dieser Begegnungen war mit dem Gefühl zu vergleichen, Khloe in seinen Armen zu halten.

Sie hatten sich monatelang auf diesen Moment vorbereitet. Er spürte die Anziehungskraft zwischen ihnen schon eine ganze Weile, hatte aber bisher nichts deswegen unternommen. Er bereute es, dass sie erst in Gefahr kommen und Duke in Lebensgefahr schweben musste, damit er endlich in die Gänge gekommen war. Er wollte alles in seiner Macht Stehende tun, um für Khloe ein guter Mann zu sein.

Es war gut, dass sie seine Nerdigkeit und seine Dickköpfigkeit mochte, denn er wusste nicht, wie er sonst sein sollte.

Er dachte nicht daran, sich ihr gegenüber wie ein Alpha zu verhalten, er tat einfach, was sich richtig anfühlte.

Nachdem Raid es endlich geschafft hatte einzuschlafen, schlief er nicht gut. Erstens war er es nicht gewohnt, jemand anderen im Bett zu haben. Und zweitens war er ständig erregt. Ihre Worte hallten immer wieder in seinem Kopf nach, sogar in seinen Träumen.

Sie mochte ihn.

Sie wollte mehr als nur Freunde sein.

Sie fühlte sich bei ihm sicher.

Als Duke am nächsten Morgen aufwachte, war Raid bereits wach.

Widerwillig schlüpfte er aus dem Bett und führte Duke zur Hintertür, damit er sein Geschäft erledigen konnte. Da er sich träge fühlte und wusste, dass sie nichts anderes vorhatten, als eine Wanderung zu machen, ging Raid ins Gästebad, um Khloe nicht zu wecken, erledigte sein Geschäft und putzte sich dann die Zähne. Er wollte auf keinen Fall, dass Khloe sich von seinem morgendlichen Mundgeruch abgestoßen fühlte.

Als er in sein Zimmer zurückkehrte, saß Khloe bereits lächelnd im Bett.

»Ich wollte dich nicht wecken«, erklärte er ihr leise.

»Ist schon okay, ich habe einen leichten Schlaf«, bemerkte sie.

Raid hätte am liebsten die Augen verdreht. Nach *seinen* Beobachtungen hatte sie keineswegs einen leichten Schlaf. Sie schlief wie ein Murmeltier und bewegte sich die ganze Nacht kaum. Er hatte vorgehabt, wieder unter die Decke zu schlüpfen und sie noch etwas länger im Arm zu halten, bevor sie in den Tag starteten, aber jetzt, da sie wach war, fühlte er sich unbeholfen und war unsicher, was er tun sollte.

Er stand in Boxershorts und T-Shirt in der Mitte seines

Zimmers und versuchte verzweifelt, sich etwas einfallen zu lassen.

»Komm her, Raiden«, sagte Khloe und klopfte auf die Matratze neben sich.

Er bewegte sich, ohne nachzudenken. Er setzte sich auf das Bett, rutschte zu ihr und lehnte sich gegen das Kopfteil. Zu seiner Überraschung drehte sie sich um, warf ein Bein über seine Oberschenkel und setzte sich auf ihn.

Wie von selbst ließ er seine Hände um ihre Taille gleiten, um sie zu stützen. »Khloe?«

»Hast du das gestern Abend ernst gemeint? Oder hast du mir nur das erzählt, von dem du dachtest, dass ich es hören will?«, fragte sie und sah ihm in die Augen.

»Ähm ... welchen Teil?«, fragte er.

»Den Teil, dass du mich magst und mehr als nur Freunde sein willst«, entgegnete sie ruhig.

»Das war mein voller Ernst«, erklärte er.

Dann überraschte Khloe ihn mit einem Lächeln und griff nach dem Saum ihres T-Shirts. Bevor er etwas sagen oder tun konnte, hatte sie es sich über den Kopf gezogen und er starrte auf das perfekteste Paar Brüste, das er je in seinem Leben gesehen hatte.

Raid war buchstäblich sprachlos. Er konnte nicht denken. Konnte nicht sprechen. Er konnte nichts weiter tun, als sich an ihrer Taille festzuhalten und zu versuchen, nicht auf der Stelle zum Orgasmus zu kommen.

»Gut. Denn ich habe es auch ernst gemeint«, entgegnete Khloe grinsend. »Und ich denke, wenn ich nicht den ersten Schritt mache, werden wir vielleicht noch lange umeinander herumtanzen. Ich hoffe, das ist in Ordnung.«

Sie hatte nicht unrecht. Raid hätte wahrscheinlich sehr lange gebraucht, um den Mut aufzubringen, sie wieder zu küssen. Und das hier? Es war ein wahr gewordener Traum.

Ohne etwas zu sagen, legte er eine Hand zwischen ihre

Schulterblätter und griff mit der anderen nach einer ihrer prallen Brüste. Er hielt sie fest, dann beugte er sich vor und umschloss mit seinen Lippen die harte Brustwarze, die förmlich um seine Berührung bettelte.

Khloe stöhnte und sie ließ den Kopf in den Nacken fallen, während er sie liebkoste. Er spürte, wie sie ihre Finger in seinem kurzen Haar vergrub, während sie ihn an ihre Brust drückte.

Sie wand sich auf seinem Schoß, aber Raid drückte sie fester an sich und hielt sie still, während er sich eine seiner Fantasien erfüllte. Er wechselte zur anderen Brust und schenkte ihr die gleiche Aufmerksamkeit. Es vergingen einige Minuten, bis er die Willenskraft fand, sich zurückzuziehen und sein Werk zu betrachten. Ihre Brustwarzen waren harte kleine Spitzen auf ihrer Brust und sie atmete schwer. Ihr Dekolleté war rot und fleckig vor Verlangen, und er musste sich beherrschen, um sie nicht zurück aufs Bett zu werfen und ihr die Unterwäsche vom Leib zu reißen.

Er sah ihr zum ersten Mal in die Augen und schmolz fast dahin bei dem, was er dort sah. Freude. Lust. Humor. Und Verlangen.

»Ich schätze, du hattest also nichts dagegen«, scherzte sie.

Raid lächelte. Er hatte noch nie beim Sex gelacht. Es fühlte sich gut an. Wirklich verdammt gut.

»Wenn du dich vor mir ausziehen willst, kannst du das jederzeit tun«, erklärte er ihr.

»Ich glaube, einer von uns beiden hat noch zu viel an«, bemerkte sie, fuhr mit ihren Händen unter sein T-Shirt und streifte mit ihren Fingernägeln über seine Brust, wobei sie seine Brustwarzen liebkoste.

Raid war zwei Sekunden davon entfernt zu explodieren, nur weil er ihre Finger an seinem Körper spürte. Er wusste, dass er die Situation unter Kontrolle bringen musste, bevor er sich blamierte, und bewegte sich.

Er hob Khloe von seinem Schoß, als wöge sie nichts, und ließ sie mit dem Rücken auf die Matratze fallen, sodass ihr Kopf zum Fußende des Bettes zeigte. Dann setzte er sich auf ihre Hüften und hielt sie dort, wo er sie haben wollte, während er sein eigenes Hemd auszog.

Mit ihren Händen fuhr sie an seinen Schenkeln auf und ab, während er mit sich selbst beschäftigt war, und er atmete scharf ein, als sie, ohne zu zögern, seinen Schwanz durch seine Boxershorts streichelte.

»Du meine Güte, Raid ... der ist ja riesig.«

Er stieß ihre Hand weg – nicht weil er ihre Berührung nicht mochte, sondern weil es im Moment zu viel war –, beugte sich über sie und lächelte.

»Man sagt, wie die Füße eines Mannes sind, so ist auch sein Johannes«, neckte sie ihn.

Er zuckte mit den Schultern. »Ich vergleiche zwar nicht den Schwanz eines Mannes mit seinen Füßen, aber ich habe gehört, dass der Schwanz eines Mannes ungefähr so groß ist wie sein Handgelenk.« Er hielt seinen Arm vor Khloe hoch.

Ihre Augen weiteten sich so, dass es fast komisch war, als sie eine Hand hob und ihre Finger um sein Handgelenk schlang. Oder es zumindest versuchte. Die Finger berührten sich nicht und sie hauchte: »Oh mein Gott.«

»Ich werde dir nicht wehtun«, erklärte Raid und sein Lächeln erlosch.

»Ich weiß, dass du das nicht wirst«, antwortete Khloe, ohne zu zögern. Dann wölbte sie den Rücken unter ihm. »Du hast mich noch nicht geküsst«, entgegnete sie mit einem Schmollmund.

»Habe ich doch«, konterte Raid und schnippte an einer ihrer harten Brustwarzen. »Und es hat dir gefallen.«

»Küss mich, Raiden«, befahl Khloe, hob eine Hand und tat ihr Bestes, um seinen Kopf auf den ihren zu drücken.

Da ihm nichts einfiel, was er lieber tun wollte, gehorchte Raid. Er drückte seine Lippen sanft auf die ihren. Einmal. Zweimal. Als sie tief in ihrer Kehle aufstöhnte, war Raid mit dem Geplänkel fertig.

Er presste seine Lippen auf die ihren und sie öffnete sich sofort für ihn. Der Kuss war lang, tief und der sinnlichste Kuss, den er je erlebt hatte. Khloe gab ihm alles, was sie hatte, und erwiderte den Kuss sofort. Als er sich zurückzog, atmeten sie beide schwer.

Dann, ohne zu zögern, machte Raid weiter. Er leckte sich ihren Körper hinunter und verbrachte viel Zeit mit den Brüsten, mit denen er sich bereits vertraut gemacht hatte.

Er lernte, dass sie es mochte, wenn er mit ihren Brustwarzen etwas heftiger umging. Als er hart an der einen saugte und die andere zwickte, stöhnte sie unter ihm. Wie lange er sich mit ihren Brüsten beschäftigte, wusste Raid nicht. Erst als er merkte, dass Khloe ihn anflehte und versuchte, ihn nach unten zu drücken, gab er nach.

Um sich diesen Moment für immer einzuprägen, küsste Raid die Vorderseite ihrer Baumwollunterwäsche. Er konnte ihr Verlangen riechen und einen feuchten Fleck auf dem Stoff sehen. Raid atmete schwer und leckte sich voller Vorfreude über die Lippen.

Khloe hob die Hüften, um ihm zu helfen, als er seine Finger unter den Stoff schob und begann, ihn über ihre Beine zu ziehen. Es gab einen unangenehmen Moment, als sie ihm ein Knie ans Kinn schlug, aber Raid spürte nicht einmal den Schmerz. Ihr Lachen erinnerte ihn daran, dass dies etwas ganz anderes war als jedes vorherige Mal, wenn er mit einer Frau im Bett gewesen war.

In der Vergangenheit war er nervös und machte sich ständig Gedanken darüber, was er tat. Wo er seine Hände hintun sollte. Ob sie wollte, dass er weitermacht oder aufhört. Aber bei Khloe schien alles ganz natürlich.

Als er endlich vor ihrer Muschi saß, starrte Raid sie einfach nur an. Sie war perfekt. Ihr Schamhaar war gestutzt, was verdammt sexy war. Er fuhr mit einem Finger über ihren Venushügel und genoss es, wie ihre Hüften sich ermutigend hoben.

Raid senkte den Kopf und küsste die Innenseite ihres Oberschenkels, wobei er darauf achtete, mit dem Bart über die empfindliche Haut zu streichen. Als Antwort darauf stöhnte Khloe auf.

»Bitte, Raid.«

»Bitte was?«, fragte er.

»Saug an meiner Klitoris«, sagte sie, ohne zu zögern.

Khloes Fähigkeit, um das zu bitten, was sie wollte, erregte ihn sehr. Raid ließ den Kopf sinken und tat, was sie verlangte. Seine Lippen schlossen sich um ihre Klitoris und er saugte. Heftig.

»Oh mein Gott!«, rief Khloe aus, als ihre Hüften nach oben schnellten.

Lachend hob Raid eine Hand und legte sie auf ihren Bauch. Seine Hand wirkte riesig auf ihr. Er hielt sie fest, während er erneut ihre Lustknospe fand und diesmal seine Zunge benutzte, um die kleine Knospe zu stimulieren.

Er hatte mithilfe vieler Bücher und sogar einiger Videos im Internet gelernt, dass es sich zwar gut anfühlt, die ganze Muschi einer Frau zu lecken, dass aber das Nervenzentrum der Frau der Ort der Lust ist. Mit der anderen Hand spielte er mit ihren inneren Schamlippen, um die Nässe zu verteilen, die durch seine Berührungen entstanden war.

Ihr köstlicher Moschusduft nahm zu, als er weiter mit ihrer Klitoris spielte. Er saugte und leckte abwechselnd und knabberte sogar ab und zu daran.

Raid hatte Khloe noch nie außer Kontrolle gesehen. Sie

hatte mehr Kontrolle über sich selbst als jeder andere Mensch, den er kannte. Umso mächtiger fühlte er sich, als sie sich unter ihm wand. Sie hatte ihre Hände in seinen Haaren vergraben und versuchte, ihn näher an sich heranzuziehen, und ihre Hüften bockten ständig unter seiner Berührung. Ihr Kopf bewegte sich vor und zurück, grub sich in die Matratze und er konnte spüren, wie ihre Schenkel zitterten, als ihr Orgasmus näher rückte.

»Raid, ja ... da ... fester! Oh, verdammt!«

Die Freude und der Stolz, die Raid empfand, als sie ihre komplette Selbstbeherrschung verlor, waren so groß wie die Gefühle, die er empfunden hatte, als er in die Hundeführerriege der Küstenwache aufgenommen worden war. *Er* war dafür verantwortlich, dass sie all diese Gefühle hatte.

Gerade als es so aussah, als würde sie sich von ihrem Orgasmus erholen, ließ Raid einen Finger in ihre völlig durchweichte Muschi gleiten und senkte erneut den Kopf. Es dauerte nicht lange, bis ihr zweiter Orgasmus in ihrem Körper explodierte.

Er hatte noch nie etwas Schöneres gesehen oder gefühlt. Khloe dabei zuzusehen, wie sie sich der Lust hingab, war das Aufregendste, was er in seinem ganzen Leben erlebt hatte. Ihr Haar war jetzt zerzaust und ihr ganzer Körper war schweißbedeckt. Sie glühte förmlich.

Sie hob den Kopf und starrte auf ihn herab, als er sich nicht zwischen ihren Beinen bewegte. »Raid?«

»Ja, mein Schatz?«

»Jetzt bist du dran.«

»Nein«, sagte er gleichmütig.

Sie runzelte die Stirn. »Was meinst du mit nein?«

»Ich will das noch einmal sehen.«

Sie ließ den Kopf zurück auf die Matratze sinken und atmete schnaufend aus. »Ich kann nicht«, informierte sie ihn.

Raid grinste nur. »Du weißt schon, dass das so ist, als würde man vor einem Stier ein rotes Tuch schwenken, oder?«

»Ich möchte, dass du das auch genießt«, erklärte sie und hob den Kopf wieder an.

Raid gefiel es, dass sie nicht versuchte, ihren Körper vor ihm zu verstecken. Sie schien ganz zufrieden damit zu sein, nackt in seinen Armen zu liegen.

»Denkst du etwa, ich würde das nicht genießen?«, fragte Raid. »Khloe, dein Duft ist überall in meinem Gesicht und in meinem Bart. Ich habe noch nie in meinem Leben etwas so Köstliches geschmeckt und ich überlege, ob ich mir das Gesicht nicht waschen soll, wenn wir später losgehen, damit ich dich den ganzen Tag über riechen kann. Mein Schwanz war noch nie so steif, und das, ohne dass ich ihn überhaupt berührt habe. Ein Lusttropfen nach dem anderen tritt aus und ich habe das Gefühl, dass ich einen Höhepunkt haben werde, sobald du meinen Schwanz ansiehst. Ich genieße das mehr, als du dir vorstellen kannst.«

»Okay«, flüsterte sie. »Dann zeig mal, was du draufhast.«

Raid grinste. »Wie wäre es, wenn ich mein Bestes gebe?« Und damit beschloss er, etwas auszuprobieren, das er im Internet gesehen hatte. Es war sein Lieblingsvideo ... und es war nicht einmal ein Porno. Es war eher eine Art Anleitung. Eine Frau lag auf einer Massageliege und der Mann neben ihr war vollständig bekleidet. Langsam und lehrreich zeigte er seinen Zuschauern, wie und wo man eine Frau berührt, um ihr einen G-Punkt-Orgasmus zu verschaffen. Raid hatte sich das Video unzählige Male angesehen und wollte nichts sehnlicher, als herauszufinden, ob er Khloe dieses ultimative Vergnügen bereiten konnte.

»Hattest du schon mal einen G-Punkt-Orgasmus?«, fragte er, während er sich zwischen ihren Beinen hinkniete.

»Oh verdammt«, war ihre Antwort.

Er nahm an, dass die Antwort nein lautete. Er benutzte den Daumen der Hand auf ihrem Bauch, um ihre Klitoris leicht zu manipulieren, während er mit der anderen Hand zum Tisch neben seinem Bett hinüberlangte. Er holte eine Flasche Gleitgel aus der Schublade und lächelte sie an.

Als sie grinste, als sie die Flasche sah, zuckte er mit den Schultern und sagte: »Ich bin ein Mann ... was soll ich sagen?«

»Ich hatte nicht vor, mich dazu zu äußern«, erklärte Khloe ihm. »Wenn du Gleitgel in deiner Schublade hast, ist das deine Sache. Genauso wie der Vibrator in meiner Schublade meine Sache ist.«

»Du hast einen Vibrator?«, fragte er und spürte, wie sein Schwanz zuckte.

»Natürlich.«

»Verdammt, ist das sexy.« Raid spritzte einen ordentlichen Klecks Gleitmittel auf seine Finger und schob zwei in ihren Körper.

Khloe bewegte sich unter ihm. »Es ist kalt!«

»Nicht mehr lange«, beruhigte Raid sie, während er sanft in ihre Muschi stieß, bevor er die Finger wieder herauszog. Innerhalb einer Minute stöhnte sie wieder tief in ihrer Kehle und hob ihre Hüften mit jedem seiner Stöße.

In Gedanken an das Video, das er gesehen hatte, begann Raid, ihre Klitoris fester zu reiben, während er die Geschwindigkeit seiner Finger in ihrem Körper steigerte und darauf achtete, gegen die empfindliche Stelle in ihrem Inneren zu drücken, die sie in die Luft gehen lassen würde.

Das Geräusch, das seine Finger machten, war verdammt sexy und zusammen mit den Geräuschen, die aus ihrem Mund kamen, zauberte das Raid ein Lächeln auf die Lippen. Er fand es toll, dass sie ihm das gestattete. Dass er sie so berühren durfte.

Es dauerte eine Weile – und er brauchte erstaunlich viel

Kraft, um Khloe dort zu halten, wo er sie haben wollte –, aber schon bald merkte er, dass sie am Rande eines weiteren intensiven Orgasmus stand.

»Das ist zu viel! Ich kann nicht ...«, wimmerte sie.

»Du kannst. Lass los, Khloe.«

Mit ein paar weiteren Schreien tat sie es. Flüssigkeit spritzte aus ihrer Muschi auf seine Finger, während sie in seinen Armen zitterte.

Raid konnte keinen Moment länger warten. Er musste in sie eindringen. Und zwar sofort.

Er zog seine Finger aus ihrem Körper und griff nach dem Kondom, das er zusammen mit dem Gleitgel genommen hatte. Er zitterte, als er den Gummizug seiner Unterwäsche nach unten schob und das Gummi über seinen pochenden Schwanz rollte. Ohne sich die Zeit zu nehmen, seine Boxershorts auszuziehen, drückte Raid Khloes immer noch zitternde Beine auseinander und drang mit einem langen Stoß in sie ein.

Sofort spürte er, wie sie sich noch einmal um ihn zusammenzog. Allein das Eindringen in sie hatte einen weiteren Orgasmus ausgelöst. Khloe weinte jetzt fast, aber mit den Händen umklammerte sie seinen Hintern und versuchte, ihn noch näher an sich zu ziehen, um ihm zu zeigen, dass sie immer noch bei ihm war und das wollte. Ihn.

Raid musste all seine Selbstbeherrschung aufbringen, um in diesem Moment nicht zu explodieren. Er griff nach unten, packte seinen Schwanz und drückte fest zu. Er wollte die Sache noch ein wenig hinauszögern. Dies war sein erstes Mal mit Khloe; er wollte nicht, dass es in wenigen Augenblicken vorbei war.

Khloe konnte kaum noch klar denken. Sie war von der Lust übermannt. Sie hatte noch nie so etwas Tolles gefühlt wie Raids Hände und seine Zunge auf ihrem Körper. Sie war so oft gekommen wie noch nie zuvor bei einem Sexualakt. Und der letzte Orgasmus hatte sie fast umgebracht.

Raid war zärtlich, aber entschlossen gewesen. Sie hatte keine Ahnung, wo er das gelernt hatte, was er tat, aber sie beschwerte sich nicht. Sie war kaum zur Besinnung gekommen, als sie ihn wieder zwischen ihren Beinen spürte.

Sein Schwanz war groß. Größer als alles, was sie bisher in sich aufgenommen hatte, aber sobald er in ihr war, kam sie erneut zum Höhepunkt. Der Orgasmus war nicht so intensiv wie der, den sie gerade gehabt hatte, aber da er sie ausfüllte, war er fast noch lustvoller.

Das war es, was sie bei den anderen Malen, bei denen er sie zum Orgasmus gebracht hatte, vermisst hatte. Sie hatte sich so leer gefühlt. Und jetzt war sie alles andere als das.

»Verdammt noch mal, Raid!«, rief sie aus, wobei sie seinen Hintern packte und ihre Fingernägel durch seine Boxershorts in die Haut grub. »Beweg dich!«

»Kann nicht. Muss. Kurz. Warten«, keuchte er.

Aber dann war es um ihn geschehen. Khloe stieß ihre Hüften nach oben und wurde mit einem überraschten Grunzen von Raiden belohnt, der seine Hand, die er um seinen Schwanz geschlungen hatte, ausstreckte, um sich abzufangen. Er war jetzt noch tiefer in ihr.

»Besorg es mir, Raid«, befahl sie.

Als sein Blick sie traf, waren seine Pupillen geweitet.

»Es gibt kein Zurück«, sagte er zu ihr und bewegte sich immer noch nicht.

»Ich will nicht zurück«, versicherte sie ihm.

Seine Nasenflügel bebten und endlich begann er, sich zu bewegen. Er zog sich langsam zurück und stieß dann in sie hinein.

Khloe spürte, wie ihre Brüste wippten, und sie lächelte. »Ja«, flüsterte sie. »Mehr.«

Und dann war es mit seiner Selbstkontrolle plötzlich komplett vorbei, um die er sich so bemüht hatte. Raid besorgte es ihr. Und zwar heftig.

Und es war herrlich.

Khloe war mehr als feucht genug, um ihn bequem in sich aufzunehmen, dafür hatte Raid gesorgt. Er bewegte sich, packte ihre Hüften und hielt sie hoch, während er auf die Knie ging. Ein großer Teil ihres Gewichts ruhte jetzt auf ihren Schultern, aber das war Khloe egal. Sie konnte nur noch die Ekstase in Raids Gesicht sehen, als er immer wieder in sie stieß.

»So ist es richtig. Nimm dir, was du brauchst«, keuchte sie.

»Du gehörst mir!«, rief er und nahm seinen Blick von der Stelle, an der sein Schwanz in sie eindrang, um ihr ins Gesicht zu sehen.

»Und du gehörst mir«, erwiderte sie.

»Ja. Ja, ich gehöre dir!«, stimmte er zu.

Es klang irgendwie unterwürfig, aber Raid war in diesem Moment alles andere als unterwürfig. Er hatte die volle Kontrolle über ihren Körper, und Khloe liebte das.

Sie liebte es, ihm dabei zuzusehen, wie er dem Orgasmus immer näher kam. Und sie sah den Moment, in dem er von ihm übermannt wurde. Er behielt die Augen offen, aber er stieß seinen riesigen Schwanz so weit in sie hinein, wie er konnte, und sie spürte, wie er zuckte, als er seine Ladung abschoss.

Aber er war noch nicht fertig. Noch während die Lust seinen Körper durchströmte, senkte er ihre Hüften, bis ihr Hintern auf seinen Schenkeln ruhte, und begann erneut, ihre Klitoris zu streicheln.

»Raid!«, rief sie, als die Lust schnell und heftig in ihr aufstieg. »Ich bin zu empfindlich!«

»Gut. Dann kommst du schneller zum Orgasmus«, erwiderte er mit einem konzentrierten Gesichtsausdruck.

Er hatte nicht unrecht.

Es dauerte nur eine lächerlich kurze Zeit, bis Khloe spürte, wie sich der vertraute Orgasmus seinen Weg durch ihren Körper bahnte.

Sie stieß einen kleinen Schrei aus, als ihr Körper in seinen Armen unkontrolliert bebte.

»Verdammt, das fühlt sich so verflucht gut an«, knurrte er, als er seine Finger endlich von ihrer geschwollenen Klitoris nahm.

»Ja, das tut es«, stimmte Khloe zu.

Sie hatte den Blick auf Raid geheftet, als er nach unten griff und das Kondom festhielt, während er seinen Schwanz aus ihrem Körper zog.

»Verdammt noch mal, Raiden. Der war in mir drin?«, fragte sie ungläubig, als sie zum ersten Mal einen Blick auf seinen Schwanz werfen konnte.

»Bis zum Anschlag, und du hast mich in dich aufgenommen, als seist du für mich gemacht«, erklärte er.

Sie nahm an, dass er sich seine Großspurigkeit verdient hatte. Im Moment war sie ein Haufen Brei und konnte nicht einmal daran denken, sich zu bewegen.

Raid kletterte vom Bett und ging ins Bad. Einen Moment später kam er ohne Boxershorts zurück und Khloe konnte den Blick nicht von seinem Schwanz und den schwingenden Eiern lassen, als er zu ihr zurückkam.

Ohne zu zögern, packte er sie und drehte sie um, sodass ihr Kopf wieder auf einem Kissen lag und ihre Füße wieder auf dem unteren Teil ruhten.

»Ich weiß nicht so recht, ob es mir gefällt, dass du mich

fertigmachst, ohne ins Schwitzen zu geraten«, brummte sie, als Raid mit ihr unter die Bettdecke stieg.

»Doch, das tut es«, konterte er und zog sie in seine Arme.

Sie erwiderte nichts, denn er hatte recht.

Das Gefühl seines nackten Körpers unter ihrem fühlte sich fantastisch an. Sie schmiegte sich an ihn und legte ein Bein auf einen seiner Schenkel.

Es vergingen einige Minuten, in denen keiner von ihnen etwas sagte. Schließlich platzte sie heraus: »War es für dich okay, dass ich den ersten Schritt gemacht habe?«

»Ja.«

Sie wartete darauf, dass er etwas sagte, und als er das nicht tat, stützte sie sich auf einen Ellbogen und starrte ihn an. »Das war's? Einfach nur ja?«

»Hm-hm. Wenn du es nicht getan hättest, wer weiß, wie lange ich gebraucht hätte, um den Mut aufzubringen, dich noch einmal zu küssen. Also ja, ich habe kein Problem damit, dass du den ersten Schritt gemacht hast. Und das war übrigens ein toller Zug.«

»Du bist ein Kerl, der auf Brüste steht«, stichelte sie.

»Nein, ich bin ein Mann, der auf Khloe steht.«

Khloe schmolz innerlich dahin und legte ihren Kopf wieder an seine Brust. Sie mochte es, wie sicher sie sich bei Raid fühlte. Es war seine Größe. Sein ruhiges Selbstvertrauen. Sein ganzes Wesen. Sie hatte keine Ahnung, was die Zukunft bringen würde, aber sie betete, dass Raiden ein Teil davon sein würde.

»Du hast gestern Abend etwas gesagt ...«, begann er, aber er beendete seinen Gedanken nicht.

»Ich habe gestern Abend eine Menge gesagt«, erwiderte sie.

»Meinst du es wirklich ernst, dass du in Fallport eine Tierarztpraxis eröffnen willst?«

Sie nickte. »Ja. Warum?«

»Weil ich es für eine tolle Idee halte.«

Seine Unterstützung bedeutete Khloe sehr viel. »Vielleicht klappt es nicht so, wie ich es mir vorstelle«, warnte sie.

»Natürlich wird es das. Es ist eine Nische, die gefüllt werden muss. Du wirst schon sehen. Wenn du Hilfe brauchst, brauchst du nur zu fragen.«

»Danke. Das wirst du vielleicht bereuen, denn im Gegensatz zu vielen anderen Menschen habe ich keine Angst, um Hilfe zu bitten.«

»Gut. Denn mit mir, den Jungs und all den Frauen wirst du eine Menge davon haben. Nicht weit von Brocks Autowerkstatt gibt es ein Gebäude, das zu vermieten ist. Es liegt direkt an der Hauptstraße und wäre wahrscheinlich ein toller Ort ... wenn man es so einrichten kann, dass es deinen Bedürfnissen entspricht.«

Khloe hob noch einmal den Kopf. »Wirklich?«

»Hm-hm. Was ist mit Materialien? Wie zum Beispiel chirurgische Ausrüstung? Ich nehme an, du wirst eine Menge brauchen. Wir können zur Bank gehen und schauen, ob du einen Kredit bekommst, und ich kann dir bei den Kosten helfen, wenn es nötig ist.«

»Das weiß ich zu schätzen, aber ich habe in Norfolk eine ganze Lagereinheit voll mit Sachen.«

»Das ist toll.«

Dann wurde es Khloe klar. »Werde ich das wirklich tun?«

»Ich hoffe es. Auch wenn ich meine Assistentin nicht verlieren möchte, ist es dein Lebensinhalt, Tierärztin zu sein. Nach dem zu urteilen, was ich in der Stadt gehört habe, sind die Leute schon ganz aufgeregt, weil du eventuell bleibst und eine Praxis eröffnest.«

»Außer Raymond.«

»Vergiss den Idioten«, erklärte Raid mit einem finsteren Blick. »Er hätte ein besserer Mensch und Tierarzt sein sollen, wenn er hier weiterhin ein Monopol haben will.«

Khloe konnte sich ein Lachen nicht verkneifen. Sie fühlte sich erstaunlich gut. Positiv. Sie hatte gerade zu viele Orgasmen gehabt, um sie zu zählen, sie hatte einen neuen Freund, einen Mann, den sie respektierte und zu dem sie aufschaute, sie plante, eine neue Tierarztpraxis zu eröffnen, und anscheinend hatte sie die Unterstützung der ganzen Stadt.

»Hast du Hunger?«

Bei Raids Frage knurrte ihr der Magen, und er lachte.

»Genau. Ich werde aufstehen und uns etwas zu essen machen, bevor wir unsere Wanderung beginnen. Sind Pfannkuchen in Ordnung?«

»Hast du Schokostückchen für die Pfannkuchen?«, fragte sie.

»Ja, ich muss mal schauen.«

»Und Würstchen oder Speck?«

Er sah sie mit hochgezogener Augenbraue an.

»Was denn? Wenn wir rausgehen und ein paar Kalorien verbrennen wollen, brauche ich Energie. Vor allem nachdem meine Reserven heute Morgen aufgebraucht wurden.«

Den stolzen Ausdruck auf Raids Gesicht würde Khloe so schnell nicht vergessen.

»Wenn du Schokolade, Speck *und* Würstchen willst, bekommst du das auch. Geh schon mal unter die Dusche, während ich das Frühstück mache.«

»Wir könnten zusammen duschen«, schlug sie grinsend vor.

»Dann würden wir vielleicht nie aus dem Haus kommen. Außerdem ... will ich nicht riskieren, dass mein Bart heute Morgen nass wird.«

Khloe wurde rot, verdrehte aber die Augen. »Du weißt, dass das irgendwie eklig ist, oder?«

»Ganz und gar nicht. Dich den ganzen Tag riechen zu können ist alles andere als eklig.«

Dann beugte er sich zu ihr hinunter und küsste sie lange und langsam. Er starrte sie einen Moment lang an, als er sich zurückzog, und sagte dann: »Der beste Morgen aller Zeiten.«

Khloe sah zu, wie er unbefangen aus dem Bett kletterte und splitternackt ins Bad ging. Nach der Dusche hatte sie nur die Klamotten an, in denen sie gekommen war, aber das war ihr egal. Raid würde mit ihr zu ihrer Wohnung fahren, damit sie sich Wanderkleidung anziehen konnte, bevor sie sich auf den Weg machten.

Nichts würde diesen Tag ruinieren. Sie hatte mit Raid alles riskiert, als sie den ersten Schritt gemacht hatte, aber zum Glück war es perfekt gelaufen. Khloe war so glücklich wie seit Langem nicht mehr. Endlich ging es bergauf.

KAPITEL DREIZEHN

Raiden fühlte sich, als sei er ein ganz anderer Mann als noch vor vierundzwanzig Stunden. Er fühlte sich stärker. Selbstbewusster. Fröhlicher.

Das Frühstück hatte Spaß gemacht und er fand es toll zu sehen, mit welcher Freude Khloe ihre Mahlzeit einnahm, die er für sie zubereitet hatte. Ihre Wanderung mit Duke war außergewöhnlich gut verlaufen. Der Hund schien froh zu sein, wieder draußen auf den Pfaden zu sein, und als Khloe sich »versteckt« hatte, hatte er sie innerhalb von zwanzig Sekunden aufgespürt.

Raid war für so viele Dinge in seinem Leben dankbar, aber für nichts so sehr wie für den Gedanken, dass Khloe für immer nach Fallport ziehen würde. Und es gefiel ihm auch, wie entspannt sie geworden war. Er hatte das Gefühl, dass es lange her war, dass sie sich wirklich entspannen konnte.

Er vermutete, dass seine Freude der Grund dafür war, dass er nicht mehr so wachsam war und sich, als er mit Khloe im *Sunny Side Up* zu Mittag aß, mehr auf sie konzentrierte als auf die Leute, die im Lokal ein und aus gingen.

Als Khloe flüsterte: »Oh, Mist«, sah Raid auf – und jeder Muskel in seinem Körper spannte sich an. Jason und Scott waren eingetreten und unterhielten sich lautstark, während sie darauf warteten, dass ihnen ein Platz zugewiesen wurde.

»Ich kann nicht glauben, dass sie diese Hundemörderin hier reinlassen.«

»Stimmt's? Wenn alle wüssten, wie sehr sie die Operation vermasselt und Alans Hund getötet hat, wären sie nicht so freundlich zu ihr.«

»Ich würde sie nicht einmal in die Nähe eines meiner Haustiere lassen.«

»Ihr hätte die Lizenz entzogen werden sollen.«

Und so ging es weiter. Sie beschimpften Khloe und ihre Fähigkeiten mit lauten, aufdringlichen Stimmen. Als Raid Khloe über den Tisch hinweg ansah, bemerkte er, dass ihre Schultern angespannt waren, und er hatte das Gefühl, dass sie schon längst geflüchtet wäre, wenn sie gedacht hätte, sie käme damit durch. Er griff sofort nach ihrer Hand und hielt sie fest. »Sieh mich an, Khloe.«

Es dauerte einen Moment, aber schließlich hob sie den Kopf und sah ihn an.

»Hör nicht auf sie.«

Sie atmete tief ein und aus. »Es fällt mir schwer, es nicht zu tun«, sagte sie zu ihm.

»Oh, sieh mal, sie hat tatsächlich einen Typen überredet, mit ihr auszugehen. Ich frage mich, ob er weiß, dass sie eine Mörderin ist.«

»Ja, aber er sieht wie ein Weichei aus.«

»Vielleicht ist er ein Elf ... schau mal, wie spitz seine Ohren sind!«

Raid spürte mehr als dass er Khloes Stimmungsumschwung sah. Ihre Hand verkrampfte sich in seiner und sie machte eine Bewegung, als wollte sie aufstehen. Er wollte nicht, dass sie sich mit diesen Mistkerlen anlegte. Es war ihm verdammt egal, was sie über ihn sagten – er hatte alle Beleidigungen schon einmal gehört –, und er wollte nicht, dass sie ihnen die Genugtuung gab zu wissen, dass sie ihr unter die Haut gegangen waren.

Wie sich herausstellte, musste er zu ihrer Verteidigung gar nichts tun oder sagen, denn Sandra, die Besitzerin des Restaurants, stürmte aus der Küche und machte sich auf den Weg zu den Mather-Brüdern.

Und nicht nur das, Bo, einer der Polizisten aus Fallport, stand aus einer hinteren Ecke des Restaurants auf. Er war groß und extrem muskulös, da er in seiner Freizeit gern Gewichte stemmte. Raid dachte, er hätte gehört, dass er sogar schon ein paar Wettkämpfe gewonnen hatte.

»Raus!«, zischte Sandra und deutete mit einem Finger auf die Tür.

»Was?«, fragte Scott sichtlich geschockt.

»Ich sagte, raus!«, wiederholte Sandra. »Ihr habt hier keinen Zutritt. Kommt nicht zurück. Nie wieder.«

»Warte, das kannst du nicht machen!«, beharrte er.

»Ach nein?«, fragte Sandra und verschränkte die Arme über ihrem üppigen Busen. »Ich habe es gerade getan. Der Laden gehört mir und ich kann jedem den Zutritt verweigern, wenn ich es will. Und genau das tue ich bei Leuten wie euch. Khloe Watts ist einer der nettesten Menschen, die ich kenne, und wenn ihr hierherkommt und nicht nur sie, sondern auch einen unserer örtlichen Helden beschimpft, will ich euch nicht mehr sehen!«

»Sie trägt ein bisschen zu dick auf«, murmelte Khloe so leise, dass nur Raid sie hören konnte. »Einer der nettesten Menschen, die sie kennt? Also bitte!«

Es war schwer, sich ein Lächeln zu verkneifen, aber Raid schaffte es. Gerade noch so.

»Sie ist eine Tiermörderin!«, fuhr Jason sie an und machte einen Schritt auf Sandra zu.

Bo stellte sich zwischen Sandra und den wütenden Jason und sagte: »Du hast die Dame gehört. Es ist Zeit für euch zu gehen.«

Einen Moment lang dachte Raid, Jason würde sich weigern zu gehen, aber dann überlegte er es sich anders und wandte sich stattdessen an seinen Bruder. »Komm schon, Scott. Ich bin mir sicher, dass das Essen hier mies ist. Außerdem will ich nicht in der Nähe dieser Mörderin sein.«

»Eigentlich ist das Essen hier fantastisch!«, zwitscherte jemand von einem Tisch rechts von Raid.

»Ja, es ist das beste in der Stadt. Da verpasst ihr aber auf jeden Fall was!«, rief jemand anderes.

Jason und Scott gingen ohne ein weiteres Wort. Raid hoffte zwar, dass dies das Ende ihrer Einschüchterungstaktik war, aber er hatte das Gefühl, dass sie gerade erst anfingen.

Er schaute zu Khloe hinüber und sah, dass sie wieder auf den Tisch vor sich starrte.

»Dies ist eine gute Sache«, versicherte er ihr.

Daraufhin sah sie ihn erneut an. »Was? Beim besten Willen, wie kann es gut sein, dass sie hier sind und mich eine Mörderin nennen?«, schimpfte sie.

Raid war froh, die Wut in ihrem Blick zu sehen. Es bedeutete, dass sie immer noch bereit war zu kämpfen. Hoffentlich würde sie nicht wieder weglaufen wollen.

»Weil sie einen Eindruck davon bekommen haben, wie Fallport für eine seiner Einwohnerinnen eintritt.«

»Raid, ich bin mir nicht sicher ...«

»Nein«, erwiderte er kopfschüttelnd und ließ sie den Gedankengang nicht beenden. »Du wirst schon sehen. Das ist erst der Anfang. Ich dachte, wenn wir mit dem Mittagessen fertig sind, könnten wir zu Heather und Marissa fahren.«

Khloe starrte ihn so lange an, dass er dachte, sie würde protestieren, aber schließlich nickte sie.

Vierzig Minuten später standen sie auf und verließen das Restaurant. Als sie an den Tischen der anderen Gäste vorbeikamen, erfuhr Khloe aus erster Hand, was Raid ihr zu sagen versuchte. Fast jeder einzelne Gast hielt sie an, um Khloe zu sagen, wie sehr er sie schätzte. Wie froh er war, dass sie da war. Dass er es kaum erwarten konnte, ihre Praxis zu besuchen, sobald sie sie eröffnet hatte.

Alle gingen davon aus, dass es nicht nur feststand, dass sie bleiben würde, sondern auch, dass sie bald ihre Praxis eröffnen würde.

Sie hatten es fast bis zur Tür geschafft, als Sandra auf sie zukam.

Khloe verkrampfte sich, und Raid legte ihr zur Unterstützung seine Hand auf den Rücken.

Ohne ein Wort zu sagen, zog Sandra Khloe in ihre Arme und erdrückte sie fast mit einer Umarmung. Als sie sich zurückzog, legte sie ihre Hände auf Khloes Schultern und starrte ihr in die Augen. »Hör nicht auf diese Vollidioten«, erklärte sie nachdrücklich. »Wir alle wissen, dass sie nur hier sind, um dich zu nerven. Lass ihnen das nicht durchgehen. Sie werden sehr schnell herausfinden, dass niemand hier – jedenfalls niemand, der wichtig ist – mit ihnen Geschäfte machen wird. Sie werden ihr Gift nicht verbreiten können, weil wir es nicht zulassen werden. Man kann nicht jedes Tier retten, das man sieht, das weiß jeder. Und wie wir gehört haben, wurde der arme Hund jahrelang misshandelt. Lass dich nicht unterkriegen, Khloe.«

Raid behielt Khloe im Auge, um sich davon zu überzeugen, dass sie nicht ausflippte.

»Und«, fuhr Sandra fort, »mach dir auch keine Sorgen um deinen Mann. Er hat sich das hübscheste Mädchen im ganzen Land geschnappt. Warum sollte es ihn kümmern, was zwei Außenstehende über ihn sagen? Und so wie du ihn angeschaut hast, als ihr beide hier reingekommen seid, weiß er, dass du von seinem Aussehen äußerst begeistert bist.«

Khloe wurde rot, aber reckte trotzig ihr Kinn vor und sagte: »Ich habe definitiv keinerlei Beschwerden über Raids Aussehen.«

»Gut«, entgegnete Sandra zufrieden. »Unser Raid hat jemanden wie dich verdient.« Ihre Stimme wurde leiser, und sie beugte sich vor und sagte nur so laut, dass Khloe und Raid sie hören konnten: »Und wenn man sieht, wie er dich anschaut, kann er sich auch nicht beschweren. Halt ihn fest, Mädchen. Jeder Mann, der dich so anschaut, wie Raiden es gerade tut, ist sein Gewicht in Gold wert.«

Khloe drehte den Kopf und fing Raids Blick ein. Ihm war es nicht peinlich, dass sie ihn dabei erwischt hatte, wie er sie anstarrte. »Geht es dir gut?«, fragte er sanft.

Zum ersten Mal, seit Jason und Scott hereingekommen waren, erschien ein Lächeln auf ihrem Gesicht.

»Ich glaube schon, ja.«

»Gut. Dann lass uns mal sehen, was Marissa und Heather so treiben.«

Khloe nickte ihm zu und Raid drehte sich zu Sandra um. Er umarmte sie kurz und flüsterte ihr ein Dankeschön ins Ohr.

Als er mit Khloe nach draußen ging, hielt Raid Ausschau nach Jason oder Scott, aber zum Glück sah er sie nicht. Er ging nicht davon aus, dass sie sie zum letzten Mal gesehen hatten, aber vielleicht hatten sie inzwischen begriffen, dass es nicht so einfach sein würde, Khloe zu schikanieren, wie sie angenommen hatten.

In der nächsten Woche kam es zu weiteren Konfrontationen mit Jason und Scott. Einer oder beide tauchten immer dann auf, wenn Khloe und Raid sie am wenigsten erwarteten. Einmal folgten sie ihnen in die Bäckerei und Liam warf sie prompt hinaus ... aber nicht bevor er mehrere rassistische Beleidigungen über seine hispanische Herkunft ertragen musste.

Ein anderes Mal gingen sie über den Marktplatz, nachdem sie im *Grinders* einen Kaffee getrunken hatten. Die Brüder liefen dicht hinter ihnen und sagten alle möglichen schrecklichen Dinge über Khloe. Raid hatte sich gerade umgedreht, um den beiden die Hölle heißzumachen, als Davis aus dem Nichts auftauchte und sich zwischen Raid und die Brüder warf.

Raid hatte sich noch nie von dem Obdachlosen einschüchtern lassen, aber in diesem Moment wirkte er wie ein Wilder und definitiv nicht wie jemand, mit dem man sich anlegen sollte. Jason und Scott sahen das offenbar genauso. Sie beschimpften ihn noch einmal, bevor sie sich wieder unter den Stein zurückzogen, unter dem sie hervorgekrochen waren.

Sie tauchten auch nicht nur auf, wenn Khloe unterwegs war. Sie hatte schon ein paar »Geschenke« vor ihrer Wohnungstür gefunden. Einmal war es ein totes Eichhörnchen und ein anderes Mal ein Zettel mit der Aufschrift »*Hier wohnt eine Morderin*«. Khloe hatte ihr Bestes getan, um sich davon nicht einschüchtern zu lassen, und sich sogar über den Schreibfehler auf dem Zettel lustig gemacht, aber Raid wusste, dass die Anfeindungen ihr zu schaffen machten.

Und dann war da noch der Tag, an dem sie zu ihrer Wohnung zurückkehrte, um frische Klamotten zu holen – und es so aussah, als hätte jemand versucht, in ihre Wohnung einzubrechen. Sie waren sofort zur Hausverwalterin gegangen und sie hatte gesagt, sie würde Khloes

Wohnung besser im Auge behalten, aber Raid fragte sich, was die Brüder wohl getan hätten, wenn sie es geschafft hätten, in ihre Wohnung einzudringen.

Sie hatten mit Simon darüber gesprochen, eine einstweilige Verfügung zu erwirken, aber da nicht bewiesen werden konnte, dass die Brüder dahintersteckten, hatte der Polizeichef ihr gesagt, dass das Gericht sie wahrscheinlich nicht bewilligen würde. Aber er versprach, dass er dafür sorgen würde, dass die beiden Männer von ein paar Polizisten im Auge behalten werden würden.

So sehr Raid es schätzte, dass Fallport sich für Khloe einsetzte, so sehr hasste er es, die Besorgnis und Angst in ihren Augen zu sehen, wenn sie vor sein Haus oder die Bibliothek traten.

Seit sie das erste Mal miteinander geschlafen hatten, hatte sie jede Nacht bei ihm verbracht, und es fühlte sich so ... richtig an. Sie hatten eine weitere Partie D&D in seinem Keller gespielt, und sie hatte genauso viel Spaß gemacht wie die erste. Khloe schien das Spiel wirklich zu genießen, was Raid ein gutes Gefühl gab. Er wollte nicht, dass sie etwas tat, nur um ihm zu gefallen. Für ein paar Stunden schien sie die Mather-Brüder zu vergessen. Und als sie, nachdem die Kamera an seinem Computer ausgeschaltet war, unter dem Schreibtisch auf die Knie ging, um ihm einen zu blasen, hatte Raid sie auch vergessen.

Aber die ständigen Drohungen, was die Brüder als Nächstes planen könnten, forderten ihren Tribut, und Raid hatte genug – aber er wusste nicht, was er tun sollte. Er konnte ja nicht einfach handgreiflich werden, denn dann würden sie direkt zur Polizei gehen. Und bisher hatten sie noch nichts Illegales getan ... es gab keinen Beweis dafür, dass der Einbruchsversuch in ihrer Wohnung von ihnen verübt worden war, auch wenn es höchst unwahrscheinlich war, dass es jemand anderes war.

Die meisten Geschäfte auf dem Marktplatz hatten den Brüdern den Zutritt untersagt. Das Postamt war einer der wenigen Orte, an denen sie kein Hausverbot bekommen konnten, da es sich um ein Regierungsgebäude handelte ... aber Silas, Otto und Art leisteten gute Arbeit, um dafür zu sorgen, dass Jason und Scott auf Abstand blieben. Die drei älteren Männer mochten zwar harmlose Klatschtanten sein, aber sie hatten eine scharfe Zunge, wenn es nötig war.

Heute wollte Raid mit Khloe und Duke eine längere Wanderung machen. Sie alle brauchten die frische Luft und die Entspannung, die sie in der Natur fanden. Der Tag war sonnig und frisch, perfekt zum Wandern. Er hatte Cherise angerufen, damit sie die Nachmittagsschicht in der Bibliothek übernahm, und wollte gerade mit Khloe durch die Hintertür zum Parkplatz gehen, als sie wieder einmal Jason und Scott begegneten.

Die beiden Männer hatten offensichtlich auf Khloe gewartet, denn kaum waren sie aus der Bibliothek herausgekommen, stieg Jason aus seinem Wagen und ging auf sie zu – aber er achtete darauf, ihnen nicht zu nahe zu kommen. Raid musste feststellen, dass der Feigling einige Meter entfernt stehen blieb.

»Du denkst, du hast hier eine ziemlich gute Sache am Laufen, oder?«, rief er aggressiv.

Khloe wich einen Schritt zurück, und Raid hasste es, die Angst in ihrem Gesicht zu sehen. »Warum gebt ihr es nicht endlich auf?«, knurrte er. »Ihr habt doch selbst gesehen, dass die Leute hier einen Dreck darauf geben, was ihr zu sagen habt. Khloe wurde als Teil von Fallport akzeptiert, und dein Bruder bezahlt für sein Verbrechen. Fahrt nach Hause und lebt euer eigenes Leben.«

»Du kannst mich mal!«, brüllte Jason. »Diese Schlampe hat Alans Leben ruiniert! Sie wird dafür bezahlen.«

»Sie hat gar nichts ruiniert«, erwiderte Raid und seine

Stimme wurde lauter. »Alan hat sie verdammt noch mal überfahren! Sie hat nichts anderes getan als ihren Job nach bestem Wissen und Gewissen. Wenn euer Bruder seine Hündin nicht missbraucht und sie immer wieder getreten hätte, wäre sie gar nicht erst in der Praxis gewesen.« Schon während er diese Worte sagte, wusste Raid, dass er nie zu den Männern vor ihnen durchdringen würde. Sie hatten eine verzerrte Sicht auf die Geschehnisse und würden nie aufhören, Vergeltung für ihren Bruder zu fordern, egal wie unangebracht sie war.

Duke knurrte hinter ihm und Raid warf einen Blick zurück, um sich zu vergewissern, dass es Khloe gut ging. Sein Hund hatte sich so bewegt, dass er direkt vor ihr stand, und seine Nackenhaare standen hoch. Der Bluthund sah mit seinen Hängeohren und seinem traurigen Gesicht vielleicht nicht besonders Furcht einflößend aus, aber seine Zähne waren genauso scharf wie die eines jeden anderen Hundes, und die fünfzig Kilo, die er auf die Waage brachte, dürften jeden dazu bringen, es sich zweimal zu überlegen, ob er ihn verärgern wollte.

»Merk dir meine Worte, als Nächstes wird sie deinen Hund umbringen!«, schrie Scott – wobei er sich natürlich hinter seinem Bruder versteckte. »Sie ist inkompetent, und wenn du schlau wärst, würdest du so schnell wie möglich von ihr abhauen.«

»Ich sehe vielleicht nicht wie eine Bedrohung aus, aber wenn ihr Khloe oder meinem Hund auch nur ein Haar krümmt, werdet ihr merken, wie tödlich ich sein kann«, erwiderte Raid, während er bedrohlich auf die Brüder zuging.

»Es wird Zeit, dass ihr euch auf den Weg macht«, sagte eine tiefe Stimme von rechts.

Raid schaute über die Schulter und sah keinen Geringeren als Whip Johansen vor der Hintertür des *The Cellar* stehen, der Billardhalle, die ihm gehörte.

Während der ganzen Zeit, in der Raiden schon in Fallport lebte, hatte er noch nie erlebt, dass der Mann *irgendwem* geholfen hätte. Er nahm nicht an den Paraden und Festen teil, die die Stadt auf dem Marktplatz veranstaltete, und das ganze Gesindel des Bezirks versammelte sich in seiner Kneipe. Der Mann war sehr ungesellig und Raid konnte an einer Hand abzählen, wie oft er mit ihm gesprochen hatte.

Deshalb war es ein Schock, dass er jetzt da war, stinksauer aussah und sich in die Situation einmischte.

»Wir dürfen hier genauso sein wie alle anderen auch«, sagte Jason zu ihm.

»Dieser Parkplatz ist Privatbesitz«, erklärte Whip.

»Ist er nicht. Das hier ist ein Bibliotheksparkplatz. Und die Bibliothek gehört dem Bezirk. Du kannst uns also nicht zwingen, irgendetwas zu tun«, entgegnete Scott.

Whip knurrte tief in seiner Kehle und Raid machte tatsächlich einen Schritt rückwärts, näher zu Khloe. Er hatte keine Angst vor dem Kneipenbesitzer, aber er wusste auch nicht viel über ihn. Er war unberechenbar, und er wollte auf keinen Fall, dass Khloe in ein Kreuzfeuer geriet, wenn jemand eine Waffe zog.

Aber Whip brauchte keine Waffe, um seinen Standpunkt klarzumachen. Er machte einen Schritt auf die Mather-Brüder zu und zeigte auf ein Schild an der Seite des Gebäudes. Die Bibliothek teilte sich eine Wand mit der Billardhalle, was nicht ideal war, aber da die beiden Lokale zu entgegengesetzten Zeiten geöffnet waren, war das eigentlich kein Problem. Wenn es in der Billardhalle am lautesten war, war die Bibliothek geschlossen.

Auf dem Schild an der Wand stand: *Kundenparkplatz für The Cellar.*

Raid hatte nie darüber nachgedacht, denn wenn er zur Arbeit kam, war der Parkplatz immer leer.

»Falsch«, erklärte Whip. »Ich bezahle für den Unterhalt dieses Parkplatzes. Deshalb gehört er mir, und ich kann entscheiden, wer hier parken darf und wer nicht. Und ihr dürft das definitiv nicht. Wenn ihr euch jetzt nicht umdreht und wieder in euren Wagen steigt, rufe ich die Polizei. Und wie ich gehört habe, sind die Polizisten mit euch beiden nicht besonders glücklich. Sie haben in letzter Zeit viele Anrufe von Bürgern entgegengenommen, die sich über zwei Fremde beschwert haben, die ihre Kunden belästigen und ein allgemeines Ärgernis darstellen. Ich bin mir sicher, dass es nicht lange dauern wird, bis sie genug haben und euch wegen Herumlungerns verhaften werden.«

»Das können sie nicht tun!«, stotterte Scott.

»Doch, das können sie. Schließlich reden wir hier von der Polizei«, erklärte Whip und verschränkte die Arme vor der Brust.

»Diese blöde Kuh muss eine magische Muschi haben. Sie hat alle hier total vernebelt«, erklärte Jason spöttisch.

Raiden sah bei seinem Kommentar rot.

Offensichtlich brachte das auch Whip aus der Fassung. Er drehte sich zur Hintertür der Billardhalle und hob etwas auf, das an der Wand lehnte. Raiden war schon auf dem Weg in ihre Richtung, als Whip ihn einholte, mit einem etwa einen Meter langen Metallrohr in der Hand. Er schlug ein Ende in seine Handfläche und marschierte ohne ein Wort weiter auf Jason zu.

Raid hatte keine Waffe, aber er konnte sich mit seinen Fäusten wehren. Dies war nicht der Kampf des Kneipenbesitzers, und er würde verdammt sein, wenn er sich zurückhielt und ihn allein gegen die Brüder antreten ließ.

Jason war vielleicht ein Idiot, aber er war nicht *völlig* dumm. Er und sein Bruder liefen in Richtung ihres

Wagens, als sei ihnen der Teufel persönlich auf den Fersen, als sie die beiden Männer auf sich zukommen sahen.

Raid nahm an, dass die Drohung mit dem Metallrohr genau das war: eine Drohung. Aber selbst als Jason das Gaspedal seines Wagens komplett durchdrückte und die Reifen durchdrehten, als er versuchte wegzufahren, raste Whip nach vorn und schwang das Metallrohr so fest er konnte, sodass es das hintere rechte Rücklicht des Fahrzeugs zerschlug. Plastikteile flogen überall herum, während der Wagen davonbrauste.

Whip und Raid standen einen Moment auf dem Parkplatz und sahen zu, wie der Wagen davonfuhr, bevor Whip sich ihm zuwandte.

Raid war angespannt und starrte den Kneipenbesitzer an. Die ganze Szene war unwirklich gewesen. Er war sich nicht sicher, warum Whip sich die Mühe gemacht hatte, sich in diese Situation einzumischen. Soweit er wusste hatte sich der Mann in der Vergangenheit nie die Mühe gemacht, einen Einheimischen zu verteidigen. Selbst als Finley bedroht worden war, weil sie Zeugin eines Drogendeals auf diesem Parkplatz geworden war – zwischen einem von Whips Kellnern und einem Drogendealer –, hatte er durch die Gerüchteküche erfahren, dass Whip entschieden hatte, dass ihn das nichts anginge.

Also blieb er nervös und wartete ab, was der Mann als Nächstes tun würde.

Zu Raids Überraschung sah er Respekt in den Augen des Kneipenbesitzers, als der Mann ihm zunickte. Dann wandte er sich an Khloe. »Geht es dir gut?«

Khloe nickte. »Danke.«

Whip schüttelte den Kopf. »Ich will deinen Dank nicht.«

»Was willst du dann?«, fragte sie.

»Ich will, dass du dich verdammt noch mal beeilst und

die Notfallpraxis für Tiere aufmachst, über die du schon so lange nachdenkst.«

Raid blinzelte überrascht. Das war das Letzte, was er von dem Mann erwartet hatte. Soweit bekannt kümmerte Whip sich nur um seine eigenen Angelegenheiten.

»Ich arbeite daran«, erklärte Khloe ihm sachlich. »Doch wenn die beiden in der Stadt sind, macht das alles, was ich tue, schwieriger. Ich würde es ihnen zutrauen, jede Praxis, die ich eröffnen will, zu sabotieren. Sie verunstalten das Grundstück, reden mit der Bank, um sie davon zu überzeugen, dass ich ein hohes Risiko darstelle, und pöbeln vor der Tür, um meine Kunden zu vertreiben.«

»Das werden sie nicht. Dafür werde ich schon sorgen.«

Raid war sich nicht sicher, ob er wollte, dass Khloe in der Schuld dieses Mannes stand. Es würde eine Zeit kommen, in der er eine Gegenleistung für seine Unterstützung verlangte. »Warum?«, fragte er unverblümt.

»Warum was?«

»Warum solltest du Khloe helfen? Es ist nicht gerade ein Geheimnis, dass du Fallport nicht wirklich magst. Du nimmst an keiner der städtischen Aktivitäten teil, du warst das einzige Geschäft auf dem Marktplatz, das nicht weihnachtlich geschmückt war, und du verachtest alles, was die meisten von uns an diesem Ort lieben. Und ich sage es nur ungern, aber du bist ein ziemliches Ekel zu allen. Warum mischst du dich ein, wenn du dir noch nie die geringste Mühe gegeben hast?«

»Meine Katze«, erklärte Whip, ohne zu zögern. »Sie hat mit etwas gekämpft. Vielleicht einem Rotluchs, ich weiß es nicht. Aber sie war in schlechter Verfassung und musste sofort behandelt werden. Es war etwa fünf Uhr nachmittags und ich rief Ziegler an. Ich flehte ihn an, auf mich zu warten, bis ich in der Praxis war, damit er ihr helfen konnte. Er sagte Nein. Er sagte mir, dass er um siebzehn Uhr schließen würde. Egal wie sehr ich ihn anflehte, er weigerte sich. Dieser Mistkerl interessiert sich für nichts außer für sich selbst.«

»Hat sie es geschafft?«, fragte Khloe leise.

»Ich musste in die Notfallpraxis in Christiansburg fahren. Sie war schon fast verblutet, als ich dort ankam. Sie hat beide Augen verloren und sie mussten ihr ein Bein abnehmen. Aber wie durch ein Wunder hat sie überlebt. Sie ist jetzt eine Wohnungskatze, hat Angst vor ihrem eigenen Schatten und versteckt sich unter meinem Sofa, wenn ich nicht da bin.«

»Und wenn du da bist?«, fragte Khloe mit unheimlichem Scharfblick.

Whip zuckte mit den Schultern und wandte den Blick ab. »Sie hockt gern auf meiner Schulter oder kringelt sich um meinen Hals, wenn ich auf dem Sofa sitze und fernsehe ... oder irgendetwas anderes mache.«

Raid hätte nicht schockierter sein können, wenn ihm jemand gesagt hätte, Whip Johansen sei der Weihnachtsmann. In dem Kneipenbesitzer steckte viel mehr, als er – oder *irgendjemand* – ihm zugetraut hatte.

»Also«, fuhr Whip fort und räusperte sich, »dass du eine Notfallpraxis aufmachst, kommt mir zugute. Ich will, dass das so schnell wie möglich geschieht. Und wenn du die beiden Idioten loswirst, geht es schneller. Also werde ich tun, was ich kann, um sie zu ermutigen, von hier zu verschwinden. Sie sollen dich in Ruhe lassen, damit du dich beeilen und den Laden eröffnen kannst.«

»Die Hündin ihres Bruders ist auf meinem Operationstisch gestorben«, erklärte Khloe leise. »Ich konnte sie nicht retten. Für deine Katze hätte ich vielleicht auch nichts tun können.«

»Blödsinn. Der Tierarzt sagte, wenn er Mittens schneller in den OP gebracht hätte, hätte sie vielleicht nicht beide

Augen verloren ... und er hätte definitiv ihr Bein retten können. Ich bin kein Idiot, ich weiß, dass du nicht jedes Tier, das du behandelst, retten kannst. Aber wenn du hier bist, haben sie eine viel bessere Chance, als wenn wir weiterhin eine halbe Stunde zum nächsten Tierarzt fahren müssen, der sich für sie interessiert.«

Er hatte nicht unrecht. Raid drehte sich zu Khloe um. Sie hatte Tränen in den Augen und sah Whip an, als hätte sie ihn noch nie gesehen. Er verstand das; er fühlte sich selbst ein bisschen daneben.

»Wir würden uns freuen, wenn du uns helfen würdest«, sagte Raid schließlich zu ihm.

Whip wandte seinen Blick ihm zu. »Ich mache das nicht für dich, Schönling«, entgegnete er. »Ich mag dich und deine Freunde nicht besonders. Ich tue es für mich. Und für Mittens und andere wie sie.«

»Alles klar«, erwiderte Raid mit einem Nicken. Es war ihm verdammt egal, ob der Mann ihn mochte oder nicht. Er verstand seine Haltung nicht, aber im Großen und Ganzen war das auch egal.

»Ich werde sehen, was ich tun kann, um die Eröffnung meiner Notfallpraxis zu beschleunigen«, sagte Khloe zu ihm.

»Gut. Ich werde nach den beiden Ausschau halten. Wenn sie hierher zurückkommen, werde ich dafür sorgen, dass sie wissen, wie unwillkommen sie sind.«

»Danke.«

Whip sagte nichts mehr, sondern drehte sich einfach um und ging in Richtung seiner Kneipe. Als die Tür sich hinter ihm schloss, atmete Khloe tief durch.

»Heiliger Strohsack.«

Raid konnte sich ein Lächeln nicht verkneifen.

»Warte, bis ich den anderen erzähle, dass Whip Johansen eine Katze namens Mittens hat, die auf seinen

Schultern schläft«, bemerkte sie mit einem breiten Grinsen.

Raid konnte nicht umhin, sie zu berühren, selbst wenn sein Leben davon abgehangen hätte. Er trat in ihren Raum und legte eine Hand in ihren Nacken. Er lehnte seine Stirn an ihre. »Das war heftig. Bist du okay?«

Er spürte, wie sie ihre Hände unter sein langärmeliges T-Shirt schob und ihre Fingernägel in die Haut seines Rückens grub.

»Habe ich die Option, *nicht* okay zu sein?«, fragte sie ernst.

Raid hob den Kopf, aber er ließ sie nicht los. »Natürlich. Du darfst wütend sein. Du darfst einen Zusammenbruch haben. Wir können zu mir fahren und du kannst dir eine Jogginghose anziehen, dich ausweinen, dich auf mein Sofa setzen, mit Dukes Kopf in deinem Schoß, und den komplizierten Kaffee trinken, den du so gern magst und den ich dir kaufe, bevor wir nach Hause fahren.«

»Oder?«, fragte sie und legte den Kopf schief.

»Wir können die Wanderung machen, die wir geplant haben. Wenn wir nach Hause kommen, kannst du Finley und die anderen anrufen und ihnen alles über Mittens erzählen. Dann kannst du mit Drew über deine Finanzen sprechen und sehen, ob du deinen Zeitplan für die Eröffnung von Fallports erster tierärztlicher Notfallpraxis nicht schon bald ansetzen solltest. Nachdem ich dir ein proteinreiches Abendessen zubereitet habe, damit du genügend Energie hast, kannst du mit mir ins Bett gehen und es mir so richtig besorgen.«

Sie lachte. »Jedes Mal wenn du sagst, dass ich die Kontrolle habe, lande ich auf dem Rücken mit deinem Kopf zwischen meinen Beinen und komme völlig aufgelöst zum Orgasmus, immer und immer wieder.«

»Beschwerst du dich etwa?«, fragte er ernst.

»Ähm ... was für eine blöde Frage. Nein«, erwiderte sie. »Hast du jemals den Achtzigerjahre-Film *Die Rache der Eierköpfe* gesehen?«

»Natürlich«, bestätigte Raid und zog die Stirn in Falten. »Warum?«

»Weil es eine Stelle gibt, in der Lewis, der Streber und Held des Films, sagt, dass Sportler nur an Sport denken und Eierköpfe nur an Sex. Ich glaube, er hatte nicht unrecht.«

Raid grinste. Dann wurde er nüchtern. »Ich habe lange auf eine Frau wie dich gewartet.«

»Eine Frau wie mich?«, fragte Khloe. »Verkrüppelt, launisch und bissig?«

»Schön, loyal, witzig, kann sich behaupten, wenn ich sie blöd von der Seite anmache, und sieht über meine irrsinnige Größe, mein knallrotes Haar und meine spitzen Elfenohren hinweg.«

Khloe griff nach oben und fuhr mit ihren Fingern über eines seiner Ohren. »Du bist perfekt, Raiden. So sehr, dass ich mir immer wieder sagen muss, dass das kein Scherz ist. Dass du mich wirklich magst und dass du nicht nur mit mir spielst.«

»Das sage ich mir auch jeden Abend, wenn ich dich im Arm halte«, beruhigte Raid sie.

Khloe stellte sich auf die Zehenspitzen und Raid senkte den Kopf, um ihr auf halbem Weg entgegenzukommen. Der Kuss fühlte sich anders an als andere Küsse, die sie in der Vergangenheit bekommen hatte. Er enthielt ein Versprechen. Ein Versprechen auf viele weitere Tage und Nächte, die noch kommen würden.

Als sie sich zurückzog, bemerkte Khloe: »Ich glaube, ich verzichte auf den Nervenzusammenbruch und wähle die zweite Option. Aber ich behalte mir das Recht vor, in Zukunft einen Nervenzusammenbruch zu erleiden, wenn die Dinge aus dem Ruder laufen.«

»Abgemacht«, sagte Raid zu ihr.

Dann richtete Khloe die Aufmerksamkeit auf Duke. Er stand immer noch an ihrer Seite und eine große Menge Sabber tropfte von seiner Wange auf den Kies zu seinen Füßen.

»Wer ist ein guter Junge?«, rief Khloe im Singsang, den sie immer für den Hund benutzte. »Du! Duke ist ein guter Junge.«

Sein Hund genoss ihre Aufmerksamkeit, aber Raid konnte es ihm nicht verdenken. Schließlich richtete Khloe sich auf und sagte: »Machen wir jetzt diese Wanderung oder was?«

Sie würde vielleicht nicht so denken, aber Khloe war außergewöhnlich stark. Raid gefiel es nicht, dass sie sich selbst als Krüppel bezeichnet hatte. Ihr Hinken mochte sie körperlich einschränken, aber sie hatte ein Rückgrat aus Stahl. Es gab nicht viele Menschen, die so viel durchmachen konnten wie sie und trotzdem so unbeschadet aus der Sache herauskamen wie sie.

Raid wusste, dass ihre Kämpfe noch nicht vorbei waren. Es würde Tage geben, an denen ihr Bein mehr schmerzen würde als sonst, an denen sie sich damit auseinandersetzen musste, dass jemand Alan und den Prozess erwähnte, und vielleicht sogar Jahre, in denen die Mathers alles taten, um sie zu schikanieren. Aber sie war eine Überlebende, und er hatte das Glück, an ihrer Seite sein zu dürfen. Er würde sie nie als selbstverständlich ansehen. Niemals.

KAPITEL VIERZEHN

Khloe schwirrte der Kopf, wie schnell die Eröffnung der Notfallpraxis vonstattengehen würde. Sie hatte wirklich nicht damit gerechnet, dass die Materialien, die sie in Norfolk eingelagert hatte, so schnell geliefert werden würden.

Jason und Scott gingen ihr immer noch auf die Nerven, aber seit Whip und Raid sich ihnen in den letzten Wochen entgegengestellt hatten, waren sie nicht mehr so aggressiv. Das hieß aber nicht, dass sie sich nicht noch immer im Klaren war, dass sie in der Nähe lauerten. Sie hatte keine Ahnung, wie sie es sich leisten konnten, so lange in Fallport zu bleiben. Ob sie Arbeit hatten oder wo sie wohnten, aber sie weigerte sich, zu viel über sie nachzudenken.

Ihr Leben lief erstaunlich gut, und sie wollte nicht daran denken, dass das durch irgendetwas gestört werden könnte. Sie war keine Närrin, sie wusste, dass es Hindernisse auf dem Weg geben würde, aber im Moment wollte sie einfach nur die Zeit mit Raid genießen.

Sie war noch nie mit einem Mann zusammen gewesen, der so hingebungsvoll und ... präsent war wie er. Vielleicht lag es daran, dass sie beide in der Bibliothek arbeiteten und fast den ganzen Tag zusammen waren. Was auch immer der Grund war, Khloe gefiel es. Und zwar sehr. Das würde sich ändern, wenn sie ihre Praxis eröffnete, aber im Moment genoss sie seine Aufmerksamkeit und Zuneigung.

Ihre Nächte verbrachten sie damit, sich gegenseitig zu erforschen, und Khloe genoss die Vorzüge von Raiden, der darauf bedacht war, dass sie immer gut befriedigt und entspannt war, bevor er an seine Befriedigung dachte. Von außen betrachtet könnte Raiden wie ein typischer Nerd aussehen. Dungeons and Dragons, Bibliothekar, ein introvertierter Mensch, der sich nicht für Sport oder andere sogenannte »männliche« Hobbys interessierte. Aber Khloe stellte fest, dass sie einen Nerd jederzeit jedem anderen Mann vorziehen würde. Zumindest würde sie *Raid* jedem anderen vorziehen.

Sie hatte sich noch nie so geliebt gefühlt. Mehr verehrt. Mehr gesehen, als wenn sie mit ihm zusammen war. Er war immer noch bissig und hatte nie ein Problem damit, ihr zu sagen, wenn sie bei der Arbeit etwas vermasselt hatte. Daran hatte sich auch mit ihrem neuen Beziehungsstatus nichts geändert.

Aber der Mann war wirklich unersättlich und genoss es, im Schlafzimmer die Führung zu übernehmen. Insgeheim fand Khloe das toll. Sie war unabhängig und schon lange auf sich allein gestellt, aber es hatte etwas so Befreiendes, sich zurückzulehnen und Raid mit ihr machen zu lassen, was er wollte. Denn alles, was er tun wollte, gab ihr ein verdammt gutes Gefühl.

Am Abend zuvor hatte er zum Beispiel darauf bestanden, ihr eine Ganzkörpermassage zu geben. Von Kopf bis Fuß und dann wieder von unten nach oben. Aber beim zweiten Durchgang tat er alles, um sie zu erregen. Er kniff in ihre Brustwarzen und ließ »versehentlich« einen Finger in ihre Muschi gleiten, während er ihre Schenkel massierte. Als er fertig war, konnte sie nicht sagen, dass sie wirklich sehr entspannt war, aber nachdem er ihr zwei Monsterorgasmen hintereinander verpasst hatte, war sie mehr als zufrieden.

Was Khloe außerdem fast nicht glauben konnte, war die Tatsache, dass Raid immer überrascht schien, wenn sie seine Gefälligkeiten erwidern wollte. Offenbar war er in der Vergangenheit mit egoistischen Frauen zusammen gewesen, die nur nehmen wollten, anstatt zu geben. Eine ihrer schönsten Erinnerungen war der Abend, an dem Khloe auf alle viere gegangen war und Raid gesagt hatte, er solle sich nehmen, was er wolle – *wie* er wolle. Es war klar, dass er in der Vergangenheit noch nie so viel Freiraum bekommen hatte, egal *wie* dominant er im Schlafzimmer war. Dass er sich hinter sie gekniet und sie in einem brutalen Tempo gevögelt hatte, war für sie genauso lustvoll gewesen wie für ihn.

Ja, man konnte mit Fug und Recht behaupten, dass ihr Sexleben mit Raid besser war, als sie es je zuvor erlebt hatte. Aber es gab auch Nächte, in denen sie sich damit begnügten, sich einfach nur im Arm zu halten. Khloe wusste nicht, was ihr besser gefiel.

Es war Montagabend und sie und Raiden hatten ihre Arbeit beendet und waren zu dem Gebäude gegangen, das sie neben Brocks Autowerkstatt gemietet hatte. Rocky war schon da, als sie ankamen, und arbeitete daran, Wände einzubauen, um Räume zu schaffen, in denen sie sich mit den Besitzern und ihren Haustieren treffen konnte, und den Raum für Operationen und den Aufwachraum einzurichten.

Als Khloe Afton angerufen und gefragt hatte, ob sie sich als Tierarzthelferin bewerben wolle, hatte die andere Frau laut gekreischt und dankend zugestimmt. Sie hatte auch zwei ihrer Freundinnen aus ihrer Tierarzthelferinnen-Ausbildung angeworben. Eine lebte bereits in Fallport und wohnte noch bei ihren Eltern, die andere würde aus Richmond zu ihrem Team stoßen.

Es war nervenaufreibend und fast überwältigend, dass sie das tatsächlich machte, aber Khloe war glücklich.

Jason und Scott waren einmal in der im Bau befindlichen Praxis aufgetaucht, aber jemand hatte Whip alarmiert, der nun von einigen Stadtbewohnern in einem anderen Licht gesehen wurde. Kaum war er mit quietschenden Reifen vorgefahren, waren Jason und Scott auch schon wieder verschwunden.

Khloe war vorsichtig optimistisch, dass die Dinge in ihrem Leben doch noch in Ordnung kommen könnten.

Sie beobachtete Rocky dabei, wie er eine Stelle auf dem Boden abmaß, an der er die Trockenbauwände für die Untersuchungsräume aufstellen sollte, als Raids Telefon klingelte. Sie hörte, wie er den Anruf entgegennahm.

»Tonka! Lange nichts von dir gehört. Was gibt's?«

Khloe schaute zu ihm hinüber. Sie konnte die andere Seite des Gesprächs nicht hören, aber je länger Raid ihm zuhörte, desto besorgter wurde sein Gesichtsausdruck und desto mehr verspannte er seinen Körper.

»Wie zum Teufel konnte das passieren?«, bellte er plötzlich.

Khloe zuckte zusammen. Sie hatte noch nie so viel Hass in seinem Tonfall gehört wie in diesem Moment. Als sie eine Hand auf ihrem Ellbogen spürte, schaute sie auf und sah Rocky an ihrer Seite, der Raid stirnrunzelnd ansah.

»Das ist doch Blödsinn! Wissen die denn nicht, wozu er fähig ist?«

Khloe war plötzlich ganz mulmig zumute. Sie hatte keine Ahnung, was hier los war, aber es war nicht gut, so viel war ihr klar.

»Wie hoch sind die Chancen, dass er dort bleibt?«, fragte Raid den geheimnisvollen Tonka. »Ja. Das werde ich. Und du auch. Wenn du mehr herausfindest, lass es mich wissen. Ja, ebenfalls. Ich habe gehört, dass du jetzt verheiratet bist. Du musst dafür sorgen, dass du in Sicherheit bist. Wenn es sein muss, kümmere ich mich um die Sache. Ich weiß, und Khloe bedeutet mir sehr viel, aber *niemand* ist sicher, wenn er da draußen ist. Allerdings. Ja, das stimmt. Danke für die Vorwarnung. Ich bleibe in Kontakt.«

Raid legte auf, bewegte sich aber nicht. Er starrte einfach ins Leere.

»Raid?«, fragte Khloe leise.

Er zuckte zusammen, als hätte er vergessen, wo er war und dass sie überhaupt da war. Dann drehte er sich ohne ein Wort um und verließ das Gebäude.

»Was zum Teufel ist mit ihm los?«, murmelte Khloe.

»Bleib hier, ich werde mit ihm reden«, sagte Rocky zu ihr.

»Nein, ich werde gehen.«

»Ich bin mir nicht sicher, ob das eine gute Idee ist. Irgendetwas stimmt nicht, und er könnte es an dir auslassen«, bemerkte Rocky.

Khloe drehte sich zu ihm um und stemmte die Hände in die Hüften. »Ich kann seine schlechte Laune aushalten«, erklärte sie ihm. »Ich bin kein zartes Mimöschen, das verwelkt, wenn er seine Stimme erhebt. Ich bin ein Jahr lang mit ihm klargekommen, bevor wir angefangen haben, ein Paar zu sein, und ich werde auch jetzt mit ihm fertig.«

»Na gut, aber wenn er etwas sagt, das dich verletzt, nimm es nicht persönlich.«

»Wer ist Tonka? Weißt du das?«, fragte sie Rocky. Sie wollte ihm sagen, dass Raid ihr auf keinen Fall wehtun würde, aber sie entschied sich dafür, ihn zu fragen, wer am anderen Ende der Leitung gewesen war.

»Er war sein Partner bei der Küstenwache, bevor er dort aufhörte. Er hat nie darüber gesprochen, was ihn dazu gebracht hat zu gehen, aber ich habe den Eindruck, dass es schlimm war.«

Khloe schluckte schwer und nickte.

»Er braucht dich«, bemerkte Rocky, als Khloe sich umdrehte, um Raid zu folgen. »Er hat eine Menge in sich aufgestaut. Er versteckt es gut, aber er hatte kein einfaches Leben. Er glaubt tatsächlich die Klischees, die man ihm aufzwingt. Dass er ein komischer Kauz ist, der nicht so viel wert ist wie andere.«

»Das ist alles Blödsinn. Ich liebe alles an ihm.«

»Gut. Geh jetzt. Ich schließe hier ab, wenn ich fertig bin. Bring ihn nach Hause und bring ihn dazu, mit dir zu reden. Sieh zu, dass du ihn aus dem Loch herausholst, in den ihn der Anruf seines alten Freundes gestürzt hat.«

Khloe nickte und Entschlossenheit stieg in ihr auf. Raid hatte so viel für sie getan. Er hatte sie bedingungslos unterstützt. Er hatte nicht einmal mit der Wimper gezuckt, als er erfahren hatte, wie viel sie vor ihm und ihren anderen Freunden verheimlicht hatte. Er hatte sie genau so akzeptiert, wie sie war. Jetzt war es an ihr, für ihn da zu sein. Sein Fels in der Brandung zu sein, so wie er es für sie gewesen war.

Es würde nicht leicht werden. Ein Leben lang hatte er seine Gefühle zurückgehalten. Er hatte der Welt nur das gezeigt, was sie seiner Meinung nach sehen wollte. Und was auch immer zwischen ihm und Tonka vorgefallen war, was auch immer sein alter Freund ihm erzählt hatte, hatte wahrscheinlich schlimme Erinnerungen geweckt.

Sie atmete tief durch und ging zur Tür hinaus, um zu sehen, was sie für den Mann tun konnte, der ihr die Welt bedeutete. Er bedeutete ihr mehr als ihre Karriere. Mehr als ihre Geheimnisse.

»Steig ein.«

Raid drehte sich um und sah, wie Khloe mit dem Kopf auf seinen Wagen deutete, während sie zur Fahrerseite ging.

»Ich denke nicht ...«, begann er, aber sie ließ ihn nicht ausreden.

»Gut. Es ist besser, wenn du nicht denkst. Steig einfach ein. Wir fahren nach Hause.«

Raid ging die Information, die Tonka ihm gerade gegeben hatte, nicht aus dem Kopf. Es war buchstäblich sein schlimmster Albtraum, der wahr geworden war.

Er wusste, dass dieser Tag kommen würde, aber er hatte angenommen, dass er noch Jahre in der Zukunft liegen würde.

Es war zu früh. Viel zu früh. Er und Khloe hatten gerade erst angefangen ... und jetzt musste er mit ihr Schluss machen. Zu ihrem eigenen Besten. Zwischen ihn und die Menschen, die er liebte, einen Abstand zu bringen, war die einzig mögliche Lösung. Sie schwebten *alle* in Gefahr. Er wusste das bis ins Mark seiner Knochen.

Und das nicht wegen des belanglosen Blödsinns, den sich die Mathers erlaubten.

Raid bewegte sich wie durch dicke Melasse und ging zur Beifahrerseite seines Wagens. Normalerweise hätte ihn der Anblick von Khloe, die den Sitz ganz nach vorn geschoben hatte, um die Pedale zu erreichen, zum Lachen gebracht, aber im Moment spürte er nichts. Er fühlte sich wie betäubt.

Duke war auf den Rücksitz gesprungen, nachdem Khloe ihm die Tür geöffnet hatte, und er konnte hören, wie sein Hund es sich noch immer im Wagen gemütlich machte, als Khloe vom Parkplatz fuhr. Es dauerte nicht lange, bis sie wieder bei ihm zu Hause ankamen. Schweren Herzens stieg er aus, schnappte sich Dukes Leine und ging auf die Haustür zu.

Sobald die Tür sich hinter ihnen geschlossen hatte, drehte Raid sich um, um ihr zu sagen, dass sie ihre Sachen holen und gehen solle, aber Khloe ergriff zuerst das Wort.

»Bring Duke nach draußen. Lass ihn sein Geschäft verrichten. Dann komm wieder rein und zieh dich um. Ich bereite etwas für das Abendessen vor. Wir essen, dann setzen wir uns auf das Sofa und du erzählst mir alles.«

Er blinzelte überrascht. Hatte er sie schon einmal so dominant erlebt? Nun, ja. Natürlich hatte er das. »Ich denke, du solltest gehen, Khloe.«

»Schön, dass du das denkst, aber es wird nicht passieren. Duke muss sein Geschäft erledigen, Raid. Du weißt, dass er das nur in seinem eigenen Garten macht. Geh und lass ihn raus.«

Überrascht von ihrem Widerstand und ihrer Weigerung, auf seine Aufforderung hin zu gehen, drehte Raid sich um und ging mit Duke zur Hintertür.

Zwanzig Minuten später, nachdem der verdammte Hund es geschafft hatte, jeden Zentimeter des Gartens zu beschnüffeln und den perfekten Busch zu finden, über den er sich hocken konnte, war Raid wieder einigermaßen zur Vernunft gekommen. Aber damit kam auch der Schmerz zurück, den er vor all den Jahren erlebt hatte. Erinnerungen stürmten auf ihn ein, als er sich an das letzte Mal erinnerte, als er Tonka gesehen hatte.

Er war noch entschlossener als zuvor, Khloe zum Gehen zu bewegen. Jason und Scott waren nichts im Vergleich zu der Gefahr, die eine Beziehung mit ihm für sie bedeuten würde.

»Zieh dich um«, befahl Khloe, als er das Wohnzimmer betrat.

Raid zögerte. Er wollte protestieren, aber er brauchte

eine Dusche noch dringender. Vielleicht würde das die klagende Angst, die von ihm Besitz ergriffen hatte, abwaschen.

Als er mit dem Duschen fertig war, war er zwar sauber, aber er fühlte sich trotzdem nicht besser. Er ging ins Wohnzimmer und sah Duke auf dem Rücken liegen, die Pfoten in der Luft, während er auf seinem Hundebett schnarchte. Als er sich der Küche zuwandte, sah er, wie Khloe eines seiner Lieblingsgerichte auftischte. Spaghetti mit Hotdogs.

Es war kindisch und irgendwie unappetitlich, aber es war das, was seine Mutter immer für ihn gemacht hatte, wenn er weinend nach Hause gekommen war, nachdem er in der Schule wegen seiner roten Haare, seiner Größe und seiner Ohren gehänselt worden war. Auch wenn er seinen Eltern heute nicht mehr so nahestand, hatte er Khloe erzählt, dass Spaghetti und Hotdogs ein Wohlfühlessen waren, das ihm immer ein gutes Gefühl gab.

Und sie hatte sich daran erinnert. Und irgendwie wusste sie, dass es genau das war, was er im Moment brauchte.

Natürlich änderten Nudeln und Hotdogs nichts an dem, was Tonka zu ihm gesagt hatte.

Er erinnerte sich nicht daran, dass er gegessen hatte, aber offensichtlich hatte er es getan, denn im nächsten Moment brachte Khloe seinen leeren Teller in die Küche.

»Khloe ... bitte hör auf. Du musst wirklich gehen. Es tut mir leid, aber ...«

»Ich habe dich schon beim ersten Mal verstanden, Raid. Und ich werde trotzdem nicht gehen.«

»Der Anruf, den ich vorhin bekommen habe ...« Er schloss kurz die Augen. »Wenn du mit mir zusammen bist, schwebst du in Gefahr, und damit komme ich nicht klar. Also ist es aus mit uns. Nichts, was du sagst, wird mich umstimmen«, erklärte er ihr steif, während sie das Geschirr in die Spülmaschine stellte.

Khloe drehte sich um, und ihr Blick war so wütend, dass Raid zusammenzuckte.

»Ich weiß, dass du heute schlechte Nachrichten erhalten hast und davon immer noch schockiert bist, aber du fängst an, mich zu nerven.«

Es war seltsam, dass Raid gleichzeitig zu Tode erschrocken und stolz auf sie war.

Als er nicht antwortete, schüttelte sie den Kopf. »Warum gehst du nicht runter in deine Männerhöhle und ruhst dich ein bisschen aus?«, sagte sie und er konnte ihr anhören, wie enttäuscht sie war.

Die Wahrheit war, dass Raid natürlich *nicht* wollte, dass Khloe ging. Also drehte er sich um und ging ohne ein Wort in den Keller.

Als die Tür sich hinter ihm schloss, bereute er es, gegangen zu sein. Er war ein Idiot. Aber er hatte einen guten Grund dafür.

Er wusste nicht, wie lange er schon unten gewesen war, als er Schritte auf der Treppe hörte. Raid saß auf dem Sofa und starrte, in die Vergangenheit versunken, ins Leere. Er drehte sich um, um zu sehen, was Khloe wollte.

Aber es war nicht Khloe, sondern Rocky, der erschien.

»Hey, Kumpel. Khloe hat mich angerufen.«

Natürlich hatte sie das. Aber überraschenderweise war Raid nicht verärgert darüber. Er musste mit *jemandem* reden und war noch nicht bereit, diese schreckliche Geschichte mit Khloe zu teilen. Sie liebte Tiere so sehr, dass er wusste, dass es sie fast so sehr verletzen würde wie ihn.

Rocky war ein SEAL gewesen. Raid hatte keinen Zweifel daran, dass sein Freund viele Leute kannte, die sich wegen seines Jobs an ihm rächen wollten.

»Hey«, erklärte er mit Verspätung.

Rocky setzte sich auf den Stuhl vor seinem Computer, lehnte sich zurück und sah völlig entspannt aus, als sei dies nichts weiter als ein Freundschaftsbesuch. Aber sie wussten beide, dass das nicht der Fall war.

Nach einer Weile begann er zu sprechen. »Khloe sagte, der Anruf habe dich sehr mitgenommen. Das weiß ich, weil ich dabei war. Sie sagte auch, dass du jetzt ein launischer Mistkerl bist und einen Mann brauchst, mit dem du darüber reden kannst.«

Raid konnte sich ein Lachen nicht verkneifen. Das klang genau nach Khloe. Aber dann wurde er sofort wieder ernst. »Mit mir zusammen zu sein könnte sie in große Gefahr bringen.«

»Warum fängst du nicht von vorn an?«, schlug Rocky vor.

Das tat er dann auch. Raid erzählte seinem Freund alles. Er ließ nichts aus.

Als er fertig war, waren fast dreißig Minuten vergangen. Rocky hatte ihn nicht unterbrochen, sondern ihm einfach zugehört. Als er sich nicht sofort äußerte, sagte Raid: »Du verstehst also, warum ich sie wegschicken muss. Sie ist in Gefahr, wenn sie in meiner Nähe bleibt.«

»Was ich verstehe, ist, dass du und Khloe euch so ähnlich seid, dass es fast unglaublich ist«, bemerkte Rocky.

Raid runzelte die Stirn.

Rocky fuhr fort: »Sie wollte sofort abhauen, als sie merkte, dass die Mather-Brüder sie gefunden hatten, stimmt's?«

»Ja«, entgegnete Raid achselzuckend.

»Und was ist der Unterschied zu damals? Du hast von der *möglichen* Bedrohung erfahren – niemand hat bisher Beweise dafür, dass es überhaupt eine Bedrohung gibt – und bist bereit, mit ihr Schluss zu machen, sie aus deinem Leben zu werfen und wieder der Einsiedler zu werden, der du vor ein paar Monaten noch warst ... nur für den Fall.«

Raid starrte seinen Freund an. Eigentlich hatte er ja

recht. Es gab keine Möglichkeit zu wissen, dass eine Bedrohung unmittelbar bevorstand, aber seine instinktive Reaktion war, Khloe zu ihrem eigenen Besten wegzuschicken. Er hatte sogar schon darüber nachgedacht, Duke an einen der Jungs aus dem Team zu übergeben und Fallport ganz zu verlassen. »Das ist nicht ganz dasselbe«, protestierte er. »Sie wird nicht von einem verrückten Mörder gejagt.«

»Das wirst du auch nicht. Erstens weißt du nicht, ob er überhaupt hinter dir her sein wird«, entgegnete Rocky. »Aber abgesehen davon ... Alan Mather hat *versucht*, sie zu töten. Er hat sie mit einem verdammten Lieferwagen überfahren und nur durch Glück hat er ihr nicht den Schädel zermalmt. Wenn das kein Psycho ist, weiß ich nicht, was sonst. Und ich glaube, sie hat allen Grund zu der Annahme, dass seine Brüder versuchen könnten, das zu beenden, was er nicht geschafft hat.«

Raid presste die Lippen zusammen. Verdammt. Rocky hatte recht.

»Ich muss mit ihr reden«, bemerkte er nach einem Moment.

»Ja«, stimmte sein Freund zu.

»Ich wollte sie vor all dem schützen, Rocky«, murmelte Raid.

»Und ich bin sicher, dass sie deshalb auch so lange *ihre* Geheimnisse für sich behalten hat. Sie wollte ihre neuen Freunde schützen. Dich.« Rocky stand auf. »Ich schicke sie runter und schließe ab, wenn ich gehe.«

»Danke.« Raid hatte wirklich die besten Freunde. Er war sich sicher, dass Rocky heute Abend etwas Besseres zu tun gehabt hatte, als hierherzukommen. Und trotzdem war er sich sicher, dass er nicht gezögert hatte, als Khloe ihn anrief.

Sie musste oben auf ihn gewartet haben, denn kaum hatte Raid die Kellertür hinter Rocky geschlossen, hörte er Dukes Pfoten auf der Treppe und Khloe dicht dahinter.

»Ist es sicher, runterzukommen?«, fragte sie, als sie am Fuß der Treppe erschien.

Duke tapste direkt zu Raid hinüber und legte seinen Kopf für einen Moment auf seinen Schoß, bevor er zu seinem Hundebett in der Ecke ging und sich mit einem Seufzer hinlegte.

»Danke, dass du Rocky angerufen hast«, sagte Raid zu ihr. Es war offensichtlich, dass sie besorgt war, denn anstatt sich neben ihn auf das Sofa zu setzen, nahm sie den Platz ein, den Rocky gerade frei gemacht hatte.

»Ich verstehe das Bedürfnis nach Geheimnissen«, erklärte Khloe ernst, ohne seinen Dank zu erwidern. »Ich bin die Letzte, die jemandem böse sein würde, wenn er welche hat. Aber ich dachte, wir bauen etwas zusammen auf, Raid. Es geht ja nicht darum, dass du ständig völlig glücklich und sorglos sein sollst. Du hast viel Mist durchgemacht ... Mist, von dem ich nichts weiß, und das ist okay. Aber es ist ein Teil dessen, was du bist. Es hat dich zu dem Mann gemacht, der du heute bist. Zu dem Mann, in den ich mich verliebt habe.

Ich verstehe sogar, dass du mich wegstoßen willst, um mich zu schützen. Ich habe dasselbe monatelang mit dir und allen anderen in dieser Stadt gemacht. Aber du hast mir gezeigt, dass ich stärker bin, wenn Menschen an meiner Seite sind. Menschen, die mir Rückendeckung geben. Heißt das, dass meine Probleme verschwunden sind? Nein. Bin ich vor Jason, Scott und Alan völlig sicher? Auch hier, nein. Aber ich will nicht mehr, dass sie mein Leben kontrollieren. Ich will das tun, was ich liebe – Tieren helfen –, und ohne eure Unterstützung wäre ich nie so weit gekommen, wie ich jetzt bin.

Ich mache mir immer noch Sorgen. Ich habe immer noch Angst. Aber ich bin nicht mehr bereit, mein Leben von ihnen kontrollieren zu lassen. Wenn ich weglaufe, wenn ich hier alles aufgebe, haben sie gewonnen. Und das will ich nicht zulassen.«

Raid starrte Khloe an. Sie war klug. So verdammt klug.

Sie fuhr fort: »Du hast heute einen Schock bekommen. Ich verstehe das. Ich habe das auch schon erlebt. Die Kampf-oder-Flucht-Reaktion setzt ein und es ist so viel einfacher wegzulaufen, als zu bleiben. Aber ich bin hier. Genauso wie deine Freunde und Teamkameraden. Wir werden an deiner Seite kämpfen, wenn es sein muss. Aber ich werde *nicht* zulassen, dass du mich wegstößt. Ich bin zäher, als du denkst, Raid. Ich kann mit allem umgehen, was dich so nervös macht. Lass mich an deiner Seite bleiben. Lass mich *dir* Rückendeckung geben. Ich bin vielleicht kein knallharter SEAL und war auch nie bei der Küstenwache, aber ich lasse mich nicht so schnell unterkriegen.«

»Komm her«, befahl Raid und hielt ihr die Hand hin. Er hielt den Atem an und wartete ab, was sie tun würde. Sie hatte jedes Recht, die Augen zu verdrehen und ihn abzuweisen, aber zu seiner großen Erleichterung stand sie sofort auf und ging auf ihn zu.

Sie setzte sich auf seinen Schoß, ließ sich von ihm in den Arm nehmen und kuschelte sich an ihn, legte einen Arm um seinen Bauch und zwängte den anderen zwischen seinen Rücken und das Sofa. Ihre Wange ruhte auf seiner Brust und sie seufzte, als hätte sie sich Sorgen gemacht, wie sie aufgenommen werden würde.

Und Raid gefiel das gar nicht. Sie hatte alles richtig gemacht. Sie hatte ihm Freiraum gelassen, hatte ihn ignoriert, als er halbherzig versucht hatte, mit ihr Schluss zu machen, und hatte Rocky angerufen.

»Ich war wahnsinnig gern bei der Küstenwache«, begann er schließlich. Es war keine schwere Entscheidung, ihr von dem letzten Einsatz zu erzählen, aber sie brauchte erst ein wenig Hintergrundwissen. »Ich habe mir die größte

Mühe gegeben, um in das Hundeführerprogramm aufgenommen zu werden. Das schaffen nur sehr wenige und es ist extrem hart. Ich war wegen meiner Größe nicht der beste Kandidat. Aber ich habe mich geweigert aufzugeben. Ich habe das Training mit einem Mann namens Finn Matlick absolviert. Sein Spitzname ist Tonka, weil er wie ein Lastwagen gebaut ist. Wir verstanden uns auf Anhieb und wurden Freunde.

Sein Belgischer Malinois hieß Steel und meiner hieß Dagger. Sie waren großartig. Sie taten alles, was wir von ihnen verlangten, ohne zu zögern. Sie vertrauten uns vollkommen, genauso wie wir ihnen. Wir waren eine gut geölte Maschine, und zusammen haben wir vier eine Menge Drogenverhaftungen vorgenommen.« Raid holte tief Luft. Er dachte nicht gern an diesen letzten schrecklichen Tag, aber Khloe hatte es verdient zu erfahren, was passiert war. Worum es bei dem Telefonat heute gegangen war.

Sie unterbrach ihn nicht. Gab keine bedeutungslosen Plattitüden von sich. Sie drückte ihn einfach fester an sich und ließ ihn wissen, dass sie zuhörte.

»Wir haben ein verdächtiges Boot durchsucht. Es war ziemliche Routine, und anstatt auf Verstärkung zu warten – was so dumm war –, waren wir so eingebildet, dass wir annahmen, wir würden es auch allein schaffen. Es war ein ziemlich kleines Schnellboot. Wir konnten nur eine Person an Bord sehen, als wir neben dem Boot anlegten. Wir bestiegen das Boot ... und fast sofort wurde ich bewusstlos geschlagen. Jemand war hinter mir aufgetaucht und hatte versucht, mir den Schädel einzuschlagen. Dann hat derjenige auf mich geschossen, um sicherzugehen, dass ich nicht wieder aufwache und den Kerlen den Spaß verderbe.«

»Verdammt!«, murmelte Khloe.

»Ja. Bei mir waren die Lichter ausgeknipst. Ich habe nichts von dem mitbekommen, was um mich herum passiert ist. Sie hätten mich einfach über Bord werfen können.«

Als er eine ganze Minute lang nichts sagte, fragte Khloe: »Was ist passiert?«

Raid schluckte schwer. »Die Hölle ist losgebrochen. Wir wussten nicht, dass der Fahrer des Bootes Pablo Garcia war. Einer der berüchtigtesten und skrupellosesten Drogenbarone Südamerikas. Einer seiner Männer hatte sich hinter einigen Kisten an Bord versteckt und er war es, der mir auf den Kopf geschlagen hatte. Tonka hatte nicht so viel Glück. Als Pablo drohte, ein zweites Mal auf mich zu schießen, ergab er sich und wurde gefesselt. Dann fing Pablo zum Spaß an, Dagger und Steel zu foltern.«

Khloe atmete scharf ein und hob den Kopf. »Was?«

»Ja. Sie fesselten die Hunde, banden ihre Beine zusammen und quälten sie weiter. Ich erspare dir die Details ... aber Tonka musste jeden Moment davon miterleben. Er musste in die flehenden Augen von Steel schauen und konnte nichts tun, um ihm zu helfen. Du musst verstehen, dass diese Hunde in jeder Hinsicht unsere Partner waren. Wir hätten alles für sie getan, und sie hätten dasselbe für uns getan. Sie leiden zu sehen ... das hat etwas in Tonka zerbrochen.

Als Pablo und seine Männer ihre Spielchen satthatten, warfen sie Steel und Dagger über Bord, aber erst, nachdem sie sie mit etwas beschwert hatten, das sie an Bord hatten.«

Khloe schnappte nach Luft. »Lebendig?«

Raid nickte.

»Oh mein Gott, das ist ja furchtbar!«

Das war es auch. Es war mehr als furchtbar. Und Raid musste mit der Tatsache leben, dass er in Daggers letzten Momenten auf dieser Welt bewusstlos gewesen war. Der Hund hatte wahrscheinlich sein Herrchen um Hilfe angewinselt und nicht den geringsten Trost bekommen, weil Raid bewusstlos gewesen war.

»Offenbar hatte Garcia die Absicht, dasselbe mit uns zu tun. Er wollte uns foltern und über Bord werfen, als wir noch am Leben waren, aber schließlich kam unsere Verstärkung. Es gab eine Schießerei, und Tonka wurde ein paarmal von verirrten Kugeln getroffen, aber wie durch ein Wunder wurde er nicht getötet.«

»Gott sei Dank«, hauchte Khloe.

»Er war danach nicht mehr derselbe«, sagte Raid traurig. »Der Mann, den ich kannte und wie einen Bruder liebte, war weg. Seinen treuen Gefährten so leiden zu sehen, wie er es hatte tun müssen ...« Raids Stimme verebbte, und er musste sich räuspern, bevor er weitersprechen konnte. »Und meine Schuldgefühle waren so groß, dass ich wusste, dass ich niemals bei der Küstenwache weitermachen konnte. Wir haben beide gekündigt und sind getrennte Wege gegangen.«

»Geht es ihm gut?«, fragte Khloe.

»Erstaunlicherweise ja. Jetzt. Er lebt in New Mexico. Er und einige Männer, die er kennengelernt hat, haben eine Art Resort für Menschen mit posttraumatischer Belastungsstörung gegründet. Er lebt in den Wäldern, umgeben von großen und kleinen Tieren. Kühe, Ziegen, Hunde, Katzen und sogar ein paar Hühner, soweit ich weiß. Außerdem ist er verheiratet, hat eine Stieftochter im Teenageralter und jetzt auch ein Baby.«

»Gut«, hauchte Khloe. »Ich freue mich für ihn.«

»Ich mich auch«, erklärte Raid. Und das tat er auch. Der Mann war durch die Hölle gegangen und hatte es verdient, endlich glücklich zu sein. Zufrieden. Und nach dem, was er auf der Webseite von der *Zuflucht* gesehen hatte, ging es seinem alten Freund sehr gut.

»Worum ging es bei dem Anruf heute?«, wollte Khloe wissen.

Raid seufzte. »Pablo Garcia wurde wegen Überfüllung und angeblich guter Führung aus dem Gefängnis entlassen.«

Sie sprang auf und starrte ihn mit großen Augen an. »Was?«

Er nickte. »Der Anruf kam von Tonka, der mir mitteilte, dass Garcia frei ist. Er wurde abgeschoben, aber wir beide wissen, dass das nichts bedeutet. Bevor er von dem Boot aus der Hölle weggeschleppt wurde, schwor er, das zu beenden, was er angefangen hatte. Er wollte uns beide auslöschen. Ich habe keinen Zweifel daran, dass er uns irgendwie und irgendwann finden wird.«

Anstatt ängstlich oder besorgt auszusehen, ging ein entschlossener Blick über Khloes Gesicht. »Ich würde gern sehen, wie er es versucht«, erklärte sie giftig. »Dieser Mistkerl, hundemordender Abschaum.«

Zu seiner Überraschung musste Raid versuchen, ein Lächeln zu unterdrücken. Nicht über Khloe, niemals über sie, aber sie war normalerweise niemand, der fluchte. Und sie so fluchen zu hören war so untypisch und zeigte ihm genau, wie wütend sie in seinem Namen war. Aber dann wurde er ernst. »Deshalb denke ich, dass es besser ist, wenn wir beide uns eine Weile eine Pause gönnen. Zumindest so lange, bis Tonka und ich herausgefunden haben, wo er ist und was er möglicherweise geplant hat.«

»Nein.«

Raid runzelte die Stirn und wartete darauf, dass sie weitersprach, aber das tat sie nicht.

»Khloe ...«, fing er an, aber sie schüttelte den Kopf, noch immer an ihn geschmiegt.

»Nein. Ich habe keine Angst vor ihm und ich werde dich damit nicht allein lassen.«

»Du *solltest* Angst vor ihm haben«, gab Raid zu bedenken.

»Nun, das habe ich nicht. Ich weiß auch nicht warum. Wenn er tatsächlich so dumm ist hierherzukommen, um dich zu töten, dann ist er vollkommen fehl am Platz. Wir sind hier nicht auf einem Boot mitten im Ozean. Er kann nicht einfach nach Fallport kommen und denken, dass er dich töten kann, und dann verschwinden. Wir können tun, was wir für mich getan haben. Die Leute sollen wissen, was los ist, und nach einem Fremden Ausschau halten, der sich für dich interessieren könnte.«

»Auf keinen Fall«, erklärte Raiden und schüttelte nachdrücklich den Kopf.

Khloe setzte sich auf, und er vermisste sofort ihre Wärme. »Warum?«, wollte sie wissen.

»Weil ich nicht will, dass sich jemand in meine Angelegenheiten einmischt«, erklärte er ihr.

»Es ist also okay, wenn sich Leute in *meine* Angelegenheiten einmischen, aber nicht in deine?«, fragte sie ärgerlicherweise sehr vernünftig.

»Das ist nicht dasselbe«, protestierte er.

»Ich weiß, dass du Schuldgefühle hast, aber es war nicht deine Schuld, Raid. Du wurdest bewusstlos geschlagen. Angeschossen! Wenn du wach gewesen wärst, hättest du genauso gelitten wie dein Freund. Und in vielerlei Hinsicht war es *schlimmer* für dich, weil du nicht wusstest, was passierte, und du dich nicht von Dagger verabschieden konntest. Aber du hast nichts falsch gemacht. *Gar nichts.* Wer kann sagen, dass dieser Garcia dir oder Tonka nicht noch schlimmere Dinge angetan hätte, wenn du bei Bewusstsein gewesen wärst? Vielleicht hätte er sich anstelle der Hunde an deinem Freund vergriffen, nur um dich zu quälen. Es ist schrecklich, Raid. Daran gibt es keinen Zweifel. Aber du brauchst dich nicht zu schämen.«

Er war nicht ganz davon überzeugt, dass sie recht hatte, aber sie war nicht der erste Mensch, der ihm das sagte. Als sie das letzte Mal über diesen Tag gesprochen hatten, hatte Tonka sogar gesagt, er sei froh, dass er die ganze Zeit bewusstlos gewesen sei. Dass Raid nicht gesehen hatte, was er gesehen hatte.

»Außerdem müssen wir nicht alle Details darüber verbreiten, was passiert ist. Nur, dass jemand, den du bei der Küstenwache verhaftet hast, es auf dich abgesehen hat und vielleicht in die Stadt kommt, um eine Rechnung zu begleichen. Du weißt, dass das ausreichen wird, damit die Leute jeden Fremden, den sie sehen, dem armen Simon und den anderen Polizeibeamten melden. Wenn ich im letzten Monat *etwas* gelernt habe, dann, dass die Menschen hier alles tun, um einen von ihnen zu schützen. In letzter Zeit gab es genügend Traumata für ein ganzes Leben. Außerdem ... bist du hier ein Held. Wie viele Vermisste habt du und Duke schon gefunden?«

»Ich weiß es nicht«, entgegnete Raid achselzuckend.

»Nun, es sind eine Menge. Und sobald die Leute hören, dass du und Duke in Gefahr sein könntet, werden sie eingreifen.«

»Wenn du meinetwegen verletzt wirst ...« Seine Stimme wurde leiser.

Khloe setzte sich so auf seinen Schoß, dass sie ihm direkt ins Gesicht sehen konnte, und nahm sein Gesicht in ihre Hände. »Jetzt weißt du genau, wie ich mich fühle«, sagte sie leise.

Raid ließ seine Hände zu ihrer Taille gleiten und hielt sie fest, während sie weitersprach.

»Ich kann dir nicht versprechen, dass dir wegen der Mathers nichts passieren wird, genauso wenig wie du mir versprechen kannst, dass *mir* wegen deiner Probleme nichts passieren wird. Wir können nichts weiter tun, als aufmerksam zu bleiben und miteinander zu kommunizieren. Wir sind schon jetzt vorsichtig, wir werden nur *noch* vorsichtiger sein. Aber trotz der Mathers war ich in den letzten Wochen so glücklich wie seit Jahren nicht mehr, und das habe ich dir zu verdanken. Schick mich nicht weg, Raiden. Bitte!«

Er packte sie fester, zog sie an sich und vergrub sein Gesicht an ihrem Hals. Er brauchte einige Augenblicke, um sich zu sammeln, aber dann lehnte er sich zurück. »Du wirst alles tun, was ich dir sage, ohne zu widersprechen«, befahl er.

Khloe nickte.

»Du wirst kein Risiko eingehen. Du wirst niemanden konfrontieren. Du wirst nichts tun, was es Garcia ermöglichen würde, dich in die Finger zu bekommen, wenn er kommt.«

»Das werde ich nicht«, versicherte sie ihm. »Und du wirst auch nichts Verrücktes tun. Du wirst nicht aus der Haut fahren. Du wirst weder mich noch den Rest deiner Freunde wegstoßen.«

Raid konnte sich ein Lächeln nicht verkneifen. »Das werde ich nicht«, versprach er ihr.

»Gut. Wir sind ein Team, Raid. Du, ich und Duke.«

Der Bluthund stöhnte auf, als er seinen Namen hörte, rollte sich auf den Bauch und kam auf die Beine. Er stieg auf das Sofa und schob seinen Kopf zwischen Khloe und Raid.

Raid ließ Khloe mit einer Hand los und streichelte den sabbernden Hund.

»Geht es dir besser?«, fragte Khloe ihn.

»Ja.«

»Gut. Mach das nie wieder, Raid«, erklärte sie in einem genervten Ton.

Dies war so anders als das Verhalten der liebevollen

Frau, die er in seinen Armen gehalten hatte, dass Raid nur nicken konnte und ein schlechtes Gewissen hatte.

»Ich meine es ernst. Wenn du noch einmal versuchst, zu ›meinem eigenen Besten‹ mit mir Schluss zu machen ... werde ich beim nächsten Mal nicht so nett sein.«

Er lächelte. »Ich merke es mir.«

Und da Khloe nun mal Khloe war, nickte sie und ließ es dabei bewenden. »Können wir jetzt nach oben gehen? Ich glaube, du brauchst noch eine Dusche.«

»Ach ja?«, fragte Raid.

»Ja. Denn ich bin mir sicher, dass du Hilfe bei den schwer zugänglichen Stellen auf deinem Rücken brauchst.«

»Und du wirst mir dabei helfen?«

»Wenn ich muss«, entgegnete sie mit einem übertriebenen Seufzer. Dann nahm sie sein Gesicht wieder in ihre Hände und beugte sich vor. »Es wird schon gut gehen. Alles wird gut werden«, erklärte sie ihm.

»Das hoffe ich.«

»Ich bin fest davon überzeugt«, erklärte sie mit Nachdruck. »Ich kann doch nicht einfach den Mann finden, mit dem ich mir vorstellen kann, alt zu werden, nur um ihn jetzt zu verlieren.«

Zufriedenheit durchströmte Raids Adern. »Geht mir auch so«, entgegnete er sanft.

»Bevor wir hier auf dem Sofa zu einem Haufen Glibber verschmelzen, beweg deinen Hintern nach oben und unter die Dusche, Mister.«

Sie stieß einen Schrei aus, als Raid mit ihr auf dem Schoß auf dem Sofa nach vorn rutschte und aufstand.

»Raiden!«, rief sie und schlang schnell ihre Arme um seine Schultern, um sich festzuhalten. »Lass mich nicht fallen!«

»Niemals«, erklärte er ihr voller Zuversicht. »Das Gute daran, dass ich so groß und stark bin, ist, dass ich dich leicht tragen kann.« Er konnte spüren, wie sie sich in seinen Armen entspannte.

»Ja? Vielleicht solltest du mich dann überall hintragen. Mein Bein und so, du weißt schon.«

Er lachte. »Du bist zu eigensinnig und unabhängig, als dass ich dich ständig tragen könnte«, sagte er zu ihr.

»Stimmt. Du kennst mich gut.«

»Das tue ich«, erwiderte er mit einem leichten Nicken. »Genau wie du wusstest, dass es das Beste war, mir etwas Zeit zu geben und Rocky anzurufen, damit er kommt und mich beruhigt. Und ich habe mich nicht mal für das fantastische Essen bedankt.«

Sie rümpfte die Nase und starrte ihn an, als er sich dem oberen Ende der Treppe näherte. »Fürs Protokoll ... Spaghetti und Hotdogs sind einfach eklig.«

Er lachte. »Zur Kenntnis genommen.«

»Aber wenn du dich dann besser fühlst, mache ich es dir jeden Tag, wenn es sein muss.«

Raid blieb auf dem Flur am oberen Ende der Treppe stehen und starrte sie an. Er hatte keine Ahnung, wie er so viel Glück gehabt hatte, Khloe an seiner Seite zu haben. »Ich werde es nicht vermasseln. Aber wenn ich in Zukunft etwas tue, was dich verärgert, so wie heute, dann mach mich bitte darauf aufmerksam.«

»Oh, das werde ich«, entgegnete sie mit einem Lächeln. »Und das Gleiche gilt für dich. Ich mag es zwar, wenn wir aufeinander herumhacken, aber wenn ich jemals zu weit gehe oder etwas sage oder tue, das eine Grenze überschreitet, lass es mich bitte wissen.«

»Du kennst mich besser als jeder andere Mensch«, erwiderte er. »Bis heute habe ich nie über jenen Einsatz und das, was passiert ist, gesprochen. Und jetzt wissen du *und* Rocky es. Es gibt nichts, was du sagen oder tun könntest, was mich dazu bringen würde, dich aufzugeben. Es sei denn, du willst wirklich gehen und tust es nicht nur, um nobel zu sein.«

»Geht mir genauso«, flüsterte sie. »Ich brauche dich, Raid. Bitte.«

Und einfach so zuckte sein Schwanz und wurde steif. »Ich mag es, wenn du bettelst«, neckte er sie, während er wieder den Flur entlangging.

»Ich weiß, dass du das tust«, neckte sie ihn.

Später, viel später, als Raid eine erschöpfte, schlafende Khloe im Arm hielt, dachte er über alles nach, was an diesem Tag passiert war.

Die Angst, die er empfunden hatte, als er erfuhr, dass Garcia freigelassen worden war, Angst nicht um sich selbst, sondern um Khloe und alle seine Freunde, hatte sich in etwas anderes verwandelt.

Wut.

Pablo Garcia war ein gefährlicher Mörder. Und wer auch immer die Entscheidung getroffen hatte, ihn freizulassen, hatte einen großen Fehler gemacht. Aber es war geschehen, und nun konnte er lediglich nach vorn schauen. Sich vorbereiten für den Fall, dass der Mann sein Versprechen wahr machen wollte, ihn und Tonka für seine Verhaftung bezahlen zu lassen. Der Typ würde ihn nicht noch einmal überrumpeln. Raid wusste, was für ein Mann er war – und er würde auf ihn vorbereitet sein.

Und nicht nur das, die Schikanen, mit denen Jason und Scott Mather Khloe belästigten, mussten aufhören – und zwar sofort.

Raid musste diese Anrufe tätigen. Er musste mit einigen der Kontakte sprechen, die er im Laufe der Jahre geknüpft hatte und die er sofort anrufen wollte, als er von Alan Mather gehört hatte.

Er liebte Khloe. Daran gab es keinen Zweifel, auch wenn sie es nicht ausgesprochen hatten. Keiner würde sie ihm wegnehmen. Sie hatten es verdient, ein glückliches, ereignisloses Leben zu führen und gemeinsam alt und grau zu werden.

Raid wusste nicht, was die unmittelbare Zukunft bringen würde, aber er war mehr denn je entschlossen, für das zu kämpfen, was er wollte. Und das war Khloe. Und Fallport. Und seine Freunde.

Und dass weder er noch Khloe für den Rest ihres Lebens auf der Hut sein mussten. Er würde alles tun, was nötig war, um das zu erreichen.

KAPITEL FÜNFZEHN

Raid tat so etwas normalerweise nicht. Er bat nicht um ein Treffen mit seinen Kameraden. Sie trafen sich, wenn die Frauen ihr Ding machten, und natürlich sprachen sie miteinander, wenn sie eine Suche beendet hatten und der Vermisste gefunden worden war. Aber während der ganzen Zeit, in der er Mitglied des Such- und Bergungsteams vom Eagle Point war, hatte *er* noch nie um ein Treffen mit den anderen Jungs gebeten.

Deshalb sahen sie alle ziemlich besorgt aus, als sie sich im Konferenzraum der Bibliothek versammelten. Raid war nicht bereit, Khloe allein zu lassen, auch wenn er keine Beweise dafür hatte, dass Garcia irgendwo in der Nähe von Fallport war. Solange er nicht wusste, wo sich der Mann aufhielt, würde Raid nicht entspannen können. Und nicht nur das: Jason und Scott Mather waren immer noch da draußen und überlegten wahrscheinlich, wie sie seine Frau als Nächstes belästigen könnten.

Da Raid nicht gern um den heißen Brei herumredete, verzichtete er auf das übliche Gerede, nachdem alle einge-troffen waren. »Es besteht die Möglichkeit, dass meine

Vergangenheit mich einholt«, begann er. Dann erzählte er den besten Freunden, die er je hatte, alles über Pablo Garcia und was vor einigen Jahren auf dem Boot passiert war.

Er erwartete, dass seine Freunde wütend sein würden. Er hatte erwartet, dass sie besorgt sein würden. Er hatte nicht damit gerechnet, dass *er* derjenige sein würde, der versuchte, *sie* von ihrer extremen Wut abzubringen.

Rocky hatte die Geschichte schon gehört, aber die anderen waren mehr als schockiert. Nicht darüber, dass es einen Mann wie Garcia gab, sie hatten alle ihre eigene Version des Bösen in diesem Drogendealer gesehen, sondern über seine völlige Unmenschlichkeit, wenn es um die Hunde ging, die er getötet hatte.

»Ich habe keine Beweise, dass er hierherkommen wird«, bemerkte Raid.

»Aber du hast auch keinen Beweis, dass er es nicht tut«, entgegnete Zeke.

»Das stimmt. Ich bezweifle nicht, dass er seine Zeit hinter Gittern damit verbracht hat, sich alles Mögliche auszudenken, um dich und Tonka zu quälen«, stimmte Drew zu.

»Was sagt denn dein Freund dazu?«, fragte Ethan.

»Er ist alles andere als glücklich. Er ist drüben in New Mexico und er hat eine Familie. Ganz zu schweigen von einem Stall voller Tiere, um die er sich kümmert, und einem Haufen Freunde, mit denen er zusammenarbeitet. Er ist genauso besorgt wie ich«, informierte Raid die Gruppe.

»Das sollte er auch sein«, entgegnete Tal. »Versuchen wir, diesen Mistkerl zu schnappen? Wen sollen wir anrufen?«

Raid konnte nicht glauben, dass er lächelte. Die Reaktionen seiner Freunde waren beruhigend. Er hatte nicht überreagiert oder war paranoid. Sie waren genauso besorgt wie er.

»Ich dachte, Ethan könnte seinen Freund Tex kontaktieren. Vielleicht kann er ein paar Nachforschungen anstellen
und sehen, was er über den Mann herausfinden kann. Vielleicht kann er herausfinden, ob er dort geblieben ist, wo die
Einwanderungsbeamten ihn abgesetzt haben, oder ob er
sich in Luft aufgelöst hat«, bemerkte Raid.

»Rex, mein Bekannter in Colorado, hat inzwischen
hauptsächlich mit inländischen Sexhändlern zu tun, aber
ich wette alles, was ich besitze, dass er immer noch Verbindungen hat, die uns mehr Informationen liefern können«,
warf Rocky ein.

»Vergiss das Silverstone-Team nicht«, fügte Zeke hinzu.
»Ich habe zwar gehört, dass sie nicht mehr im Geschäft sind,
aber Männer wie sie hören nicht einfach von heute auf
morgen auf. Und sie haben viele Verbindungen zum FBI
und anderen Regierungsstellen.«

Alle nickten.

»Ich rufe den verdammten Präsidenten an, wenn es sein
muss, um Informationen zu bekommen«, knurrte Ethan.
»Wie *so jemand* rausgelassen werden konnte, ist mir ein
Rätsel. Jemand hat großen Mist gebaut und ich werde mich
dafür einsetzen, dass derjenige, der diese Entscheidung
getroffen hat, gefeuert wird.«

»Und wie sieht der Plan in der Zwischenzeit aus?«, fragte
Drew, der ein bisschen ruhiger als seine Freunde war. »Was
ist mit Khloe?«

»Ich will mich ja nicht in eure Angelegenheiten einmischen, aber ihr beide scheint euch in letzter Zeit besonders
nahezustehen«, fügte Brock hinzu. »Ich nehme an, ihr seid
nicht mehr nur Chef und Angestellte?«

»Richtig«, erwiderte Raid schlicht. Er war noch nie ein
Mann der großen Worte gewesen, wenn es um Beziehungen
ging, aber er hatte kein Problem damit, dass seine Freunde
wussten, wie viel sie ihm bedeutete.

»Also müssen wir dafür sorgen, dass immer irgendwer auf sie aufpasst«, sagte Drew mit einem Nicken.

»Das machen wir bereits, weil die beiden Idioten in der Stadt sind«, brummte Zeke.

»Mist, die beiden Idioten habe ich ganz vergessen«, erwiderte Drew und schüttelte den Kopf.

»Weißt du, ich vermisse die Zeiten, in denen wir uns nur darüber Gedanken machen mussten, ob und wann wir zu einer Suche gerufen werden«, bemerkte Ethan trocken.

»Das tust du nicht«, erwiderte Tal und warf mit einem Stift nach seinem Freund auf der anderen Seite des Tisches.

»Okay, du hast recht. Ich würde Lilly um nichts in der Welt missen wollen. Aber das Leben schien viel einfacher zu sein, bevor Stalker, Psychopathen und Ex-Freunde ins Spiel kamen.«

»Einfacher vielleicht«, räumte Brock ein, »aber nicht annähernd so lebenswert.«

Da hatte er nicht unrecht.

»Woran denkst du noch, abgesehen davon, Khloe zu beschützen?«, fragte Drew.

»Khloe hat vorgeschlagen, dass wir mit den Einheimischen über Garcia reden«, sagte Raid. »Natürlich erzählen wir ihnen nicht alles, aber genügend, um dafür zu sorgen, dass die guten Bürger von Fallport auf der Hut sind.«

»Bist du damit einverstanden?«, fragte Ethan besorgt. »Du warst nicht gerade ein offenes Buch, seit du hierhergezogen bist. Wir sind deine besten Freunde und erfahren erst jetzt, was auf jenem Einsatz damals passiert ist.«

Raid nickte und fasste den Entschluss, sich den Männern noch mehr zu öffnen. Das war das Mindeste, was er tun konnte, nachdem sie ihm in Khloes Situation geholfen hatten ... und weil es an der Zeit war.

»Mein ganzes Leben lang habe ich alles getan, um im Hintergrund zu bleiben. Als ich in der Schule war, habe ich alles getan, um von den Raufbolden nicht bemerkt zu werden. Als ich älter wurde, lag es daran, dass ich nicht zu den beliebten Leuten passte. Ich war ein Nerd, der seine Zeit lieber mit seinen Videospielen als mit anderen Menschen verbrachte. Als ich bei der Küstenwache war, hatte ich Dagger, der mir Gesellschaft leistete. Ich verbringe meine Freitagabende immer noch damit, mit ein paar Leuten, die ich online kennengelernt habe, Dungeons and Dragons zu spielen. Und ich bin gern allein. Das heißt nicht, dass ich euch nicht mag, nur ... ich hätte nie gedacht, dass ihr mein wahres Ich wirklich kennenlernen wollt. Aber ich weiß auch, dass ich euch nicht die Chance dazu gegeben habe.«

»Ich habe in der Highschool D&D gespielt«, bemerkte Drew. »Ich hätte vielleicht Lust mitzumachen, wenn du nichts dagegen hast.«

»Es ist nicht schlimm, ein Einzelgänger zu sein«, fügte Zeke hinzu.

»Und ich habe nicht gesagt, dass es schlecht ist, dass du eher zurückgezogen lebst«, sagte Ethan zu Raid. »Wir mögen dich genau so, wie du bist. Aber der Mittelpunkt des Klatsches in Fallport zu sein ist nicht gerade lustig.«

Raid beugte sich vor. »Das ist mir egal. Ich werde alles tun, was nötig ist, um Khloe zu schützen und Garcia wieder hinter Gitter zu bringen. Er ist eine Bedrohung. Er wird auf keinen Fall nach Hause gehen und sich glücklich schätzen, dass er früher aus dem Gefängnis gekommen ist. Er ist ein Psychopath. Ihm ist es egal, wem er wehtut.«

»Das ist offensichtlich, nachdem du uns erzählt hast, was er Dagger und Steel angetan hat«, erwiderte Brock in einem harten Ton.

»Ich habe keinen Zweifel, dass er irgendwann hinter Tonka und mir her sein wird. Ich werde mit ihm fertig, aber ich brauche alle Augen, die ich kriegen kann, damit er mir nicht auflauert ... oder Khloe. Oder einem von euch«, erklärte Raid.

»Du meinst, *wir* werden mit ihm fertig«, sagte Ethan mit Nachdruck.

»Dies ist nicht euer Kampf. Und ihr müsst euch um eure Frauen kümmern. Zeke und Brock, eure Frauen sind schwanger. Und dann sind da noch Tony und Marissa«, gab Raid kopfschüttelnd zu bedenken.

»Da liegst du so verdammt falsch«, erwiderte Drew. »Dein Kampf ist unser Kampf. Wir sind Teamkameraden. Freunde. Und wenn du glaubst, dass ich tatenlos zusehe, wie dieser Psychopath jemandem wehtut, den ich liebe, bist du genauso verrückt wie er.«

Raid schluckte schwer. Das war es, was er sich sein ganzes Leben lang gewünscht hatte. Freunde wie diese.

Jetzt wurde ihm klar, dass er diesen Männern ein großes Unrecht angetan hatte. Er hatte sie wegen seiner eigenen Vorurteile und Unsicherheiten auf Distanz gehalten. Er war davon ausgegangen, dass sie ihn nicht so sehr mögen würden, nur weil er lieber las oder ein Fantasy-Spiel spielte, anstatt zu campen, zu jagen oder anderen körperlichen Aktivitäten nachzugehen.

Er hatte zugelassen, dass seine ältesten Kindheitsängste ihn bis ins Erwachsenenalter verfolgten.

»Unterschätze ihn nicht«, bemerkte Raid leise. »Er ist schlau. Er wird nicht einfach in die Stadt spazieren. Er wird Erkundungen anstellen. Er wird so viele Informationen wie möglich haben wollen, bevor er zuschlägt. Und er hat keine Angst, Menschen zu verletzen, um zu bekommen, was er will.«

»Wir alle kennen Männer wie ihn«, entgegnete Zeke. »Er wird nicht gewinnen. Nie im Leben.«

Die anderen stimmten zu und Raid war wieder einmal überwältigt von der Dankbarkeit für seine Freunde.

»Also gut, wir kontaktieren jeden, den wir erreichen können, um herauszufinden, wo dieser Dreckskerl stecken könnte; wir werden vorsichtig Informationen darüber weitergeben, dass jemand in die Stadt kommen könnte, der Dinge über Raid zu erfahren versucht; wir werden dafür sorgen, dass Simon und seine Stellvertreter informiert sind; und wir werden unser Bestes tun, um Khloe und unsere Frauen und Kinder im Auge zu behalten. Können wir *jetzt* über Raid und Khloe reden?«, fragte Tal mit einem Grinsen.

»Ja, ich dachte, ihr beide mögt euch nicht«, erklärte Brock.

»Oh, sie mochten sich schon immer«, erklärte Ethan lachend. »Das war doch von Anfang an offensichtlich.«

»Nicht wahr? Je mehr sie übereinander lästerten, desto sicherer war ich mir, dass sie zusammenkommen würden«, bemerkte Rocky.

»Eigentlich passen sie perfekt zueinander ... beide lieben die Gesellschaft anderer nicht so sehr und mögen Tiere lieber als Menschen«, bemerkte Drew.

Raid verschränkte die Arme und versuchte gar nicht erst, seine Freunde aufzuhalten. Er wusste aus Erfahrung, dass sie, wenn sie etwas zu sagen hatten, es auch sagen würden, egal was die anderen dachten.

»Das ist so wahr!«, rief Ethan aus. »Ich meine, Duke mag Lilly, aber er *liebt* Khloe.«

»Warte, weiß sie von deinen D&D-Spielen?«, fragte Rocky.

Raid grinste. »Ja. Sie hat sogar schon mit mir gespielt. Sie ist wirklich gut.«

Seine Freunde strahlten alle.

»Gut, also ... wenn ihr alle mit eurer Neugierde fertig seid, muss ich wieder an die Arbeit«, erklärte Raid kopfschüttelnd.

»Ja, das müssen wir alle«, stimmte Ethan zu.

»Wir geben dir Rückendeckung«, bemerkte Brock.

»Ja«, stimmte Tal zu. »Egal was passiert, Garcia wird nicht gewinnen.«

»Und die Mather-Brüder auch nicht. Und Khloe wird ihre Tierarztpraxis eröffnen und Ziegler in kürzester Zeit aus dem Geschäft drängen«, sagte Zeke grinsend.

Jeder seiner Freunde klopfte Raid auf die Schulter, als sie aufstanden und aus dem Konferenzraum gingen. Raid konnte nicht sagen, dass er sich wegen der ganzen Situation besser fühlte, aber er war froh darüber, dass er alles getan hatte, was in seiner Macht stand. Er hatte keinen Zweifel daran, dass Tonkas Freunde in der *Zuflucht*, die ihnen gemeinsam gehörte, das Gleiche taten.

Nachdem er sich von allen verabschiedet hatte, drehte Raid sich um und war nicht überrascht, Khloe in der Nähe zu sehen. Er zeigte mit einem Kopfnicken in Richtung seines Büros und sie machte sich eifrig auf den Weg dorthin.

Kaum war die Tür geschlossen, schlang sie ihre Arme um seine Taille. »Wie ist es gelaufen? Ist die Operation *Haltet den Mistkerl von meinem Freund fern* angelaufen?«

Raid konnte nicht anders, er lachte. Wenn ihm gestern jemand gesagt hätte, dass er diese Situation witzig finden könnte, hätte er ihm gesagt, er solle sich verpissen. Aber Khloe hatte eine Art, die Dinge nicht ganz so aussichtslos erscheinen zu lassen.

»Ja.«

»Gut. Da du heute Morgen so gestresst und mürrisch warst, habe ich meinen Morgenkuss nicht bekommen. Meinst du, du kannst das jetzt ändern, Bjorn?«

Raid lächelte immer noch, als er den Kopf senkte. Nur seine Khloe würde den Namen seiner D&D-Figur als Kosenamen benutzen. Er küsste sie lange und intensiv und entschuldigte sich dafür, dass er sie vernachlässigt hatte. Sie erwiderte den Kuss enthusiastisch.

Als sie sich zurückzog, sah sie ihn mit einem ernsten Gesichtsausdruck an.

»Was?«, fragte er.

»Es wird alles wieder gut«, sagte sie nachdrücklich. »Ich weiß nicht, was die Zukunft bringt, aber nach allem, was wir durchgemacht haben, werden weder Alan noch Pablo gewinnen.«

Raid lief ein Schauer über den Rücken, aber er ignorierte ihn. »Verdammt richtig«, erklärte er ihr.

Sie strahlte ihn an. »Kann ich dich überreden, die zurückgegebenen Bücher wegzustellen, während ich an der Ausgabe arbeite?«

Raid schnaubte. Er wusste, dass das Auffüllen der Regale nicht Khloes Lieblingsbeschäftigung war, aber er musste ein paar Anrufe tätigen und das konnte er nicht, wenn er in der Bibliothek war. »Nein«, sagte er, »aber ich denke, ich kann es heute Abend wiedergutmachen.«

Sie bebte in seinen Armen. »Abgemacht«, flüsterte sie. Sie ließ ihre Hände unter sein T-Shirt gleiten und streichelte einen Moment lang die nackte Haut an seinem Rücken, bevor sie einen Schritt zurücktrat. »Ist es heiß hier drin?«, fragte sie grinsend.

»Sehr«, stimmte er zu.

Dann wurde sie nüchtern. »Raid?«

»Ja, Khloe?«

»Ich war nicht bereit für dich. Ich dachte, ich käme allein zurecht. Aber die letzten Wochen mit dir haben mir gezeigt, was für eine Närrin ich war, weil ich dich und alle anderen so lange auf Abstand gehalten habe. Egal was passiert ... ich weiß, dass ich dir vertrauen kann, dass du alles in Ordnung bringst.«

Nachdem sie die Bombe hatte platzen lassen, verließ sie sein Büro und ging zum Ablagefach, um Bücher zu holen.

Raid stand einen Moment lang da. Ihre Worte hatten ihn fassungslos gemacht. Sie hatte genau das gesagt, was er fühlte. Er hatte zu lange damit gewartet, sich seine Anziehungskraft auf sie einzugestehen, und er bereute es sehr. Und ihr Vertrauen in ihn bedeutete ihm *alles*. Er wollte sie nicht im Stich lassen. Er würde auf jeden Fall alles in seiner Macht Stehende tun, dass sie beide ein langes, glückliches Leben führen konnten. Gemeinsam.

Und der erste Schritt dazu war, Tonka anzurufen. Jetzt, da sie beide etwas Zeit gehabt hatten, sich mit der Tatsache abzufinden, dass Garcia auf freiem Fuß war, mussten sie reden. Keiner kannte den Dreckskerl so gut wie Tonka. Er hatte ein paar furchtbare Stunden mit dem Mann verbracht und wenn jemand eine Ahnung hatte, was er vorhatte, dann war er es. Blöd nur, dass er am anderen Ende des Landes war, aber vielleicht war das in Anbetracht von Garcias rachsüchtiger Persönlichkeit auch besser so.

An diesem Abend, als Khloe wild auf seinem Schwanz ritt, konnte Raid den Blick nicht von ihrem schönen Gesicht abwenden. Sie war sein Leben. Im letzten Jahr war sie allmählich unter seinen Schutzschild gerutscht, aber in letzter Zeit hatte sie ihn völlig zerstört. Durch sie war er ein anderer Mensch geworden. Die Art von Mann, die er immer hatte sein wollen.

Er grub seine Finger in ihre Hüften, als sie ihn anlächelte. Ihre Brüste hüpften und sie war völlig ungehemmt. Während er sie beobachtete, wölbte sie den Rücken und zupfte mit ihren Händen an ihren Brustwarzen, um ihn zu reizen.

Raid ließ seine Hand zwischen ihre Beine wandern und schnippte grob an ihrer Klitoris, die nach den zwei Orgasmen, die er ihr bereits beschert hatte, immer noch empfindlich sein musste. Er hatte sie auf ihn steigen lassen, um ihr den Anschein von Kontrolle zu geben, aber das war nur eine Fassade. Immer wenn sie zusammen waren, konnte er nicht anders, als die Kontrolle zu übernehmen. Und er wusste, dass sie es liebte.

Sobald er sie berührte, stöhnte sie auf und erstarrte über ihm. Raid bedauerte den Verlust der Reibung ihrer Muschi, die seinen Schwanz massierte, aber er liebte es, wie fest sie sich an ihn klammerte.

»Raid«, flehte sie, als sie anfing, über ihm zu zittern. Ihre Hände landeten auf seiner Brust, um sich abzustützen, als er sie weiter rieb.

»Komm für mich zum Orgasmus«, befahl er.

Sie schüttelte den Kopf, aber ihr ganzer Körper stand unter Spannung.

Raid fragte sich, ob mit ihm etwas nicht stimmte, weil es ihm gefiel, wie oft er sie zum Orgasmus zwang. Nichts gab ihm ein stärkeres Gefühl, als zu sehen, wie Khloe auf seine Berührung und sein Kommando hin zum Höhepunkt kam.

In dem Moment, in dem sie zu zucken begann, setzte er sich auf, ließ sie auf seinem Schwanz sitzen und legte sie auf den Rücken. Dann stieß er hart zu und schob seinen Schwanz in ihre enge Muschi, in der die Muskeln von ihrem Orgasmus zuckten.

Sie stöhnte auf und Raid stieß noch fester zu. Sie fühlte sich so verdammt gut an. Er hatte noch nie etwas Wunderbares empfunden, wie so tief in ihr zu sein.

Sie schlang ihre Beine um ihn und grub ihre Fersen in seinen Hintern, während sich seine Eier näher an seinen Körper heranzogen. Er war kurz davor zu explodieren, als

Khloe nach oben griff und ihn in die Brustwarzen zwickte. Und das tat sie auch nicht zaghaft.

Als der stechende Schmerz ihn lustvoll durchfuhr und ihre Muschi immer noch um seinen Schwanz pulsierte, verlor er jegliche Kontrolle. Er stieß so tief in sie hinein, wie er konnte, und dann kam Raid zum Orgasmus. Und kam und kam und kam. Er glaubte nicht, dass er jemals aufhören würde abzuspritzen. Er konnte sich nur mit Mühe zurückhalten, um nicht auf ihr zusammenzubrechen und sie unter seinem viel größeren Körper zu erdrücken.

Als er sich nicht mehr auf den Beinen halten konnte, ließ er sich auf die Seite fallen und nahm sie mit sich, weil er seinen Schwanz noch nicht aus ihrer Muschi ziehen wollte. Es dauerte einige Augenblicke, bis er sprechen konnte. »Verdammt, Frau, du bringst mich noch um!«, schimpfte er.

»Das machst du jedes Mal, wenn wir zusammen sind«, bemerkte sie mit einem Lächeln im Gesicht. »Das hat dir gefallen.«

Raid konnte sich ein Lachen nicht verkneifen. »Nur damit wir uns richtig verstehen, was genau meinst du mit ›das‹?«

»Dass ich dir in die Brustwarzen gekniffen habe«, erklärte sie.

Raid stützte sich auf einen Ellbogen und starrte auf sie herab. »Ich mag alles, was du mit mir machst.«

»Außer, dass ich das Sagen habe«, entgegnete sie.

Er zuckte mit den Schultern. »Was soll ich sagen? Ich mag es, wenn du mir ausgeliefert bist.«

Sie lachte, und Raid spürte es an seinem Schwanz. Das erinnerte ihn daran, dass er das Kondom entsorgen musste. »Beweg dich nicht«, befahl er. »Ich bin gleich wieder da.«

Er wartete, bis sie nickte, bevor er seinen Schwanz aus ihr herauszog und sich aus dem Bett rollte. In weniger als einer Minute war er zurück, das Gesicht zu einer Grimasse verzogen.

»Was machst du denn für ein Gesicht?«, fragte sie, als er sie im Bett umdrehte und sie unter die Bettdecke legte.

»Das Kondom ist gerissen«, erklärte er, ohne um den heißen Brei herumzureden.

»Oh.«

Raid wartete, aber sie sagte nichts weiter. »Ist das alles, was du dazu zu sagen hast?«, fragte er.

Khloe zuckte mit den Schultern. »Ich habe eine Spirale. Die Wahrscheinlichkeit, dass ich schwanger werde, ist sehr gering.«

»Wirklich?«

Sie nickte. »Es tut mir leid, dass ich vorher nichts gesagt habe.«

»Warum hast du das nicht? Ich meine, ich bin froh, dass du Maßnahmen ergriffen hast, um dich zu schützen, ich bin nur neugierig.«

»Gehörst du zu der Sorte Mann, die durchdreht, wenn ich im Bett von einem anderen Mann rede?«, fragte sie.

Raid dachte einen Moment darüber nach, bevor er den Kopf schüttelte. »Nein. Ich bin einundvierzig Jahre alt. Ich weiß, dass ich nicht die sexuelle Erfahrung habe, die die meisten Männer – und Frauen – in meinem Alter haben.«

»Okay. Aber damit das klar ist ... ich bin *definitiv* die Art von Frau, die besitzergreifend und eifersüchtig wird, also will ich nichts über deine anderen Frauen hören und wie du so gut im Bett geworden bist, wie du es bist.«

»Durch das Internet«, sagte Raid, ohne zu zögern. Eigentlich sollte ihm das peinlich sein, aber bei Khloe war das einfach nicht der Fall.

»Was?«

»So habe ich gelernt, wie man eine Frau befriedigt.«

»Das mit der Zunge und wie man mir einen G-Punkt-

Orgasmus verschafft, hast du auf keinen Fall durch Pornos gelernt«, bemerkte sie skeptisch.

»Du hast recht. Viele Pornos sind eklig. Und in den Hardcore-Pornos geht es meistens um Gewalt gegen Frauen, und das kann ich nicht ausstehen. Aber es gibt auch viele Videos mit Anleitungen, in denen die Männer vollständig bekleidet sind und zeigen, wie man Frauen zum Orgasmus bringt.«

Khloe war einen Moment lang still. »Wirklich?«

»Wirklich.«

»Na gut ... dann ist ja alles klar. Und um deine Frage zu beantworten: Ich habe die Spirale nicht erwähnt, denn wenn ich in der Vergangenheit Männern erzählt habe, dass ich sie habe, haben sie mich gedrängt, Sex ohne Kondom zu haben. Und obwohl ich nichts dagegen habe, wenn ich schon eine Weile in einer Beziehung bin, würde ich auf keinen Fall jemanden, den ich gerade erst kennengelernt habe, ohne Kondom in mich eindringen lassen. Ich weiß nicht, wo sein Schwanz gewesen ist, und ich will mich nicht anstecken, nur weil ein Typ zu egoistisch war, mit anderen Frauen ein Kondom zu tragen.«

Raid konnte sich ein Lachen nicht verkneifen. »Nun, du musst dir keine Sorgen machen, dass ich mich vor dir ekle, denn es ist schon sehr lange her, dass mein Schwanz etwas anderes als meine Hand hatte. Und ich habe kein Problem damit, dich mit Kondomen zu schützen, solange du willst.«

»Willst du Kinder?«, fragte sie.

Raid konnte nicht anders, als sich bei ihrer Frage zu verkrampfen. Es war noch zu früh, um über Kinder zu reden ... oder nicht? Andererseits hatte sie nicht gefragt, ob er sie mit ihr haben wollte, sondern nur, ob er sie wollte.

Raid hatte das noch nie jemandem gegenüber zugegeben, aber dies war Khloe. »Ja«, sagte er leise. »Ich wollte schon immer Kinder. Aber ich bin mir nicht sicher, ob ich ein guter Vater wäre. Wenn ich einen Jungen bekäme, wüsste ich nicht, wie man einen Baseball hin und her wirft oder angelt oder so einen Vaterkram. Und ein Mädchen? Vergiss es. Ich weiß *nichts* über Mädchen.«

»Oh, ich würde sagen, du kennst dich mit Mädchen bestens aus«, erwiderte Khloe anzüglich. Dann drehte sie sich um, bis sie auf ihm lag. »Ich glaube, du wärst ein hervorragender Vater. Und wer weiß, ob dein Sohn über-haupt *Lust* hätte, einen Ball durch den Garten zu werfen. Vielleicht würde er lieber mit dir Lego-Sets zusammen-bauen. Oder du könntest ihm beibringen, wie man D&D spielt. Und deine Tochter würde dich um ihren kleinen Finger wickeln. Sie wäre ganz sicher Daddys Liebling.«

»Willst du Kinder?«, fragte er.

Khloe zuckte mit den Schultern. »Ich habe mir gesagt, dass ich keine will. Dass es mir reicht, mich um die Tiere in meiner Praxis zu kümmern. Außerdem bin ich dreiund-vierzig ... das ist wahrscheinlich keine Option mehr. Aber mit dir? Ja, ich glaube, das würde mir gefallen.«

Sie sprachen nicht mehr nur abstrakt und Raid spürte, wie sein Schwanz zwischen ihren Beinen hart wurde.

Khloe lächelte und setzte sich auf. Sie rutschte zurück, bis sein Schwanz genau da war, wo sie ihn haben wollte. Er war nur halb hart, aber sie richtete ihn auf und klemmte die Schwanzspitze zwischen ihre Schamlippen. Dann sank sie auf ihn herab.

Das Gefühl, ohne Kondom in ihr zu sein, war unbe-schreiblich – und sein Schwanz wurde noch härter.

»Oh, wow! Das fühlt sich so seltsam an ... aber wunder-bar«, erklärte sie stöhnend. »Ich kann spüren, wie dein Schwanz in mir hart wird.«

»Ich trage kein Kondom«, erinnerte er sie.

»Ich weiß. Ich vertraue dir, Raid.«

Verdammt, sie würde ihn wie einen Teenager zum

Explodieren bringen. Er schlang seine Arme um sie und rollte sich ab, wobei er in ihr blieb. Als sie wieder auf dem Rücken lagen, starrte er auf die Frau hinunter, die sein Leben auf den Kopf gestellt hatte. »Halt dich fest«, warnte er sie.

»Woran?«, fragte sie.

»An mir.«

Dann fuhr Raid fort, Khloe zu zeigen, wie viel sie ihm bedeutete. Dass er nie wieder derselbe sein würde, wenn sie ihn verließe. Dass er alles tun würde, um sie vor allem und jedem zu beschützen.

KAPITEL SECHZEHN

Es war einen Monat später und Khloe konnte nicht fassen, wie sehr sich ihr Leben verändert hatte. Es fühlte sich so an, als würde alles ausgesprochen schnell vonstattengehen, aber sie fand es großartig, in welche Richtung sich alles entwickelte.

Rocky widmete sich ganz den Renovierungen und hatte dabei Unterstützung von Ethan, und so hatte sie ihre Notfallpraxis vor etwa zwei Wochen bereits öffnen können. Und sie hatte auch schon mehrere Kunden. Da sie von acht Uhr abends bis sechs Uhr morgens geöffnet hatte, hatte sie keinen stetigen Kundenstrom, aber für die Kunden, die mit ihren Haustieren vorbeikamen, war sie extrem wichtig.

Sie verbrachte nicht jede Nacht in der Praxis. Afton und die anderen Tierarzthelferinnen, die sie eingestellt hatte, hatten auch gelegentlich Dienst. Und wenn es einen Notfall gab, riefen sie sie an, wenn sie nicht ohnehin schon da war.

Sie arbeitete jetzt weniger in der Bibliothek, was sie ein wenig traurig machte, aber es ging nicht anders. Wenn sie in ihrer Praxis arbeitete, setzte Raid sie nach einem gemeinsamen Abendessen dort ab und holte sie am Morgen wieder ab. Dann brachte er sie zu sich nach Hause, sie aßen gemeinsam zu Frühstück und dann legte sie sich normalerweise hin, um etwas Schlaf nachzuholen. Manchmal legte er sich zu ihr und sie schliefen miteinander, bevor er zur Arbeit aufbrach. Und manchmal verbrachten sie einfach nur gemeinsam Zeit im Bett und lasen, bevor er zur Arbeit ging.

Sie stand mittags auf und ging in die Bibliothek, wo sie ein paar Stunden lang gemeinsam mit Raid arbeitete – und der neuen Bibliotheksgehilfin, die er eingestellt hatte –, und dann machten sie gemeinsam Feierabend. Sie verbrachten regelmäßig Zeit mit ihren Freunden oder machten eine kurze Wanderung, um ein wenig zu trainieren.

Raid und seine Kameraden aus dem Such- und Bergungsteam waren immer noch nervös, warteten auf Garcia und hielten nach Anzeichen dafür Ausschau, dass er etwas vorhatte. Aber bis jetzt hatten sie noch nicht das kleinste bisschen von dem Mann gesehen oder gehört. Khloe wusste, dass es noch zu früh war, sich der Hoffnung hinzugeben, dass er wieder unter dem Stein verschwunden war, unter dem er hervorgekrochen war, und sie nie wieder etwas von ihm hören würden, trotzdem konnte sie sich diese Hoffnung nicht verwehren.

Jason und Scott waren schon seit einiger Zeit wieder verschwunden und die letzten Wochen, in denen sie nicht da gewesen waren, gehörten zu den besten in Khloes Leben. Zum ersten Mal seit Langem war sie wieder in der Lage, sich zu entspannen und die Zeit mit Raid in vollen Zügen zu genießen.

Duke war wieder ganz der Alte, der er vor der Operation gewesen war, und da die Hochsaison gekommen war und mit ihr die Touristen, hatte das Such- und Bergungsteam vom Eagle Point alle Hände voll zu tun, denn sie wurden jetzt viel öfter gerufen, um Wanderer zu finden, die sich verlaufen hatten.

Und da in letzter Zeit alles so toll gelaufen war, war Khloe nicht auf den Schock vorbereitet, als sie eines Tages beim Verlassen der Bibliothek, als sie sich auf den Weg machte, um einen Kaffee im *Grinders*, den sie dringend benötigte, und die Zimtrolle aus Finleys Bäckerei zu holen, die die Bäckerin für sie aufgehoben hatte, direkt auf Jason und Scott Mather traf.

»Na, wen haben wir denn da?«, bemerkte Jason verächtlich grinsend, als er sie mit einem gemeinen Blick betrachtete. »Wenn das nicht Fallports neueste Tierärztin ist. Und, hast du in letzter Zeit irgendwelche Hunde umgebracht?«

Khloe atmete tief durch und versuchte, den blöden Kerl zu ignorieren. Sie ging am *The Cellar* vorbei, das gerade geschlossen war, überquerte die Cedar Street und kam am Friseur vorbei.

Art, Silas und Otto saßen wie immer vor dem Postamt und sahen sie an, als sie auf sie zukam.

»Sie denkt, wenn sie uns ignoriert, lassen wir sie in Ruhe«, bemerkte Scott, der seinem älteren Bruder nachlief.

»Also, das ist nicht der Fall. Alan hat Pläne für dich, Schätzchen. Und wir auch. An deiner Stelle würde ich es mir hier nicht allzu gemütlich machen.«

Und als sie das hörte, platzte Khloe der Kragen. Aber so was von. Sie hatte diesen Kerlen *nichts* getan. Und sie hatte *alles* gegeben, um Alans Hündin zu retten. *Er* war derjenige gewesen, der durch seine Tritte für die inneren Blutungen verantwortlich gewesen war. *Er* war derjenige gewesen, der damit nicht umgehen konnte, dass eine Frau klüger war als er. *Er* war derjenige, der versucht hatte, sie umzubringen, und nicht mal das war ihm gelungen ... nicht dass sie sich darüber beschweren würde.

Sie drehte sich plötzlich um und drückte Jason einen

Finger gegen die Brust. So nahe war er an ihr dran. »Warum seid ihr überhaupt noch hier?«, fuhr sie ihn an.

Überrascht darüber, wie schnell sie sich zu ihm umgedreht hatte, machte Jason einen Schritt nach hinten und lief hinein in Scott, der stolperte und direkt auf dem Bürgersteig auf seinem Hintern landete.

»Im Ernst«, sagte sie und stupste Jason noch einmal an, bevor er einen Schritt über seinen Bruder hinweg machte und sich aus ihrer Reichweite entfernte. »Seht euch um, ihr seid hier nicht willkommen. Niemand mag euch und ihr habt in jedem einzelnen Geschäft Hausverbot. Sogar Whip will euch nicht in seiner Billardhalle haben, und das will schon was heißen, denn jeder weiß, dass sich dort die Unruhestifter der Stadt aufhalten. Euer Bruder ist ein *Mistkerl*. Genau wie ihr es seid. Er hat versucht, mich zu *überfahren*. Das ist in keinem Staat oder Land in Ordnung. Er zahlt jetzt den Preis dafür, dass er die Beherrschung verloren hat. Hätte er einfach mit seinem Leben weitergemacht, säße er jetzt nicht im Gefängnis. Und wenn ihr mir nachstellt, einer Frau, die nur ihren Job gemacht hat, seid ihr genauso dumm wie er!«

»Was hast du gerade gesagt?«, hakte Jason nach und machte angriffslustig einen Schritt auf sie zu. »Du bist ein bisschen zu hochnäsig. Wir hätten schon viel früher tun sollen, was Alan von uns verlangt hat.«

Khloe merkte, dass sie wahrscheinlich zu weit gegangen war, und trat zurück – und spürte, dass jemand hinter ihr stand. Als sie den Kopf drehte, sah sie den alten Grogan. Der Gemischtwarenladen befand sich gleich neben dem Postamt und er hatte entweder gesehen oder gehört, was passiert war.

Art, Otto und Silas waren ebenfalls aufgestanden. Khloe konnte sehen, dass Silas das Schachbrett in der Hand hielt, als wollte er es als eine Art Waffe benutzen ... nicht dass es sehr effektiv gewesen wäre.

Hinter Scott und James sah Khloe Raid auf sie zukommen, der sich schnell bewegte, und Tal verließ den Friseursalon, in dem er arbeitete.

Die Verstärkung war im Anmarsch, und das beruhigte Khloe ein wenig.

»Es ist Zeit, dass ihr weiterzieht«, sagte Harry Grogan mit einem tiefen Knurren.

»Ach ja? Willst du uns dazu zwingen, alter Mann?«, fragte Jason und ballte die Hände zu Fäusten.

»Er vielleicht nicht, aber ich schon«, ließ sich eine andere Stimme hinter ihnen vernehmen. Davis Woolford.

»Ich auch«, fügte Clyde Thomas hinzu. Der ältere Mann war in Fallport und in diesem Teil von Virginia für seinen exzellenten Selbstgebrannten bekannt. Außerdem war er ein sehr guter Freund von Caryn.

»Ihr zwei habt euch lange genug lächerlich gemacht«, bemerkte Dorothea Reese angewidert. Die Seniorin wurde von ihren drei besten Freundinnen Cora, Ruth und Clara flankiert ... die vier Damen waren immer im Schönheitssalon neben der Post und hatten offensichtlich nicht der Versuchung widerstehen können mitzumischen.

Khloe schaute sich um und sah, dass immer mehr Leute ankamen. Neli aus dem Buchladen, Guy, der den Schalter im Postamt bediente, Sandra kam mit Karen, einer der Kellnerinnen, über den Marktplatz. Außerdem liefen Elsie und Zeke vom *On The Rocks* auf sie zu, dicht gefolgt von Hank und Reina, zwei von Zekes Angestellten.

Es schien, als hätten die Einwohner von Fallport die Mather-Brüder genauso satt wie Khloe.

Sie senkte die Stimme und versuchte, jede Spur ihrer Verärgerung zu verbergen. »Es tut mir leid, was passiert ist«, sagte sie zu Jason und Scott. »Wenn ich Alans Hündin hätte retten können, hätte ich es getan. Aber sie war schon zu schwach, als er sie zu mir gebracht hat.«

»Du hast sein Leben ruiniert!«, sagte Scott. Er hatte sich hinter Jason aufgerichtet.

»Und du wurdest mit zu wenig Gehirnzellen gestraft«, erklärte Harry Grogan und schüttelte den Kopf. »Sie ist nicht Gott. Sie kann nicht jedes Tier retten, das zu ihr gebracht wird. Und sie hat das Leben deines Bruders nicht ruiniert. Das hat er ganz allein geschafft.«

»Halt dich da raus, alter Mann«, warnte Jason.

»Ihr müsst jetzt gehen – sofort!«, dröhnte eine laute Stimme.

Alle drehten sich um und sahen Simon, den Polizeichef, der von der Wiese her auf sie zukam.

»Du kannst uns nicht dazu zwingen«, widersprach Jason kindisch.

»Du hast recht, das kann ich nicht. Aber ihr seht doch, dass ihr nicht willkommen seid. Keiner wird eure Schikanen und Einschüchterungsversuche mehr tolerieren. Und in eurem Wagen auf den Wanderparkplätzen zu schlafen ist illegal. Ich schätze, die Liste der Strafzettel, die ich euch geben kann, ist länger als euer Durchhaltevermögen. Am besten, ihr geht zurück nach Norfolk und lebt euer Leben. Vergesst Dr. Watts – und fordert euren Bruder auf, das Gleiche zu tun.«

Khloe hatte nicht gewusst, dass die Brüder in ihrem Wagen lebten, aber das überraschte sie auch nicht. Fallport hatte die Reihen geschlossen … und das fühlte sich wirklich gut an.

Jason starrte auf die große Menschenmenge um ihn herum.

Khloe sah Raid in die Augen. Er war in der Nähe der Mather-Brüder stehen geblieben, aber er schwieg – und dafür liebte sie ihn umso mehr. Er ließ sie und die Bürgerinnen und Bürger von Fallport in dieser Schlacht kämpfen, war aber trotzdem bereit, falls er gebraucht wurde.

Da wurde es ihr klar – sie liebte ihn. So sehr. Sie lächelte, wenn sie nur daran dachte.

»Was gibt's denn da zu lachen, du Schlampe?«, fragte Jason. In einem offensichtlichen Anfall von Wut und Frustration stürzte er sich mit erhobener Hand auf sie.

Bevor er ihre Wange berühren konnte, schob Harry Grogan Khloe zur Seite und schlug Jasons Hand weg. Einen Sekundenbruchteil später warf Zeke ihn zu Boden, während Tal dafür sorgte, dass Scott sich nicht in den Kampf einmischte.

Khloe konnte nicht mehr als blinzeln, bevor Raid an ihrer Seite war und sie einige Schritte nach hinten zog.

Simon seufzte dramatisch, wenn auch unaufrichtig. »*Jetzt* muss ich dich wegen versuchter Körperverletzung verhaften.«

Jason heulte auf, als Zeke ihm den Arm hinter dem Rücken verdrehte und ihn vom Boden hochzog.

»Das ist doch Blödsinn!«, schrie er. »Ich habe Zeugen. Dieser Mann hat *mich* angegriffen!«

»Ja, wir sind wirklich Zeugen!«, schrie Sandra. »Wie du versucht hast, Khloe zu schlagen!«

Alle sprachen auf einmal und stimmten Sandra und Simon zu.

»Das wirst du bereuen!«, schrie Jason Khloe an. »Du solltest besser auf den Hund aufpassen. Wir wollen ja schließlich nicht, dass er irgendwann genauso tot ist wie der von Alan!«

Khloe verkrampfte sich und blickte auf Duke hinunter, der natürlich an Raids Seite war. Es war eine Sache, wenn Jason sie schikanierte, aber damit zu drohen, Duke zu verletzen oder zu töten? Nein. Das kam *überhaupt nicht* infrage.

Sie öffnete den Mund, um Jason zu sagen, er solle sich verdammt noch mal von Duke fernhalten, als die Stadtbewohner ihr erneut zu Hilfe kamen.

»Wenn du diesem Hund auch nur ein Haar krümmst, hast du mehr zu befürchten, als dass Simon dich wegen eines Vergehens festnimmt«, knurrte Clyde.

»Das sind Kampfansagen«, bemerkte Guy und schüttelte den Kopf.

»Duke ist hier hoch geschätzt«, fügte Finley hinzu. »Es ist ganz und gar nicht in deinem Interesse, ihm zu drohen.«

»Er wird dir das Gesicht abreißen!«, brüllte Reina.

Khloe hörte daraufhin ein paar Lacher. Duke hatte wirklich keinerlei Tendenzen zur Gewalttätigkeit. Aber dann erinnerte sie sich daran, wie Duke die Brüder angeknurrt hatte, als sie ihr das letzte Mal hinter der Bibliothek begegnet waren, als Whip ihr zu Hilfe gekommen war.

»Komm schon«, sagte Simon. »Ein bisschen Zeit in der Zelle wird dir guttun. Vielleicht kühlt das deinen Mut ein bisschen ab.«

»Du kannst mich mal!«, brüllte Jason. »Ihr könnt mich alle mal, ihr Hinterwäldler! Ihr habt eine Mörderin in eurer Mitte und es ist euch egal!«

»Ja!«, fügte Scott wie ein Idiot hinzu und folgte seinem Bruder und Simon, als sie in Richtung Polizeirevier abzogen.

Als Letztes hörte sie noch, wie Jason immer noch Drohungen gegen sie, Duke, Raid und alle anderen in der Stadt ausstieß.

»Geht es dir gut?«, fragte Raid mit leiser Stimme, als er sich dicht an ihr Ohr beugte.

Khloe dachte kurz darüber nach und nickte dann. Es ging ihr gut. Das war nicht angenehm gewesen, ganz und gar nicht, Konfrontationen waren nicht ihr Ding, aber zu sehen, wie jeder in der Stadt nicht zögerte, ihr beizustehen, als sie sie am meisten brauchte, war erstaunlich und ermutigend.

Sie nahm sich Zeit, um sich bei allen zu bedanken, die gekommen waren, um ihr in dieser Situation zu helfen, und verteilte sogar ein paar Umarmungen. Khloe merkte, dass sie die Leute mit ihrem demonstrativen Verhalten überraschte, aber sie war nicht mehr die verschlossene, zurückhaltende Frau, die sie seit ihrer Ankunft gewesen war. Sie hatte nichts mehr zu verbergen. Sie hatte keine Geheimnisse mehr und jeder schien sie so zu akzeptieren, wie sie war.

Die meisten Leute waren zu dem zurückgekehrt, was sie vor dem Aufruhr getan hatten. Khloe wusste, dass noch monatelang über diese Begegnung gesprochen würde und dass sie wahrscheinlich völlig unverhältnismäßig aufgebauscht werden würde. Da sie wusste, wie Klatsch und Tratsch funktionierten, würde es sie nicht überraschen zu hören, dass Jason eine Waffe gezogen hatte und sie selbst eine Art Ninja-Bewegung ausgeführt hatte, um sie ihm aus der Hand zu schlagen und ihn auf dem Bürgersteig bewusstlos zu machen.

Finley und Elsie hatten sie umarmt und ihr gesagt, wie stark sie sei und dass sie es toll fänden, dass sie sich gegen Jason gewehrt habe. Zeke und Tal waren nicht ganz so überschwänglich, aber sie umarmten sie ebenfalls zur Unterstützung.

Raid blieb an ihrer Seite, als sie zur Bäckerei und zum Café ging. »Ich brauche das Koffein jetzt mehr denn je«, scherzte sie.

Er reagierte nicht auf ihren Versuch, die Stimmung aufzulockern.

»Raid?«

Er schüttelte den Kopf. »Das hätte ganz schnell schiefgehen können«, bemerkte er leise und sah sie nicht an.

Khloe wartete, bis sie die Hauptstraße überquert hatten und vor dem Gebrauchtbuchladen standen. Sie blieb stehen und Raid natürlich auch. Sie warf sich auf ihn, und obwohl sie ihn überrascht hatte, umarmte er sie sofort und drückte sie an sich.

Khloe schaute zu ihm auf und sagte: »Du hast recht, es hätte brenzlig werden können. Aber das ist es nicht.«

»Ich finde es nicht gut, dass er dich so unverhohlen bedroht hat. Verdammt, er hat versucht, dich zu schlagen.«

»Und mir gefällt nicht, dass er Duke da mit hineingezogen hat«, entgegnete sie und sah zu Duke hinunter, der sich neben sie gesetzt hatte, als sie angehalten hatten. »Aber weißt du was?«

»Was?«

»Es hat sich gut angefühlt, für mich einzutreten. Tyrannen hassen das.«

Seine Lippen zuckten amüsiert. »Das tun sie.«

»Also machen wir weiter«, erklärte sie entschlossen. »Vielleicht bringt ein wenig Zeit hinter Gittern sie dazu, noch mal darüber nachzudenken, was sie da überhaupt machen.«

»Vielleicht«, entgegnete Raid skeptisch.

»Ich hatte vorhin eine Erleuchtung«, bemerkte sie.

»Ja?«

»Ja.« Khloe war nervös, aber sie wollte es nicht länger für sich behalten. Wer nichts wagt, der nichts gewinnt ... oder wie auch immer das Sprichwort lautete. »Du hast dich nicht eingemischt und mich aus der Situation gerettet. Du hast mich sagen lassen, was ich zu sagen hatte. Aber du warst in der Nähe, nur für den Fall, dass ich dich brauche.«

»Ich hätte es gern getan«, gab Raid zu. »Dich da rausgeholt, meine ich. Aber du hast im letzten Jahr deutlich gemacht, dass du eine erwachsene Frau bist, die ihre Unab-hängigkeit schätzt.«

»Das bin ich«, stimmte Khloe zu. »Und als die Situation sich änderte, als er mich bedrohte, warst du da. Du hast dafür gesorgt, dass ich in Sicherheit bin.«

Raid nickte nur.

»Meine Erleuchtung war die Erkenntnis, wie sehr ich dich liebe«, platzte Khloe heraus. Dies war nicht gerade der romantischste Zeitpunkt oder Ort für dieses Gespräch, aber sie konnte ihre Gefühle nicht für sich behalten. Sie waren zu groß. Sie fühlte sich, als würde sie platzen, wenn sie es nicht aussprach.

»Du hast lange genug gebraucht«, erwiderte Raid, aber er hatte ein breites Lächeln im Gesicht. »Ich weiß, dass ich dich liebe, seit du mich beim D&D-Spielen entdeckt hast und mitspielen wolltest.«

Khloe stieß einen kleinen Seufzer der Erleichterung aus. Dann wurde ihr klar, was er gesagt hatte. »Du liebst mich?«, flüsterte sie.

»So sehr, dass ich gar nicht mehr weiß, wie mein Leben ohne dich aussah.«

»Wahrscheinlich viel weniger hektisch und stressig«, scherzte sie.

»Langweilig«, konterte er. Dann hob er seine Hände zu ihrem Gesicht, zog es zu sich heran und küsste sie. Heftig. Direkt auf der Hauptstraße, für jeden sichtbar, der zufällig vorbeikam oder aus dem Fenster schaute.

Früher hätte Khloe es gehasst, im Mittelpunkt der Aufmerksamkeit zu stehen, aber als die Fahrzeuge hupten und die Leute johlten, als sie sich weiter küssten, war ihr das völlig egal.

Nachdem Raid sich zurückgezogen hatte, strich er ihr die Haare aus dem Gesicht. »So habe ich mir dieses

Gespräch nicht vorgestellt. Weder was den Zeitpunkt noch was den Ort angeht«, sagte er reumütig.

Khloe zuckte mit den Schultern. »So sind wir eben. Wir machen nichts auf die normale Art.«

»Stimmt. Obwohl ich glaube, dass ich etwas weniger Aufregung gebrauchen könnte, als wir in letzter Zeit hatten.«

Khloe lachte. »Ja. Weniger Nachstellungen, Belästigungen und auf Rache sinnende Drogendealer, die in den Schatten lauern.«

»Apropos, lass uns mal von der Straße gehen und den Kaffee und die Zimtrolle holen«, sagte Raid.

Khloe seufzte und wünschte, sie hätte den Mund gehalten, als sie sich von Raid in Richtung des Cafés drehen ließ. Sie passte perfekt unter seinen Arm und schlang ihren eigenen um seine Taille. Duke stöhnte, als er aufstand und ihnen folgte.

»Khloe?«, sagte Raid, als er nach der Tür griff.

Schon durch die Tür konnte sie den Duft von Kaffee riechen und ihr lief das Wasser im Mund zusammen. »Ja?«

»Heute Abend werde ich dir zeigen, wie sehr ich dich liebe und wie erleichtert ich bin, dass du wieder den ersten Schritt gemacht und mir gesagt hast, was du fühlst.«

Khloe schauderte, als sie zu Raid aufsah. Sie sah keinen wahnsinnig großen Mann. Sie sah auch nicht seine einzigartige Haarfarbe und seinen Bart. Sie bemerkte nicht, dass seine Ohren spitzer waren und ein bisschen mehr abstanden als die der meisten Menschen. Sie sah nur den Mann, den sie liebte. Den Mann, der nicht zögern würde, sich zwischen sie und alles zu stellen, was sie verletzen könnte.

»Ich kann es kaum erwarten«, sagte sie mit einem Grinsen.

Und damit öffnete er die Tür und drängte sie ins Gebäude.

Ja, man konnte mit Fug und Recht behaupten, dass Khloe trotz all der Widrigkeiten, die sie hatte durchmachen müssen, um zu diesem Moment zu gelangen, nichts daran ändern würde.

KAPITEL SIEBZEHN

Raid konnte sich nicht entspannen. Es war einfach alles zu perfekt. Und immer wenn alles wie von selbst zu laufen schien, stand in unmittelbarer Zukunft ein Problem bevor.

Seit der Konfrontation auf dem Marktplatz waren Jason und Scott Mather verschwunden. Raid war sich sicher, dass sie noch immer irgendwo dort draußen waren, Pläne schmiedeten und *verdammt* wütend waren, aber im Moment war das die geringste seiner Sorgen.

Pablo Garcia hatte sich nicht blicken lassen. Und obwohl er und seine Freunde so viele Kontaktpersonen wie möglich angerufen und alle ihre Verbindungen genutzt hatten, hatte niemand auch nur einen Hinweis darauf, wo der Mann sich befinden könnte. Das machte Raid nicht gerade zuversichtlich.

Er plante etwas, das wusste er, ohne lange nachdenken zu müssen. Aber *was* genau der Drogendealer plante ... das war die Frage.

Und Raid hasste es, das nicht zu wissen. Er hasste es, ständig nervös zu sein. Er wollte sich einfach nur entspannen und die Zeit mit Khloe genießen. Sie war immer noch schnippisch und er liebte es, auf ihr herumzuhacken, aber jetzt, da sie sich ihre Gefühle füreinander eingestanden hatten, hatten ihre Sticheleien einen anderen Ton. Sie neckten sich mehr. Sie waren verspielter. Und er fand es toll.

Und nicht nur das, er bemühte sich auch, mehr mit ihren Freunden zusammen zu sein. Er und Khloe aßen regelmäßig im *On the Rocks*, manchmal mit den anderen, manchmal allein. Er nahm sich auch gelegentlich einen Tag frei, um mit Rocky auf einigen seiner Baustellen zu arbeiten. Nicht dass Raid eine große Hilfe gewesen wäre, aber er tat, was er konnte, und er genoss es, mit dem ehemaligen SEAL zusammen zu sein. Seitdem Rocky ihm den Kopf gewaschen hatte in Bezug auf seine Reaktion, dass Garcia freigelassen worden war, und Raid ihm von seinem letzten Einsatz bei der Küstenwache erzählt hatte, waren sie sich viel nähergekommen.

Er traf sich auch öfter mit den anderen Jungs, obwohl bei den Treffen meistens auch Frauen dabei waren, was Raid überhaupt nicht störte. Es fühlte sich an, als sei er in einer völlig anderen Welt, wenn er das Kichern und die Gespräche in einem benachbarten Raum beobachtete und hörte, während er und seine Freunde Poker spielten oder einfach nur herumsaßen und redeten.

Khloes Tierarztpraxis lief sehr gut. Immer mehr Kunden baten sie, mehr Routineangelegenheiten für ihre Haustiere zu übernehmen. Sie war sich nicht sicher, ob sie das aus Rücksicht auf Ziegler schon tun wollte, aber Raid hatte das Gefühl, dass es ohnehin nur eine Frage der Zeit war.

Er war in seinem Büro in der Bibliothek, und Khloe traf gerade ein, nachdem sie sich nach ihrer Nachtschicht schlafen gelegt hatte. Sie war in die Praxis gerufen worden, weil eine Mops-Dame Probleme mit der Geburt ihrer Welpen hatte. Es hatte Stunden gedauert, und schließlich musste Khloe die Welpen per Kaiserschnitt auf die Welt bringen. Sie hatten alle überlebt, und jetzt hieß es abwarten, wie es ihnen weiter erging.

Khloe saß mit Tony an einem Tisch im Kinderbereich der Bücherei und sie diskutierten über das Buch *Unten am Fluss*, das er gerade las. Es war ein langes Buch und obwohl es Tonys Leseniveau entsprach, war es normalerweise eher für ältere Kinder interessant. Aber er war sofort Feuer und Flamme und Khloe liebte es, mit ihm über die tiefere Bedeutung sozialer Allegorien, Unterdrückung und die Gefahren, nicht selbst zu denken und dem Gruppendruck nachzugeben, zu sprechen.

Raid konzentrierte sich auf die Budgettabelle vor ihm, als er in der Bibliothek eine Art Aufruhr hörte. Das war ungewöhnlich, denn, nun ja ... sie waren schließlich in einer *Bibliothek*. Das war normalerweise ein ruhiger Ort. Laute Stimmen waren eine Anomalie.

Aber bei all dem, was in den letzten Monaten passiert war, war er schnell zur Stelle, bevor er überhaupt erkannt hatte, *wer* die Unruhe verursachte.

Raymond Ziegler stand neben dem Tisch, an dem Tony und Khloe saßen, und ließ Khloe unmissverständlich wissen, was er von ihr hielt.

»Du hast kein Recht, hierherzukommen und mir meine Kunden zu stehlen! Das ist unprofessionell und unethisch und ich werde dich beim Veterinäramt von Virginia anzeigen! Ich bin mir sicher, dass die Mitarbeiter dort sehr daran interessiert sein werden, was du tust. Dass eine Tierärztin, die eines Kunstfehlers beschuldigt wurde, wieder ins Geschäft eingestiegen ist.«

Raid öffnete den Mund, um Ziegler zu sagen, dass er sich aus der Bibliothek verpissen soll, aber Khloe stand abrupt auf und ihr Stuhl schlug hinter ihr auf den Boden. Sie wich vor dem wütenden Mann nicht zurück, sondern trat sogar noch näher und ging buchstäblich auf Augenhöhe mit ihm.

»Ich habe jedes Recht, hier in Fallport ein Geschäft zu eröffnen. Es ist nichts falsch an Wettbewerb. Und melde es ruhig dem Amt, ich habe nichts Illegales getan. Nichts. Und das Schlüsselwort in deiner Tirade war ›beschuldigt‹. Ich wurde zwar *beschuldigt*, aber im Prozess gegen Mather wurde bewiesen, dass ich nichts falsch gemacht hatte. Dass es keine Möglichkeit gab, seinen Hund zu retten, weil er schon verletzt war, bevor er in die Praxis kam.«

Ziegler runzelte die Stirn. »Du hast den Ruf einer Hundemörderin.«

»Falsch«, schoss Khloe zurück. »Mein Ruf ist der einer Tierärztin, die alles tut, um alle Tiere zu retten, die ihr anvertraut werden. Egal wie spät es ist. Egal wie meine Pläne aussehen. Ich lasse alles stehen und liegen, um zu helfen, wo ich kann. Kannst du das von dir auch behaupten?«

Wenn das überhaupt möglich war, wurde Zieglers Gesicht noch röter.

Raid schaltete sich ein. Er wollte Raymond keine Gelegenheit geben, etwas zu tun, was er bereuen würde ... oder was Khloe körperlich verletzen würde. »Tritt zurück, Ziegler«, erklärte er mit so ruhiger Stimme, wie es ihm möglich war.

Der Mann tat so, als hätte er die Warnung gar nicht gehört. »Du hast Gerüchte über mich verbreitet, und das lasse ich nicht zu!«, sagte Ziegler zu Khloe.

»Was für Gerüchte?«, fragte sie.

»Das weißt du doch ganz genau. Dass ich ein mieser Tierarzt bin und mich nicht für Tiere interessiere.«

Khloe lachte. Das war wahrscheinlich nicht die klügste Reaktion auf seine Anschuldigung, aber Khloe war so authentisch, wie Raid es noch nie erlebt hatte. Sie war niemand, der etwas beschönigte. »Ich habe zu niemandem ein Wort gesagt. Wenn Gerüchte im Umlauf sind, liegt das an deinen eigenen Handlungen und nicht an dem, was ich gesagt habe«, klärte sie ihn auf.

»Blödsinn! Ich hatte kein Problem, bevor du hierhergekommen bist«, entgegnete Ziegler.

»Das liegt daran, dass die Bürgerinnen und Bürger von Fallport keinen Tierarzt zur Auswahl hatten, es sei denn, sie wollten dreißig Minuten oder länger fahren.« Khloe holte tief Luft. »Jetzt hör mal zu. Ich will dich überhaupt nicht aus dem Geschäft drängen. Ganz und gar nicht. Es ist zu schwierig, der Einzige in der Stadt zu sein, der eine bestimmte Dienstleistung anbietet. Zurzeit bin ich nur als Notfalltierärztin tätig und habe zu den Zeiten geöffnet, zu denen du nicht da bist. So kann ich mich um die Dinge kümmern, die nach Feierabend anfallen, und du kannst deine Arbeit tagsüber fortsetzen.«

»Erzähl doch keinen Blödsinn!«, brummte Ziegler. »Ich habe die Leute reden hören. Du bist auf der Suche nach jemandem, den du für die nächtlichen Notfälle einstellen kannst, und du selbst willst auch tagsüber geöffnet haben!«

Raid war beeindruckt von der Art und Weise, wie sich Informationen in dieser kleinen Stadt verbreiteten. Ziegler hatte nicht unrecht. So viele Leute hatten Khloe angefleht, Infektionen zu behandeln, Zähne zu reinigen und normale Untersuchungen durchzuführen, dass sie dumm wäre, wenn sie nicht über eine Erweiterung ihrer Öffnungszeiten und ihres Geschäfts nachdenken würde. Aber soweit er wusste hatte sie diese Entscheidung noch nicht getroffen. Es sah aber so aus, als hätten die guten Menschen von Fallport entschieden, dass es so gut wie beschlossene Sache war.

»Du hast recht«, entgegnete Khloe ruhig und trat einen Schritt von dem wütenden Mann zurück. »Ich überlege *tatsächlich*, ob ich weitere Mitarbeiter einstellen soll. Wir haben hier in Fallport genügend Arbeit für uns beide, aber ich denke, wenn du im Geschäft *bleiben* willst, musst du etwas an deiner Arbeitsweise ändern.«

Raid reagierte nur den Bruchteil einer Sekunde nach Ziegler. Als der Mann auf Khloe zuging, war Raid zur Stelle, um seinen Versuch, sie zu packen, zu verhindern.

»Denk nicht einmal daran«, knurrte er, während er den Mann nicht gerade sanft zurückstieß. »Du hast gesagt, was du sagen wolltest, es ist Zeit, dass du gehst.«

»Du kannst mich mal, Walker! Ich bin noch nicht fertig.«

»Doch, das bist du«, erwiderte Raid. »Das hier ist eine Bibliothek. Sieh dich um, siehst du noch jemanden, der schreit und sich aufregt? Nein. Und es sind Kinder anwesend. Reiß dich zusammen, Ziegler.«

»Es ist mir egal, wer hier ist. Sie stiehlt mir meine Kunden!«, brüllte er.

»Nein, das tut sie nicht«, erklärte eine Frau ein paar Tische weiter. Sie saß mit ihrer kleinen Tochter zusammen, die Kopfhörer aufhatte und auf dem Tablet vor ihr eine Art Lernspiel spielte. »Sie hat ihre Notfallpraxis extra eröffnet, damit sie *nicht* mit dir in Konkurrenz tritt. Und das, obwohl die ganze Stadt will, dass sie auch tagsüber geöffnet hat, mich eingeschlossen.«

Sie stand auf und starrte Ziegler an. »Vor ein paar Monaten habe ich unser kleines Kätzchen zu dir gebracht. Du hast sie kaum angeschaut und gesagt, ich würde überreagieren und es sei alles in Ordnung mit ihr. Ich wollte eine zweite Meinung einholen, weil du sie nicht einmal untersucht hattest. Ich musste den ganzen Weg nach Christiansburg fahren, und dort wurde bestätigt, dass sie Katzenleukämie hat. Du hast dich geweigert, Tests zu machen, um herauszufinden, was ihr fehlen könnte.«

»Stimmt«, meldete sich ein Mann zu Wort. »Und mein Hund ist mit einem Stock im Maul herumgerannt, der sich in seinem Kiefer verkeilt hatte. Er hatte große Schmerzen, überall war Blut ... aber als ich anrief, um um Hilfe zu bitten – übrigens während der Geschäftszeiten –, wurde mir gesagt, dass Ihr Terminplan voll sei und ich einen Termin für zwei Tage später machen müsse! Sie haben tatsächlich von mir erwartet, dass ich meinen Hund *zwei Tage* lang warten lasse, obwohl er ein verdammtes Loch in der Schnauze hatte von dem Stock!«

»Ich habe Dr. Watts letzte Woche eine halbe Stunde nach Ladenschluss angerufen, weil Sie noch nicht geöffnet hatten und ich verzweifelt war«, erklärte eine andere Frau. »Meine Hündin war trächtig und bei der Geburt lief etwas schief. Dr. Watts sagte mir nicht nur, ich solle sofort kommen, obwohl sie schon geschlossen hatte, sie hat sich stundenlang um meine Muffy gekümmert und nicht nur sie, sondern auch die Welpen gerettet. Sie hat vier Stunden nach Ladenschluss gearbeitet und mir dafür nicht einmal einen Aufpreis berechnet.«

»Wie mir scheint, machst du einen guten Job, wenn es darum geht, deine Kunden zu vergraulen«, bemerkte Raid. »Khloe macht nichts anderes als den Job, den sie liebt.«

»Du kannst mich mal«, fuhr Ziegler Raid an. Dann wandte er sich an Khloe. »Und du kannst mich auch mal! Du bist nicht das Aushängeschild, für das dich alle halten. Du solltest besser auf dich aufpassen.« Dann drehte er sich um und stapfte aus der Bibliothek.

»Das kommt so was von in die sozialen Medien«, erklärte ein Mädchen im Teenageralter von einem Tisch in der Nähe.

Als Raid zu ihr hinüberschaute, sah er, wie sie an ihrem Handy herumfummelte, und vermutete, dass sie die ganze Begegnung auf Video aufgenommen hatte. Ziegler war wirklich ein Idiot. Er tat sich damit keinen Gefallen.

»Ich hätte es wirklich gar nicht so schlecht gefunden,

nicht noch mal bedroht zu werden«, bemerkte Khloe seufzend.

Raid drehte sich um und wollte ihr versichern, dass der verdammte Raymond Ziegler ihr kein Haar krümmen würde, aber sie grinste nur.

»Das ist nicht lustig«, sagte er zu ihr.

Sie wurde ernst. »Ich weiß, dass es das nicht ist. Es ist eher traurig. Ich habe das ernst gemeint, was ich gesagt habe. Wir hätten wirklich zusammenarbeiten können. Aber es ist offensichtlich, dass er sich zu sehr daran gewöhnt hat, tun und lassen zu können, was er will, weil die Leute hier keine andere Wahl hatten. Was auch immer passiert, es liegt an ihm. Seit ich meine Praxis eröffnet habe, habe ich ihn bei niemandem mehr schlechtgemacht.«

»Warum ist er so gemein?«, fragte Tony und blickte von seinem Platz am Tisch auf.

»Ich habe keine Ahnung«, entgegnete Khloe und strich ihm übers Haar.

»Wenn wir einen Hund bekommen, sage ich Mom, dass sie ihn zu dir bringen soll. Nicht zu ihm.«

»Als würde ich dir erlauben, ihn irgendwo anders hinzubringen«, erwiderte Khloe und lächelte ihn an.

Raid war immer noch nicht beruhigt. Er hatte die Nase voll davon, dass Menschen diejenigen bedrohten, die er liebte. Er zog Khloe an sich und wandte sich dann an die Besucher, die immer noch zusahen. »Die Show ist vorbei. Macht mit dem weiter, was ihr gerade gemacht habt ... und leise, bitte. Das hier ist immerhin die Bibliothek.«

Einige Leute lachten, aber zu seiner Erleichterung wandten sie ihre Aufmerksamkeit von ihm und Khloe ab. Er war kein Idiot, er wusste, dass sich das, was hier passiert war, weit verbreiten würde, und das nicht nur wegen des Mädchens, das das Video wahrscheinlich sogar gerade online stellte. Ziegler würde feststellen, dass mehr Kunden als je zuvor ihre Termine wegen seines jüngsten Ausbruchs absagen würden.

Er zog Khloe ein Stück vom Tisch weg, um ihnen ein wenig Privatsphäre zu verschaffen. »Geht es dir gut?«, fragte er leise.

Sie drehte sich zu ihm um und umarmte ihn fest, bevor sie nickte. »Ja. Und dir?«

»Nein.«

Sie schüttelte den Kopf. »Es überrascht mich nicht, dass er durchgedreht ist«, erklärte sie ihm. »Einige der Leute, mit denen ich gesprochen habe oder die mich angefleht haben, tagsüber zu öffnen, haben mir erzählt, wie mürrisch Raymond geworden ist. Er ist eifersüchtig und wütend, dass ich die gute Sache, die er hier am Laufen hatte, gestört habe. Aber er ist ein Idiot. Und wenn sich jemand an das Veterinäramt wenden sollte, dann bin ich es.«

»Aber das wirst du nicht«, bemerkte Raid.

»Nein. Er sabotiert sein Geschäft ganz allein. Er braucht meine Hilfe nicht.«

»Wenn er geht, wirst du mehr Kunden haben, als du bewältigen kannst«, warnte Raid.

»Ich weiß«, sagte sie achselzuckend. »Wenn das passiert, habe ich ein paar Freunde im ganzen Land, die ich durch Konferenzen und Beratungen kennengelernt habe. Ich werde verbreiten, wie toll Fallport ist und dass es eine tolle Geschäftsmöglichkeit für jemanden gibt, der hier eine weitere Praxis eröffnet. Oder ich könnte meine Arbeitszeiten ausweiten und ein paar Kollegen einstellen, die hier mit mir arbeiten.«

Raid war stolz auf Khloe, so stolz, wie er nur sein konnte. Sie war eine kluge Geschäftsfrau, mitfühlend und obendrein eine verdammt gute Tierärztin. »Das versteht sich von selbst, aber ich werde es trotzdem sagen«, warnte er. »Du musst vorsichtig sein. Ziegler ist stinksauer und es ist schwer einzuschätzen, was er tun wird.«

Khloe seufzte. »Ich weiß. Aber du und die anderen überwachen mich bereits auf Schritt und Tritt. Allein wird er keine Chance haben, mich zu erwischen.«

Sie hatte nicht unrecht. Raid konnte sich nicht erinnern, wie oft sie in den letzten Monaten allein gewesen war. Entweder war sie mit ihm, einem ihrer Freunde oder mit den guten Menschen von Fallport zusammen. »Ich sage ja nur, dass ihm die Kontrolle entgleitet, und verzweifelte Menschen sind zu allem fähig.«

»Ich weiß, Raiden. Ich bin nicht glücklich darüber, dass ich die Aufmerksamkeit eines weiteren Verrückten auf mich gezogen habe, aber so ist es eben. Was ist die Alternative? Ich schließe meine Praxis und lasse ihn gewinnen?«

»Nein«, entgegnete Raid knapp.

»Eben. Also werden wir das tun, was wir schon immer getan haben. Uns gegenseitig Rückendeckung geben und uns nicht von irgendwelchen Idioten einschüchtern lassen. Kann ich jetzt wieder zu Hazel und Fiver gehen?«

»Zu wem?«, fragte Raid.

Khloe grinste. »Den Hasen aus *Unten am Fluss*.«

Er lachte. »Ach ja. Natürlich, aber erst nachdem du mich geküsst hast. Und zwar nicht einen deiner ›Ich fand den dritten Orgasmus, den du mir gerade verpasst hast, wirklich toll‹-Küsse, sondern einen ›Ich liebe dich und wir sind in der Öffentlichkeit‹-Kuss.«

Daraufhin lachte sie auf. »Na gut«, sagte sie, bevor sie sich auf die Zehenspitzen stellte.

Raid musste sich trotzdem vorbeugen, damit sie seine Lippen erreichen konnte, und er musste sich immer noch kneifen, dass dies sein Leben war. Dass er, Raiden Walker, irgendwie die Aufmerksamkeit von jemandem wie Khloe erregt hatte.

Er konnte ihr Lächeln auf seinen Lippen spüren und war erleichtert, dass die Begegnung mit Ziegler ihre positive Einstellung nicht getrübt hatte.

Als könnte sie seine Gedanken lesen, schaute sie nach dem Kuss zu ihm auf und sagte: »Ich bin glücklich, Raid. Und daran wird sich auch nichts ändern. Ich mache nicht nur einen, sondern zwei Jobs, die ich liebe, genieße die Freundschaften, die ich geschlossen habe, und genieße es, mit einem Mann zusammen zu sein, der mich nicht nur liebt, sondern mich auch so sein lässt, wie ich bin.«

»Ändere dich nie«, bat er sie.

»Das gilt auch für dich. Wo wir gerade dabei sind ... wir spielen morgen Abend D&D, oder?«

»Ja.« Sie hatte sich ihm und seinen Freunden bei den wöchentlichen D&D-Abenden angeschlossen und das Spiel machte ihr inzwischen noch mehr Spaß. Sie hatte Anise, den Charakter, den er für sie entworfen hatte, in ihr Herz geschlossen und er hatte noch nie so viel gelacht wie an diesen Freitagabenden mit ihr an seiner Seite.

»Cool«, sagte sie und drückte seinen Arm. Sie ging zurück zum Tisch, blieb aber stehen und drehte sich um. »Übrigens ... danke, dass du bei Raymond eingesprungen bist. Es ist mir nicht entgangen und ich weiß es zu schätzen.« Dann lächelte sie und ging zurück zu Tony.

Raid sah sich noch einmal in der Bibliothek um, um sich zu vergewissern, dass alles in Ordnung war, und als er sicher war, dass niemand in der Nähe lauerte, der ihm oder Khloe Schaden zufügen wollte, ging er zurück in sein Büro.

***

In der nächsten Woche saß Khloe mit dem Rest der Mädchen im Wohnzimmer von Bristol und Rocky. Lilly hatte eine Mal- und Trinkparty organisiert. Khloe hatte noch nie etwas davon gehört, aber jetzt, da sie hier war, musste sie sagen, dass es ihr sehr gut gefiel.

Lilly hatte für die Kunstlehrerin der Highschool Familienfotos gemacht und sie hatten sich darüber unterhalten, dass diese Mal- und Trinkpartys der letzte Schrei waren, und Lilly hatte sie gefragt, ob die Frau schon mal eine veranstaltet hatte. Das Gespräch hatte dazu geführt, dass sie und ihre Freundinnen an Bristols Esstisch vor Staffeleien saßen, mit einer riesigen Plastikfolie unter den Füßen und Pinseln und Farbdosen um sie herum.

Jeder Quadratzentimeter des Tisches war vollgepackt mit Snacks und Getränken ... alkoholfreie Getränke für die schwangeren Frauen und Wein und Schwarzgebrannter für alle anderen. Ihre Männer sowie Tony und Marissa spielten draußen in der Scheune, warfen einen Football hin und her und versuchten, den Frauen nicht in die Quere zu kommen.

Khloe hatte sich gegen das Malen gesträubt, weil sie nicht kreativ genug war. Aber sie hatte zugesagt, weil sie Zeit mit ihren Freundinnen verbringen wollte. Und seit sie mehr arbeitete, war sie in dieser Hinsicht etwas nachlässig. Nachdem ihre Geheimnisse ans Licht gekommen waren, beschloss sie, alles zu tun, um mit den Frauen zusammen zu sein, die sie nie aufgegeben hatten und sie so akzeptierten, wie sie war: verschlossen, launisch und irgendwie mürrisch.

Sie war angenehm überrascht, als sie feststellte, dass die Kunstlehrerin eine Skizze gemacht hatte, was sie malen sollten – einen Elch, der an einem See steht und in dessen Geweih sich Weihnachtslichter verfangen hatten –, was es viel einfacher machen würde, sich nicht lächerlich zu machen, indem sie etwas malte, das aussah, als sei es der Fantasie einer Zweijährigen entsprungen.

Ihre Bilder waren zu drei Vierteln fertig und Khloe war angenehm angeheitert von den Gläsern Wein, die sie getrunken hatte. Ihre Lehrerin schlug vor, die Bäume mit breiten Strichen zu malen, und wenn sie zweifelten, ermutigte sie sie, etwas zu trinken. Einige von ihnen befolgten ihren Rat buchstabengetreu.

Jetzt waren Bristol, Caryn und Khloe betrunken. Heather mochte den Geschmack von Wein nicht, aber sie hatte ein paar Gläschen von dem Schwarzgebrannten getrunken, den Caryn mitgebracht hatte. Elsie und Finley tranken Sprite aus Weingläsern.

Khloe hielt mitten im Tupfen der bunten Farbe für die Lichter auf dem Elchgeweih inne, als ihr etwas einfiel. Sie sah Lilly über den Tisch hinweg an und rief dann: »Lilly trinkt Sprite!«

Alle hielten inne und drehten den Kopf zur gleichen Zeit zum Ende des Tisches, wo Lilly saß.

»Lilly ... bist du ...«, flüsterte Elsie.

»Nein. Aber es ist die Zeit des Monats. Und ich will nichts tun, was es mir erschweren könnte, schwanger zu werden«, erklärte sie achselzuckend. »Und ich weiß, dass es keinen Zusammenhang zwischen Alkoholkonsum und Schwangerschaft gibt, viele Frauen werden schwanger, wenn sie betrunken sind, aber ich bin paranoid und will kein Risiko eingehen.«

Alle sprangen von ihren Plätzen auf, drängten sich um Lilly und stritten sich darum, wer sie zuerst umarmen durfte. Sie waren genauso aufgeregt, als hätte sie verkündet, dass sie bereits schwanger war.

Lachend scheuchte sie sie alle weg. »Ihr seid ja verrückt! Setzt euch hin. Oh Mann.«

»Du sagst uns doch Bescheid, sobald du auf ein Stäbchen pinkelst und es positiv ist, oder?«, fragte Caryn.

Lilly verdrehte die Augen. »Nein.«

»Was? Warum nicht?«, schmollte Elsie.

»Weil ihr alle zu weit gehen würdet. Ihr werdet mich

behandeln, als sei ich aus Zucker. Ihr werdet genauso schlimm sein wie Ethan«, behauptete Lilly.

»Und?«, fragte Finley. »Würde dich das wirklich stören?«

»Als würdest du dich nicht *selbst* auch so behandeln, als seist du aus Zucker«, argumentierte Bristol.

Lilly schenkte ihnen ein verlegenes Lächeln. »Stimmt. Ich will es nur nicht verhexen.«

»Studien zeigen, dass die meisten Frauen nach einer Fehlgeburt wieder ein Kind bekommen können«, versicherte Finley ihr sanft.

»Ich weiß. Aber solange ich noch nicht so weit bin, werde ich paranoid sein«, erklärte Lilly achselzuckend.

»Richtig, also ... ich denke, wir müssen diese Bilder fertigstellen, damit unsere Lilly nach Hause fahren und sich von ihrem Mann ein Baby machen lassen kann!«, verkündete Caryn, wobei ihre Worte etwas undeutlich waren.

Khloe konnte sich ein Grinsen nicht verkneifen. Sie war sich nicht sicher warum, obwohl der Alkohol in ihren Adern wahrscheinlich etwas damit zu tun hatte. Aber sie war einfach so glücklich. Sie hatte keinen Zweifel daran, dass Lilly wieder schwanger werden würde. Elsie und Finley strahlten förmlich und es würde nicht mehr lange dauern, bis ihre Babys auf die Welt kamen, Heather fügte sich in die Gruppe ein, als sei sie schon immer ein Teil von ihr gewesen und hätte sich nicht die meiste Zeit ihres Lebens im Wald versteckt, und Khloe fühlte sich zum ersten Mal seit dem Verlust ihres Vaters wirklich als Teil einer eng zusammengewachsenen Familie.

»Also ... ich habe gehört, dass dieser Mistkerl Ziegler in die Bibliothek kam und durchgedreht ist«, bemerkte Caryn, während sie alle daran arbeiteten, ihre Elchbilder fertigzustellen.

»Ich habe das Video gesehen. Er ist in dieser Stadt so was von erledigt«, erklärte Elsie.

»Warte, es gibt ein Video?«, fragte Lilly. »Das wusste ich nicht!« Sie legte ihren Pinsel weg und nahm ihr Handy zur Hand.

»Nein! Du darfst nicht aufhören«, befahl Caryn und richtete ihren Pinsel auf Lilly. »Leg das Handy weg und male. Du musst ein Baby machen und das geht nicht, bevor der Elch fertig ist!«

Alle lachten.

»Ich werde es für dich finden«, bot Heather an, während sie ihr eigenes Handy aus der Tasche holte.

»Schau mal auf der Seite von Fallport nach«, riet Elsie ihr. »Da habe ich es gesehen.«

In Sekundenschnelle stand Heather auf und ging mit ihrem Handy zu Lilly hinüber, die dort saß. Alle waren still und hörten zu, wie Raymond über Khloe schimpfte und wetterte. Als er Khloe sagte, sie solle sich zum Teufel scheren, zuckten alle zusammen.

Dann sagte Caryn: »Der ist erledigt!«

»Und *wir* sollten anstoßen!«, verkündete Finley. »Auf Khloes expandierendes Geschäft!«

Alle hoben ihre Gläser, sogar die Kunstlehrerin, die das Gespräch nur beobachtet und zugehört hatte.

»Auf Khloe!«, verkündete Bristol.

»Darauf, dass Ziegler seine Praxis aufgibt!«, fügte Elsie hinzu.

»Darauf, dass Fallport endlich einen Tierarzt hat, dem die Tiere nicht egal sind!«, fügte Finley hinzu.

»Auf Freunde«, sagte Heather, nachdem sie wieder Platz genommen hatte.

Plötzlich spürte Khloe, wie ihr die Tränen in die Augen stiegen. Sie blinzelte schnell und versuchte, sie zurückzuhalten, aber es gelang ihr nicht.

»Nicht weinen!«, sagte Elsie verzweifelt. »Wenn du mit so

was anfängst, und das bei meinen Hormonen, werde ich durchdrehen!«

»Zu spät!«, erwiderte Finley mit einem Schniefen.

Es war ein komisches Gefühl, gleichzeitig zu lachen und zu weinen, aber irgendwie schaffte Khloe es. »Danke an euch *alle*, dass ihr mich nicht aufgegeben habt. Ich weiß, dass ich im letzten Jahr nicht gerade der netteste Mensch war.«

»Schwamm drüber«, sagte Caryn und winkte mit der Hand ab. »Wenn jemand versucht hätte, mich zu töten, wäre ich genauso gewesen.«

»Jemand *hat* versucht, dich zu töten«, erinnerte Lilly sie.

Caryn zuckte mit den Schultern. »Was für ein Idiot, der versucht hat, eine Feuerwehrfrau zu verbrennen. Das war nicht klug.«

Khloe wollte auf keinen Fall wieder aufwärmen, was ihrer Freundin zugestoßen war, und sie wollte sich auch nicht damit aufhalten, was ihr passiert war. »Von jetzt an wird es für uns alle nur noch Gutes geben. Babys, Sex, Partys, Kleinstadtparaden, und unsere Geschäfte werden florieren!«

»Darauf trinke ich!«, rief Caryn aus.

»Du trinkst auf alles«, entgegnete Bristol lachend.

Sie brauchten nicht lange, um ihre Bilder fertig zu malen, vor allem weil sie wollten, dass Lilly mit Ethan nach Hause fuhr, um sich hoffentlich ein Baby machen zu lassen. Die Party löste sich nicht lange nachdem sie gegangen war auf. Alle verabschiedeten sich und ehe sie sichs versah, saß Khloe neben Raid in seinem Wagen.

Sie lehnte den Kopf an die Rückenlehne des Sitzes und starrte ihn an, während er sie zu sich nach Hause fuhr.

»Ist es komisch, dass ich bei dir wohne?«, platzte sie heraus.

»Nein«, erwiderte er, ohne zu zögern.

»Ist es nur wegen der Mathers? Und diesem Drogentypen? Und jetzt Ziegler?«

»Nein«, wiederholte er.

Khloe runzelte die Stirn. »Ist es nicht?« Sie wusste, dass sie beschwipst war und mehr redete als sonst, aber Raid schien das nicht zu stören.

»Nein«, erwiderte er achselzuckend. »Es liegt daran, dass ich dich liebe und mich in deiner Nähe wie der Mann fühle, der ich schon immer sein wollte.«

Khloe wusste nicht, was sie davon halten sollte, aber da es Raid war, erklärte er es ihr, ohne dass sie fragen musste.

»Du lässt mich so sein, wie ich bin. Du akzeptierst mich so, wie ich bin.«

»Ich *liebe dich* so, wie du bist«, erklärte sie ihm.

»Aber das ist nicht der Hauptgrund dafür, dass es nicht seltsam ist, dass du mit mir zusammenlebst«, erwiderte er mit einem kleinen Lächeln. Er fuhr fort, bevor sie fragen konnte, was er meinte. »Es ist, weil ich es nicht ertrage, nicht bei dir zu sein. Wenn du nicht bei mir bist, kann ich nur daran denken, was du tust. Ständig muss ich an dich denken. Ich möchte die ganze Zeit mit dir zusammen sein. Bei der Arbeit, zu Hause, bei Besorgungen. Sogar wenn ich mit Duke im Wald bin, denke ich an dich.«

Khloe schmolz förmlich in ihrem Sitz dahin. Das war das Romantischste, was jemals jemand zu ihr gesagt hatte. »Ich ... ich auch an dich«, sagte sie und wusste, dass ihre Worte lahm waren und nicht all das ausdrückten, was sie fühlte.

Aber Raid lächelte sie nur an und griff dann nach ihrer Hand.

So fuhren sie weiter und hielten sich an den Händen, bevor Raid sagte: »Das habe ich früher nicht gemacht.«

»Was?«, fragte Khloe verwirrt.

»Mit Frauen Händchen halten. Das ist schön.«

Khloe war in seinem Namen traurig, auch wenn ein Gefühl des Stolzes sie durchströmte. Sie war die einzige Frau, mit der er je Händchen gehalten hatte. Mit anderen Freundinnen hatte er noch nie D&D gespielt. Und sie war sich ziemlich sicher, dass viele der Dinge, die sie im Schlafzimmer getan hatten, auch für ihn eine Premiere waren. Für *sie* waren sie es auf jeden Fall.

Dieser Mann gehörte ihr – und sie wollte noch viele weitere Premieren mit ihm erleben.

»Hast du schon mal mit einer betrunkenen Frau geschlafen?«

Er grinste, wandte aber den Blick nicht von der Straße ab. »Nicht dass ich wüsste. Ist das anders, als mit einer Frau zu schlafen, wenn sie *nicht* betrunken ist?«

»Das wirst du wohl herausfinden müssen«, stichelte Khloe.

Dann schaute er zu ihr hinüber. »Wenn wir zu Hause sind, gehst du direkt ins Bett. Ich lasse Duke raus und komme dann rein. Ich will, dass du nackt auf mich wartest.«

Khloe zitterte. »Okay«, erklärte sie ihm.

Ja, man konnte mit Sicherheit sagen, dass sie so glücklich war wie noch nie.

»Raid?«

»Ja?«

»Danke, dass du so toll bist.«

Auf seinen Wangen bildete sich eine leichte Röte. Ihr Mann nahm Komplimente nie besonders gut an, aber das machte einen Teil seines Charmes aus.

Er hob ihre Hand an seine Lippen und küsste sie sanft auf den Handrücken.

Der Rest der kurzen Fahrt zu seinem Haus verlief schweigend, aber mit jedem Mal, das er mit dem Daumen über ihren Handrücken strich, wurde Khloes Lust größer. Sie gehörte Raid. Alles, was er wollte, würde sie tun. Auch wenn er sie nicht darum bitten würde, so war er nicht. Deshalb wollte sie ihm noch mehr gefallen.

Ihre Zukunft war ungewiss – Jason und Scott waren immer noch da draußen und warteten wahrscheinlich auf eine Gelegenheit, um zuzuschlagen, Raids Vergangenheit lauerte ebenfalls in den Schatten und Khloe musste sich an ihr neues Geschäftsmodell gewöhnen – aber sie war sich einer Sache sicher ... was auch immer passieren würde, sie und Raid würden es gemeinsam durchstehen.

Der Mann starrte durch sein Fernglas auf das Haus in der Ferne. Er hatte etwa einen Kilometer entfernt an einem Wandergebiet geparkt und war durch den Wald zu der Stelle gegangen, an der er gerade im Gras lag. Er hatte darauf geachtet, dass niemand ihn sah ... denn das hätte alles verdorben.

Er beobachtete das Paar schon eine Weile, lernte die Gewohnheiten der beiden kennen und sammelte Informationen. Er konnte geduldig sein, denn das Timing war extrem wichtig. Seine Handlungen mussten perfekt sein. Wenn er zu schnell handelte oder zu übermütig wurde, wäre alles umsonst gewesen. Er wollte auf keinen Fall Raiden Walker oder Khloe Watts vorwarnen, dass sie beobachtet wurden. Er wollte, dass sie sich dessen nicht bewusst waren.

Ein paar Ideen kamen ihm in den Sinn, aber egal wie er sich entschied, sie mussten sorgfältig ausgeführt werden. Die Touristen strömten in die Gegend, was ihm geholfen hatte, nicht aufzufallen. Aber die Informationssuche in einer kleinen Stadt war immer noch ein Problem. Alle waren verdammt neugierig und riefen die Polizei, wenn jemand auch nur in ihre Richtung furzte.

Aber das machte die Sache nur noch schwieriger. Was ihm gefiel.

»So ist es richtig«, sagte er leise, als er die Silhouetten seiner Zielpersonen an einem Fenster vorbeiziehen sah. »Genießt eure Zeit, solange ihr könnt, denn bald werdet ihr erfahren, was passiert, wenn ihr den Falschen verärgert.«

Grinsend senkte der Mann das Fernglas und erhob sich vom Boden. Er schaffte den Weg zurück zum Parkplatz ohne Zwischenfälle. Er nahm ein Wegwerfhandy, das er in seinem Fahrzeug versteckt hatte, und tätigte einen Anruf, um zu berichten, was er gesehen hatte, und um einen der Pläne zu besprechen, die er im Kopf hatte.

KAPITEL ACHTZEHN

Raid starrte gedankenverloren aus dem Fenster.

Er hatte alle paar Tage mit Tonka gesprochen, und keiner von beiden hatte eine Ahnung, wo Garcia sich befand, seit dem Tag, an dem sie erfahren hatten, dass er aus dem Gefängnis entlassen und in sein Land zurückgeflogen worden war. Er konnte buchstäblich überall sein, und das gefiel keinem von ihnen.

Für seinen Freund brachte die Entlassung des Drogendealers schreckliche Erinnerungen mit. Dinge, die Tonka schließlich in seinem Kopf und in der Therapie verarbeitet hatte und die er erstaunlich gut verdrängen und hinter sich lassen konnte. Das Wissen, dass Garcia auch jetzt noch hinter ihnen her sein könnte, hatte ihn für eine Weile in eine dunkle Ecke gedrängt, aber mit der Hilfe seiner Frau, seiner Töchter und seiner Freunde in der *Zuflucht* kam er da wieder heraus. Er war entschlossener denn je, dafür zu sorgen, dass die Menschen, die er liebte, nicht durch Garcias Machenschaften verletzt wurden.

Da Raid bewusstlos gewesen war, wusste er nur aus den Berichten und dem, was andere ihm erzählt hatten, was an diesem Tag passiert war. An manchen Tagen hatte er das Gefühl, dass das genauso schlimm war, weil er sich in seiner Fantasie ausmalen konnte, wie alles abgelaufen war.

Der Gedanke, dass Garcia Khloe oder auch Duke in die Finger bekommen könnte, hielt ihn nachts wach. Je mehr Zeit verging, ohne dass er wusste, wo der Mann sich aufhielt, desto nervöser wurde Raid. Der Typ konnte noch Jahre warten, um sich zu rächen, oder er konnte es heute tun. Raid versuchte, nicht paranoid zu werden, aber mit jedem Tag, der verging, wurde seine Angst größer.

Tonka ging es genauso. Beide Männer waren sich sicher, dass Garcia definitiv etwas vorhatte. Sie wussten nicht, was und wann, aber beide waren sich absolut sicher, dass er irgendwann etwas unternehmen würde.

Es war schon paradox, dass Pablo Garcia und Alan Mather etwas gemeinsam hatten. Sie hatten sich geschworen, ihre vermeintlichen Feinde leiden zu lassen ... obwohl beide Männer sich ihre Inhaftierung selbst zuzuschreiben hatten.

Bei dem Gedanken an Alan zuckten Raids Lippen. Im Moment mussten er und Khloe noch auf der Hut sein. Aber es wurden Gefallen eingefordert, und bald würde Alan klargemacht werden, dass ihm die Konsequenzen nicht gefallen würden, sollte er Khloe Watts weiter belästigen.

Raid war nicht gerade stolz darauf, Alan mit Drohungen zu konfrontieren, aber Männer wie er kannten keine andere Art der Kommunikation. Denn wie man sehen konnte, bedrohte der Mistkerl Khloe weiterhin, auch wenn er hinter Gittern war. Und er benutzte seine Brüder, um sie seine Drecksarbeit machen zu lassen.

Deshalb hatte ein gewisser Söldner in Colorado sich bereit erklärt, seine Verbindungen zu nutzen, um den Stein ins Rollen zu bringen. Er würde dafür sorgen, dass Alan in naher Zukunft kein Problem mehr für Khloe darstellen würde.

Raid zuckte zusammen, als Khloe ihre Arme von hinten um ihn schlang. Sofort bedeckte er ihre Hand auf seinem Bauch mit der seinen.

»Worüber denkst du so angestrengt nach?«, fragte sie leise.

Raid hatte nicht die Absicht, Khloe zu beunruhigen, indem er ihr von seinen Sorgen erzählte – oder davon, was mit dem Mann passieren würde, der versucht hatte, sie zu töten. Er drehte sich in ihrem Griff um und zog sie näher an sich heran, wobei er sein Kinn auf ihren Kopf legte ... und sich um Kopf und Kragen log. »Wie glücklich ich doch bin.«

Es war nicht so, als sei er *nicht* glücklich. Das war er durchaus. Aber sein Glück war getrübt durch die Erwartung des Bösen, das in den Schatten lauerte.

»Ich auch«, erklärte sie ihm. »Hat Ethan etwas zu euch gesagt?«

Raids Lippen zuckten amüsiert. Khloe hatte ihm erzählt, was Lilly vor ein paar Wochen auf ihrer Malparty gesagt hatte. Seitdem fragte sie ihn regelmäßig, ob Ethan ihm verraten hatte, dass seine Frau wieder schwanger war.

»Nein. Es ist ja nicht so, dass wir herumsitzen und über Zyklen und Schwangerschaft plaudern«, entgegnete er mit einem kleinen Lachen.

»Ich weiß. Ich dachte nur, wenn es passiert, ist er vielleicht so aufgeregt, dass er es nicht mehr geheim halten kann.«

»Und du glaubst, Lilly könnte das?«

»Ja«, entgegnete Khloe. »Sie ist besorgt. Und verängstigt. Sie hat schon ein Baby verloren und will sich sicher keine Hoffnungen auf eine weitere Schwangerschaft machen, bevor nicht eine überdurchschnittliche Chance besteht, dass das Baby überlebt. Sie könnte schon im fünften Monat schwanger sein, bevor sie sich wohl damit fühlt, es uns mitzuteilen.«

»Und das ist schlecht?«, fragte Raid, lehnte sich zurück und sah auf die Frau in seinen Armen hinunter.

»Nein! Ganz und gar nicht. Sie muss tun, was sie tun muss, damit sie sich wohlfühlt. Aber ich will es wissen, damit ich ein Auge auf sie haben kann. Wenn sie zu viel auf den Beinen ist, kann ich sie bitten, sich hinzusetzen. Oder ich kann zu ihr gehen, anstatt sie zu bitten, in die Praxis oder hierher zu kommen. Solche Sachen eben. Ich mache mir Sorgen um sie.«

Raids Herz schmolz dahin. Seine Khloe war so ein guter Mensch. »Wenn ich etwas höre, sage ich dir Bescheid.«

»Danke«, sagte sie leise zu ihm. »Ich wünsche mir das so sehr für sie. Sie hat sich so darauf gefreut, Mutter zu werden. Sie und Ethan werden so gute Eltern sein.«

Raid musste dem zustimmen.

»Möchtest du etwas Bestimmtes zum Mittagessen?«, fragte sie.

Er lächelte. Er war es gewohnt, dass Khloe schnell das Thema wechselte. Er vermutete, das lag daran, dass sie so klug war und ständig über ein Dutzend Dinge gleichzeitig nachdachte. Wenn sie mit einem Thema fertig war, war sie *fertig*.

»Gegrillte Käsesandwiches?«, fragte er.

»Klingt gut. Ich lasse Duke raus und fange an. Du kannst hier rumsitzen und ins Leere starren, bis ich fertig bin.«

Raid lachte. »Ich bin fürs Erste fertig mit Denken. Ich fange schon mal an, die Pfanne zu erhitzen.«

Khloe stellte sich auf die Zehenspitzen und küsste sein Kinn. »Okay.«

Raid zwang sich, sie loszulassen, und beobachtete mit einem kleinen Lächeln, wie sie Duke weckte und ihn davon überzeugte, dass er nach draußen gehen sollte. Gestern hatten er und Duke die erste Suche seit seiner Operation unternommen, und er hatte sich fantastisch geschlagen. Sie hatten den vermissten Wanderer zwar nicht gefunden, bevor er auf die Hauptstraße gegangen war und sich selbst gerettet hatte, aber Duke hatte keine Anzeichen von Müdigkeit gezeigt und schien sehr froh zu sein, wieder bei der Arbeit zu sein.

Die Sandwiches waren schnell zubereitet und nachdem sie gegessen hatten, saß Raid mit Khloe auf dem Sofa, während sie sich eine weitere Kochsendung anschauten. Es war irgendwie witzig, dass diese Sendungen ihnen so viel Spaß machten, denn beide konnten nicht sonderlich gut kochen.

Erst gegen fünfzehn Uhr bemerkte Raid, dass Duke nicht an seinem üblichen Platz in seinem Hundebett in der Ecke lag.

»Verdammt! Wir haben Duke vergessen!«, rief er aus und hatte ein sehr schlechtes Gewissen.

»Oh nein!«, sagte Khloe und sprang sofort mit ihm vom Sofa auf, um zur Hintertür zu eilen.

Raid öffnete die Glasschiebetür mit etwas mehr Eile als sonst. Duke war wahrscheinlich irgendwo in dem riesigen Garten und schlief unter einem Baum ... im Matsch. Auf der großen Fläche gab es genug Hasen-, Eichhörnchen- und Waschbärgeruch, um ihn stundenlang zu beschäftigen und müde zu machen.

»Duke!«, rief er, nachdem er sich umgesehen und den Bluthund nicht sofort gesehen hatte.

Aber der Hund lief nicht auf seine Stimme hin durch die Bäume auf ihn zu.

»Du gehst da lang«, befahl Khloe und deutete nach rechts. »Ich gehe in diese Richtung.«

Raid nickte und ärgerte sich ein wenig darüber, dass

sein Hund nicht sofort gekommen war, als er ihn gerufen hatte.

Der eingezäunte große Garten war zwar toll, damit Duke sich austoben konnte, aber die Suche dauerte viel zu lange. Raid ging an der rechten Seite des Gartens entlang, während Khloe das Gleiche auf der linken Seite tat. Er konnte sie durch die Bäume sehen, während sie systematisch suchten. Doch mit jeden Augenblick, der verging und in dem Duke weder auf seine Rufe noch auf die von Khloe reagierte, wuchs die Angst in ihm.

Vor ein paar Monaten hatte er seinen Hund fast verloren. Er war nicht bereit, ihn jetzt tatsächlich zu verlieren.

Erst als er die hintere Ecke des Grundstücks erreichte, machte sich die Angst *richtig* bemerkbar.

Ein Baum war auf den Zaun gestürzt und hatte ihn unter seinem riesigen Gewicht zerdrückt. Duke hätte leicht aus der Umzäunung entkommen können, vor allem wenn er einen interessanten Geruch von außerhalb des Gartens wahrgenommen hatte.

»Khloe!«, schrie Raid.

Er sah, wie sie auf ihn zulief – und die Sorge auf ihrem Gesicht, als sie einen Blick auf den kaputten Zaun erhaschte. »Oh nein! Ist er abgehauen?«

»Sieht so aus«, bemerkte Raid knapp, als er sich wieder dem Haus zuwandte.

»Duke! Komm zurück!«, schrie Khloe fast verzweifelt.

»Khloe, komm schon, wir müssen ein paar Anrufe tätigen und dann losfahren und sehen, ob wir ihn finden können«, sagte er zu ihr.

»Wir sind ziemlich nahe an der Straße«, entgegnete Khloe mit Tränen in den Augen. »Er könnte angefahren worden sein.«

Daran hatte Raid schon gedacht, aber er wollte die Möglichkeit nicht in Erwägung ziehen. »Mal den Teufel

bloß nicht an die Wand. Du weißt so gut wie ich, dass Bluthunde kilometerweit laufen können, wenn sie einer Fährte
folgen. Und wenn sie die Fährte schließlich verlieren,
schauen sie auf und fragen sich, wo zum Teufel sie sind.
Duke ist ein toller Hund, aber er ist nicht gerade der Hellste.
Er hat aber schon Hunderte von Suchen in den Wäldern
hier in der Gegend gemacht. Ich bin zuversichtlich, dass er
seine Nase benutzen kann, um zu einem ihm vertrauten Ort
zurückzukehren. In der Zwischenzeit brauchen wir mehr
Leute, die die Augen offen halten. Ich muss alle anrufen.«

»Ja«, pflichtete Khloe ihm bei und wischte sich ungeduldig die Tränen aus dem Gesicht, die ihr über die Wangen
gelaufen waren. »Du rufst die Jungs an und ich setze mich
mit den anderen in der Stadt in Verbindung.«

Raid nickte. Alles, was er Khloe über Duke erzählt hatte,
war die Wahrheit, aber das hieß nicht, dass er nicht
trotzdem noch Angst um seinen Hund hatte.

Sie stürmten ins Haus und gingen direkt zu ihren
Handys. Raid rief zuerst Ethan an.

»Hey, was gibt's?«, fragte er, als er abnahm.

»Duke ist aus meinem Garten entwischt. Er ist seit etwa
anderthalb Stunden verschwunden. Ich brauche Hilfe bei
der Suche nach ihm.«

»Mist, na gut. Ich mache noch kurz diesen Job zu Ende
und fahre so schnell wie möglich los. Soll ich noch
jemanden anrufen?«

»Danke. Und ja, wenn du Rocky und Zeke Bescheid
sagen kannst, rufe ich Drew, Brock und Tal an.«

»Verstanden. Wir werden es weitersagen, Raid. Wir
werden ihn finden. Jeder hier in der Gegend kennt Duke.«

Raid wusste das und verließ sich darauf. Wenn jemand
in der Stadt Duke allein sah, würde er sicher wissen, dass
etwas nicht stimmte, und ihn festhalten, bis Raid eintraf.
Und wenn ein Einheimischer ihn auf einem Pfad im Wald

sah, würde er sich sicher fragen, was er allein dort draußen machte.

»Danke. Meine Nummer steht an seinem Halsband, wenn ihn also jemand findet, ruft er hoffentlich an.«

»Das wird derjenige mit Sicherheit«, erklärte Ethan. »Wir kümmern uns darum. Bis später.«

Als Raid auflegte, hörte er, wie Khloe mit Harry Grogan sprach und ihn bat, die Nachricht zu verbreiten, dass Duke verschwunden war.

Er hasste das. Er wollte da draußen nach seinem Hund suchen, aber er wusste, je mehr Leute wussten, dass er vermisst wurde, desto größer waren die Chancen, dass Duke nach Hause gebracht wurde. Er wählte Drews Nummer.

Zehn Minuten später fühlte es sich an, als hätten sie jeden in der Stadt angerufen, den sie kannten. Khloe hatte mit allen gesprochen, die ihr einfielen, und sogar ihren Stolz heruntergeschluckt und in Zieglers Praxis angerufen, um den Mitarbeitern dort mitzuteilen, dass sie nach Duke Ausschau halten sollten. Sie hatten genügend Leute informiert, dass das Klatsch-Netzwerk von Fallport in vollem Gange wäre. Alle würden nach dem Bluthund Ausschau halten.

Das hätte Raid eigentlich beruhigen sollen, aber das Grauen, das sich in seiner Kehle gebildet hatte, drohte ihn zu ersticken. Es fiel ihm schwer, an etwas anderes zu denken als daran, dass Duke irgendwo verletzt lag. Oder verängstigt und allein im Wald. Oder Hunger hatte.

Er hatte gedacht, es sei schlimm, als Duke eine Magendrehung gehabt hatte und operiert worden war, aber damals war er in guten Händen gewesen. In Khloes Händen. Dass er sich verlaufen hatte, war fast noch schlimmer. Nicht zu wissen, wo er war oder ob er verletzt war, war unerträglich.

Zum ersten Mal verstand Raid ein wenig mehr von dem, was Tonka durchgemacht hatte, als Garcia Steel und Dagger gequält hatte. Ihre Hunde waren klug und tödlich, aber auch anhänglich und ihre besten Freunde. Der Gedanke an den Schmerz und die Verwirrung, die sie durchgemacht hatten, als Garcia sie misshandelte und ihre Herrchen nichts dagegen unternahmen, war eine besondere Form der Folter.

»Raid, hör auf damit!«, befahl Khloe sanft. »Wie sieht der Plan aus? Wo willst du zuerst suchen? Sollen wir getrennte Wagen nehmen?«

»Nein!«, rief er etwas zu heftig aus. Dann holte er tief Luft. »Nein, wir bleiben zusammen.« Er war noch nicht so in seiner Panik versunken, dass er vergessen hätte, dass es einen Grund gab, warum er und alle anderen in der Gruppe Khloe im Auge behalten mussten.

Einen Moment lang fragte Raid sich, ob Dukes Verschwinden etwas mit ihrer oder seiner Vergangenheit zu tun hatte, aber er verwarf den Gedanken. Er hatte den zerstörten Zaun gesehen. An dem Baum war nicht herumgepfuscht worden. Er war von selbst gefallen. Das war einfach nur Pech.

Aber er war auch nicht so dumm, Khloe allein losziehen zu lassen.

»Okay, dein Wagen oder meiner?«, fragte sie.

»Meiner«, entgegnete er. Er brauchte die Kontrolle hinter dem Lenkrad. Aber sein Wagen war auch größer. Duke passte kaum auf den Rücksitz von Khloes Käfer.

Raid entging nicht, dass Khloe sich ihre »Reisetasche«, wie sie sie nannte, schnappte. Die Tasche war mit medizinischem Material gefüllt, damit sie einem verletzten Tier auf dem Weg zu ihrer Praxis helfen konnte, wenn es nötig war.

Raid verdrängte den Gedanken, dass Duke dringend medizinische Hilfe brauchen könnte, schnappte sich seinen Schlüssel und machte sich auf den Weg zur Tür.

Zuerst fuhren sie die Straße, die an seinem Haus vorbeiführte, mit heruntergelassenen Fenstern langsam auf und ab, damit sie Dukes Namen rufen konnten. Als das nicht klappte, hielt Raid auf dem Parkplatz des Wanderweges an, der seinem Haus am nächsten lag. Sowohl er als auch Khloe stiegen aus und riefen Dukes Namen. Wieder ohne Ergebnis.

Es war möglich, dass Duke in Richtung Stadt unterwegs war. Er war schon oft genug dort gewesen und erinnerte sich wahrscheinlich sogar daran, dass er von den Leuten hier und da Leckerlis bekommen hatte. Also fuhren sie in die Stadt und gingen jede Straße ab, in der Hoffnung, dass sie Duke sehen würden, der die Straße entlangtrabte und sich über sein Abenteuer freute.

Aber es gab keine Spur von ihm.

Vierzig Minuten später kämpfte Raid darum, nicht von Panik übermannt zu werden. Die Jungs hatten in regelmäßigen Abständen angerufen, aber von dem entlaufenen Bluthund war keine Spur zu finden.

»Vielleicht sollten wir zu deinem Haus fahren und nachsehen, ob er dort ist. Er könnte den Weg zurückgefunden haben, weil er Hunger hatte. Vielleicht hat er seine eigene Fährte zurückverfolgt.«

Das war keine schlechte Idee, aber je mehr Raid darüber nachdachte, ohne Duke in seinem Haus zu sein, desto mehr wurde ihm flau im Magen. Er konnte sich noch gut an die ersten Tage erinnern, als er den misshandelten und vernachlässigten Welpen nach Hause gebracht hatte, der wie Müll weggeworfen worden war. Duke hatte jedes Mal gezittert und sich geduckt, wenn Raid in seine Nähe kam. Aber mit viel Geduld und Futter hatte er sich schließlich überzeugen lassen und war Raid gegenüber völlig loyal geworden.

Nein, Duke war nicht so schlau wie Dagger und auch nicht so bösartig. Er würde niemandem auf Kommando die

Kehle herausreißen, aber Raid war zufrieden damit, stundenlang mit Duke zu üben, die Fährte eines Menschen zu verfolgen. Und jetzt war er verschwunden. Er war wie vom Erdboden verschluckt.

Khloes Telefon klingelte und erschreckte ihn zu Tode.

»Hallo? Wirklich? Oh mein Gott, vielen Dank für deinen Anruf! Wir sind gerade auf dem Weg in diese Richtung! Ja, ich sage dir Bescheid. Tschüss!«

Raid drehte sich um, um zu fragen, wer das war, aber das war gar nicht nötig, als Khloe aufgeregt zu sprechen begann.

»Das war Sandra. Sie sagte, jemand habe im Restaurant angerufen und gesagt, er habe Duke gesehen! Er war in der Nähe des Ausgangspunktes für den *Eagle Point Trail*. Ich glaube, der Mann hat versucht, ihn sich zu schnappen, aber Duke hat ihn ignoriert und ist davongetrabt.«

Raid drückt das Gaspedal voll durch. Es überraschte ihn nicht, dass Duke nicht zu einem Fremden gehen wollte. Er hatte nie wirklich gelernt, viele Menschen zu mögen ... Lilly und Khloe waren Ausnahmen. Er tolerierte Männer, aber Raid vermutete, dass er als Welpe von einem missbraucht worden war, deshalb hatte er nie gelernt, ihnen völlig zu vertrauen.

Der *Eagle Point Trail* war einer der schwersten Wanderwege in der Gegend und nicht allzu weit von seinem Haus entfernt. Es war nur logisch, dass Duke sich dort aufhielt, denn er hatte schon viele Suchaktionen auf diesem Parkplatz gestartet. Er betete, dass Duke lange genug an Ort und Stelle bleiben würde, damit sie zu ihm gelangen konnten.

»Hat Sandra gesagt, wer der Mann war? Warum hat er sie angerufen und nicht einen von uns?«

»Hat sie nicht. Nur, dass es ein Mann war und dass er einen Bluthund gesehen hat, der nicht wie ein Streuner aussah, und dass er dachte, dass vielleicht jemand nach ihm suchen würde. Sie glaubt, er war ein Tourist. Er erwähnte, dass er die Nummer des Restaurants hat, weil es eines der einzigen Lokale in der Stadt ist, das Essen zum Mitnehmen anbietet.«

Er hatte nicht unrecht. Verdammt, Raid kannte die Nummer auswendig. Er hatte schon oft dort gegessen, vor allem bevor er und Khloe zusammengekommen waren.

Raid hielt sich definitiv nicht an die Geschwindigkeitsbegrenzung, als er zum Ausgangspunkt der Wanderung raste. Jede Minute, die er brauchte, um dorthin zu gelangen, war eine Tortur. Er wollte einfach nur seinen Hund wiederhaben.

Sie fuhren auf den Parkplatz des *Eagle Point Trails* und sahen drei Fahrzeuge dort stehen. Ein Mann, den Raid nicht erkannte, stand neben einem älteren Oldsmobile. Das musste der Mann sein, der die Sichtung von Duke gemeldet hatte. Ein schwarzer Jeep und ein Honda Civic standen auf der anderen Seite des Parkplatzes, ihre Insassen waren nicht zu sehen. Sie waren wahrscheinlich auf der Wanderung.

Raid fuhr auf einen leeren Platz und stieg blitzschnell aus dem Wagen. Er und Khloe gingen auf den Mann zu.

»Hast du wegen meines Bluthundes angerufen? Hast du ihn gesehen?«, fragte Raid ohne Umschweife und verschwendete keine Zeit mit einer höflichen Begrüßung.

»Das habe ich. Er war dort drüben«, entgegnete der Mann, drehte sich um und deutete in Richtung der Bäume.

Raid und Khloe drehten sich um und schauten in die Richtung, in die der Mann gezeigt hatte. Raid nahm die Hände an den Mund und rief: »Duuuuuuuke!«

»Ähm, Raid«, bemerkte Khloe in einem seltsamen Tonfall.

Er war ganz darauf konzentriert, irgendeine Bewegung im Wald wahrzunehmen. »Duuuuuke. Hierher, Junge!«

»Raid!«, erklärte Khloe mit mehr Nachdruck.

Raid war immer noch abgelenkt und schaute Khloe abwesend an – und als er das tat, gefror ihm das Blut in den Adern. Alle Gedanken an seinen vermissten Bluthund waren plötzlich wie fortgeblasen.

Der Mann, der sie begrüßt hatte, hatte eine Waffe gezogen und sie gegen Khloes Hinterkopf gepresst. Sie hielt ihre Hände hoch, als wollte sie zeigen, dass sie unbewaffnet war.

»Was soll der Mist?«, knurrte Raid.

»Du tust, was ich sage, oder ich schieße ihr auf der Stelle das Hirn weg«, erklärte der Mann.

»Mein Handy ist im Wagen«, sagte Khloe schnell. »Das von Raid auch. Nimm sie mit. Zum Teufel, nimm den ganzen Wagen, der Schlüssel steckt noch«, flehte sie.

Aber Raid wusste instinktiv, dass er nicht hier war, um sie auszurauben. Er war nicht Pablo Garcia; dieser Mann war ein großer Weißer. Aber es gab keinen Zweifel daran, dass er für den Drogenboss arbeitete.

Er war unglaublich dumm gewesen. Er war zu sehr mit Duke beschäftigt gewesen, um klar zu denken. Er war herumgelaufen wie ein kopfloses Huhn und Garcias Mann hatte das voll ausgenutzt.

»Ich will eure verdammten Handys nicht«, informierte der Mann Khloe. »Du gehst ganz langsam zu meinem Wagen und steigst in den Kofferraum«, sagte er zu Raid.

Khloe atmete bei der Aufforderung des Mannes scharf ein. Ihre Augen waren riesig und die Farbe war aus ihren Wangen gewichen, als sie Raid anstarrte, als wartete sie darauf, dass er sie aus der Sache herausholte. Aber mit der Waffe an ihrem Schädel hatte Raid kaum eine andere Wahl. Er hatte keinen Zweifel daran, dass der Mann nicht zögern würde zu schießen. Wenn er freiwillig mit Garcia zusammenarbeitete, hatte er absolut kein Mitgefühl, keine Menschlichkeit.

Er zögerte zu lange. Ohne ein Wort der Warnung nahm der Mann die Waffe von Khloes Kopf weg, richtete sie auf Raid und drückte ab.

Sofort explodierte der Schmerz in Raids rechtem Bein. Wie durch ein Wunder schaffte er es, nicht auf den Boden zu stürzen.

Das Geräusch des Schusses war gedämpft und Raid erkannte, dass sich am Ende des Gewehrlaufs ein selbst gebauter Schalldämpfer befand. Kaum hatte er den Gedanken gefasst, wurde die Waffe wieder gegen Khloes Kopf gedrückt. Diesmal gegen ihre Schläfe.

Khloe stand da, zitterte vor Schreck und Angst und versuchte, wieder zu Atem zu kommen.

»Ich sagte, du sollst zu meinem Wagen gehen und in den Kofferraum steigen. Es sei denn, du willst, dass die nächste Kugel in ihr Gehirn geht«, sagte der Mann ruhig und deutlich.

Da er wusste, dass er keine andere Wahl hatte, und es hasste, Khloe in diese Situation gebracht zu haben, tat Raid, was der Mann befahl, und ging rückwärts zum Fahrzeug.

»Raid, nicht ...«, flehte Khloe ihn an.

»Ja, Raid. Tu es nicht«, erwiderte der Mann spöttisch. »Bitte lass mich sie töten. Es ist schon eine Weile her, und es wird mir ein großes Vergnügen sein. Ich musste mich wochenlang in dieser verdammten Stadt aufhalten und euch zwei beobachten. Es gibt nichts, was ich mehr will, als euch beide zu töten. Du bist der Einzige, den ich lebendig abliefern soll, aber ich denke, sie ist eine gute Möglichkeit, dich zu kontrollieren. Und jetzt – rein mit dir.«

Der Kofferraum war bereits entriegelt worden, und Raid hob den Deckel an, wobei er das Innere skeptisch betrachtete. Er war sich nicht sicher, ob er überhaupt reinpassen würde.

Sein Oberschenkel pochte an der Stelle, an der er angeschossen worden war. Raid glaubte nicht, dass seine Oberschenkelarterie getroffen worden war, aber er blutete immer noch stark. »Lass sie gehen«, flehte er und schämte sich überhaupt nicht, dieses Monster anzuflehen. »Sie hat nichts damit zu tun. Garcia will mich, nicht sie.«

»Steig ein«, wiederholte der Mann.

Da er keine andere Wahl hatte, tat Raid wie geheißen. Er überlegte angestrengt, was er tun könnte. Seine Freunde waren alle unterwegs und suchten nach Duke. Sicherlich hatten sie von dem Anruf im Restaurant gehört oder würden es irgendwann tun. Sie würden ihn finden, das wusste er mit jeder Faser seines Seins. Aber würde es rechtzeitig sein?

Sobald er unbeholfen im Kofferraum lag, stieß der Mann Khloe mit aller Kraft nach vorn. Sie landete auf Händen und Knien auf dem Kies, und er holte mit dem Fuß aus und trat ihr in die Seite. »Jetzt du. Steig ein.«

»Was? Nein!«, rief Raid aus.

Der Mann richtete seine Waffe lediglich wieder auf Khloe. »Steig ein oder du bist tot.«

Khloe kam schnell auf die Beine und näherte sich dem Kofferraum. Ohne zu zögern, hob sie ein Bein über die Stoßstange und stieg zu ihm in den kleinen Raum.

Ohne ein weiteres Wort streckte ihr Entführer die Hand aus und schlug den Deckel zu, sodass er und Khloe in der Dunkelheit verschwanden.

Raid konnte hören, wie Khloe zu schwer und zu schnell atmete. Er tat sein Bestes, um sich zu winden und ihr mehr Platz zu verschaffen, aber es war sinnlos. Im Kofferraum war kein einziger Zentimeter frei.

Raid legte einen Arm um sie und zog sie an sich. Sie schaffte es, sich so zu drehen, dass sie sich gegenüber waren. Ihre Beine waren ineinander verschlungen und jedes Mal, wenn sie sich an ihm bewegte, schoss Feuer von der Stelle, an der er angeschossen worden war, in sein Bein. Aber Raid ignorierte den Schmerz. Das war im Moment die geringste seiner Sorgen.

Der Wagen wurde angelassen und setzte sich in Bewegung. Er spürte, wie Khloe an seiner Brust weinte, und jede Träne fühlte sich an, als würde sie seine Haut verbrennen, während sie in sein Hemd eindrang. *Er* war dafür verantwortlich. Dies war *seine* Schuld. Sie war *seinetwegen* in dieser Situation.

Sie zuckten beide überrascht zusammen, als plötzlich laute Musik im Kofferraum ertönte. Der Mann am Steuer hatte Heavy Metal aufgelegt und die Lautstärke so laut wie möglich aufgedreht. Raids Kopf begann sofort zu pochen.

Er spürte, wie Khloe einen tiefen Atemzug nahm. Dann noch einen. Dann bewegte sie sich, und er spürte ihre Lippen erst an seiner Wange, dann an seinem Ohr. »Gibt es einen Notausstiegshebel?«, schrie sie fast.

Sie hatte ihre Gefühle unter Kontrolle, und Raid hätte nicht stolzer sein können.

»Ich weiß es nicht«, erwiderte er und hoffte, dass sie ihn hören konnte.

Anscheinend schon, denn sie wackelte herum, drehte sich noch einmal mit dem Rücken zu seiner Brust und tat ihr Bestes, um alles um sie herum zu ertasten. Neuere Fahrzeuge hatten eine leuchtende Entriegelung, falls Kinder im Kofferraum stecken blieben, aber egal, wie sehr sie im Dunkeln herumtasteten, sie konnten nichts spüren, was ihnen helfen könnte, aus ihrer misslichen Lage zu entkommen.

Raid versuchte, die Rückseite des Rücklichts abzubrechen, aber er musste feststellen, dass es mit einem schweren Werkzeug festgeschraubt worden war. Der Mann, der sie in den Kofferraum gezwungen hatte, hatte diese Entführung definitiv geplant.

Khloe drehte sich noch einmal um und Raid war beeindruckt, dass sie überhaupt manövrieren konnte. Als er ihre Hand auf seinem Oberschenkel spürte, zuckte er zusammen und konnte den lauten Fluch nicht unterdrücken, der ihm über die Lippen kam, als sie die Stelle fand, an der die Kugel in sein Bein eingedrungen war – und fest zudrückte.

»Tut mir leid«, rief Khloe über die Musik hinweg, aber sie ließ ihn nicht los.

Um sich abzulenken, tat Raid sein Bestes, um herauszufinden, in welche Richtung sie gefahren wurden. Sie waren vom Parkplatz aus nach rechts in Richtung Fallport abgebogen. Sie waren ein paarmal langsamer geworden und hatten einmal angehalten, wahrscheinlich an der Ampel am Stadtrand, bevor sie auf die Straße fuhren, von der Raid wusste, dass sie zur Autobahn führte.

Verdammt, dieser Mistkerl war mitten durch Fallport gefahren. Wahrscheinlich direkt an den Leuten vorbei, die nach Duke suchten. An ihren Freunden vorbei.

Die Musik war eine gute Idee. Er und Khloe konnten sich nicht gut verständigen, und wenn sie gegen den Kofferraum hämmerten oder um Hilfe schrien, würde niemand sie hören.

Raid biss die Zähne zusammen, als Khloe ihr Bestes tat, um sein Bein durch Berührung zu untersuchen. Trotz des engen Raumes und der Dunkelheit war sie äußerst effizient. Er hatte keine Ahnung, was sie tat, aber schließlich spürte er, wie sich etwas um sein Bein zusammenzog.

Eine Aderpresse. Er erkannte, dass es sein Gürtel war. Die Wunde war so schmerzhaft, dass sie ihm seinen Gürtel abgenommen hatte, ohne dass Raid es überhaupt bemerkt hatte.

Er musste viel besser aufpassen, was um ihn herum passierte. Der Schmerz und das verdammte Pochen in seinem Kopf im Takt der Musik, die um sie herum ertönte, hatten ihn aus dem Konzept gebracht, aber wenn er einen Weg finden wollte, sie beide hier lebend herauszuholen, musste er sich konzentrieren.

Es dauerte einige Augenblicke, bis Khloe sich vorwärtsbewegte und er erneut ihre Lippen an seinem Ohr spürte. »Das wird die Blutung stoppen, aber wenn wir es entfernen, fängt es wieder an. Ich habe keine Ahnung, wie dein Bein aussieht. Ohne Licht kann ich nicht erkennen, womit wir es zu tun haben. Ich weiß nicht, ob das eine gute oder schlechte Nachricht ist, aber es gibt keine Austrittswunde.«

Raid nickte, die Waffe war wahrscheinlich ein kleineres Kaliber, denn die Kugel war nicht ganz durch sein Bein gedrungen. Er war nicht begeistert von der Aderpresse, aber die Alternative war, so viel Blut zu verlieren, dass er sich und Khloe nicht mehr verteidigen konnte.

»Was sollen wir jetzt tun?«, fragte sie.

Raid versteifte sich. Vor dieser Frage hatte er sich schon gefürchtet. Er wusste ehrlich gesagt nicht, was sie tun *konnten*. Und er glaubte nicht, dass sie die einzige Antwort hören wollte, die er hatte – abwarten.

»Raid?«, fragte sie.

Raid schlang seine Arme um sie und hielt sie fest, während er den Kopf beugte, um direkt in ihr Ohr zu sprechen. »Ich weiß es nicht, Khloe. Gott, ich wünschte, ich hätte eine bessere Antwort für dich, aber die habe ich nicht. Wir müssen abwarten, was dieser Mistkerl mit uns vorhat, und dann weitersehen. Aber wenn du eine Chance hast, musst du weglaufen. Lauf so weit weg von mir, wie du kannst.«

Er spürte, wie sie sich an ihm versteifte, und wusste, ohne dass sie ein Wort gesagt hatte, dass sie mit diesem Plan nicht glücklich war.

»Ich weiß. Es ist zum Kotzen. Aber der Mistkerl hatte nicht unrecht. Ich bin nur in diesen Kofferraum gestiegen, weil er dich bedroht hat. Wenn du nicht in der Nähe bist, kann er dich nicht gegen mich verwenden.«

Sie zitterte und er spürte, wie sie ihre Lippen auf seinen Hals presste.

»Ich hasse das.«

Er konnte leicht von ihren Lippen ablesen.

»Ich weiß.«

Sie lagen eine gefühlte Ewigkeit aneinandergeschmiegt da, aber wahrscheinlich waren es nur zwanzig Minuten oder so. Sie schienen immer noch in Richtung Osten zu fahren. Sie sollten inzwischen die Autobahn 81 erreicht haben, aber sie waren weder nach Norden noch nach Süden abgebogen, soweit Raid das beurteilen konnte. Das bedeutete, dass sie wahrscheinlich in Richtung Küste fuhren. In Richtung Norfolk.

Es verging mehr Zeit. Es hätte eine Stunde sein können, es hätten auch sechs sein können. In der Schwärze des Kofferraums war es unmöglich, das zu beurteilen. Raid war sich sicher, dass ihm jede Minute wie eine Stunde vorkam, während er in Gedanken immer wieder neue Szenarien für den Moment entwarf, in dem sie endlich aus dem Kofferraum befreit wurden. Aber er wusste, dass egal, was er sich ausdachte, eine weitere Waffe genügte, die auf Khloes Kopf gerichtet war, um jeden Plan zunichtezumachen. Er konnte und wollte ihr Leben nicht riskieren.

Während er sich wieder einmal fragte, wie lange sie schon im Wagen festsaßen und die Musik durch seinen Schädel dröhnte, fiel ihm etwas ein. Er drückte Khloe an sich. »Hey!«, rief er ihr ins Ohr. »Trägst du deine Uhr?«

Sie nickte ihm zu.

»Du kannst doch damit telefonieren, oder?«

Ihr Kopf hob sich so schnell, dass sie fast gegen sein Kinn stieß. Sie schob ihren Arm zwischen sie. Ein kleines Licht leuchtete auf dem Display der Smartwatch. Nicht hell genug, um das Innere des Kofferraums zu beleuchten, aber genug, damit sie beide das Display ablesen konnten.

Raid war schockiert, als er sah, dass seit ihrer Entführung fast drei Stunden vergangen waren.

»Oh mein Gott, ja! Warum habe ich nicht daran gedacht? Ich brauche mein Telefon nicht, um zu telefonieren! Ich dachte, es sei eine unnötige Ausgabe, die Mobilfunkversion statt der WLAN-Version zu kaufen, aber es ist sehr praktisch, wenn ich arbeite. Ich muss nicht mehr anhalten und mein Telefon suchen, um auf Nachrichten oder Anrufe zu antworten!«

Sie plapperte, aber Raid nahm es ihr nicht übel. Wegen der dröhnenden Musik konnte er nur jedes zweite Wort verstehen, aber er verstand, was sie sagte.

»Wen soll ich anrufen?«

»Rocky«, entgegnete Raid, ohne zu zögern. Jeder seiner Freunde würde Himmel und Hölle in Bewegung setzen, um ihm und Khloe zu helfen, aber Rocky kannte die ganze Geschichte, die vor all den Jahren mit Garcia passiert war. Ja, er hatte allen Jungs die Situation erklärt, aber er und Rocky hatten ein ausführlicheres Gespräch über Garcia geführt, als Khloe ihn zu sich nach Hause gebeten hatte, um mit ihm zu reden.

»Anruf bei Rocky«, sagte Khloe, nachdem sie auf eine Taste des Telefons gedrückt hatte – aber nichts geschah.

»Versuche es noch einmal«, drängte Raid.

Das tat sie, mit dem gleichen Ergebnis. »Die Musik ist zu laut. Meine Stimme ist nicht zu hören.«

»Atme durch, Khloe. Es wird klappen. Das muss es.«

Das tat sie, und bevor sie den Knopf drückte, um den Computerchip zu aktivieren und eine Nummer zu wählen, nahm sie die Uhr von ihrem Handgelenk. Sie hielt sie in ihren Händen und senkte den Kopf.

Raid konnte nicht hören, wie sie den Befehl zum

Anrufen von Rocky aussprach, aber anscheinend funktionierte es, denn sie hob den Kopf und hielt die Uhr an Raids Ohr.

Er wusste nicht, ob das klappen würde oder nicht. Die Musik war so laut um sie herum, dass er nicht sicher war, ob Rocky ein Wort von ihm hören würde. Aber die Tatsache, dass ein Anruf von Khloes Telefon mit so lauter Musik am anderen Ende einging, sollte ihn darauf hinweisen, dass etwas nicht stimmte.

»Khloe? Wo bist du?«

Sobald er Rockys Antwort hörte, führte Raid Khloes Hand zu seinem Mund. Sie verstand und schlang ihre Hände darum, während er betete, dass sein Freund ihn hören konnte.

»Hier ist Raid. Khloe und ich befinden uns im Kofferraum eines weißen Oldsmobiles. Wir benutzen Khloes Smartwatch, um anzurufen. Einer von Garcias Männern hat uns erwischt und wir sind auf dem Weg nach Osten. Ruf Tex an, um uns zu verfolgen. Ich wurde angeschossen, aber im Moment ist die Blutung unter Kontrolle. Was auch immer passiert, sorge dafür, dass Khloe in Sicherheit ist.«

Er führte Khloes Hand wieder an sein Ohr und versuchte, etwas am anderen Ende zu hören. Aber alles, was er hörte, war das Kreischen von etwas, das als Musik durch den Kofferraum hallte.

»Hat er dich gehört?«, fragte Khloe.

Ohne ein Wort zu sagen, nahm Raid ihre Hand und wickelte das Uhrenarmband um ihr Handgelenk. Er wusste nicht, ob Rocky irgendetwas gehört hatte. Er hoffte und betete, dass er genügend gehört hatte, um zu wissen, dass etwas ganz und gar nicht stimmte. Er vertraute Rocky. Er würde sich mit den anderen zusammentun und sie würden alle Ressourcen nutzen, um sie zu finden. Daran hatte er keinen Zweifel.

Im Moment konnten er und Khloe nur abwarten. Und versuchen, nicht in Panik zu geraten. Sie hatten keine Kontrolle darüber, wohin sie gebracht wurden und was in naher Zukunft passieren würde. Sie mussten ihre Energie aufsparen und bereit sein, wenn der Wagen anhielt. Denn dann würde die eigentliche Gefahr erst richtig beginnen.

Raid freute sich nicht darauf, Pablo Garcia wiederzusehen, aber in gewisser Weise war er froh, dass es jetzt passierte und er nicht Monate oder Jahre damit verbringen musste, in ständiger Angst zu leben. Er bedauerte nur, dass Khloe in den aufkommenden Sturm hineingezogen worden war.

Raid atmete tief durch und versuchte, sich zu beruhigen. Er musste sein Bestes geben, wenn er Khloe aus dieser Situation herausholen wollte. Er hatte sich damit abgefunden zu sterben, aber er würde alles tun, um Khloes Leben zu retten. Wenn er Garcia mitnehmen könnte, würde er Tonka und seine neue Familie davor bewahren, so etwas in Zukunft durchmachen zu müssen.

Zufrieden mit seiner Entscheidung, sich selbst zu opfern, auch wenn das Verlassen von Khloe das Schwerste sein würde, was er je in seinem Leben getan hatte, drückte Raid sie noch fester an sich. Er verließ sich darauf, dass seine Freunde ihre militärischen Fähigkeiten und Kontakte nutzen würden, um an sie heranzukommen, aber wenn es hart auf hart käme, war er mehr als bereit und willens, alles zu tun, um die Welt von dem Bösen zu befreien, das Pablo Garcia war. Auf die eine oder andere Weise.

Rocky sah zu seinem Bruder Ethan auf.

»Was? War das Khloe? Was hat sie gesagt?«

Rocky schüttelte nur den Kopf, während ihm das Blut in

den Adern gefror. Irgendetwas stimmte nicht. Etwas stimmte ganz und gar nicht. Als er Khloes Nummer auf seinem Bildschirm sah, war er für einen Moment erleichtert gewesen. Tal und Heather waren zum Parkplatz am *Eagle Point Trail* gefahren, nachdem sie von der Duke-Sichtung gehört hatten, und hatten Raids Wagen gefunden – aber keine Spur von Raid, Khloe oder dem Hund.

Ihre Handys waren noch im Wagen und der Schlüssel steckte im Zündschloss. Zwei sehr schlechte Zeichen.

Ein paar Wanderer waren vom Wandern zurückgekommen, während sie dort waren, und sie hatten nichts Ungewöhnliches gehört und niemanden sonst auf dem Pfad gesehen.

Nachdem sie Raids Haus durchsucht hatten, riefen Heather und Tal alle anderen an und trafen sich in Rockys Haus, wo sie daraufhin geblieben waren. Sie sprachen mit verschiedenen Anwohnern, um herauszufinden, ob jemand Khloe oder Raid gesehen hatte.

Die Frauen waren im anderen Zimmer und waren total angespannt, und Rocky und der Rest des Teams überlegten, wie sie weiter vorgehen sollten. Es war eine Sache, dass Duke verschwunden war, aber jetzt, da auch Raid und Khloe weg waren, wussten sie, dass etwas Schlimmes passiert sein musste.

Rocky vermutete, dass die Mather-Brüder etwas mit den Geschehnissen zu tun hatten, und sie planten eine Suche nach Jason und Scott, um sie zu verhören, als Rockys Telefon klingelte.

Als Bristol entführt worden war, hatte Rocky eine Aufnahme-App auf seinem Handy installiert. Das hatte er für den Fall getan, dass der Entführer mit einer Lösegeldforderung anrufen würde, und er war noch nie so froh gewesen wie in diesem Moment, dass er sich nicht die Mühe gemacht hatte, das Ding zu löschen.

Er tastete ein wenig herum, um die App zu finden und dann auf die richtigen Tasten zu klicken, aber als er es geschafft hatte, holte er tief Luft und spielte den fünf Männern, die besorgt um ihn herumstanden, den Anruf von Khloe vor.

Alles, was sie hörten, waren die lauten Klänge einer Art Heavy-Metal-Song.

»Was zum Teufel ist das?«, fragte Drew. »Soll das etwa Musik sein?«

»Warum sollte Khloe sich das anhören? Das ist doch nicht ihr Ding«, bemerkte Brock.

»Warte, spiel es noch mal, Rocky«, befahl Zeke. »Und mach es lauter.«

Rocky drückte die Lautstärketaste bis zum Anschlag und spielte den Anruf, den er erhalten hatte, noch einmal ab.

»Noch mal«, sagte Zeke, als das Gespräch abbrach.

Rocky wollte ihn fragen, was er da hörte, aber er tat einfach, was er wollte.

Nach der dritten Wiederholung stand Zeke auf. »Wir müssen das zu jemandem bringen. Jemandem, der die Musik ausblenden kann.«

»Hörst du etwas?«

»Ja. Da drunter ist eine Stimme«, bestätigte Zeke.

»Verdammter Mist«, erklärte Tal. »Ist es Khloe?«

»Das kann ich nicht sagen.«

»Moment, wie kann Khloe anrufen, wenn wir ihr Handy in Raids Wagen gefunden haben?«, fragte Drew.

Alle schwiegen einen Moment, bevor Brock sagte: »Hat sie nicht eine Smartwatch?«

»Verdammt! Ja. Hat sie«, entgegnete Ethan. »Lilly hat sich über sie lustig gemacht, weil sie mit ihrem Arm herumgewedelt hat, damit das Ding denkt, sie würde laufen. Ich glaube, Khloe mochte es nicht, dass die Uhr jede Stunde vibrierte, um ihr mitzuteilen, dass es Zeit war, aufzustehen und ein paar Schritte zu gehen, also fuchtelte sie stattdessen mit dem Arm herum.«

»Kann man die Uhr orten?«, fragte Rocky.

»Ich wüsste nicht, warum nicht. Wenn sie Mobilfunkdaten nutzt, sollte sie sich genauso wie ein normales Telefon an den Mobilfunkmasten orientieren«, sagte Ethan.

Die Männer starrten sich einen Moment lang an, bevor sie sich in Bewegung setzten.

»Ich rufe Tex an«, erklärte Drew.

»Ich rufe Rex an«, bemerkte Ethan.

»Ich werde Simon anrufen«, entgegnete Zeke grimmig.

»Und ich rufe Tonka an«, sagte Rocky zu seinen Freunden.

»Sein Partner bei der Küstenwache?«, fragte Ethan.

»Ja. Er hat uns erzählt, was passiert ist und warum er aus der Küstenwache ausgestiegen ist, aber wir hatten ein langes Gespräch über den Mistkerl, der ihn und seine Partner verletzt hat. Wenn es nicht die Mather-Brüder sind, stecken Khloe und Raid tief in der Patsche. Wir müssen Tonka warnen, dass auch er in Gefahr sein könnte. Außerdem hat er vielleicht eine Vermutung, was Garcia geplant haben könnte. Er hat die meiste Zeit mit dem Psychopathen verbracht.«

»Gehen wir es an«, erklärte Ethan in einem knappen Ton. »Raid war immer für uns da. Auf keinen Fall werden wir ihn oder Khloe im Stich lassen.«

KAPITEL NEUNZEHN

»Es ist mir gelungen, die Musik auszublenden ... der Song heißt übrigens *Butcher the Weak* von *Devourment*«, erklärte Tex in grimmigem Ton. »Verdammt schrecklicher Text. Voller Gewalt und Abscheulichkeiten ... mehr als sonst. Aber ihr wollt sicher hören, was ohne Musik übrig bleibt. Hier ist es.«

Rocky und der Rest der Gruppe lehnten sich zurück und starrten auf das Handy in der Mitte des Tisches. Tex hatte sich mächtig ins Zeug gelegt. Sobald er den aufgezeichneten Anruf von Rocky erhalten hatte, hatte er damit begonnen, die Tondateien zu trennen. Sie hörten Raids Stimme jetzt also klar und deutlich. Es war offensichtlich, dass er unter Stress stand, aber seine Stimme war gleichmäßig und ruhig, seine Sätze kurz und bündig.

»Hier ist Raid. Khloe und ich befinden uns im Kofferraum eines weißen Oldsmobiles. Wir benutzen Khloes Smartwatch, um anzurufen. Einer von Garcias Männern hat uns erwischt und wir sind auf dem Weg nach Osten. Ruf Tex an, damit er uns orten kann. Ich wurde angeschossen, aber im Moment ist die Blutung

unter Kontrolle. Was auch immer passiert, sorge dafür, dass Khloe in Sicherheit ist.«

»Verdammt!«, fluchte Zeke.

Die Schimpfwörter, die die anderen benutzten, waren viel bunter und brutaler.

»Was hat Tonka gesagt?«, fragte Ethan Rocky.

»Er hat gesagt, dass er in ein Flugzeug steigt, sobald er es arrangieren kann«, erklärte Ethan seinen Freunden. »Er meinte auch, dass Pablo ausgeliefert wurde und er nur noch mit dem Boot einreisen kann, also werden Raid und Khloe wahrscheinlich irgendwo an die Küste gebracht.«

»Aber wir wissen nicht, wo sie letztendlich hinwollen«, gab Tal frustriert zu bedenken.

»Raid hatte recht, sie fahren nach Osten«, mischte Tex sich ein. »In Südvirginia ist der Handyempfang miserabel und es gibt große Funklöcher mit wenig bis gar keinem Empfang. Aber der letzte Ort, an dem Khloes Uhr gepingt hat – übrigens gut, dass du daran gedacht hast, dass wir sie orten können –, war irgendwo an der Route 58 bei Emporia.«

»Also auf der Straße nach Norfolk«, sagte Ethan.

»Das würde ich auch vermuten«, bestätigte Tex.

Es war jetzt dunkel, etwa zehn Uhr abends. Die Frauen waren alle noch im Haus von Rocky und Bristol. Niemand wollte nach Hause zurückkehren, da Khloe und Raid in Schwierigkeiten steckten. Duke war immer noch verschwunden, was auch niemandem gefiel, aber im Moment konzentrierten sich alle darauf herauszufinden, wie sie Khloe und Raid finden und retten konnten. Sie mussten die Suche nach Duke den guten Menschen in Fallport überlassen.

Niemand wollte auch nur die Möglichkeit in Betracht ziehen, dass derjenige, der Raid und Khloe entführt hatte, den Hund getötet hatte. Er hatte sie auf den Parkplatz gelockt, indem er Duke mitgenommen und seine Zielpersonen an einen Ort gebracht hatte, wo er sie ohne Zeugen entführen konnte.

»Seit einer Stunde gab es keine Pings mehr. Ich gehe davon aus, dass der Typ sich irgendwo versteckt. Er wartet auf einen bestimmten Zeitpunkt, an dem er sich mit Garcia treffen soll«, vermutete Tex.

»Ist das gut oder schlecht?«, fragte Brock, als niemand etwas sagte.

»Beides«, erklärte Tex. »Gut, weil wir so mehr Zeit haben, unsere Ressourcen zu mobilisieren. Mehr Zeit für Tonka, um von New Mexico hierherzukommen. Gut, denn wenn es einen Plan gibt, sind Khloe und Raid wahrscheinlich vor diesem Kerl sicher, weil Garcia sie lebend will. Schlecht, weil Raid und Khloe schon seit Stunden auf engstem Raum sind und wahrscheinlich Angst haben. Ganz zu schweigen davon, dass Raid angeschossen wurde und in diesem verdammten Kofferraum verbluten könnte.«

Alle schwiegen einen Moment lang und dachten über die schlimmsten Szenarien nach, die ihr Freund durchmachen könnte. Dann fragte Ethan: »Du sagst uns sofort Bescheid, wenn du wieder einen Ping bekommst, Tex?«

»Natürlich«, erklärte der ehemalige Navy SEAL und klang ein wenig genervt von dieser Frage.

»Gut. Wir kennen eine Menge Leute, die in und um Norfolk leben«, fuhr Ethan fort.

»Ich habe auch meine Green-Beret-Freunde«, fügte Zeke hinzu.

»Meine Kontakte bei der staatlichen Polizei können die Straßen überwachen«, bemerkte Drew.

»Und ich habe noch Kontakte bei der Grenzkontrolle«, warf Brock ein.

»Genau, wir sind alle dabei«, stimmte Ethan zu. »Wir haben nicht einen Großteil unseres Lebens damit verbracht, alles über den Schutz unseres Landes zu lernen, um jetzt zuzulassen, dass ein Drogendealer uns unsere Freunde vor der Nase wegschnappt. Wir müssen uns auf den Weg machen. Unterwegs können wir planen.«

Alle murmelten ihre Zustimmung und bereiteten sich darauf vor loszufahren, nachdem Tex die Verbindung unterbrochen hatte. Keiner legte sich mit einem der Ihren an.

Khloes Kopf tat weh. Schlimm. Die Lieder klangen alle gleich und der tiefe Bass, der seit Stunden wummerte, war fast so schlimm wie jede Folter, die sie sich vorstellen konnte. Sie hätte alles gegeben für ein paar Sekunden Stille. Okay, vielleicht etwas mehr als ein paar Sekunden, aber damit würde sie sich erst einmal zufriedengeben.

Der Wagen hatte vor etwa zehn Minuten angehalten. Sie und Raid waren angespannt gewesen und hatten darauf gewartet, dass der Kofferraum sich öffnete und weitere Waffen auf sie gerichtet wurden, aber nichts geschah.

Aus welchem Grund auch immer hatte ihr Entführer angehalten und schien es nicht besonders eilig zu haben, wieder loszufahren. Es war nervenaufreibend, und obwohl Khloe versuchte, sich auszuruhen, um sich zu beruhigen, war das nicht möglich. Sie hatte auch versucht, weitere Anrufe zu tätigen, aber sie befanden sich in einer Art Funkloch und keiner ihrer Anrufe oder Versuche, eine Nachricht zu schreiben, war erfolgreich.

Sie hatte versucht, nach Raids Bein zu sehen, aber er hatte ihre Hand ergriffen und ihr gesagt, sie solle sich keine Sorgen machen. Es war nicht ganz ungefährlich, eine Aderpresse stundenlang anzubringen, aber im Gegensatz zu dem, was die meisten Leute dachten, würde er sein Bein dadurch nicht verlieren. Die Alternative wäre gewesen, sie abzunehmen und ihn wieder bluten zu lassen, also tat sie, was er wollte.

Tatsache war, dass Khloe Angst hatte und nur etwas suchte, um sich abzulenken. Sie dachte daran, was Raid und seinem Freund Tonka und ihren Hunden passiert war, und die Vorstellung, einem Mann ausgeliefert zu sein, der Menschen und Tiere gleichermaßen quälte, war kaum zu ertragen.

Raid hatte sie als mutig bezeichnet, weil sie das alles durchgemacht hatte, aber sie fühlte sich nicht mutig. Aber eines wusste sie: Sie würde Raid auf keinen Fall in den Klauen dieses Garcia zurücklassen, wenn sie die Chance zur Flucht hätte. Auf keinen Fall wollte sie den Mann, den sie liebte, allein sterben lassen. Wenn ihre Zeit gekommen war, dann war ihre Zeit eben gekommen.

Aber sicher könnten sie sich etwas einfallen lassen, das ihnen helfen würde, aus dieser Situation herauszukommen. Sie hatten Rocky angerufen, und an diese Hoffnung klammerte sie sich, obwohl keiner von beiden wusste, ob er Raid hatte hören können.

Und je länger sie dort lag, desto nervöser und besorgter wurde Khloe. Sie konnte die Tränen nicht zurückhalten, die ihr über die Wangen liefen. Sie wollte keine Heulsuse sein, aber sie fand, dass das in so einem Moment wohl akzeptabel war.

Sie spürte, wie Raid sie in den Arm nahm, und vergrub ihre Nase an seinem Hals. Er war ihr Fels in der Brandung gewesen. Sie hatte keine Ahnung, wie er es geschafft hatte, so stoisch zu bleiben. Sie wollte mit ihm reden. Wollte seine raue Stimme hören. Aber die verdammte Musik verhinderte, dass sie ein richtiges Gespräch führen konnten, was, wie sie wusste, der Sinn der Sache war.

Sie tröstete sich mit der Wärme seines Körpers an ihrem

eigenen, mit dem beruhigenden Gefühl seines Bartes an ihrer Wange ...

Wie durch ein Wunder musste sie in Raids Armen eingeschlafen sein, denn sie schreckte auf, als sie spürte, dass sich das Fahrzeug wieder in Bewegung setzte.

Als sie ihr Handgelenk hob, stellte sie erstaunt fest, dass es fast zwei Uhr morgens war. Irgendwie hatte sie drei volle Stunden geschlafen! Sie drehte sich so, dass sie in Raids Ohr sprechen konnte, und fragte: »Wie geht es dir?«

»Mir geht's gut«, versicherte er ihr.

Khloes Frustration wuchs. Ihm ging es nicht gut. Wie konnte es ihm gut gehen?

Je länger sie fuhren, desto wütender wurde Khloe.

Raid war angeschossen worden und musste medizinisch versorgt werden.

Sie waren entführt worden.

Sie waren im Kofferraum eines Wagens eingesperrt und fuhren wer weiß wohin.

Die verdammte Metal-Musik hatte nicht eine Minute aufgehört, seit sie Fallport verlassen hatten, und sie hatte höllische Kopfschmerzen.

Und sie wussten immer noch nicht, was mit Duke passiert war!

Das war zu viel. Und sie war mehr als bereit, sich zu wehren.

Ja, sie hatte eine Riesenangst, aber die Wut war stärker.

Es dauerte eine weitere halbe Stunde, bis sie spürte, dass der Wagen langsamer wurde. Sie hatten in letzter Zeit viele Kurven gemacht und sie betete, dass sie endlich an ihrem Ziel angekommen waren, wo auch immer das sein mochte. Sie wollte mit Raid über einen Plan reden, darüber, was sie tun würden, sobald sie aus diesem verdammten Kofferraum herauskamen, aber das war bei dieser verdammten Musik unmöglich.

Khloe stellte sich vor, wie in dem Film *Hangover* aus dem Wagen zu stürmen, vergleichbar mit Mr. Chow, der völlig nackt aus dem Kofferraum springt. Aber das würde nicht passieren. Als die Klappe sich endlich öffnete, versuchte Khloe, sich zu bewegen, aber ihr ganzer Körper fühlte sich wie ein einziger Krampf an. Sie konnte nichts weiter tun, als den Kopf gerade hoch genug zu heben, um aus dem Kofferraum zu sehen.

Außerdem inspirierte die Begegnung mit dem Lauf einer Waffe sie nicht gerade dazu, sich als Superwoman zu präsentieren. Noch dazu hielt Raid ihren Arm fest im Griff und warnte sie davor, etwas Unüberlegtes zu tun.

Ihr Mann kannte sie gut. Sie mussten nicht einmal miteinander reden, damit er ohne Zweifel wusste, dass sie etwas vorhatte. Dass sie ihn auf jede erdenkliche Weise beschützen wollte.

Der Mann, der auf sie wartete, war nicht so, wie Khloe ihn sich vorgestellt hatte. Er war sehr gepflegt. Er hatte braunes Haar, das aussah, als sei es erst kürzlich gestylt worden. Er trug eine dunkelgrüne Hose und ein Polohemd. Seine Schuhe waren aus Leder und sahen teuer aus. Alles in allem sah er … normal aus. Ganz anders als der geistesgestörte Drogendealer, an den sie in ihrem Kopf gedacht hatte. Nicht dass sie gewusst hätte, wie ein geistesgestörter Drogendealer aussah. Aber so ganz bestimmt nicht.

Aber egal, was für Klamotten er trug oder wie breit er lächelte … seine kalten, toten braunen Augen sagten Khloe alles, was sie wissen musste. Er würde sich von ihnen nichts gefallen lassen und es würde ihm ein Vergnügen sein, sie zu verletzen, wenn sie versuchten, etwas zu unternehmen.

»Schön, Sie wiederzusehen, Mr. Walker. Und ich freue mich, dass Sie eine Freundin mitgebracht haben«, sagte Pablo Garcia. Seine Stimme war gleichmäßig und ruhig und hatte nur einen Hauch von spanischem Akzent.

Khloe stieg unbeholfen aus dem Kofferraum, als der Mann ihr ein Zeichen gab, und ihre Ohren dröhnten, weil nach so vielen Stunden des Lärms nun plötzlich Stille herrschte. Garcias Stimme hörte sich an, als käme sie aus einem langen Tunnel.

Da sie die Waffe in seiner Hand nicht sehen wollte, drehte sie sich um und half Raid, aus dem Kofferraum zu steigen. Wenn ihre Muskeln schon wehtaten, mussten seine noch mehr schmerzen.

Seine olivgrüne Cargohose war vom Oberschenkel abwärts bis zum Knöchel auf der rechten Seite rot gefärbt, aber er stand neben ihr, als sei er nicht vor ein paar Stunden angeschossen worden und hätte immer noch eine Kugel in seinem Bein.

»Ich wünschte, ich könnte mich auch freuen, aber das wäre gelogen«, sagte Raid zu ihrem Entführer.

Garcia lachte. Ein wahnsinniges Geräusch, das Khloe auf die Nerven ging und sie sehr beunruhigte. Intellektuell hatte sie Raid verstanden, als er ihr gesagt hatte, dass Garcia ein Psychopath war, aber davon zu hören und es selbst zu erleben waren zwei völlig verschiedene Dinge.

»Wo sind wir?«, fragte Raid in einem kalten Ton.

»Norfolk«, entgegnete Garcia ganz einfach. »Da kommen Sie doch her, oder, Miss Moore ... Entschuldigung ... Watts?«

Khloe nickte langsam.

»Nun, es tut mir leid, dass wir keine Zeit haben, Ihre alten Freunde zu besuchen. Wir haben interessantere Dinge geplant. Bitte, nach Ihnen«, sagte er und deutete mit seiner Pistole an, dass sie vor ihm gehen sollten.

Khloe wollte nichts von dem tun, was dieser Mann von ihnen verlangte, aber als drei andere Männer aus den Fahrzeugen in der Nähe stiegen, wurde ihr klar, dass sie keine andere Wahl hatten. Es schien, als befänden sie sich auf einer Art Parkplatz. Es war dunkel, nur eine Straßenlaterne leuchtete schwach über den Parkplatz und sie konnte keine anderen Menschen sehen. Die nächstgelegenen Gebäude waren heruntergekommen, hatten zerbrochene Fenster und schienen verlassen zu sein. Wenn sie hätte raten müssen, hätte sie gesagt, sie befanden sich in einer Art Industriegebiet, das nicht mehr genutzt wurde.

Als sie tief einatmete, konnte sie das Meer riechen, diesen würzigen Geruch nach Salz, Fisch und Seetang, den das Wasser verströmte.

»Khloe«, flüsterte Raid, als sie in die Richtung gingen, die Garcia angeordnet hatte. »Wenn du die Chance hast, flieh.«

Sie hätte fast geschnaubt, hielt sich aber im letzten Moment zurück. »Fliehen? Ich habe nicht die geringste Chance, den vier Männern zu entkommen«, zischte sie. »Falls du es vergessen hast, Alan hat versucht, mich zu überfahren, und mein Bein funktioniert nicht mehr so wie früher.«

Wahrscheinlich hätte sie nicht so schroff sein sollen, aber sie war verdammt gestresst. Wenn Raid dachte, sie würde ihn zurücklassen, um von Garcia getötet zu werden, lag er völlig falsch.

Ein Nerv an Raids Kiefer zuckte, als er neben ihr her humpelte.

»Es ist okay. Wir kommen hier raus«, beruhigte sie ihn. Sie hatte keine Ahnung, ob das stimmte oder nicht, aber sie musste es unbedingt glauben.

Als sie auf ein paar Lichter in der Ferne zugingen, wurde ihr klar, wohin Garcia sie trieb. Ihre Nase hatte recht gehabt. Mehrere verlassene Docks erstreckten sich hinter einer ebenso verfallenen Lagerhalle ins Wasser. An der nächstgelegenen Anlegestelle war ein einzelnes Boot festgemacht. Es war nicht besonders schön anzusehen. Für sie sah es aus wie eines der Hummerboote, die sie in einer Realityshow im Fernsehen gesehen hatte, nur viel billiger. Es war etwa sieben Meter lang, hatte ein kleines Steuerhaus und eine Menge Seile, Fässer und anderen Kram, der auf dem Deck herumlag.

Raid blieb stehen und drehte sich zu Garcia um. »Nein«, zischte er.

Garcia lachte wieder. »Tut mir leid, mein Freund, aber doch.«

»Ich steige nicht mit dir auf ein verdammtes Boot«, bellte Raid.

Garcia bewegte sich schneller, als Khloe erwartet hatte. Er stürzte sich mit mörderischer Absicht auf sie und für einen Moment sah sie ihr Leben vor ihren Augen aufblitzen.

Er hob seine Pistole und rammte sie ihr gegen die Stirn.

»Doch, das wirst du«, beharrte er, »oder Miss Watts' Hirn wird über uns beide verteilt werden.«

Khloe konnte den Blick nicht von Garcia abwenden. Er starrte Raid an und forderte ihn heraus. Er forderte ihn heraus zu behaupten, er würde bluffen. Sie spürte, wie sie schwitzte, obwohl die Luft hier am Wasser kühl war. Ihr Mund war knochentrocken und sie konnte nicht schlucken.

Raid hatte ihre Hand ergriffen, als sie losgegangen waren, und sie grub ihre Fingernägel in die Haut seines Handrückens, konnte sich aber nicht losreißen. Sie war wie erstarrt vor Angst. Das Gefühl der Waffe auf ihrer Haut war obszön, und sie konnte nur schwer Luft holen.

Die Pattsituation dauerte nur wenige Augenblicke, aber Khloe kam es wie eine Ewigkeit vor.

Raid muss genickt oder Garcia auf andere Weise zu verstehen gegeben haben, dass er tun würde, was er wollte, denn er senkte die Waffe und der Drogendealer wandte seine Aufmerksamkeit ihr zu. »Das tut mir sehr leid«, entschuldigte er sich unaufrichtig. »Wenn Sie jetzt bitte weitergehen, können wir unsere *Vergnügungsreise* beginnen.«

Khloe zitterte so sehr, dass sie nicht wusste, ob sie noch einen Fuß vor den anderen setzen konnte. Sie hatte Filme gesehen und unzählige Bücher gelesen, in denen die Heldin mutig, sarkastisch und verdammt stark war. Im Moment war sie nichts von alledem. Die Wut, die sie vorhin verspürt hatte, war völlig verschwunden. Jetzt fühlte sie nur noch pure, unbändige Angst.

Sie würden sterben. Und dieser Mann würde dafür sorgen, dass sie leiden mussten, bevor er sie schließlich tötete. Obwohl sie wusste, dass sie dem Untergang geweiht war, wenn sie das Boot betrat, hatte sie keine andere Wahl, als genau das zu tun.

Das einzig Positive an dieser Situation war, dass Raid bei ihr war. Sie wollte nicht sterben. Sie hatte endlich einen Mann gefunden, mit dem sie sich vorstellen konnte, den Rest ihres Lebens zu verbringen, sie hatte eine Gruppe von Männern und Frauen, die sie als wahre Freunde empfand, und sie kam beruflich wieder auf die Beine. Aber es schien, als würde das, was sie wollte, nichts bedeuten. Nicht wenn ein psychotischer Mann sie als Geisel festhielt und scheinbar wild entschlossen war, den Mann zu foltern, den er für seine Inhaftierung verantwortlich machte.

Sie und Raid waren sich sehr ähnlich. Sie waren beide introvertiert, sarkastisch und mochten Tiere ... und beide wurden von Leuten für ihre eigenen schlechten Entscheidungen verantwortlich gemacht. Sie hätte lachen können, aber sie hatte nicht die Kraft dazu.

Sie stieg über die Bordwand und hielt sich an Raid fest, um ihn zu stützen, während er das Gleiche tat. Garcia und ein weiterer Mann stiegen zu ihnen ins Boot. Die beiden Männer, die auf dem Steg zurückgeblieben waren, lösten schnell die Leinen und ehe sie sichs versah, waren sie schon unterwegs.

Garcia blieb mit ihnen auf dem hinteren Deck, immer mit der verdammten Waffe im Anschlag, und der andere Mann ging ins Steuerhaus, um das Ruder zu übernehmen.

»Es wird regnen. Es wird kalt werden. Ich schlage vor, Sie machen es sich bequem«, erklärte Garcia im Plauderton. »Wir haben noch einen weiten Weg vor uns, bis wir unser Ziel erreichen.«

»Und wo befindet sich unser Ziel?«, fragte Raid.

Khloe hatte nicht damit gerechnet, dass Garcia antworten würde, aber zu ihrer Überraschung schien er sich über Raids Frage zu freuen. »Dort, wo wir uns zum ersten Mal getroffen haben«, entgegnete er mit einem Lächeln, das seine Augen nicht erreichte. »Ich habe die genauen Koordinaten, wo ihr mein Boot angehalten habt. Ich fand es nicht fair, dass du den ganzen Spaß beim ersten Mal verpasst hast, also dachte ich, wir stellen die Szene nach, diesmal bei Bewusstsein, damit du mitmachen kannst. Schade, dass dein Köter nicht dabei ist, damit ich mich mit ihm amüsieren kann ... aber ich habe etwas Besseres.« Er ließ den Blick zu Khloe wandern, und sie erschauderte.

Raid stand so angespannt neben ihr, dass sie Angst hatte, er würde in zwei Teile zerbrechen. Irgendwie schaffte er es, auf Garcias Spott nicht zu reagieren, aber Khloe wusste, dass es nur eine Frage der Zeit war, bis er zerbrach.

Garcia hatte nicht unrecht; es war tatsächlich kalt, als sein Kumpel im Steuerhaus den Motor anließ und das Boot in die Schwärze des frühen Morgens hinausfuhr. Der Wind war stark und machte die Fahrt rau und extrem unruhig. Die Wellen rollten und als sie durch das Wasser fuhren, begann der angekündigte Regen zu fallen.

Khloe und Raid kauerten sich zusammen an die Bordwand und versuchten, sich abzustützen, während die Wellen gegen das Boot prallten.

Irgendwann hob Raid sie hoch und setzte sie auf seinen Schoß. Sie protestierte sofort. »Raid, dein Bein!«

»Mein Bein tut nicht weh und ist die geringste unserer Sorgen«, versicherte er ihr.

Wenn er das so sagte, musste Khloe zustimmen. Sie schlang ihre Arme um ihn und drückte ihn fest an sich. Sie vergrub ihre Nase an seinem Hals und Tränen stiegen ihr in die Augen. Gott, sollte dies das letzte Mal sein, dass sie in seinen Armen lag? Das letzte Mal, dass sie seinen dichten Bart auf ihrer Haut spürte? Das war schrecklich. Und wie.

»Das ist gut«, murmelte Raid in ihr Ohr, während er sich über sie beugte und versuchte, wenigstens einen Teil des Windes abzublocken.

Khloe runzelte die Stirn. Gut? Wie zum Teufel konnte ihre Situation auch nur *annähernd* gut sein?

»Es sind zwei gegen zwei«, fuhr Raid fort.

»Sie haben Waffen«, murmelte Khloe an seinem Hals. Der Regen, der Wind und die Wellen machten es hier auf dem Deck laut, aber nicht so laut wie die verdammte Musik im Kofferraum des Wagens, mit der sie zu kämpfen hatten.

»Sie werden kommen, Khloe. Wir müssen nur durchhalten, bis sie hier sind.«

Sie wusste, wer »sie« waren. Ihre Freunde. Das Vertrauen, das Raid in sie setzte, war beruhigend. Sie nickte ihm zu.

Garcia hatte nie aufgehört zu reden und es machte ihm großen Spaß, ihnen bis ins kleinste Detail zu erklären, was er mit ihnen vorhatte. Wie er sie foltern würde, so wie er es mit Dagger und Steel getan hatte. Es war schwer, seine Worte auszublenden, aber Khloe konzentrierte sich lieber auf den Mann, der sie festhielt.

»Sie werden rechtzeitig hier sein«, sagte Raid noch einmal in einem tiefen, grollenden Ton.

Khloe wusste nicht, ob er versuchte, *sie* zu beruhigen oder sich selbst zu überzeugen. Sie glaubte an ihre Freunde, aber sie war sich nicht sicher, ob sie es schaffen würden, rechtzeitig herauszufinden, wo sie sich befanden. Ob sie Garcia davon abhalten konnten, all die schrecklichen Dinge zu tun, die er androhte.

Ja, wie Raid gesagt hatte, waren die Chancen eigentlich gleich, jetzt, da Garcia und sein Kumpan gegen sie beide standen, aber sie war nicht überzeugt, dass sie eine große Hilfe sein würde. Und Raid war verwundet. Und, wie sie betont hatte, hatten sie Waffen.

Aber … sie und Raid hatten Entschlossenheit auf ihrer Seite. Und Liebe. Sicherlich konnte die Liebe das Böse besiegen. So wie in den Filmen.

Khloe zuckte zusammen. Das war der dämlichste Gedanke aller Zeiten. Filme waren nicht echt. Sie waren nur gespielt. Nach Drehbuch. Sie und Raid mussten sich hier auf ihre eigenen Erfahrungen verlassen. Und die Kugeln in Garcias Waffe waren echt, nicht einfach nur Platzpatronen. Wenn sie die Situation überleben wollten, mussten sie zusammenarbeiten. Immer auf der Hut sein. Jede sich bietende Gelegenheit zum Handeln nutzen.

Diese Worte waren leicht zu denken, aber viel schwieriger umzusetzen. Je weiter sie sich vom Ufer entfernten, desto schwieriger war es, nicht in Panik zu geraten. Es war mitten in der Nacht, es regnete in Strömen und sie saßen mit einem Psychopathen an Bord eines kleinen Bootes fest. Die Liebe musste sich schon gewaltig ins Zeug legen, um den Sieg davonzutragen.

KAPITEL ZWANZIG

»Sie sind an einem kleinen Industriehafen in Norfolk«, sagte Tex, als Ethan ans Handy ging. Er und der Rest des Teams näherten sich Norfolk, nachdem sie die ganze Strecke gerast waren. Sie hatten sich so schnell wie möglich auf den Weg gemacht, obwohl sie dank des schlechten Handyempfangs nicht genau wussten, wo Raid und Khloe waren. Sie wussten nur die Richtung, und das reichte.

»Ich brauche die genaue Adresse«, sagte Ethan knapp.

»Schon abgeschickt. Ist Tonka gelandet?«

Ethan holte tief Luft. Er musste ruhig bleiben. Es war schon eine Weile her, dass er auf einem solchen Einsatz gewesen war. Einmal ein SEAL, immer ein SEAL, aber dieses Mal konnte er sich nicht distanzieren. Nicht, wenn das Leben von Raid und Khloe auf dem Spiel stand. »Ja. Er hat seine Beziehungen zur Küstenwache kontaktiert und sobald er mehr Informationen hat, wird er bereit sein.«

»Gut. Ich habe ihre Position verloren, als sie aufs Meer hinausgefahren sind, weil es da draußen natürlich keine Sendemasten gibt. Aber ich habe ein wenig recherchiert und auch wenn es weit hergeholt ist, denke ich, dass sie zu dem Ort unterwegs sind, an dem der ganze Mist mit Tonka, Raiden und Garcia passiert ist.«

Ethan nickte. Die Unterhaltung mit Tex lief über den Lautsprecher in Rockys Wagen. Er, Rocky, Zeke und Drew befanden sich in diesem Fahrzeug, während Brock und Tal in Talons Wagen hinter ihnen herfuhren.

»Ich denke, das ist eine ziemlich gute Einschätzung«, bestätigte Rocky. »Nach dem zu urteilen, was ich von Raid erfahren habe, ist Garcia ein richtig übler Psychopath, und es würde mich nicht wundern, wenn er dorthin zurückkehren wollte, wo seiner Meinung nach sein Unrecht begann, um die Sache mit Raid zu beenden.«

»Hast du die Koordinaten, Tex?«, fragte Zeke.

»Natürlich. Ich schicke sie an Tonka. Jungs?«

»Ja?«, erwiderte Ethan als Antwort für alle.

»Seid vorsichtig. Dieser Garcia ist in höchstem Maße unberechenbar. Er wurde nicht wegen guter Führung entlassen, sondern eher, um ihn aus dem Land und aus der Verantwortung der USA zu bekommen. Hinter Gittern hat er ständig Probleme gemacht und es heißt, dass er während seiner Haft zwei Männer mit bloßen Händen getötet hat. Es konnte jedoch nichts bewiesen werden.«

»Wir werden vorsichtig sein«, versicherte Ethan ihm. »Tonka hat einen Plan. Kennst du zufällig einen Night-Stalker-Piloten?«, fragte er den Navy SEAL, der zur guten Fee für Männer und Frauen auf der ganzen Welt geworden war.

Tex lachte. »Zufälligerweise kenne ich ein verdammt gutes Team.«

»Ich denke, wir könnten ihre Hilfe gebrauchen, wenn man bedenkt, wo Raid und Khloe sich gerade befinden. Raid wurde vor Stunden angeschossen. Wir müssen ihn so schnell wie möglich in ein Krankenhaus bringen.«

»Gute Idee. Ich rufe sie an und sie halten sich in Bereitschaft. Halte mich einfach auf dem Laufenden.«

»Wird gemacht. Danke für deine Hilfe, Tex.«

»Wir sprechen uns bald wieder«, erklärte der Mann am anderen Ende der Leitung, bevor er die Verbindung beendete.

»Er mag es wirklich nicht, wenn man ihm dankt, oder?«, fragte Drew.

»Nein. Gib Gas, Rocky«, bat Ethan. »Sie haben einen zu großen Vorsprung. Wir alle wissen, dass Garcia unsere Freunde nicht zu einer Teeparty mitten im Ozean mitnimmt.«

Das Fahrzeug beschleunigte und Rocky raste zum Industriehafen in der Nähe der Stelle, an der Khloes Uhr zuletzt gepingt hatte.

Raid konnte sich nicht erinnern, jemals so viel Angst gehabt zu haben. Ja, er hatte kein Problem damit zuzugeben, dass er zu Tode verängstigt war. Aber er ließ sich nichts von seinen Gefühlen anmerken. Das war es, was Garcia wollte. Er ergötzte sich an der Angst. Am Schmerz.

Er konnte spüren, wie Khloes Herz wie wild gegen seine Brust schlug, während er sie festhielt. Je weiter sie sich vom Ufer entfernten, desto schwerer wurde sein Herz. Es war früh am Morgen, stockdunkel, sie befanden sich mitten in einem Unwetter und Garcia hatte vor, Khloe zu quälen, um Raid leiden zu lassen.

Aber ... er hatte einen Plan.

Er war riskant und die Wahrscheinlichkeit war groß, dass er scheitern würde, aber er würde alles tun, um Khloe eine Chance zu geben, diesem Mistkerl zu entkommen.

Er wollte Garcia überrumpeln und dann sehen, wie es weitergehen sollte. Er würde wahrscheinlich erschossen werden, aber vielleicht konnte er lange genug durchhalten, um Garcia die Waffe zu entreißen und ihn und seinen Komplizen zu erschießen. Vielleicht. Das hing davon ab, ob Garcia einen Glückstreffer landete und ihn in den Kopf oder ins Herz traf.

Bei dem Gedanken, Khloe allein und hilflos in ihren Klauen zu lassen, wurde ihm ganz schlecht. Raid mochte es nicht, sich so machtlos zu fühlen. Wäre dies eines seiner D&D-Spiele, würde er wahrscheinlich alle möglichen Risiken bei seinen Entscheidungen eingehen. Aber das hier war kein Spiel. Es war das echte Leben und Raid wollte unbedingt leben.

Er hatte keine Ahnung, wie viel Zeit vergangen war, seit sie den Hafen verlassen hatten, als das Boot endlich langsamer wurde. Als er sich umschaute, konnte Raid im Scheinwerferlicht des Steuerhauses nur den strömenden Regen erkennen. Das Boot schaukelte ziemlich heftig auf und ab, als es schließlich in den tosenden Wellen zum Stillstand kam.

»Wir sind da!«, rief Garcia. »Der Spaß kann beginnen! Als ich das letzte Mal hier war, war das Wetter ganz anders. Erinnerst du dich?«

Raid starrte den Mann an und machte keine Anstalten, sich von der Stelle zu bewegen, an der er und Khloe an die Seite des Bootes gekauert waren.

»Ich habe dich gefragt, ob du dich erinnerst?«, brüllte Garcia und feuerte einen Schuss in die Luft.

Khloe zuckte in seinen Armen, und Raid stellte fest, dass er diesen Mann mehr denn je hasste.

»Ich erinnere mich«, sagte er zu ihm. Jeder Muskel in seinem Körper war angespannt, bereit zu handeln. Er musste nur auf den richtigen Moment warten.

Garcia lächelte. »Es war ein sonniger Tag. Am Himmel hingen ein paar Wolken und das Meer war spiegelglatt. Das Wimmern und Winseln dieser Köter hallte so herrlich über das Wasser.«

Der Hass in Raid kochte so stark und schnell hoch, dass er all seine Selbstbeherrschung aufbringen musste, um nicht in diesem Moment aufzuspringen und den Mann anzugreifen. Er spannte seine Muskeln an, um genau das zu tun, als er einen Blick ins Steuerhaus warf und den zweiten Mann sah, der mit dem Rücken an das Steuerrad gelehnt war und lächelte. Er musste schlau sein und warten, bis beide Männer ihre Deckung ein wenig sinken ließen. Sie dachten bereits, sie hätten die Oberhand. Raid brauchte nur noch ein paar Minuten zu warten.

»Steh auf«, befahl Garcia und richtete die Waffe noch einmal auf die beiden.

Raid nickte langsam. Er wollte Garcia den Eindruck vermitteln, dass sie völlig eingeschüchtert waren. Außerdem musste er sie hinhalten. Er wollte der Verstärkung Zeit geben, zu ihnen zu gelangen. Er war zuversichtlich, dass sie ihren Aufenthaltsort herausfinden und Khloe retten würden. Die Alternative war undenkbar.

»Du musst aufstehen«, sagte Raid zu Khloe so sanft, wie er konnte.

Er hörte sie wimmern, aber sie bewegte sich und schwang ein Bein von seinem Schoß, sodass sie neben ihm auf den Knien lag. Sie hob eine Hand und griff nach dem Geländer, um sich daran aufzurichten. Er sah, wie sie ein wenig wackelte, aber sie versteifte ihre Knie, stellte ihre Beine ein wenig auseinander, um einen sichereren Stand zu haben, und fand ihr Gleichgewicht.

Sie war so mutig, und Raid war noch nie so stolz auf jemanden gewesen wie in diesem Moment auf sie. Khloe hielt ihm eine Hand hin, um ihm zu helfen, und Raid nahm sie dankbar an. Als er auf den Beinen war, lehnte er sich an die Reling hinter ihm, um das Gleichgewicht zu halten. Das

Boot schaukelte ganz schön und die Sicht war wegen der Dunkelheit und des Regens ziemlich schlecht.

In diesem Moment kam ihm ein neuer Plan in den Sinn.

Weil er so groß war, streifte ihn die Reling unter seinem Hintern. Wenn er nicht aufpasste, konnte er leicht von einer der hohen Wellen über Bord geschleudert werden ...

»Komm hier rüber«, befahl Garcia Khloe.

Sie rührte sich nicht.

Der Mann seufzte. »Ich sehe schon, ihr beide werdet mir auf die Nerven gehen. Seid ihr taub? Ich habe gesagt: Komm. Hier. Rüber«, knurrte er.

Khloe drückte Raids Hand und tat wie befohlen. Sie schlurfte mit ausgestreckten Armen über das Deck und sah aus wie ein betrunkener Seemann, als sie versuchte zu gehen, ohne in die aufgewühlte See zu fallen. Als sie nahe genug an Garcia herankam, griff er mit seiner freien Hand nach ihr und packte sie am Hals.

Khloe griff sofort nach seinen Händen und versuchte, seine Finger von ihr loszureißen, aber er lachte nur. Raid machte einen Schritt nach vorn, und Garcia tat das Einzige, was ihn gefügig machen würde. Er richtete seine Waffe noch einmal auf Khloes Kopf.

»Sie ist hässlich«, erklärte er im Plauderton und starrte Raid an. »Und verdammt alt. Ich wette, ihre Muschi ist total verschrumpelt und knochentrocken. Aber ich war lange ohne Muschi, und was ich seit meiner Entlassung hatte, war nicht gerade aufregend. Ich werde es genießen, mit ihr eine Runde zu drehen, während du zusiehst. Und du wirst nichts dagegen tun können«, erklärte Garcia. »Es sei denn, du willst, dass ich ihr eine Kugel in den Kopf jage. Andererseits wäre das vielleicht die bessere Wahl. Sie leiden sehen ... oder sie sterben lassen?«

Er lachte höhnisch, und das Geräusch lief Raid eiskalt

den Rücken hinunter wie Fingernägel, die auf einer Kreidetafel kratzen.

Er konnte auf keinen Fall zusehen, wie Khloe von diesem Monster vergewaltigt wurde. Er begegnete ihrem Blick und las denselben Gedanken in ihren Augen. Er wusste, dass sie lieber sterben würde, als von diesem Mann berührt zu werden.

Garcia fuhr Khloe mit dem Lauf der Waffe über die Wange, während er sich zu ihr hinunterbeugte und den Blick auf Raid richtete.

Dann stieß er Khloe ohne Vorwarnung grob von sich weg. Sie flog über das Deck und landete hart auf ihrem Hintern.

»Komm wieder her«, befahl er, sobald sie gelandet war.

Khloe zögerte nicht, und Raid bewunderte ihre Tapferkeit. Sie schaffte es, wieder auf die Beine zu kommen, und stolperte zurück zu ihrem Entführer.

Als sie in Reichweite war, packte Garcia sie am Arm und gab seinem Gefolgsmann ein Zeichen, nach vorn zu kommen. »Halte sie fest, während ich ihr die Kleider ausziehe«, befahl er.

Raid stürzte mit geballten Fäusten vorwärts. Erneut hob Garcia die Pistole und hielt sie Khloe an den Kopf. »Beweg dich nicht, Romeo. Es sei denn, du willst, dass ich ihr Gehirn über das ganze Deck verteile.«

Raid biss die Zähne zusammen. Die Situation verschlechterte sich viel schneller, als er gehofft hatte. Er musste sich beeilen! Aber die Waffe, die auf Khloes Kopf gerichtet war, machte ihm Angst. Das Einzige, was noch schlimmer wäre, als zuzusehen, wie sie von diesem Monster missbraucht wurde, wäre zu sehen, wie ihr eine Kugel in den Kopf geschossen wird. Er musste Garcia dazu bringen, die verdammte Waffe zu senken!

»Braver Junge. Sitz. Platz«, spottete Garcia und lachte. Er

richtete die Aufmerksamkeit wieder auf Khloe. Und die Frau, die er mehr liebte als das Leben selbst, würde es ihm nicht leicht machen, sie zu vergewaltigen. Sowohl Garcia als auch sein Lakai kämpften darum, sie zu halten, während sie sich nach allen Kräften wehrte.

Jeder einzelne Muskel in seinem Körper war angespannt und Raid wartete darauf, dass Garcia die Waffe senkte oder fallen ließ, während er versuchte, Khloe zurückzuhalten.

Eine plötzliche Bewegung in seinem Blickfeld ließ ihn für den Bruchteil einer Sekunde nach rechts blicken.

Was er sah, ließ ihn glauben, dass sie vielleicht doch noch aus dieser verdammten Situation herauskommen könnten.

Ein Schrei veranlasste ihn, sich wieder auf Khloe zu konzentrieren. Einer der Männer hatte es geschafft, ihr das Hemd zu zerreißen, das nun von einer Schulter herunterhing.

Garcia ließ die Waffe sinken und drehte sich, um die bockende und stinksaure Khloe festzuhalten.

Es war an der Zeit.

»Lasst sie los!«, rief er laut und erschreckte die anderen Männer so sehr, dass sie kurz von Khloe abließen und zu ihm hinübersahen. »In ein paar Minuten habt ihr mehr zu tun, als euch von einer zierlichen Frau in den Hintern treten zu lassen.« Raid deutete nach rechts ...

Sein Blick fiel auf die Lichter von mehreren Booten in der Ferne, die sich ihnen mit extrem hoher Geschwindigkeit näherten.

Beide Männer drehten sich um und sahen verblüfft in seine Richtung, und Raid zögerte nicht. Er lief auf Khloe zu, packte ihr Handgelenk und zog kräftig daran.

Diese Bewegung überraschte die Männer noch mehr und Raid konnte sie mit Leichtigkeit aus ihrem Griff reißen.

Noch während ihre Entführer sich auf ihn stürzten, warf

Raid sich gegen die Bordwand. Sein hoher Schwerpunkt sorgte dafür, dass das eintrat, was er geplant hatte – er warf sie beide über Bord, als er auf die Reling traf.

Er bedauerte, dass er Khloe nicht warnen konnte. Es war verrückt, sich mitten im Sturm und in der Dunkelheit ins Meer zu stürzen, aber alles war besser, als sich von Garcia als Geisel benutzen zu lassen.

Raid hatte Zeit, tief durchzuatmen, bevor er mit dem Rücken auf dem Wasser aufschlug, Khloe fest im Griff. Sie taumelten einen Moment lang in den Wellen, bevor er sich wieder orientieren konnte und sein Kopf aus dem Wasser auftauchte. Er schlang seinen Arm um Khloe, damit sie in den Wellen nicht von ihm weggerissen wurde. Er wusste, wenn sie bei diesem Wetter getrennt würden, würde er sie vielleicht nie wiederfinden.

Das Wasser war kalt, und Raid brauchte den Bruchteil einer Sekunde, um zu Atem zu kommen. Als er es geschafft hatte, sah er Khloe an. Ihr Haar klebte an ihrem Kopf, die Wellen schlugen über sie hinweg, sie klammerte sich krampfhaft an sein T-Shirt – und blinzelte geschockt zu ihm hoch.

»Ich hoffe, du bist ein guter Schwimmer!«, sagte Khloe schnell und bemühte sich, das Meerwasser nicht zu verschlucken.

»Ich war der Beste in meiner Klasse«, versicherte er ihr. »Und du?«

»Höchstens mittelmäßig«, gab sie zu.

»Ich passe auf dich auf«, erklärte Raid ihr zuversichtlich. Die heftigen Wellen hatten sie bereits einige Meter vom Boot weggetrieben, aber das spielte keine Rolle mehr. Garcia und sein Gefolgsmann liefen wie wild auf dem Boot herum und versuchten, es in Gang zu bringen, um von dort wegzukommen, bevor sie gefangen genommen werden konnten.

»Du hast uns gerettet«, bemerkte Khloe, drückte sich fester an seine Seite und wandte den Blick nicht von ihm ab. Er konnte spüren, wie sie zitterte, aber er war unheimlich stolz auf sie.

Sein Bein schmerzte höllisch, aber er hoffte, dass das Salzwasser die Wunde gut reinigen würde. Er benutzte sein gutes Bein und seinen freien Arm, um ihrer beider Köpfe über Wasser zu halten.

Als könnte sie seine Gedanken lesen, keuchte sie: »Oh verdammt, ich habe gar nicht an dein Bein gedacht! Meinst du, das Blut wird Haie anlocken?«

Raid konnte sich ein Grinsen nicht verkneifen. »Ich glaube, das bisschen Blut, das noch aus dem Loch in meinem Bein sickert, ist im Moment unsere geringste Sorge.«

»Finde sie!«, brüllte Garcia seinen Lakaien an. Er hatte seinen Plan zu fliehen aufgegeben und stand nun an der Reling seines Bootes und suchte mit seiner Waffe im Anschlag das Wasser ab, um herauszufinden, wohin er und Khloe verschwunden waren.

»Wir müssen hier weg!«, rief der Mann aus dem Steuerhaus.

»Nein!«, schrie Garcia, aber der Mann ignorierte ihn. Schließlich gelang es ihm, den Motor anzulassen, und das Boot begann gerade, sich zu drehen, als die kleine Flotte schließlich auf sie zusteuerte.

Der Gesichtsausdruck des Drogendealers, als er merkte, dass er – wieder einmal – verloren hatte, war unbezahlbar. Wut, Frustration, Hass ... all diese Emotionen und noch mehr beherrschten sein Gesicht.

Schnell hob er seine Waffe und begann zu schießen, nicht auf die Boote um ihn herum, sondern in die Richtung, in die Khloe und Raid ins Wasser gesprungen waren.

Jemand – Raid wusste nicht wer, aber er war unglaublich dankbar für dessen gute Zielgenauigkeit – schoss ihm die Pistole aus der Hand und schoss ihm dabei die Hand weg.

Das war das Letzte, was Raid sah, bevor ein Boot ihm die Sicht auf den Mann versperrte, der ihn und Khloe entführt hatte und sie hatte foltern wollen.

»Wenn du schwimmen gehen wolltest, hättest du dir einen besseren Zeitpunkt und Ort dafür aussuchen können«, sagte eine vertraute Stimme, als ein weiteres Boot sich vorsichtig näherte.

Raid war noch nie so erleichtert gewesen, Ethans Stimme zu hören, wie in diesem Moment.

»Du weißt ja, ich tue immer das, was du am wenigsten erwartest«, erwiderte er.

Die Wellen waren nicht weniger geworden. Im Gegenteil, sie schienen sogar noch schlimmer zu sein als zuvor. Es kostete ein wenig Zeit und Mühe, vor allem weil das kalte Wasser Raids Koordinationsfähigkeit beeinträchtigt hatte, aber er schaffte es, Khloe an die beiden Männer zu übergeben, die sich über das Boot lehnten und nach ihr griffen.

Drei Leute waren nötig, um ihn aus den Wellen zu ziehen, und als er an Bord war, sackte Raid neben Khloe auf dem Boden des Bootes zusammen. Das Lächeln auf ihrem Gesicht, als sie ihn anstarrte, würde er nie vergessen.

»Ist es vorbei?«, fragte sie.

»Es ist vorbei«, bestätigte Raid.

Khloe stützte sich auf einen Ellbogen und ignorierte die Männer, die um sie herumstanden und versuchten, sie in eine Rettungsdecke zu wickeln. »Haben sie ihn erwischt?«

»Er geht nirgendwo hin«, beruhigte Zeke sie.

Raid setzte sich auf und nahm die Decke von Zeke. Khloes Hemd hing ihr vom Körper, nachdem es zerrissen worden war, und ihre Haut war so blass vom kalten Wasser, dass er befürchtete, sie würde einen Schock bekommen, wenn sie nicht aufgewärmt würde. Er wickelte die Decke um sie, auch als sie zu Zeke aufsah und anfing, Fragen zu stellen.

»Nein, ist er tot? Haben sie ihn umgebracht? Denn wenn nicht, wird er zurückkommen! Wie der Schwarze Peter. Das ist so ein komisches Sprichwort. Warum ist der Peter schwarz? Das ergibt keinen Sinn. Wie auch immer, sie müssen ihn töten. Ihn erschießen. *Irgendwas.* Denn er wird nicht aufhören, Raid zu verfolgen!«

»Er wird kein Problem mehr darstellen«, beruhigte Tal sie.

Raid schaute zu seinen Freunden auf. Sie waren von mehreren Militärangehörigen umgeben – Navy SEALs, so wie es aussah. Ethan und Rocky hatten offensichtlich Leute, die sie noch aus dem Militär kannten, zu Hilfe gerufen. Ein kurzer Blick in die Runde bestätigte, dass auch ein paar Boote der Küstenwache im Wasser schaukelten, was zweifellos Tonka zu verdanken war.

Tal – genauso knallhart wie ein Navy SEAL, aber in der britischen Version – kniete sich neben Khloe hin. Ihre Lippen waren blau und Raid hätte am liebsten allen gesagt, dass sie ihre Hintern in Bewegung setzen sollten, um zurück zur Küste zu kommen, damit Khloe medizinisch versorgt werden konnte. Aber niemand schien es besonders eilig zu haben, das Gebiet zu verlassen, was ihn verwirrte.

»Tal ...«, begann Khloe.

»Tonka ist da drüben«, unterbrach er sie und sprach leise. »Und er ist alles andere als glücklich. Wir alle haben keinen Zweifel daran, dass er, nachdem er mit dir und Raid fertig war, zu Tonka, seiner Familie und den Tieren, die er in der *Zuflucht* pflegt, übergegangen wäre. Glaub mir, Garcia wird in Zukunft kein Problem mehr darstellen.«

Khloe runzelte die Stirn. »Wird Tonka Ärger kriegen?«

Verdammt, Raid liebte diese Frau. Sie hatte gerade die

Hölle hinter sich und machte sich Sorgen um einen Mann, den sie noch nicht einmal kennengelernt hatte. Aber er wusste ganz genau, dass sie sich um Tonka sorgte, einfach weil er ein Freund von Raid war.

Er streckte seinen Arm aus und ergriff ihre Hand. »Nein«, versicherte er ihr mit Nachdruck. Er hatte keine Ahnung, was der Plan war oder was auf Garcias Boot passierte, aber wenn Tonka hier war, würde der Drogendealer auf jeden Fall sterben.

So erleichtert Raid auch war, dass er und Khloe am Leben und aus Garcias Fängen befreit waren, konnte er nicht umhin, an eine weitere Sache zu denken, die ihn gestresst hatte. »Duke?«, fragte er Ethan mit brüchiger Stimme. Wenn Garcia hinter dem Verschwinden seines Bluthundes steckte ... wenn er ihm etwas angetan hatte ...

»Er ist in Sicherheit«, versicherte Ethan ihm schnell, bevor Raids Gedanken noch weiter in den dunklen Abgrund stürzen konnten, in den sie sich begeben hatten.

»Gott sei Dank!«, hauchte Khloe.

Von seinen Gefühlen überwältigt, konnte Raid seinem Freund nur erleichtert zunicken.

Bevor er Fragen zu seinem Hund oder etwas anderem stellen konnte, hörte Raid durch den Wind und den Regen ein vertrautes Geräusch. Als er aufblickte, bot sich ihm ein unglaubliches Bild. Durch den tobenden Sturm hindurch näherte sich ein MH-60 Knighthawk-Hubschrauber.

»Was zum Teufel?«

»Das ist das Taxi, das euch hier rausbringt«, erklärte Ethan grinsend. »Tex hat ein paar Gefallen eingefordert und es befinden sich zwei der besten Night-Stalker-Piloten am Steuer dieses Babys.«

»Wir dachten, es sei der schnellste Weg, euch beide in ein Krankenhaus zu bringen«, erklärte Rocky.

»Ich nehme an, du hättest nichts dagegen, den Druckverband schon bald loszuwerden«, fügte Brock hinzu.

Raid konnte sein Bein zu diesem Zeitpunkt nicht mehr spüren. Nach den Schmerzen durch die Schusswunde, die Aderpresse und das kalte Wasser war es so gut wie gefühllos. Aber er machte sich keine Sorgen, dass er es verlieren oder dass es zumindest nicht mehr richtig funktionieren könnte. Er war am Leben. Khloe war am Leben. Das war alles, was zählte.

Der Knighthawk schwebte direkt über dem Boot, und der Regen, der von den Rotorblättern noch schneller gepeitscht wurde, stach, als er auf Raids Gesicht traf. Er drehte sich zu Khloe um und schützte sie so gut er konnte vor dem Wind und dem stechenden Regen.

Er ließ sich von seinen Freunden in eine Decke packen und bestand darauf, dass Khloe zuerst hochgehoben wurde. Als er an der Reihe war, sah Raid die sechs besten Freunde an, die er je gehabt hatte. Sie hatten ihn so akzeptiert, wie er war, waren ihm zu Hilfe gekommen, als er sie am meisten brauchte, und das war das beste Geschenk, das er je bekommen hatte. »Ich wusste, dass ihr kommen würdet«, sagte er und war ganz gerührt.

»Ja, ja, ja«, entgegnete Ethan. »Wir reden im Krankenhaus, wenn sie dich zusammengeflickt haben. Versuche, auf dem Weg dorthin keinen Ärger zu bekommen.«

Raid lächelte und starrte zum Hubschrauber hinauf, als er hochgehoben wurde.

Drinnen angekommen, setzte er sich schnell neben Khloe, dann wurde die Tür geschlossen.

Die Sanitäter kümmerten sich um sie, schlossen Infusionen an und taten ihr Bestes, um es ihnen so angenehm wie möglich zu machen, während sie sich auf den Weg zum Festland und zu einem Krankenhaus machten.

Raid gingen tausend Dinge durch den Kopf, aber an

einem Gedanken blieb er hängen, und zwar, wie verrückt die Piloten des Hubschraubers sein mussten. Weder er noch Khloe waren lebensbedrohlich verletzt, auch wenn sie das nicht wussten, und sie waren in einem heftigen Sturm losgeflogen, um schneller und bequemer medizinische Hilfe zu leisten.

Als er den Kopf drehte, sah er zwei Männer hinter den Steuerpulten sitzen, die sich unterhielten und lachten, als handelte es sich um einen routinemäßigen Vergnügungsflug und nicht um eine Luftbrücke unter gefährlichen Bedingungen.

Die Night Stalkers der Armee waren die besten Piloten des Militärs. Sie flogen an Orte, an die sich keine anderen Piloten trauten. Sie arbeiteten Hand in Hand mit Spezial-einsatzkommandos aller Waffengattungen, evakuierten Teams, wenn sie gebraucht wurden, und setzten sie auch ein. Sie arbeiteten bei Naturkatastrophen im In- und Ausland und waren generell die Rockstars der Pilotenwelt.

»Ihr seid verrückt«, sagte er durch das Headset, das ihm einer der Sanitäter über die Ohren gestülpt hatte.

Der Pilot drehte sich um, grinste und zeigte ihm den Daumen nach oben.

Auch der Co-Pilot drehte sich mit einem Lächeln in seine Richtung. »Im Namen von Casper, deinem Piloten bei diesem kleinen Ausflug, und mir selbst – ich bin als Pyro bekannt – freuen wir uns, euch an Bord unseres Hubschrau-bers begrüßen zu dürfen. Wir haben einen Anruf von jemandem bekommen, den du wahrscheinlich kennst. Tex?«

Raid nickte und grinste.

»Ja, der gute alte Tex hat gefragt, ob wir bereit seien, zwei seiner Freunde abzuholen. Und wenn du ihn kennst, dann weißt du auch, dass niemand Nein zu Tex sagt. Also sind wir hier.«

»Ich schulde euch was«, erklärte Raid.

»Das tust du nicht«, erwiderte Casper. »Soweit wir wissen schuldet dir das Land viel dafür, dass du einen Dreckskerl wie Garcia aus dem Verkehr gezogen hast. Halte durch, wir bringen dich im Handumdrehen ins Krankenhaus.«

»Wollt ihr in der Luft bleiben und uns durch ein Fenster ins Krankenhaus abseilen oder landet ihr wie normale Piloten?«, scherzte Raid.

Beide Piloten brachen in Gelächter aus.

»Ihr wollt euch durch ein Fenster abseilen? Das können wir machen«, sagte Casper.

»Ich denke, auf dem Hubschrauberlandeplatz zu landen würde schon reichen. Wir hatten genügend Aufregung für einen Tag«, erklärte Raid ihnen.

Beide Männer gaben ihm diesmal einen Daumen nach oben und wandten ihre Aufmerksamkeit wieder den Instrumenten zu.

Zum ersten Mal seit dem Aufwachen am Morgen zuvor entspannte Raid sich und nahm Khloes Hand wieder in seine, die auf dem Krankenhausbett neben ihm lag. Sie hatte wieder etwas Farbe im Gesicht und ihre Lippen waren nicht mehr ganz so blau wie zuvor.

Sie drückte seine Hand und schaute zu ihm hinüber. »Ich liebe dich«, murmelte sie.

»Ich liebe dich«, erwiderte Raid, ohne zu zögern.

Die letzten zwölf Stunden waren erschütternd gewesen und er hätte Khloe so etwas nie gewünscht, aber er war stolz auf sie … und erleichtert, dass sie bei ihm war. Er konnte an nichts anderes denken als daran, nach Fallport zurückzukehren und den Rest seines Lebens mit ihr an seiner Seite zu verbringen.

Finn »Tonka« Matlick war so entspannt, wie er es noch nie zuvor gewesen war. Er hatte nicht damit gerechnet, in diese Situation zu geraten, aber jetzt war er ruhig und konzentriert.

Pablo Garcia, der Mann, der ihm das Leben versaut hatte, lag auf dem Deck seines Bootes und blutete aus dem Stumpf seiner fehlenden Hand ... und weinte und bettelte um einen Arzt. Aber es würde kein Arzt für diesen Mistkerl kommen.

Nein, das Einzige, was in seiner Zukunft lag, war der Tod.

Tonka wusste nicht, welche Beziehungen Tex hatte spielen lassen, und es war ihm auch egal. Er wusste nur, dass dieser Mann sterben musste. Er würde nicht aufhören, hinter ihm und Raiden her zu sein. Selbst wenn er noch einmal wegen Entführung und versuchten Mordes ins Gefängnis käme, würde er irgendwann wieder freigelassen werden, und sie müssten sich wieder Sorgen machen und ständig auf der Hut sein.

Tonka würde das Boot nicht verlassen, ohne dafür gesorgt zu haben, dass Pablo Garcia keine Gefahr mehr darstellte.

Die Navy SEALs, die bei der Festnahme geholfen hatten, waren bereits mit dem Mann verschwunden, der das Boot gefahren hatte. Er würde über eventuelle Komplizen verhört werden und dann in einem Bundesgefängnis verrotten. Es gab nur noch ein Boot, das zusammen mit Garcias Boot auf dem Meer trieb. Und die beiden Männer, die auf dem anderen Boot auf Tonka warteten, waren über die Situation informiert worden.

Tex schwor, dass man ihnen vertrauen konnte, und Tonka hatte keinen Grund zu glauben, dass sein alter Freund log.

Er hockte sich neben Garcia und musterte ihn mit zusammengekniffenen Augen, sagte aber kein Wort.

»Was? Was glotzt du denn so? Beeil dich und bring mich zurück an Land! Ich brauche einen verdammten Arzt!«, fuhr Garcia ihn an.

»Daraus wird nichts«, erklärte Tonka nach einem langen Moment der Stille.

»Was? Was soll das heißen? Ich brauche Hilfe!«

»Nein, tust du nicht. Du musst sterben. Die Welt ist ohne dich ein besserer Ort.«

Garcia machte große Augen. »Das kannst du nicht tun! Das ist Mord!«

Tonka lachte, aber es lag kein Humor in dem Geräusch. »Das sagst ausgerechnet du.« Dann stand er auf und ging zu einem Haufen Taue und einem Anker, die auf dem Deck lagen. Ruhig griff er nach dem Stapel und brachte ihn zu Garcia.

»Was zum Teufel? Stopp! Nein!«, schrie Garcia und versuchte, Tonkas Händen auszuweichen. Es war sinnlos. Innerhalb weniger Augenblicke hatte Tonka Garcias Knöchel und Handgelenke mit Kabelbindern zusammengebunden. Dann begann er, das lange Seil auch um seinen Körper zu fixieren.

»Bitte! Lass uns darüber reden!«, flüsterte Garcia. »Ich habe Geld. Ich kann dich reich machen! Willst du nicht, dass dein blöder Betrieb floriert? Ich kann das für dich realisieren!«

»Weißt du, was ich will?«, fragte Tonka in einem flachen Ton.

»Egal was es ist! Ich werde dir alles geben, was du willst.«

»Ich will meinen Hund Steel zurück. Ich will die Stunden, in denen ich zugehört habe, wie du ihn und Dagger gequält hast, zurück. Ich will einschlafen können und ihre flehenden Blicke in meinen Träumen nicht mehr sehen. Kannst du mir das alles geben?«

Garcia starrte den Mann an, der sein Henker sein würde, ohne ein Wort zu sagen.

»Das glaube ich nicht«, sagte Tonka achselzuckend und knotete das Seil weiter.

»Du wirst nie wieder schlafen, wenn du mich auf dem Gewissen hast!«, sagte Garcia verzweifelt zu ihm.

Tonka lachte. »Du irrst dich. Ich werde schlafen wie ein Baby. Und weißt du warum?« Er gab ihm keine Gelegenheit, etwas zu erwidern. »Weil ich weiß, dass du niemandem mehr wehtun kannst. Du wirst nicht in der Lage sein, ein weiteres Tier zu quälen, nur um Spaß zu haben. Du wirst nicht hier sein, um dein Geld zu zählen, wenn jemand von den Drogen abhängig wird, die du herstellst und vertreibst.«

»Wenn du das tust, bist du genauso schlimm wie ich!«, fluchte Garcia.

»Keiner ist so schlimm wie du«, erklärte Tonka mit harter Stimme. »Und ich habe eine Frau, die alle meine Geheimnisse kennt … und mich trotzdem liebt. Weißt du, was ihre letzten Worte zu mir waren, bevor ich mich auf den Weg hierher gemacht habe? ›Finde ihn und töte ihn.‹« Dann schaute Tonka ihm tief in die Augen. »Ich werde wie ein Baby schlafen, du Mistkerl.«

Mit diesen Worten zerrte er einen schreienden Garcia an den Rand des Bootes. »Du fandest es *lustig*, Dagger und Steel über Bord zu werfen, als sie noch am Leben waren. Mal sehen, wie es dir gefällt.«

Und damit hievte Tonka Garcias Körper über die niedrige Reling und warf den Anker, der mit dem Seil an seinem Körper befestigt war, nach.

Tonka schaute allerdings nicht zu. Er drehte sich um und signalisierte dem Beiboot, dass er bereit war, abgeholt zu werden.

Kurz bevor er das Boot verließ, kippte er einen großen Benzinkanister um, der in der Ecke des Decks stand. Als er sicher an Bord des anderen Bootes war, richtete er eine Leuchtpistole aus und schoss auf das nun leere Boot des Drogendealers. Es ging sofort in Flammen auf, obwohl es immer noch regnete.

In spätestens einer halben Stunde würde nichts mehr von dem Boot übrig sein. Im Bericht würde stehen, dass das Boot Feuer gefangen und mit Pablo Garcia an Bord gesunken war. Es würden keine Fragen gestellt werden, denn Tex hatte noch ein paar weitere Gefallen eingeholt.

Tonka schaute nicht zurück, als sie nach Norfolk fuhren. Er musste ein Flugzeug erwischen und zu seiner Familie zurückkehren.

»Das war für dich, Steel«, flüsterte er und schloss die Augen. »Du und Dagger könnt endlich in Frieden ruhen.«

KAPITEL EINUNDZWANZIG

Khloe saß auf Raids Sofa und hatte eine Decke um sich. Raid war an ihrer Seite, wie immer, seit er aus dem Krankenhaus entlassen worden war. Die Kugel war aus seinem Bein entfernt worden und der Arzt war erstaunt, dass nicht noch mehr Schaden entstanden war. Er musste noch eine Menge Rehamaßnahmen über sich ergehen lassen, aber ihm war versichert worden, dass er mit harter Arbeit bald wieder als Mitglied des Such- und Bergungsteams vom Eagle Point auf den Wanderwegen unterwegs sein würde.

Khloe hatte sich ziemlich schnell von der ganzen Tortur erholt, nur dass sie sich jetzt so fühlte, als sei ihr immer kalt. Raid hatte die Heizung in seinem Haus aufgedreht, obwohl es mitten im Sommer war, und es war egal, ob sie auf die Höchsttemperatur eingestellt war, sie fror trotzdem. Deshalb hatte er eine Menge Decken gekauft und wickelte sie ständig darin ein, wenn sie sich hinsetzte.

Während der letzten Woche hatte sie viel Zeit damit verbracht, für die beiden zu kochen und das Haus sauber zu halten. Raid war nicht in der Lage, viel zu helfen, was ihn unendlich frustrierte. Er wollte am liebsten sofort aufstehen und loslegen, aber Khloe erinnerte ihn daran, dass er ihrer Erfahrung nach Zeit brauchen würde, um wieder zu seiner normalen Form zurückzufinden.

Das Beste daran, nach Fallport zu kommen, war, von Duke enthusiastisch begrüßt zu werden. Raid hatte geweint, als er seinen pelzigen Freund gesehen hatte, und es war ihm nicht einmal peinlich, dass alle gesehen hatten, wie er beim Anblick des unversehrten Bluthundes heulte.

Alle ihre Freunde waren heute gekommen, um zu feiern, dass Raid und Khloe – und natürlich auch Duke – wieder gesund und munter zu Hause eingetroffen waren. Und um zu tratschen.

»Jemand muss mir *endlich* mal erzählen, wo Duke war und was passiert ist, nachdem Khloe und ich verschwunden waren«, erklärte Raid.

Seit jenem schrecklichen Abend war etwas mehr als eine Woche vergangen, aber er und Khloe waren mit Raids kurzem Krankenhausaufenthalt, der Wiedereingewöhnung und der allgemeinen körperlichen und geistigen Genesung beschäftigt gewesen. Sie hatten ihre Freunde um ein wenig Zeit gebeten, bevor sie alle zusammenkamen, was bedeutete, dass sie die Geschichte, wie der Bluthund gefunden wurde, noch nicht gehört hatten. Sie waren beide zufrieden damit, ihn einfach bei sich zu haben. Jetzt war es an der Zeit, alles zu erfahren, was nach ihrer Entführung passiert war.

Anstatt auf seinem Bett in der Ecke zu liegen, war Duke auf das Sofa gestiegen. Er saß auf der einen Seite von Raid, den Kopf im Schoß seines Herrchens, während Khloe sich auf Raids anderer Seite an ihn kuschelte.

Ihre Freunde saßen auf jedem verfügbaren Möbelstück im Wohnzimmer. Auch die Stühle vom Tisch waren herbeigeschafft worden, und die meisten anderen saßen auf dem Boden rund um das Sofa. Tony unterhielt Marissa draußen im Garten. Zeke und Tal standen an der Schiebetür und behielten die beiden im Auge, während sie spielten.

Als Khloe sich umschaute, hatte sie wieder einmal Tränen in den Augen. Niemals hätte sie erwartet, eine Gruppe von Männern und Frauen zu finden, die ihr so viel bedeuteten. Sie war eine glückliche Frau, und das wusste sie.

»Wie du weißt, hat die ganze Stadt nach Dukes Verschwinden nach ihm Ausschau gehalten«, erklärte Caryn. »Kurz nachdem Garcias Lakai im Restaurant angerufen hatte, um die falsche Sichtung zu melden, ging ein Paar in Raymond Zieglers Nachbarschaft spazieren.«

»Sie hörten ein ohrenbetäubendes Heulen, das aus seinem Haus kam«, erklärte Bristol und griff die Geschichte auf. »Sie haben gesagt, es hörte sich an, als würde ein Tier gequält. Also taten sie, was jeder in so einer Situation tun würde – sie riefen Simon an.

Simon fuhr zu dem Haus, und in der Zwischenzeit hatte sich eine Menschenmenge versammelt«, erklärte Elsie aufgeregt. »Der Polizeichef klopfte an die Tür, doch niemand öffnete. Aber das Heulen wurde noch lauter. Er schickte Miguel zu Zieglers Praxis, um zu fragen, was da los sei.«

»Ziegler, der offensichtlich spürte, dass ihm die Felle davonschwammen, tischte ihm eine Lügengeschichte auf«, fügte Brock hinzu. »Er behauptete, er hätte keine Ahnung, wovon sie reden. Was so ziemlich das Dümmste war, was er hätte tun können. Hätte er einfach gestanden, wäre er vielleicht noch im Geschäft, anstatt mit eingezogenem Schwanz aus der Stadt fliehen zu müssen.«

Khloe lächelte über das Bild, das Brocks Worte hervorriefen.

»Um es kurz zu machen«, bemerkte Lilly, »Simon ist in

Raymonds Haus eingedrungen und sie haben Duke in einem Gästebad gefunden.«

»Duke fühlt sich in geschlossenen Räumen nicht wohl«, erklärte Raid trocken.

Alle lachten.

»Ja, offensichtlich nicht. Er hatte das Zimmer vollgeschissen und ist in die Sauerei reingetreten«, sprach Bristol grinsend weiter. »Als Simon die Badezimmertür öffnete, stürmte Duke heraus und warf den armen Polizeichef regelrecht um. Um sich zu bedanken, dass er frei war, sauste er daraufhin durch das Haus und hinterließ überall seine Pfotenabdrücke.«

»Ich habe auf die harte Tour gelernt, dass er bei Stress seinen Kot nicht halten kann«, erklärte Raiden, nachdem alle aufgehört hatten zu lachen. »Ich könnte mir vorstellen, es liegt daran, dass sein erster Besitzer, der ein Vollidiot war, ihn eingesperrt hatte. Jetzt hasst er es, allein in Räumen eingesperrt zu sein.«

»So erleichtert alle in Zieglers Haus waren, als sie Duke sahen, so sauer waren sie auch. Alle wollten Antworten«, meldete Rocky sich zu Wort. »Ich schwöre, als Simon und die meisten Schaulustigen in der Praxis ankamen, waren sie praktisch ein Mob. Auf Nachfrage sagte Ziegler, er habe Duke auf der Straße gefunden und ihn mitgenommen, um ihn in Sicherheit zu bringen.«

»Na klaaaar«, erwiderte Finley sarkastisch. »Er hat ihn mitgenommen und dann niemandem gesagt – wie zum Beispiel Raid –, dass er seinen Hund gefunden hat. Stattdessen sperrt er ihn in seinem Haus ein und geht dann zur Arbeit, als sei nichts geschehen.«

»Ich sage nicht, dass irgendjemand seine Geschichte geglaubt hat, nur das, was er behauptet hat«, erklärte Rocky grinsend.

»Die Leute waren so entsetzt darüber, dass Fallports

ansässiger Tierarzt einen der Helden der Stadt entführt hatte, dass sie anfingen, ihre Termine in Zieglers Praxis zu stornieren«, bemerkte Lilly. »Und noch bevor der Arbeitstag zu Ende war, hatte er alle seine Kunden verloren.«

»Ich habe gehört, dass er für eine Weile zu seinem Bruder in die Nähe von Washington gezogen ist«, sagte Tal.

»Gut, dass wir ihn los sind«, erklärte Heather mit einer gehörigen Portion Wut, die untypisch für sie war. »Ich glaube, diese Stadt hat genügend Entführungen erlebt, egal ob es sich um Menschen oder Tiere handelt.«

»Auf jeden Fall!«, stimmte Bristol voller Überzeugung zu.

Alle pflichteten ihr bei.

»Glaubst du, Duke ist selbst abgehauen, oder denkst du, Garcias Mann hatte seine Finger im Spiel?«, fragte Ethan.

Raid zuckte mit den Schultern. »Ich weiß es nicht. Duke war noch nie ein großer Streuner, aber wenn er die Chance bekommt und eine Fährte aufnimmt, würde ich es ihm zutrauen. Letztlich ist das aber auch egal. Ich wusste nicht einmal, dass Garcia oder jemand, der für ihn arbeitet, hier war. Er hat die Situation eindeutig ausgenutzt und das getan, wozu er geschickt wurde.«

»Und er ist wirklich weg? Er wird nicht zurückkommen?«, fragte Finley.

Raid hielt einen Moment inne, bevor er nickte. »Er wird für mich, Tonka und die, die wir lieben, nie wieder eine Gefahr darstellen.«

»Weil sein Boot in Flammen aufgegangen ist und er in das Feuer geraten ist«, bemerkte Elsie trocken und sichtlich skeptisch.

»Ganz genau«, entgegnete Raid mit ernster Miene.

Khloe wusste, was wirklich passiert war, denn Raid hatte es ihr eines Nachts im Krankenhaus erzählt, als sie nur zu zweit waren. Er gab zu, dass er das, was Tonka getan hatte, zwar nicht hätte tun können, aber er verurteilte ihn nicht. Garcia hatte Tonka das Leben zur Hölle gemacht, und das hatte sich seitdem auf jeden Teil seines Lebens ausgewirkt. Er war seinem Freund auch sehr dankbar dafür, dass er dafür gesorgt hatte, dass er und Khloe von nun an nichts mehr zu befürchten hatten.

»Gut, dass wir ihn los sind«, bemerkte Caryn. »Und das gilt auch für Dr. Ziegler. Khloe ... wirst du den Anstieg des Geschäftsvolumens bewältigen können?«

Khloe zuckte mit den Schultern. »Ich werde es versuchen. Afton und meine anderen Tierarzthelferinnen sind ein Segen. Sie können die meisten Routinearbeiten wie Impfungen und Untersuchungen erledigen. Die schwerwiegenderen Probleme überlassen sie mir oder meiner neuen Partnerin. Meine Freundin aus Norfolk hält bereits wunderbar die Stellung.«

»Der Zeitpunkt, an dem sie dein Angebot angenommen hat, war verdammt perfekt«, stimmte Bristol zu.

»Also ... Garcia ist erledigt, Ziegler ist nichts weiter als eine schlechte Erinnerung ... was ist mit den Mather-Brüdern?«, fragte Ethan.

Khloe runzelte die Stirn. »Ich bin mir nicht sicher. Ich habe Jason und Scott in letzter Zeit nicht gesehen, aber ich traue ihnen zu, dass sie auftauchen, wenn ich sie am wenigsten erwarte.«

»Das werden sie nicht«, entgegnete Raid mit solcher Überzeugung, dass Khloe sich mit zusammengekniffenen Augen zu ihm umdrehte.

»Was hast du getan?«

»Nichts, was jeder andere, der ein schönes, ruhiges Leben mit der Frau, die er liebt, führen will, nicht auch getan hätte«, bemerkte Raid und drückte ihre Schulter.

Khloe hätte schwören können, dass sich alle Anwesenden nach vorn beugten, um mehr Details zu erfahren.

»Raiden Walker, ich habe nicht das durchgemacht, was ich durchgemacht habe – überfahren werden, allein und verängstigt die Reha durchstehen, in eine Stadt ziehen, in der ich niemanden kenne, einen Job annehmen, von dem ich nichts wusste, jeden Tag auf der Arbeit von *dir* ange-schnauzt werden, einen Prozess miterleben müssen, bei dem ich das Gefühl hatte, *selbst* die Angeklagte zu sein, habe all meine Geheimnisse offenlegen und mit ansehen müssen, wie meine Freunde entführt und verletzt wurden ... ich habe mich verliebt, wurde entführt und habe *endlich* das Gefühl, dass ich aufatmen und ein Leben mit dem Menschen beginnen kann, für den ich bestimmt bin – und dann muss ich mir Sorgen machen, dass du verhaftet und ins Gefängnis geworfen wirst, weil du etwas Illegales in Bezug auf den Mistkerl und seine Brüder getan hast, die mich ohne guten Grund belästigen!«

Ihre Stimme hatte sich während ihres kleinen Ausras-ters erhoben, aber das war Khloe egal. Es war ihr Ernst. Sie hatte das Gefühl, dass die Dinge in ihrem Leben *endlich* ins Lot kamen, und sie wollte auf gar keinen Fall, dass Raid ihretwegen in Schwierigkeiten geriet.

Raid lachte, ebenso wie seine Freunde – die männlichen –, und das machte Khloe nur noch wütender. Sie setzte sich auf und wollte Raid noch einmal die Meinung sagen, aber er drückte sie wieder an sich.

»Pssssst. Reg dich nicht auf, Khloe. Ich schäme mich nicht zuzugeben, dass ich große Pläne für Alan und seine Brüder hatte. Dazu gehörte auch, dass ich einen Kontakt in Colorado benutzte, um ein paar Leute zu benachrichtigen, die mit Alan hinter Gittern sitzen ... die Art von Männern, die ihm klarmachen würden, dass du tabu bist. Und wenn er seine Brüder nicht zurückrufen würde, würde sein Leben im Gefängnis noch härter werden, als es ohnehin schon war.«

»Und?«, hakte Khloe nach, als Raid innehielt und nichts weiter sagte.

»Es stellte sich heraus, dass wir gar nichts tun mussten. Die Kontakte meines Mannes im Gefängnis hatten nicht einmal Zeit, sich zu äußern, bevor Alan Mather das tat, was er am besten kann: Er verärgerte den Falschen. Er wurde vor sechs Tagen getötet, als er sich dummerweise mit einem hochrangigen Bandenmitglied anlegte, das im selben Zellenblock einsaß. Soweit ich weiß wurde ihm ins Herz gestochen und er ist innerhalb weniger Minuten verblutet.«

»Verdammter Mist!«, flüsterte Khloe.

»Was ist mit seinen Brüdern?«, fragte Elsie. »Werden sie jetzt nicht noch wütender sein?«

»Darüber habe ich mir auch Sorgen gemacht, aber das Bandenmitglied hat viele Freunde außerhalb des Gefängnisses, und die haben den Brüdern offenbar eine kleine Nachricht überbracht. Khloe und Fallport sind tabu, es sei denn, sie wollen so enden wie Alan«, entgegnete Raid achselzuckend.

»Warum sollte sich irgendeine x-beliebige Bande für Khloe interessieren?«, fragte Heather. »Ohne dich beleidigen zu wollen«, sagte sie schnell, nachdem ihr klar geworden war, dass das, was sie sagte, falsch aufgefasst werden könnte.

»Schon gut, das habe ich mich auch gefragt«, beruhigte Khloe sie.

»Ich glaube nicht, dass es so sehr um Khloe geht«, erklärte Raid. »Die Details über seinen Fall und warum Alan es so sehr auf dich abgesehen hatte, haben sich im Gefängnis herumgesprochen ... das ist es, was Alan und das Bandenmitglied ›besprochen‹ haben, als er starb. Anscheinend haben selbst die härtesten Verbrecher Haustiere, die sie lieben. Ich kann nur vermuten, dass sie bereit sind, alles zu tun, um diejenigen zu schützen, die ihnen helfen.«

»Wow«, bemerkte Caryn. »Ich weiß nicht, ob ich beeindruckt oder erschrocken sein soll.«

»Beeindruckt«, erklärte Finley entschieden.

»Richtig, es sollte also niemand mehr in den Schatten lauern und versuchen, dir etwas anzutun«, sagte Lilly entschlossen. »Und das gilt auch für den Rest von uns ... es sei denn, jemand möchte uns etwas mitteilen? Jetzt ist es an der Zeit. Hat jemand einen Ex, der ihn vielleicht stalken will? Irgendwelche Geschäfte, die schiefgelaufen sind, sodass sie jetzt im Fadenkreuz eines Monsters sind? Vielleicht eine Verbindung zur russischen Mafia, von der wir nichts wissen?«

Alle lachten und schüttelten den Kopf.

»Gut. Das Stressigste, worüber wir uns Sorgen machen müssen, ist also, nicht zu hart zu arbeiten. Und vielleicht stürmt Bigfoot in die Stadt, weil er sauer ist, dass seine friedliche Existenz in unseren Bergen gestört wurde.«

Ethan verdrehte die Augen, aber alle anderen lachten.

Khloe hörte dem Geplänkel ihrer Freunde mit einem Lächeln im Gesicht zu. Das war es, was sie sich immer gewünscht hatte. Freunde, mit denen sie lachen und weinen konnte und auf die sie sich hundertprozentig verlassen konnte.

Raid beugte sich vor und küsste sie auf den Kopf, woraufhin Khloe zu ihm aufsah.

»Geht es dir gut?«, fragte er leise.

»Mir geht es großartig«, versicherte sie ihm.

»Willst du mich heiraten?«, platzte er heraus.

Khloe starrte ihn einen Moment lang an. »Was? Ist das dein Ernst?«

Er wurde rot. »Ja. Ich hatte eigentlich nicht vor, dich das jetzt zu fragen, aber ich liebe dich so sehr und ich dachte mir, wenn ich dich frage, wenn du dich gut fühlst und glücklich bist, sagst du wahrscheinlich eher Ja.«

»Du willst dich wohl über mich lustig machen. Glaubst du wirklich, ich würde Nein sagen?«

Raid zuckte mit den Schultern.

Khloe ignorierte ihre Freunde und kniete sich auf das Sofa. Am liebsten hätte sie sich auf Raids Schoß gesetzt, aber da sein Bein noch nicht verheilt war, wäre das nicht klug gewesen. Sie legte ihre Handflächen auf seine Wangen und beugte sich vor.

»Ich liebe dich, Raid. So sehr, dass es mich zu Tode erschreckt. Wenn du nicht mit mir im Wasser gewesen wärst, hätte ich schon in den wenigen Minuten, bevor die Kavallerie eintraf, aufgegeben. Durch dich will ich ein besserer Mensch werden. Du machst mich zu einem *stärkeren* Menschen. Die Art, wie du mich ansiehst, gibt mir das Gefühl, dass ich alles erreichen kann. Jeder sein kann. Ich will Anise für deinen Bjorn sein. Ich will Gnolle und Oger bezwingen, Zaubersprüche wirken und glücklich bis ans Ende meiner Tage leben.«

Sie hörte, wie Lilly alle zur Ruhe rief, aber sie ignorierte ihre Zuhörer.

Raid sagte einen Moment lang nichts, dann packte er sie an der Taille und riss sie nach hinten auf seinen Schoß. Duke grummelte, als er angerempelt wurde, aber als er merkte, dass Khloes Gesicht in Reichweite seiner Zunge war, nutzte er die Situation aus.

Khloe kreischte, als Duke ihr ein Zungenbad verpasste. Sie lachte immer noch, als Finley ihr zu Hilfe kam und Duke vom Sofa zog.

Raid schwebte über ihr, das Gesicht nur wenige Zentimeter von ihrem entfernt. Mit einer Hand stützte er ihren Hinterkopf, die andere schlang er um ihre Taille und hielt sie so fest.

»War das ein Ja?«, fragte er.

Khloe grinste. »Kommt drauf an.«

Raid runzelte die Stirn. »Worauf?«

»Ob du mich zwingst, ein großes, weißes Kleid anzuziehen und eine formelle Hochzeit zu ertragen.«

Erleichterung glänzte in Raids Augen. »Du kannst jede Art von Hochzeit haben, die du willst. Solange du am Ende meine Frau bist, ist es mir egal.«

»Ich will eine Party. Eine verdammt *große* Party. Um das Leben zu feiern. Meines, deines, das von Duke und das von allen«, sagte Khloe zu ihm. »Wir haben im letzten Jahr alle ziemlich viel durchgemacht und ich finde, wir sollten es uns gut gehen lassen und die Tatsache feiern, dass die Liebe über das Böse siegt.«

Sie hörte, wie alle im Raum klatschten und jubelten, aber Khloe hatte nur Augen für Raid.

»Abgemacht«, flüsterte er. »Ich hätte nie gedacht, dass dies mein Leben sein würde. Dass jemand, der so umwerfend und schön ist wie du, mich wählen würde.«

»Ich wähle dich, Raid. Heute, morgen und jeden Tag danach.«

»Ich liebe dich.«

»Und ich liebe dich«, erwiderte sie.

Sie küssten sich, während ihre Freunde begannen, die Party des Jahrhunderts in Fallport zu planen.

EPILOG

Khloe saß an einem großen Tisch auf Bristols und Rockys Terrasse und lächelte über das absolute Chaos um sie herum. In den letzten fünfzehn Jahren hatte es unzählige Höhen und Tiefen gegeben, aber sie würde nichts daran ändern wollen.

Rocky und Bristol hatten ihr Haus ausgebaut, die Scheune vergrößert, die Terrasse vergrößert, ein Schwimmbecken angelegt und drei Schlafzimmer zu ihrem ohnehin schon perfekten Haus hinzugefügt. Dies war der Ort, an dem sich alle gern aufhielten. Im Sommer war Khloe fast jeden Tag hier, wenn sie nicht gerade in ihrer Tierarztpraxis arbeitete. Da es jetzt drei Tierärzte in der Gegend gab, war niemand mit Patienten überlastet und jeder ihrer Kollegen hatte viel Freizeit, um das Leben in Fallport zu genießen.

Es gab Pickleport-Festivals, Bigfoot-Ausstellungen, Bristol-Wingham-Watson-Kunstausstellungen und jede Menge Lachen und Lächeln.

Der zweitälteste Sohn von Elsie und Zeke versuchte gerade, die jüngeren Kinder zu bändigen, während sie im Garten herumliefen, als seien ihnen gerade Koffeinpillen verabreicht worden. Die älteste Tochter von Finley und Brock sah sich drinnen mit einigen anderen Kindern *Frozen – Die Eiskönigin IV* an. Sie hatte sich freiwillig gemeldet, nicht weil ihr der Animationsfilm gefiel, sondern weil sie mit ihrem Freund per Handy flirten konnte, während die Kinder, auf die sie eigentlich aufpassen sollte, abgelenkt waren.

Khloe war erstaunt, dass sie sich alle Namen der Kinder merken konnte. Im Laufe der Jahre waren so viele Kinder zu ihrer Gruppe hinzugekommen, dass es sich anfühlte, als würden sie jeden Tag eine Kindertagesstätte leiten.

Elsie und Zeke hatten zusammen vier Kinder, plus Tony; Rocky und Bristol hatten eines ... Samantha war eine Überraschung für sie beide, und obwohl sie nicht einmal sicher waren, ob sie Kinder wollten, hatte Sam sich als ein Segen entpuppt, ohne den sie nicht leben konnten. Drew und Caryn wollten keine eigenen Kinder, aber sie passten immer auf die Kleinen auf und nahmen die älteren Kinder freiwillig mit auf Campingausflüge oder unterhielten sie auf der Feuerwache, wo Caryn einen großen Teil ihrer Zeit verbrachte.

Brock und Finley hatten schließlich drei Kinder, und Tal und Heather hatten zwei leibliche Kinder, zusätzlich zu Marissa, die gerade auf dem College war und FBI-Agentin werden wollte, um sich auf die Suche nach entführten und vermissten Kindern zu spezialisieren.

Und dann waren da noch Lilly und Ethan. Es hatte zwei lange, frustrierende und oft herzzerreißende Jahre gedauert, bis Lilly wieder schwanger wurde ... aber nach der Geburt von Brandon schien es, als sei sie ununterbrochen schwanger gewesen. In den nächsten fünf Jahren wurde sie jedes Jahr schwanger. Die Mädchen machten sich gnadenlos über Lilly lustig und sagten oft, sie wüssten nicht mehr, wie sie ohne Babybauch ausgesehen hätte.

Khloe und Raid hatten viel darüber geredet und schließlich beschlossen, dass Kinder für sie nicht infrage kämen. Sie waren beide über vierzig, als sie geheiratet hatten, und keiner von ihnen wollte in den Sechzigern sein, wenn die Kinder noch zur Schule gingen.

Aber das Leben hat eine komische Art, gut durchdachte Pläne zu durchkreuzen.

Sie war wegen einer Tierarztkonferenz in Richmond und entspannte sich nach einem langen Tag im Hotel, als ein Nachrichtenbeitrag ihre Aufmerksamkeit erregte.

Es war Anfang Dezember, Weihnachten stand vor der Tür und ein Reporter interviewte einen etwa zehnjährigen Jungen und fragte ihn, was er sich zu Weihnachten wünsche. Seine Antwort brach Khloe fast das Herz.

Er sagte, er wolle nur einen sicheren Platz für seine drei Schwestern zum Schlafen.

Damit begann eine dreijährige Odyssee, um Joaquin und seine Schwestern kennenzulernen, sich als Pflegeeltern zu qualifizieren und sie schließlich zu adoptieren. Es war verrückt, und Khloe war jeden Tag dankbar, dass Raid nicht einmal mit der Wimper gezuckt hatte, als sie von dieser Reise nach Hause kam und ihm mitteilte, dass sie vier Kinder in ihr Haus aufnehmen und möglicherweise adoptieren wollte.

Jetzt waren sie und Raid Eltern des siebzehnjährigen Joaquin, der vierzehnjährigen Lateesha, der elfjährigen Tasha und der neunjährigen Diamond. Das Leben war nicht leicht für die Geschwister gewesen, aber Khloe wollte glauben, dass es seit ihrer Ankunft in Fallport etwas einfacher geworden war.

Und Raiden hatte sich trotz seiner Sorgen als ein hervorragender Vater erwiesen. Er war für ihre Kinder da, egal was sie brauchten. Er hatte keine Angst, mit ihnen über ihre Gefühle zu sprechen, erzählte ihnen von seiner eigenen

Erziehung und gab ihnen das Gefühl, dass sie mit allen Problemen und Sorgen zu ihm kommen konnten.

Und wenn er mit Tasha Dungeons and Dragons spielte, schmolz Khloes Herz dahin. Die Elfjährige entpuppte sich als begeisterte Spielerin, und die gemeinsame Liebe zu diesem Spiel machte die Beziehung zwischen ihr und Raid zu etwas ganz Besonderem.

Letztes Jahr war Joaquin aus heiterem Himmel zu ihr in die Küche gekommen und hatte sie lange und fest umarmt – was für den wortkargen Teenager ganz normal war – und ihr dafür gedankt, dass sie seinen Schwestern einen sicheren Platz zum Schlafen gab.

Aber die heutige Zusammenkunft war etwas Besonderes. Jedes Jahr kamen sie alle zusammen und feierten das Kind, das nicht physisch bei ihnen war, aber für immer in ihren Herzen sein würde.

Als Elsie zum ersten Mal vorschlug, eine Feier für das erste Kind von Lilly und Ethan zu veranstalten, das nicht auf die Welt gekommen war, waren alle etwas skeptisch gewesen. Sie wussten nicht, wie Lilly es aufnehmen würde. Aber zu ihrer Überraschung hatte Lilly geweint – überglücklich, dass sie etwas für das Baby tun wollten, das sie jeden Tag vermisste.

Im ersten Jahr, an dem Tag, an dem das Baby Geburtstag gehabt hätte, gab es also eine kleine Party. Im Grunde kamen die Frauen zusammen und tranken – die, die nicht schwanger waren oder stillten –, während die Männer auf sie aufpassten. Seitdem hatten sich die Partys zu dem entwickelt, was sie inzwischen waren. Eine Gelegenheit für die Erwachsenen, zusammenzukommen und zu plaudern, während die fast zwei Dutzend Kinder herumliefen und die Zeit mit ihren »Cousins und Cousinen« genossen.

»Es ist so weit«, sagte Elsie und kam mit einem einzelnen Muffin in der Hand aus dem Haus. Rocky pfiff laut mit seinen Fingern und rief alle vom Garten herbei. In der Zwischenzeit erschien Zeke mit den Kindern, die sich drinnen den Film angesehen hatten.

Neunzehn Kinder, ohne Tony und Marissa, die auf dem College waren, versammelten sich auf der Terrasse. Elsie, Bristol, Caryn, Finley, Heather und Khloe saßen um den Tisch, mit Lilly an der Spitze auf dem Ehrenplatz. Ihre Männer standen alle hinter ihren Frauen und unterstützten sie stillschweigend, so wie sie es immer getan hatten und immer tun würden.

Elsie stellte den Muffin vor Lilly und zündete dann die Kerze an.

»Wir wünschen Lilly und Ethans Erstgeborenem alles Gute zum Geburtstag. Wir haben dich nie vergessen und werden dich nie vergessen. Du wurdest gewollt und so sehr geliebt. Alles Gute zum Geburtstag.«

Die Worte änderten sich jedes Jahr ein wenig und sie wechselten sich ab, aber die Stimmung war dieselbe. Das Baby, das nie die Chance gehabt hatte, einen Atemzug zu machen, das es nicht bis zu seinem ersten Tag auf der Erde geschafft hatte, war ein Wunschkind gewesen. Es wurde vermisst. Es war wichtig.

Lilly holte tief Luft und Ethan beugte sich zu ihr hinunter, um ihr etwas ins Ohr zu flüstern. Sie nickte und blies die Kerze aus. Dann neigte sie den Kopf zurück und Ethan küsste sie auf die Lippen.

Es gab einen kurzen – sehr kurzen, wenn man bedenkt, wie viele Kinder es jetzt in ihrer Großfamilie gab – Moment der Stille, dann rief eines von Finleys Kindern: »Zeit für den Kuchen!«

Alle lachten. Sie hatte nicht unrecht. Nachdem sie die einzelne Kerze auf dem Muffin ausgeblasen hatten, stürzten sie sich traditionell auf den Monsterkuchen, den Finley jedes Jahr backte. Und jedes Jahr schien der Kuchen noch besser zu sein als im Jahr zuvor. Dieses Jahr war da keine Ausnahme. Brock kam mit einem riesigen Blechkuchen in der Hand auf die Terrasse. Er hielt ihn in die Höhe, sodass alle den Kuchen zum ersten Mal sahen, und stellte das Blech dann mit einem Schwung ab.

Khloe brach in Gelächter aus, ebenso wie alle anderen. Im Laufe der Jahre schien das Bigfoot-Thema immer wieder aufzutauchen … sehr zum Leidwesen von Lilly. Sie war wegen der legendären Kreatur in die Stadt gekommen, aber es war ihr zu viel geworden, ständig von ihr zu hören und zu sehen.

Finley hatte Fondant benutzt, um die Torte mit einem riesigen Bigfoot zu verzieren. Nur dass er sich nicht im Wald versteckte, wie die meisten erwartet hätten. Er hatte einen kegelförmigen Partyhut auf dem Kopf, eine Fliege um den Hals und hielt Luftschlangen in den Händen. Er hatte ein breites Grinsen im Gesicht und war von Eichhörnchen, Rehen, Stinktieren und sogar einem Bären umgeben. Offenbar fand im Wald eine Party statt, zu der nur Tiere eingeladen waren.

Khloe war beeindruckt von Finleys künstlerischem Talent. Sie wurde von Jahr zu Jahr besser, seit sie ihre Bäckerei eröffnet hatte, und ihre Torten waren in ganz Fallport sehr gefragt.

Nachdem Khloe Lilly umarmt hatte, trat sie zurück, um den Kindern den Zugang zum Tisch und zu der fantastischen Torte zu ermöglichen. Sie spürte, wie Raid seinen Arm um ihre Taille legte. Sie waren jetzt beide in den Fünfzigern … fast sechzig, und in den letzten fünfzehn Jahren war kein Tag vergangen, an dem ihr Mann ihr nicht gesagt hätte, wie sehr er sie liebte.

Sie hatten beide graue Haare, und obwohl Raid sich darüber beschwerte, fand Khloe insgeheim, dass das Silber in seinem roten Bart und Haar ihn noch besser aussehen ließ.

»Bist du bereit, nach Hause zu fahren?«, flüsterte er ihr ins Ohr.

Khloe bebte, als sie sich in seinen Armen umdrehte und zu ihm aufsah. »Ja.«

»Ich werde dich heute Abend von den Socken hauen, Frau«, erklärte er ihr.

»Ist das eine Drohung?«, fragte sie grinsend.

»Ein Versprechen«, entgegnete er. Er drückte Khloe fester an sich und hob den Kopf, um Drew in die Augen sehen zu können. »Wir verschwinden.«

»Geht schon. Habt Spaß, ihr zwei. Caryn und ich werden dafür sorgen, dass eure Kinder bis spät in die Nacht wach bleiben, sich mit Zucker und Mist vollstopfen und morgen früh müde und schlecht gelaunt zurückkommen und völlig aus dem Häuschen sind.«

Khloe lachte, als Raid seinen Freund finster ansah. »Das solltest du besser nicht tun«, warnte er.

Caryn kam auf ihn zu und schubste Drew mit ihrer Schulter. »Das werden wir nicht tun«, versprach sie. »Okay, sie werden vielleicht ein bisschen länger aufbleiben als sonst, aber ich werde dafür sorgen, dass sie alle mindestens ein bisschen Gemüse essen, und vielleicht nehmen wir sie mit zum neuen Hindernisparcours hinter der Autowerkstatt, damit sie am Ende des Abends schön müde und bereit fürs Bett sind.«

»Danke, Caryn«, sagte Khloe. Dann hauchte sie jedem ihrer Kinder einen Kuss zu, warf ihnen den von ihr perfektionierten »Seid brav«-Blick zu und zog Raid in Richtung der Einfahrt. »Los geht's. Ich will sehen, ob du deinen Worten auch Taten folgen lassen kannst«, stichelte sie.

»Dann mal los, Frau.«

»Dann mal los«, stimmte Khloe zu.

Zwei Stunden später lehnte Khloe sich nach vorn und hörte aufmerksam zu, als die Spielleiterin sprach. Anise und Bjorn hatten sich gerade einen kleinen Kampf mit einem Rudel Werwaschbären geliefert. Anise hatte einige Treffer einstecken müssen, aber Bjorn hatte sie mit ein paar Zaubern geheilt. Jetzt verfolgten sie den überlebenden Werwaschbären, der in einer Reihe von Tunneln verschwunden war.

»Ihr lauft in den Tunnel, der ungefähr so lang ist wie ein Fußballfeld, habt Wasser unter den Füßen und es ist sehr kalt. Ab und zu streift etwas über eure Knöchel und es riecht, als sei dort unten etwas gestorben. Es hat sich ein Nebel gebildet und es wird schwer, weit vor euch etwas zu erkennen.«

»Verdammt, das gefällt mir nicht«, sagte Khloe zu Raid. Sie wandte sich wieder dem Bildschirm des Laptops zu und fragte die Spielleiterin: »Gibt es irgendetwas um uns herum? Zum Beispiel einen Durchgang? Oder zweigt der Tunnel vielleicht vor uns ab?«

»Würfle für einen Wahrnehmungstest«, antwortete die Spielleiterin.

Khloe hob ihren zwanzigseitigen Würfel auf und ließ ihn in ihren Würfelturm fallen. Als er schließlich auf dem Boden des Kastens zum Liegen kam, überprüfte sie die Zahl auf dem Würfel und ihre Wahrnehmungszahl auf ihrem Blatt. »Zwölf«, informierte sie die Spielleiterin.

Die Spielleiterin überprüfte ihre Notizen. »Innerhalb der Reichweite deiner Taschenlampe kannst du keine Kurven sehen. Es sind auch keine Türen in Sicht.«

»Das bedeutet also, dass der Werwaschbär hier entlang gekommen sein muss«, sagte Raid ruhig.

»Es sei denn, wir haben wegen des Nebels eine Tür übersehen«, schimpfte Khloe.

»Lass uns weitergehen«, bat Raid.

»Gut.« Khloe wandte sich wieder dem Bildschirm zu. »Wir werden weitergehen«, erklärte sie der Spielleiterin.

»Okay. Ungefähr vierzig Meter weiter hinten im Tunnel entdeckst du einen Steinblock auf dem Boden. «

»Wie gut können wir ihn sehen? Ich dachte, wir hätten Wasser unter den Füßen«, fragte Raid.

»Er ist etwa vierzig Zentimeter breit und fünfzig Zentimeter hoch. Er besteht aus einem anderen Material als der Tunnel um euch herum«, entgegnete die Spielleiterin ruhig.

»Ist er in der Mitte des Tunnels? Oder an der Wand?«, fragte Khloe.

»An der Wand.«

»Kann ich ihn bewegen oder ist er zu schwer?«, fragte Khloe und rückte an den Rand ihres Sitzes. Im Laufe der Jahre hatte sie D&D wirklich lieben gelernt. Es gab immer etwas Neues zu erobern und sie musste ihren Verstand genauso einsetzen wie ihre magischen Fähigkeiten, um am Leben zu bleiben.

»Wirf einen Stärkewert«, erklärte die Spielleiterin.

Khloe schnappte sich schnell ihren W20 und würfelte ihn dieses Mal ohne den Turm. Er hüpfte auf dem Tablett herum und blieb mit der Zwanzig oben stehen. »Natürliche Zwanzig!«, jubelte Khloe. Sie ignorierte Raids Grinsen. Er amüsierte sich immer darüber, wie aufgeregt sie beim Spielen war.

»Ja, du kannst den Block ohne allzu große Mühe schieben.«

»Okay, ich will den Stein untersuchen.«

»Du entdeckst nichts Ungewöhnliches.«

»Hmmmmm. Okay, dann ist es vielleicht eine Art Markierung. Bjorn und ich wollen die Gegend nach

Geheimtüren absuchen. Wir wollen die Wände untersuchen.«

»Würfle einen Erkundungstest«, sagte die Spielleiterin.

»Wir lassen den Zwerg das Ruder übernehmen.« Raid lächelte, als er nach den Würfeln griff. »Fünfzehn.«

»Du findest nichts Ungewöhnliches an den Wänden.«

»Verdammt«, sagte Khloe und ärgerte sich. »Irgendetwas muss es hier doch geben. Sonst wäre der Stein nicht so auffällig. Und was ist an der Decke?«

»Weder du noch Bjorn können die Decke erreichen, sie liegt etwas außerhalb deiner Reichweite und sehr viel weiter außerhalb von Bjorns.«

»Aha!«, krähte Khloe. »Ich wette, der Stein ist keine Markierung, sondern eine Stufe! Ich klettere hoch, während Bjorn mich stützt, und fange an, an der Decke herumzustochern.«

Die Spielleiterin blickte auf und lächelte in die Kamera. »Du schaust dich ein bisschen um und plötzlich verschiebt sich ein Teil der Decke. Du hast eine Platte gefunden, die weggehoben werden kann.«

»Sei vorsichtig«, warnte Raid.

Aber Khloe hatte das Spiel schon oft genug gespielt, um zu wissen, dass sie nichts überstürzen sollte. Einige der Szenarien, die sich andere Spielleiter ausgedacht hatten, waren äußerst prekär und sie war schon oft fast gestorben. Und es wäre schade gewesen, wenn die Figur, die Raid erschaffen hatte, gestorben wäre, nachdem sie beide so viel Zeit damit verbracht hatten, ihre Fähigkeiten und Stärken aufzubauen. »Ich bewege die Kachel ganz langsam und vorsichtig. Kann ich etwas sehen?«, fragte sie.

»Dein Kopf ist immer noch unter dem Plateau der Öffnung, aber du kannst eine Art Licht auf einer Seite sehen.«

»Wie wäre es, wenn ich Bjorn hochhebe, damit er einen besseren Blick darauf werfen kann?«

»Na gut, du tauschst den Platz und hebst ihn in den Raum über dem Tunnel ...«

»Nein, warte!«, rief Raid aus. »Sie hebt mich gerade so weit hoch, dass mein Kopf in der Öffnung ist. Ich bin nicht ganz oben in dem Raum.«

»Okay, Bjorn, du siehst einen weiteren Tunnel, der dem, durch den du gerade gegangen bist, sehr ähnlich ist, aber er führt nur in eine Richtung. Etwa fünfzehn Meter weiter ist eine Tür und du kannst Fußspuren sehen, die von deinem Kopf bis zur Tür führen.«

»Ja!«, rief Khloe aus.

Raid drehte sich zu ihr um und lächelte. »Es erstaunt mich immer wieder, dass dir das wirklich Spaß macht«, sagte er leise.

Khloe legte ihre Hand auf Raids Oberschenkel und drückte ihn. Sie hatte ihm im Laufe der Jahre immer wieder versichert, dass sie D&D nicht nur spielte, um ihm eine Freude zu machen. Sie liebte es, die Hinweise und Rätsel zu lösen und zu sehen, was ihre Charaktere gemeinsam erreichen konnten.

Da sie Kinder hatten, war die Zeit, in der sie mitspielen konnten, zwar begrenzt, aber wenn sie es schafften, machte es ihr genauso viel Spaß wie beim ersten Mal, als sie zusammen gespielt hatten.

Einige Stunden später, als das Rätsel um den Werwaschbären gelöst war und Bjorn und Anise wieder einmal überlebt hatten, um sich einer weiteren Herausforderung zu stellen und ein weiteres Spiel zu spielen, konnte Khloe nicht aufhören zu lächeln, als ihr Mann sie die Treppe hinauf in ihr Schlafzimmer zog.

Nachdem sie sich bettfertig gemacht hatte und neben Raid gekrochen war, setzte Khloe sich auf ihn und lächelte, als sie seinen Schwanz an ihrem Hintern spürte. »Bist du müde?«, fragte sie.

»Fühlt es sich so an, als sei ich müde?«, erwiderte Raid und legte seine Hände fester um ihre Taille.

»Ich frage nur nach«, erwiderte sie, während sie seinen Körper hinunterglitt und ein weiteres Lächeln ihre Lippen umspielte.

Eine Stunde später kuschelte sie sich an Raids Seite, während sie versuchte, wieder zu Atem zu kommen. Raid war zwar nicht mehr in der Lage, mehr als einen Orgasmus während eines einzigen Liebesspiels zu haben, aber er war sehr stolz darauf, dafür zu sorgen, dass sie mindestens zweimal zum Orgasmus kam.

»Raid?«, fragte Khloe.

»Ja, mein Schatz?«

»Ich liebe dich.«

»Und ich liebe dich auch«, versicherte er ihr.

»Wann bringt Caryn die Kinder morgen nach Hause?«

»Keine Ahnung.«

»Ich sollte aufstehen und den Plan überprüfen, um zu sehen, wann die Kinder wo sein müssen«, bemerkte Khloe und machte Anstalten aufzustehen.

»Nein«, entgegnete Raid und schüttelte den Kopf. »Es ist schon spät. Wir haben es gemütlich. Der Hund schläft. Wir können morgen den Plan überprüfen. Schlaf, Khloe.«

Sie lächelte. »Na gut.«

»Sehr gut«, bemerkte Raid.

Es dauerte nicht lange, bis seine Atemzüge gleichmäßiger wurden und sein Griff um sie sich lockerte.

Dreißig Minuten später war Khloe immer noch wach. Sie sollte eigentlich schlafen. Es war spät, und ihre Kinder würden morgen aufgeregt sein und darüber reden wollen, wie viel Spaß sie mit Tante Caryn und Onkel Drew gehabt hatten, und bis ins kleinste Detail all die lustigen Dinge erklären, die sie gemacht hatten.

Seufzend schlüpfte Khloe aus dem Bett und hob ihren warmen, kuscheligen Bademantel auf, den sie vorhin auf den Boden fallen gelassen hatte, bevor sie unter die Decke geschlüpft war.

Sie schlenderte zum Fenster und schaute hinaus in die dunkle Landschaft. Heute Nacht war Vollmond und so konnte Khloe die ganze Auffahrt hinunter zur Straße und den Wald dahinter sehen, in dem Raid schon so viel Zeit verbracht hatte.

Instinktiv schaute Khloe nach links, zu der Ecke ihres Zimmers, in der Duke so viele Jahre verbracht hatte. Er war jetzt tot, er war friedlich im Schlaf gestorben, aber es verging kein Tag, an dem Khloe oder Raid nicht an ihn dachten. Er würde nie ersetzt werden, aber die Coonhound-Hündin, die sie kurz vor Dukes Tod erworben hatten, tat ihr Bestes, um in seine großen Fußstapfen zu treten. Sie lernte immer noch, ein Suchhund zu sein, aber ihre Energie und ihr Enthusiasmus hatten ihr schon geholfen, ein halbes Dutzend verirrte Wanderer zu finden.

Aber Callie war trotzdem nicht Duke. Sie liebte es, gestreichelt zu werden, sie liebte Menschen, aber sie schlief lieber in ihrem Hundebett, ihrem sicheren Raum, als in dem Zimmer mit ihr und Raid. Anfangs war es etwas gewöhnungsbedürftig gewesen, aber schließlich hatten sie sich beide an ihre Persönlichkeit gewöhnt.

Khloe stand am Fenster und dachte lange darüber nach, was für ein Glück sie hatte ... bevor sie die Stirn runzelte, als ihr etwas ins Auge fiel. Sie beugte sich vor, sodass ihre Stirn fast das Glas berührte, und versuchte herauszufinden, was sie da sah.

In der Ferne, zwischen den Bäumen auf der anderen

Seite der Straße, stand etwas, das aussah wie … ein Mensch. Nein, kein Mensch. Vielleicht ein Bär?

Aber Bären laufen nicht auf ihren Hinterbeinen.

Khloe blinzelte und schüttelte den Kopf, bevor sie die Augen zusammenkniff und versuchte, eine vernünftige Erklärung für das, was sie sah, zu finden. Das … Ding im Wald drehte sich kurz zu ihr um und schaute in Richtung des Hauses, bevor es in den Bäumen verschwand.

»Was schaust du so angestrengt?«, fragte Raid, kurz bevor er seinen Arm um sie legte und sein Kinn auf ihren Kopf stützte.

Khloe drehte sich um und sah ihren Mann mit großen Augen an. »Du würdest mir nicht glauben, wenn ich es dir sage.«

»Versuche es doch.«

»Ich bin mir ziemlich sicher, dass ich gerade Bigfoot gesehen habe.«

Raid verzog amüsiert die Lippen. »Ach ja? Vielleicht war es ein Werwaschbär.«

»Mach dich nicht über mich lustig, Raid. Ich weiß, was ich gesehen habe!«

»Natürlich. Ich glaube, dein Gehirn steckt im D&D-Modus fest. Komm schon, komm zurück ins Bett. Es ist schon sehr spät und wir müssen früh aufstehen, bevor Caryn mit unseren Kindern zurückkommt.«

Sie ließ sich von Raid zurück ins Bett führen und genoss es, wie er sich immer an sie kuschelte, wenn sie unter der Bettdecke lagen. Er legte den Arm um sie und küsste sie sanft hinter dem Ohr. »Schlaf, mein Schatz.«

»Ich habe *wirklich* Bigfoot gesehen«, erklärte sie ihm und wollte unbedingt, dass er ihr glaubte.

»Lass mich raten … mindestens zweieinhalb Meter groß, schwarzes und braunes Haar und er ist am Straßenrand entlanggelaufen?«

Khloe stützte sich auf einen Ellbogen und drehte sich um, um Raid anzustarren. »Ja!«

»Ich habe ihn auch gesehen«, erklärte er ihr ganz lässig.

»Oh mein Gott, Raid! Warum hast du das nicht schon früher gesagt?«, fragte sie.

Er zuckte mit den Schultern. »Er tut mir irgendwie leid. Seit die Sendung vor vielen Jahren ausgestrahlt wurde, wird er unerbittlich gejagt. Ich dachte, ich gönne ihm eine Pause.«

Khloe legte sich wieder hin und kuschelte sich an Raids Brust. »Ja ... das verstehe ich. Aber trotzdem. Du hättest es mir sagen müssen.«

»Hättest du mir geglaubt?«, fragte er schläfrig.

Khloe wollte Ja sagen, aber sie war sich nicht sicher, ob das wirklich die Wahrheit war.

»Ich liebe dich, Khloe. Nur *wir* könnten dieses Gespräch so führen, als würden wir darüber reden, dass wir Davis gesehen haben, so wie er früher im Wald herumgeschlichen ist.«

Ihr Mann hatte nicht unrecht. Davis Woolford, der ehemals obdachlose Veteran, war nach Washington, D. C. gezogen und hatte es geschafft, einer der vielen Bäcker zu werden, die im Weißen Haus arbeiten. Ab und zu kam er nach Fallport zurück und alle waren überglücklich zu sehen, wie erfolgreich er jetzt war. Er hatte eine Therapie gemacht, geheiratet und zwei Kinder bekommen. Er war genauso stolz auf Fallport, wie Fallport stolz auf ihn war. Er hatte seine Probleme hinter sich gelassen und sich ein Leben aufgebaut, auf das er stolz war.

»Ich kann nicht glauben, dass ich gerade Bigfoot gesehen habe«, flüsterte Khloe.

»Ich kann dir noch etwas anderes Großes und Haariges zeigen«, sagte Raid zu ihr.

Khloe lachte und stieß ihm einen Ellbogen in den Bauch.

Raid erwiderte das Lachen.

»Raiden?«

»Ja?«

»Ich liebe dich.«

»Das ist auch gut so, schließlich hast du mich geheiratet. Und jetzt sei still und lass mich schlafen.«

Khloe grinste und seufzte zufrieden. Sie schlief in den Armen ihres Mannes ein ... und träumte von Bigfoot, der sich mit Anise zusammentat, um Saltborn, den Steinriesen, zu erlegen, der die Troglodyten-Späher überholt hatte und gekommen war, um ihre Gruppe abzuschlachten.

Danke, dass Sie die Reihe »Das Bergungsteam vom Eagle Point« gelesen haben. Ich habe jeden Augenblick des Schreibens genossen und die Kleinstadt Fallport war eine wahre Freude. Als Nächstes kehre ich dorthin zurück, wo ich angefangen habe – zu den Navy SEALs im aktiven Dienst. Im ersten Buch *Schutz für Remi* geht es nicht nur um eine Seenotrettung, sondern auch um eine Entführung. (Beides Dinge, über die ich sehr gern schreibe, weil sie es der Heldin ermöglichen, verängstigt, aber gleichzeitig stark zu sein. Sie tut alles in ihrer Macht Stehende, um zu überleben – mit ein bisschen Hilfe des Helden.) Vielen Dank für Ihre Unterstützung und auch weiterhin viel Spaß beim Lesen!

BÜCHER VON SUSAN STOKER

Schutz für Addison
Schutz für Kelli
Schutz für Bree

Die SEALs von Hawaii:
Die Suche nach Elodie
Die Suche nach Lexie
Die Suche nach Kenna
Die Suche nach Monica
Die Suche nach Carly
Die Suche nach Ashlyn
Die Suche nach Jodelle

Die Zuflucht in den Bergen
Zuflucht für Alaska
Zuflucht für Henley
Zuflucht für Reese
Zuflucht für Cora
Zuflucht für Lara
Zuflucht für Maisy (1 Okt)
Zuflucht für Ryleigh

SEALs of Protection: Legacy
Ein Beschützer für Caite
Ein Beschützer für Brenae
Ein Beschützer für Sidney
Ein Beschützer für Piper
Ein Beschützer für Zoey
Ein Beschützer für Avery
Ein Beschützer für Kalee
Ein Beschützer für Jane

Mountain Mercenaries:
Die Befreiung von Allye

Die Befreiung von Chloe
Die Befreiung von Morgan
Die Befreiung von Harlow
Die Befreiung von Everly
Die Befreiung von Zara
Die Befreiung von Raven

Ace Security Reihe:
Anspruch auf Grace
Anspruch auf Alexis
Anspruch auf Bailey
Anspruch auf Felicity
Anspruch auf Sarah

Die Delta Force Heroes:
Die Rettung von Rayne
Die Rettung von Emily
Die Rettung von Harley
Die Hochzeit von Emily
Die Rettung von Kassie
Die Rettung von Bryn
Die Rettung von Casey
Die Rettung von Wendy
Die Rettung von Sadie
Die Rettung von Mary
Die Rettung von Macie
Die Rettung von Annie

Delta Team Zwei
Ein Held für Gillian
Ein Held für Kinley
Ein Held für Aspen
Ein Held für Jayme
Ein Held für Riley

Ein Held für Devyn
Ein Held für Ember
Ein Held für Sierra

SEALs of Protection:
Schutz für Caroline
Schutz für Alabama
Schutz für Fiona
Die Hochzeit von Caroline
Schutz für Summer
Schutz für Cheyenne
Schutz für Jessyka
Schutz für Julie
Schutz für Melody
Schutz für die Zukunft
Schutz für Kiera
Schutz für Alabamas Kinder
Schutz für Dakota

Eine Sammlung von Kurzgeschichten
Ein langer kurzer Augenblick

BIOGRAFIE

Susan Stoker ist die New York Times, USA Today und Wall Street Journal Bestsellerautorin der Buchreihen »Badge of Honor: Texas Heroes«, »SEAL of Protection«, »Die Delta Force Heroes« und einigen mehr. Stoker ist mit einem pensionierten Unteroffizier der US-Armee verheiratet und hat in ihrem Leben schon überall in den Vereinigten Staaten gelebt – von Missouri über Kalifornien bis hin zu Colorado. Zurzeit nennt sie die Region unter dem großen Himmel von Tennessee ihr Zuhause. Sie glaubt ganz und gar an Happy Ends und hat großen Spaß daran, Geschichten zu schreiben, in denen Romantik zu Liebe wird.

Besuchen Sie Susan im Netz!
www.stokeraces.com
facebook.com/authorsusanstoker
twitter.com/Susan_Stoker
bookbub.com/authors/susan-stoker

instagram.com/authorsusanstoker
Email: Susan@StokerAces.com